Te esperaré

Jennifer L. Armentrout es una autora superventas internacional cuyos libros se han colocado en las listas de los más vendidos según *The New York Times*. Escribe novelas *new adult* de romance contemporáneo y paranormal bajo el pseudónimo J. Lynn. Los títulos de su serie Te Esperaré fueron galardonados con el Reviewers Choice Award en 2013 y el Editor's Pick en 2015. También es autora de la saga De Sangre y Cenizas, que ganó el Goodreads Choice Award en 2020 en la categoría de romance.

Cuando no está ocupada escribiendo, pasa el tiempo leyendo, viendo películas de zombis malísimas o echando el rato con su marido y sus mascotas: sus dos perros, Apolo y Artemis, seis alpacas muy criticonas, dos cabras maleducadas y cinco ovejas supersuaves.

Biblioteca

JENNIFER L. ARMENTROUT

Te esperaré

Traducción de
Amaya Basáñez

DEBOLS!LLO

Papel certificado por el Forest Stewardship Council®

Título original: *Wait for You*

Primera edición con esta presentación: julio de 2024

© 2014, Jennifer Armentrout
Publicado originalmente por William Morrow
Derechos de traducción acordados por Taryn Fagerness Agency
y Sandra Bruna Agencia Literaria, S. L.
Todos los derechos reservados
© 2015, 2023, 2024, Penguin Random House Grupo Editorial, S. A. U.
Travessera de Gràcia, 47-49. 08021 Barcelona
© 2014, Amaya Basáñez, por la traducción
Diseño de la cubierta: Adaptación de la cubierta original de
Brian Moore / Penguin Random House Grupo Editorial
Imagen de la cubierta: © Evgeniia Siiankovskaia / Getty Images

Printed in Spain – Impreso en España

ISBN: 978-84-663-7510-8
Depósito legal: B-9.174-2024

Impreso en Black Print CPI Ibérica
Sant Andreu de la Barca (Barcelona)

P375108

Dedicado a aquellos que estén leyendo este libro ahora mismo.
Sin vosotros, nada de esto sería posible. Sois lo mejor.

I

Había dos cosas en esta vida que me asustaban a muerte. Despertarme en mitad de la noche y descubrir el rostro translúcido de un fantasma a mi lado era una de ellas. No es que fuera muy probable que ocurriera, pero, aun así, solo pensarlo ya era bastante espeluznante. La segunda era llegar tarde a una clase abarrotada de gente.

Odiaba con todas mis fuerzas llegar tarde.

Odiaba que la gente se diera la vuelta y me mirara, cosa que todo el mundo hacía en cuanto llegabas un minuto más tarde de que la clase hubiese empezado.

Por eso, durante el fin de semana, había calculado hasta el último detalle en Google la distancia entre mi apartamento en University Heights y el aparcamiento destinado a los estudiantes. Y de hecho me hice la ruta en coche dos veces el domingo para asegurarme de que Google me estaba indicando el camino correcto.

Dos kilómetros, para ser exactos.

Cinco minutos en coche.

Incluso salí de mi casa con un cuarto de hora de antelación para poder llegar diez minutos antes de que comenzara mi clase de las nueve.

Con lo que no contaba fue con el atasco de un kilómetro que llegaba hasta la señal de stop, porque Dios nos librara de poner un solo semáforo en una ciudad histórica, ni tampoco con el hecho de que no quedaba un solo sitio libre para aparcar en el campus. Tuve que dejar el coche en la estación de tren que había al lado, y desperdicié mi valioso tiempo buscando monedas sueltas para el parquímetro.

«Si insistes en irte a la otra punta del país, por lo menos quédate en una de las residencias. Tienen residencias allí, ¿verdad?». La voz de mi madre atravesó mis pensamientos mientras me detenía enfrente del pabellón de ciencias Robert Byrd, sin aliento después de haber subido corriendo la cuesta más empinada y más inoportuna de la historia.

Por supuesto había optado por no quedarme en una residencia, porque sabía que en algún momento mis padres se presentarían sin avisar y empezarían a *hablar* y empezarían a *juzgar* y preferiría pegarme un tiro antes que someter a algún inocente espectador a ese espectáculo. En vez de eso, utilicé mi dinero, ganado con mi sangre, para alquilar un apartamento de dos habitaciones cerca del campus.

Al señor y a la señora Morgansten les había parecido una idea horrible.

Y eso me había hecho realmente feliz.

Pero ahora me estaba medio arrepintiendo de mi pequeño acto de rebeldía, porque mientras me apresuraba a entrar en el edificio de ladrillo con aire acondicionado para escaparme del calor pegajoso de esa mañana de finales de agosto, ya eran las nueve y once minutos y mi clase de Astronomía estaba en el segundo piso. ¿Y por qué diablos había escogido Astronomía?

¿Quizá porque la idea de aguantar otra clase de Biología me hacía tener ganas de vomitar? Sí. Era por eso.

Apresurándome a subir por la espaciosa escalera, atravesé corriendo la puerta de doble hoja y me estampé contra una pared.

Me tambaleé hacia atrás, agitando los brazos como si fuera un guardia de tráfico zumbado. Mi bandolera, llena hasta los topes, se me resbaló, provocando que me empezara a caer hacia ese lado. El pelo me tapó la cara, una cortina de color castaño que hizo que todo se volviera oscuro mientras mi equilibrio peligraba.

Ay, Dios mío, me estaba cayendo. No había manera de pararlo. En mi mente bailaron imágenes de cuellos rotos. Esto iba a ser espant…

Algo fuerte y duro me rodeó la cintura, deteniendo mi caída en picado. Mi bandolera alcanzó el suelo, desparramando los carísimos libros y los bolígrafos por todo el reluciente suelo. ¡Mis bolis! Mis preciosos bolígrafos rodaron por todas partes. Un segundo después estaba apoyada en la pared.

Una pared extrañamente caliente.

Una pared a la que se le escapó una risa.

—Vaya —dijo una voz grave—. ¿Estás bien, corazón?

Una pared que definitivamente *no* era una pared. Era un chico. Mi corazón se detuvo y, durante un angustioso momento, la ansiedad me aplastó y no pude ni hablar ni moverme. Retrocedí cinco años. Atrapada. No me podía mover. El aire se me escapó de los pulmones en una oleada dolorosa, mientras empezaba a sentir escalofríos en el cuello y la espalda. Todos los músculos en tensión.

—Oye —la voz se volvió más dulce, con una pizca de preocupación—, ¿estás bien?

Me obligué a respirar hondo, solamente respirar. Necesitaba respirar. Inhalar. Exhalar. Lo había estado practicando una y otra vez durante cinco años. Ya no tenía catorce. No estaba allí. Estaba *aquí*, a todo un país de distancia.

Unos dedos bajo mi barbilla, obligándome a levantar la cabeza. Unos deslumbrantes ojos azules, rodeados de espesas pestañas, fijos en los míos. Un azul tan vibrante y eléctrico, ofreciendo un contraste tan marcado con sus negras pupilas, que me pregunté si eran de verdad.

Y entonces me di cuenta.

Un chico me estaba abrazando. Nunca me había abrazado un chico. Y no contaba esa vez, porque esa vez no contaba para nada, y ahora estaba ceñida a él, mis piernas contra sus piernas, mi pecho junto al suyo. Como si estuviéramos bailando. Mis sentidos se colapsaron al oler el ligero rastro de su colonia. Vaya. Olía bien, como si costara mucho dinero, como *la suya*…

La indignación se apoderó de mí de repente, una sensación tan familiar, tan dulce, que eliminó mi confusión y mis viejos miedos. Me aferré a ella con desesperación y pude encontrar mi voz.

—Suéltame. Ahora. Mismo.

Ojos Azules dejó caer sus brazos inmediatamente. Como no estaba preparada para la repentina falta de apoyo, me balanceé hacia un lado, recuperando el equilibrio antes de tropezarme con mi propia mochila. Con la respiración agitada, como si acabara de correr un par de kilómetros, me aparté la melena de la cara y por fin pude mirar detenidamente a Ojos Azules.

Por el amor de Dios, Ojos Azules estaba…

Estaba muy bueno, en todas las maneras que hacen que las chicas se comporten de forma estúpida. Era alto, me sacaría una cabeza o quizá dos, y tenía los hombros anchos, pero la cintura estrecha. Un cuerpo de atleta, como el de un nadador. El pelo, ondulado y oscuro, le cubría la frente, rozando sus cejas a juego. Unos pómulos marcados y una boca amplia y expresiva completaban la oferta con todo incluido para que a las chicas se les cayera la baba. Y con esos ojos de color zafiro, por favor…

¿Quién habría pensado que un lugar que se llamaba Shepherdstown pudiera esconder a alguien así?

Y yo me había estampado contra él. Literalmente. Qué bien.

—Lo siento. Tenía prisa por llegar a clase. Llego tarde y…

Sus labios se curvaron en una sonrisa al tiempo que se arrodillaba. Empezó a recoger mis cosas y durante un breve instante tuve ganas de llorar. Podía sentir cómo los sollozos se acumulaban en mi garganta. Ya llegaba muy tarde, no había modo de entrar en esa clase y era mi primer día. Qué fracaso.

Me agaché y dejé que el pelo me cubriese la cara mientras recuperaba mis bolígrafos.

—No tienes por qué ayudarme.

—No es molestia. —Recogió un folio y le echó un vistazo—. ¿Astronomía 101? Yo también voy para allá.

Genial. Durante todo el semestre, tendría que ver por los pasillos al chico que casi había matado.

—Llegas tarde —le dije, sin mucha convicción—. De verdad que lo siento.

Con todos mis libros y mis bolis metidos otra vez en la bandolera, se enderezó mientras me la tendía.

—No pasa nada. —Volvió a desplegar su sonrisa curvada, revelando un hoyuelo en la mejilla izquierda, aunque no existía el equivalente en la derecha—. Estoy acostumbrado a que las chicas se me echen encima.

Parpadeé, pensando que a lo mejor no había entendido bien al tío bueno de los ojos azules, porque era casi imposible que hubiese dicho algo tan lamentable.

Pues sí, y no había acabado.

—Aunque atacarme por la espalda es nuevo. Pero me ha gustado, no te creas.

Le repliqué mientras notaba que las mejillas me ardían.

—No era mi intención atacarte por la espalda, ni abalanzarme sobre ti.

—Ah, ¿no? —La curva de su sonrisa permaneció intacta—. Vaya, qué pena. Si fuera así, habría sido el mejor primer día de clase de la historia.

No supe qué decirle mientras aferraba la bandolera contra el pecho. De donde yo venía, los chicos no habían intentado coquetear conmigo. La mayoría de ellos ni siquiera se habían atrevido a mirarme en el instituto; y los pocos que lo hicieron, bueno, digamos que no estaban flirteando.

La mirada de Ojos Azules se desvió al folio que llevaba en la mano.

—¿Avery Morgansten?

Mi corazón dio un salto.

—¿Cómo es que sabes mi nombre?

Ladeó la cabeza al tiempo que su sonrisa se hacía más grande.

—Está en tu horario.

—Ah. —Me retiré el pelo de la cara, sofocada.

Él me tendió el horario y lo cogí, metiéndolo después en la mochila. Sentí toda la incomodidad del mundo mientras manejaba con torpeza la correa de mi bandolera.

—Mi nombre es Cameron Hamilton —se presentó Ojos Azules—. Pero todo el mundo me llama Cam.

Cam. Saboreé el nombre; me gustaba.

—Gracias otra vez, Cam.

Se agachó para coger una mochila negra en la que hasta entonces no me había fijado. Varios rizos oscuros se le cayeron sobre la frente y, al enderezarse, se los apartó con la mano.

—Bueno, hagamos nuestra entrada triunfal.

Mis pies se quedaron pegados al suelo mientras él se daba la vuelta y recorría el par de metros que nos separaban de la puerta cerrada del aula 205. Con la mano en el picaporte, miró hacia atrás, esperando.

No podía hacerlo. No tenía nada que ver con el hecho de que casi había atropellado al que era probablemente el tío más atractivo del campus. No podía entrar en esa clase y provocar que todo el mundo se girase para mirarme. Ya había tenido suficiente siendo el centro de atención allá donde fuera durante los últimos cinco años. Gotas de sudor me humedecieron la frente. El estómago se me hizo un nudo mientras daba un paso hacia atrás, lejos de esa clase y de Cam.

Él se dio la vuelta, frunciendo el ceño mientras una expresión de curiosidad se abría paso en esa cara tan extraordinaria.

—Vas en la dirección equivocada, corazón.

Había estado yendo en la dirección equivocada la mitad de mi vida, por lo que parecía.

—No puedo.

—¿No puedes qué? —Dio un paso hacia mí.

Y entonces salí huyendo. De hecho, me di la vuelta y corrí como si el premio fuese la última taza de café que quedara en el mundo. Mientras llegaba a esa puñetera puerta de doble hoja, oí que me llamaba, pero seguí corriendo.

La cara me estaba ardiendo mientras me apresuraba a bajar las escaleras. Al salir del pabellón de ciencias, ya estaba sin aliento. Mis piernas siguieron moviéndose automáticamente hasta un banco que había enfrente de la biblioteca, el edificio más cercano. La luz del sol de primera hora de la mañana me pareció demasiado deslumbrante al alzar la cabeza y cerrar con fuerza los ojos.

Vaya.

Qué manera de causar la primera impresión en una ciudad nueva, en una universidad nueva…, en una vida nueva. Me había mudado a más de mil kilómetros de distancia para empezar de cero y, en cuestión de minutos, lo había estropeado todo.

2

Tenía dos opciones, llegados a ese punto: sobreponerme a mi desastroso intento de asistir a la primera clase de mi carrera, o volver a casa, meterme en la cama y taparme con la colcha. Deseaba decidirme por la segunda, pero yo no era así.

Si huir y esconderme hubiese sido mi *modus operandi*, nunca habría sobrevivido al instituto.

Bajé la mirada para comprobar que el amplio brazalete de plata que llevaba en la muñeca izquierda estaba en su lugar. Casi no había sobrevivido al instituto.

Mi madre y mi padre me habían montado una escena cuando les había informado de mis planes de ir a una universidad que estaba en la otra punta del país. Si hubiese escogido Harvard, Yale o Sweet Briar, me habrían apoyado desde el principio. Pero ¿una universidad que no estaba entre las mejores? Qué vergüenza. Lo cierto es que no me entendían. Nunca me entendieron. No había modo alguno de que fuera a la misma universidad a la que ellos habían ido, o de que me inscribiera en la facultad en la que la mayoría de la gente de su club de campo obligaba a sus hijos a inscribirse.

Quería ir allí donde no fuera a ver una mirada de desdén que me resultara familiar, o escuchar los susurros, corrosivos como el ácido, que *todavía* salían de la boca de algunos. Allí donde la gente no hubiese oído la historia, o alguna versión de la verdad que había sido repetida una y otra vez; hasta que, en ocasiones, incluso yo me preguntaba qué era lo que realmente había ocurrido en el Halloween de hacía cinco años.

Pero nada de eso importaba aquí. Nadie me conocía. Nadie sospechaba nada. Y nadie sabía lo que escondía mi brazalete en los días de verano, cuando no me podía poner una camiseta de manga larga.

Venir aquí había sido mi decisión y también había sido lo correcto.

Mis padres me habían amenazado con borrarme del fideicomiso familiar, lo que me pareció muy divertido. Yo tenía mi propio dinero, dinero sobre el que no tenían control alguno desde que cumplí los dieciocho. Un dinero que me había *ganado*. En su opinión, les había decepcionado una vez más, pero si me hubiese quedado en Texas, o cerca de esa gente, ya estaría muerta.

Mirando la hora en mi teléfono móvil, me puse en pie y me eché la mochila al hombro. Por lo menos no llegaría tarde a mi clase de Historia.

La clase de Historia se daba en el pabellón de Ciencias Sociales, al pie de la colina que había subido corriendo antes. Atravesé el aparcamiento de la parte posterior del edificio Byrd y crucé la calle, que estaba abarrotada de gente. A mi alrededor, los estudiantes paseaban en grupos o en parejas; era obvio que muchos de ellos ya se conocían. En vez de sentirme desplazada, me invadió una bonita sensación de libertad al poder ir hasta clase sin ser reconocida.

Apartando de mi mente el fracaso total de esa misma mañana, entré en el pabellón Whitehall y subí el primer tramo de escaleras a mi derecha. El pasillo de arriba estaba lleno de estudiantes esperando a que las aulas se quedaran vacías. Sorteé los grupos de gente riendo, esquivando a algunos que todavía parecían medio dormidos. Encontré un hueco desde donde podía vigilar mi futura clase y me senté contra la pared, cruzando las piernas. Me froté las manos contra los vaqueros, emocionada por empezar a dar historia. La mayoría de la gente se aburriría como una ostra en Historia 101, pero era la primera clase de mi carrera, y en lo que me quería especializar.

Y, si tenía suerte, de aquí a cinco años, estaría trabajando en un frío museo o una silenciosa biblioteca, catalogando textos antiguos o piezas arqueológicas. No era la más glamurosa de las profesiones, pero sí perfecta para mí.

Mejor que lo que deseaba ser antes: una bailarina profesional viviendo en Nueva York.

Y esa era otra cosa por la que mi madre se sentía decepcionada. Todo ese dinero gastado en clases de ballet desde que aprendí a caminar, desperdiciado después de que cumpliera catorce años.

Aunque echaba de menos esa sensación de calma que me proporcionaba la danza. Era solo que no podía ni imaginarme volviendo a bailar otra vez.

—Nena, ¿qué haces sentada en el suelo?

Levanté la cabeza y se me escapó una sonrisa al ver el reflejo de otra, amplia y deslumbrante, en la piel color canela de la atractiva cara de Jacob Massey. Nos habíamos hecho amigos durante la orientación para los estudiantes de primer año, y los dos íbamos a la siguiente clase, además de Arte los martes y los jueves. Me había sentido cómoda con él de inmediato, gracias a que era muy extrovertido.

Eché un vistazo a sus vaqueros, con pinta de caros, reconociendo el corte a medida.

—Se está muy bien aquí abajo. Deberías acompañarme.

—Ah, no. No quiero que mi precioso culito se manche por sentarme en el suelo. —Apoyó la cadera contra la pared, a mi lado, y sonrió—. Espera. ¿Qué estás haciendo aquí? Creía que tenías una clase a las nueve.

—¿Te acuerdas de eso? —Nos habíamos dicho los horarios la semana pasada, en algo así como medio segundo.

Me guiñó un ojo.

—Tengo una memoria alucinante para las cosas que no me sirven para nada.

Me reí.

—Está bien saberlo.

—¿Así que ya te has saltado una clase? Eres una chica muy, muy mala.

Haciendo una mueca, sacudí la cabeza.

—Sí, pero es que llegaba tarde, y odio entrar después de que hayan empezado, así que supongo que mi primer día será el miércoles... si no lo he dejado para entonces.

—¿Dejarlo? Nena, no seas tonta. Astronomía es muy fácil. Yo me habría apuntado si el cupo no se hubiese llenado en dos segundos con todos esos malditos estudiantes de último curso.

—Bueno, tú no has atropellado a un chico en el pasillo mientras corrías para llegar a tiempo... Un chico que resulta que también está en esa clase tan fácil.

—¿Qué? —Sus ojos oscuros brillaron con interés y empezó a arrodillarse. Alguien llamó su atención—. Espera un momento, Avery. —Entonces se puso a mover los brazos y a dar saltos—. ¡Eh, Brittany! ¡Trae tu culo para acá!

Una chica con el pelo rubio y corto se detuvo en mitad del pasillo, con las mejillas sonrojadas, pero sonrió cuando vio a Jacob dar saltitos. Vino hacia donde estábamos y se quedó de pie enfrente de nosotros.

—Brittany, esta es Avery. —Jacob estaba radiante—. Avery, esta es Brittany. Decid hola.

—Hola —obedeció Brittany, haciéndome un pequeño gesto con la mano.

Le devolví el saludo.

—Ey.

—Avery estaba a punto de contarme cómo atropelló a un chico en un pasillo y casi lo mata. He pensado que a ti también te gustaría oír la historia.

Fruncí un poco el ceño cuando dijo eso, pero la chispa de interés en los castaños ojos de Brittany cuando me miró era bastante graciosa.

—Cuenta —me animó, sonriendo.

—Bueno, no es que casi lo matara —dije, y suspiré—. Pero estuvo cerca y fue muy, muy bochornoso.

—Las historias bochornosas son las mejores —replicó Jacob, arrodillándose.

Brittany se rio.

—Es verdad.

—Confiésalo todo, hermana.

Me remetí el cabello por detrás de las orejas y bajé el volumen de mi voz para que el disfrute de mi humillación no se extendiera por todo el pasillo.

—Llegaba tarde a Astronomía y atravesé las puertas del segundo piso. No estaba mirando por dónde iba y me empotré contra ese pobre chaval en el pasillo.

—Glubs. —Una mueca de compasión apareció en la cara de Brittany.

—Sí, y además me refiero a que casi lo derribo. Se me cayeron todas las cosas. Los libros y los bolígrafos, por todas partes. Fue bastante épico.

Los ojos de Jacob se llenaron de diversión.

—¿Estaba bueno?

—¿Qué?

—¿Estaba bueno? —repitió, atusándose su pelo corto—. Porque si estaba bueno deberías haberlo usado en tu provecho. Habría podido convertirse en la mejor manera de romper el hielo de la historia. Como que os podríais enamorar locamente y así le podrías contar a todo el mundo cómo te empotraste contra él antes de que él te *empotrara*.

—Ay, Dios mío. —Un rubor muy familiar ascendió por mis mejillas—. Sí, la verdad es que era bastante atractivo.

—¡Oh, no! —exclamó Brittany, que parecía ser la única otra persona capaz de reconocer que el hecho de que fuera un tío bueno hacía que toda esa situación fuese mucho más humillante. Supuse que era algo que solo podían entender las personas con vagina, porque Jacob parecía todavía más emocionado ante la noticia.

—Así que, dime, ¿cómo es ese pedazo de hombre? Y necesito saber todos los detalles.

Había una parte de mí que no quería contárselo, porque pensar en Cam me hacía sentir realmente incómoda.

—Eh…, bueno, es muy alto y tiene un cuerpazo, supongo.

—¿Cómo sabes que tiene un cuerpazo? ¿También le tocaste o qué?

Me eché a reír mientras Brittany negaba con la cabeza.

—De verdad que me estrellé *contra* él, Jacob. Y él me agarró. No es que le estuviera tocando a propósito, pero parecía tener un buen cuerpo. —Me encogí de hombros—. De todos modos, tenía el pelo oscuro y ondulado. Un poco más largo que el tuyo, un poco descuidado pero…

—Oye, nena, si me dices que era descuidado pero a lo «no me importa porque soy un dios del sexo», voy a querer chocarme contra ese tío.

A Brittany se le escapó una risita.

—Me encanta el pelo así.

Me pregunté si mi cara reflejaba el calor que estaba sintiendo.

—Sí, algo así. Era guapísimo y sus ojos eran tan azules que parecían…

—Espera —jadeó Brittany, abriendo mucho los ojos—. ¿Sus ojos eran de un azul tan profundo que parecía falso? ¿Y olía genial? Ya sé que parece un poco raro y siniestro, pero respóndeme.

Lo cierto es que era raro y siniestro, y muy divertido.

—Sí a las dos cosas.

—Mierda. —Brittany se echó a reír—. ¿Sabes su nombre?

Estaba empezando a preocuparme, porque Jacob también tenía cara de acabar de entenderlo todo.

—Sí, ¿por qué?

Brittany le dio un codazo a Jacob y bajó la voz.

—¿Se llama Cameron Hamilton?

Se me desencajó la mandíbula de la sorpresa.

—¡Sí! —Los hombros de Brittany empezaron a sacudirse—. ¿Te estrellaste contra *Cameron Hamilton*?

Jacob no estaba sonriendo. Me estaba mirando con lo que parecía… ¿admiración?

—Me estoy muriendo de envidia ahora mismo. Daría mi testículo izquierdo por chocarme contra Cameron Hamilton.

Me atraganté de tanto reírme.

—Vaya. Eso es algo muy serio.

—Cameron Hamilton es un tema muy serio, Avery. No lo podías saber. No eres de por aquí —dijo Jacob.

—También es tu primer año. ¿Cómo es que tú si lo conoces? —le pregunté, porque Cam parecía demasiado mayor para ser de primero. Tenía que ser de tercero o de cuarto, como mínimo.

—Todo el mundo en la facultad lo conoce —me contestó.

—Pero ¡si llevas aquí menos de una semana!

Jacob sonrió.

—Me entero de las cosas.

Me eché a reír, moviendo la cabeza de un lado a otro.

—No lo pillo. Vale, está… bueno, pero ¿qué más da?

—Yo fui al colegio con Cameron —me explicó Brittany, mirando hacia atrás por si alguien estaba escuchando—. Quiero decir, era dos años mayor que yo, pero era el tío más guay del instituto. Todo el mundo quería estar con él o cerca de él. Aquí pasa más o menos lo mismo.

Se me despertó la curiosidad a pesar de que lo que Brittany me había dicho me recordaba a otra persona.

—¿Así que sois los dos de por aquí?

—No. Somos de las afueras de Morgantown, de la zona de Fort Hill. No sé por qué escogió esta universidad en vez de la de West Virginia, pero yo lo hice porque quería salir de mi ciudad, en vez de quedarme atrapada con la gente de siempre.

Eso podía entenderlo perfectamente.

—De todas maneras, Cameron es muy conocido en la facultad. —Jacob juntó las palmas de las manos—. Vive fuera del campus y se supone que monta las mejores fiestas y…

—Tenía una cierta reputación en el instituto —le cortó Brittany—. Una fama merecida. No me entiendas mal. Cameron siempre ha sido un tío muy guay. Muy agradable, muy divertido… pero era de lo más mujeriego en aquel entonces. Parece que se ha calmado un poco, pero ya sabes que genio y figura…

—Vale. —Jugueteé con mi brazalete—. Está bien saberlo, pero tampoco es que importe mucho. Quiero decir, me choqué contra él en un pasillo. Hasta ahí llega todo lo que conozco a Cam.

—¿Cam? —Brittany parpadeó.

—Sí. —Me puse en pie y cogí mi bandolera. Las puertas de la clase estaban a punto de abrirse.

Brittany frunció el ceño.

—Las personas que no lo conocen le llaman Cameron. Solo sus amigos le llaman Cam.

—Ah —me extrañó—. Me dijo que la gente le llamaba Cam, así que di por sentado que se refería a todo el mundo.

Brittany no respondió, y lo cierto es que yo no veía cuál era el gran misterio. Cam, Cameron, o Comosellamara solo estaba siendo educado conmigo después de que yo le atropellara. El hecho de que fuera un fiestero y un donjuán reformado no significaba nada para mí, más allá de la conveniencia de mantenerme muy, pero que muy alejada de él.

Las puertas se abrieron y los estudiantes se desparramaron por el pasillo. Nuestro grupito esperó a que escampara antes de aventurarnos a entrar, y escogimos tres sitios al fondo, con Jacob en el medio. Mientras sacaba mi enorme cuaderno, tan grande que era casi un arma, para todas las asignaturas, Jacob me agarró del brazo.

Su mirada estaba llena de malicia y de picardía.

—No puedes abandonar Astronomía. Para poder sobrevivir este semestre, tengo que vivir indirectamente a través de ti y escuchar cómo hablas de *Cam* al menos tres días por semana.

Me reí en voz baja.

—No voy a dejar la clase. —Lo cierto es que una parte de mí sí lo deseaba—. Pero dudo mucho que vaya a tener nada que contarte. No creo ni que volvamos a hablar.

Jacob me soltó el brazo y se arrellanó en el asiento, mirándome fijamente.

—Unas famosas últimas palabras, Avery.

El resto del día no fue tan emocionante como lo había sido la mañana, lo que me pareció genial. No hubo más tíos buenos inocentes a los que casi tirar al suelo ni ningún otro acontecimiento humillante. Aunque tuve que volver a contarlo todo a la hora de la comida para entretener a Jacob, estaba contenta de que tanto él como Brittany tuvieran la hora libre al mismo tiempo que yo. Había contado con que la mayoría del día estaría sola, así que fue bastante agradable estar hablando con gente… de mi misma edad.

Ser sociable era un poco como montar en bicicleta, supuse.

Y aparte del consejo totalmente innecesario de Jacob, que conllevaba que me estampara a propósito contra Cam la siguiente vez que lo viera, no había habido ningún momento embarazoso. Para cuando se acabó el día, lo cierto era que ya me había olvidado por completo de Cam.

Antes de salir del campus, me fui a la oficina de la universidad para coger una solicitud de trabajo. No necesitaba el dinero, pero sí el tiempo que mantendría mi mente ocupada. Me había matriculado del curso completo —dieciocho créditos—, pero, con todo, iba a tener un montón de tiempo libre. Un trabajo a tiempo parcial en la facultad parecía la opción perfecta, pero ya no quedaban vacantes. Mi nombre se añadió a una larga lista de espera.

La universidad era realmente bonita, de un modo pintoresco y muy tranquilo. No tenía nada que ver con los campus de otras universidades más grandes, siempre en expansión. Enclavado entre el río Potomac y la histórica ciudad de Shepherdstown, era como un paisaje de postal. Grandes edificios con torres mezclados con estructuras más modernas. Árboles por todas partes. Se respiraba aire fresco y limpio, y todo lo que necesitabas se encontraba a un paseo de distancia. De hecho, en los días que hiciera buen tiempo podría llegar caminando, o por lo menos aparcar en el campus del oeste para no tener que pagar el parquímetro.

Después de apuntar mis datos personales en la lista de espera, volví caminando hasta donde estaba mi coche, disfrutando de la suave brisa. A diferencia de esa misma mañana, en la que llegaba tarde, aproveché para observar las residencias que había al lado de la estación de tren. Tres casas, una al lado de otra, con los porches llenos de chicos en edad de ir a la universidad. Parecía que eran la versión local de las fraternidades.

Un chico con una cerveza en la mano me miró. Sonrió, pero después se dio la vuelta cuando un balón de fútbol salió volando por la puerta, golpeándole en la espalda. A eso le siguió una explosión de palabrotas.

Definitivamente era como una fraternidad.

Enderecé mi postura al tiempo que apretaba el paso, apresurándome a dejar atrás las casas. Llegué a un cruce y me disponía a atravesarlo cuando una camioneta plateada (una de esas enormes, quizá una Tundra) estuvo a punto de golpearme al acelerar por la estrecha carretera que iba a cruzar. El corazón se me detuvo cuando el vehículo frenó bruscamente, bloqueando mi camino.

Volví a la acera, confusa. ¿Acaso iba el conductor a echarme la bronca?

La ventanilla de vidrio ahumado empezó a bajar, y en ese momento estuve a punto de caerme de bruces.

Cameron Hamilton, con una gorra de béisbol puesta al revés, me sonrió tras el volante. Mechones de pelo negro se le enroscaban en la cintilla. No llevaba camiseta (una total ausencia de camiseta) y por lo que podía ver de él, que era solo su pecho, tenía un físico más que aceptable. Pectorales…, ¡el tío tenía pectorales! Y un tatuaje. En la parte derecha de su torso emergía un sol, con llamas extendiéndose hacia sus hombros en vibrantes matices de rojo y naranja.

—Avery Morgansten. Nos volvemos a encontrar.

Era la última persona a la que deseaba ver. No había suerte peor que la mía en toda la historia conocida.

—Cameron Hamilton… Hola.

Se inclinó hacia mí, apoyándose con una mano en el volante. Corrección: también tenía unos bíceps impresionantes.

—Tenemos que dejar de encontrarnos así.

Y eso era lo más cierto que se podría haber dicho. Necesitaba dejar de mirar fijamente su brazo…, su pecho… y su tatuaje. Nunca pensé que un sol pudiera ser tan… sexy. Vaya. Qué situación más incómoda.

—¿Tú atropellándome, yo casi atropellándote? —explicó Cameron—. Somos una catástrofe a punto de suceder.

No tenía ni idea de qué contestarle. La boca se me había secado, mis pensamientos iban en todas direcciones.

—¿Dónde vas?

—A mi coche —me obligué a decir—. Se me va a acabar el tiempo del parquímetro. —No era del todo cierto, porque había metido monedas de sobra para que no me pusieran una multa, pero él no tenía por qué saber eso—. Así que…

—Bueno, pues súbete, corazón. Te puedo acercar.

La cara se me vació de sangre, agolpándose en otras partes de mi cuerpo, dejándome con una sensación rara y confusa.

—No. Estoy bien. Está justo subiendo la colina. No hace ninguna falta.

Su sonrisa se ladeó, dejándome ver ese hoyuelo.

—No hay problema. Es lo menos que puedo hacer, después de que casi te atropello.

—Gracias, pero…

—¡Eh! ¡Cam! —El Chico de la Cerveza salió del porche y corrió por la acera, echándome una ojeada rápida—. ¿Qué pasa contigo, tío?

Salvada por el chico de la fraternidad.

Los ojos de Cam no se apartaron de mí, pero su sonrisa comenzó a desvanecerse.

—Nada, Kevin, solo estaba intentando tener una conversación.

Despidiéndome de Cam con un gesto, me apresuré a rodear a Kevin y la parte delantera de la camioneta. No miré atrás, pero podía sentirlo observándome. A lo largo de los años, uno de los talentos que había adquirido era saber cuándo alguien se estaba fijando en mí aunque no estuviera en mi campo de visión.

Me obligué a no echar a correr hacia la estación de tren, porque escaparme del mismo chico dos veces en un día sobrepasaba los límites de lo normal. Incluso para mí.

No me di cuenta de que había estado aguantando la respiración hasta que me situé detrás del volante y puse el motor en marcha.

Dios.

Dejé caer la cabeza y gemí. ¿Una catástrofe a punto de suceder? Sí, tenía toda la pinta.

3

Aguantar una clase de Sociología de tres horas un martes por la noche no había sido tan malo como pensé que sería, pero para cuando salí me moría de hambre. Antes de volver a mi apartamento, me dirigí a Sheetz (una cadena de gasolineras con tienda incorporada que no teníamos en Texas) y me compré una ensalada al gusto para llevar, con mucho pollo braseado y mayonesa.

Mmm. Muy saludable.

El aparcamiento estaba lleno de coches, incluso habían dejado algunos en el terreno cercano al oeste del campus. No estaba tan abarrotado cuando me había ido a mis clases de por la tarde, y me pregunté qué estaba pasando. Logré encontrar un lugar casi al lado de la carretera y, mientras sacaba la llave, mi teléfono móvil, situado en el portavasos, empezó a repiquetear.

Sonreí cuando vi que se trataba de un mensaje de Jacob. Nos habíamos intercambiado los números de teléfono en una de las clases, dado que él sí vivía en una de las residencias.

«La clase de Arte apesta», era todo lo que decía el texto.

Riéndome, le contesté con otro mensaje acerca de nuestras tareas, que eran reconocer qué cuadros pertenecían a qué épocas. Gracias a Dios existía Google, porque así era como pensaba hacer mis deberes.

Salí del coche, cogiendo mi mochila y la comida. El aire estaba húmedo y pegajoso, y me recogí el pelo con las manos, deseando haberme hecho una coleta. Aunque ya se podía oler el otoño, me apetecía que hiciera más frío. A lo mejor incluso que llegara a nevar en invierno. Crucé el aparcamiento, bien iluminado, para dirigirme a la colmena central de apartamentos. Me alojaba en el piso más alto, el quinto, y parecía que muchos estudiantes también vivían allí, aunque no hubieran llegado ese día. Tan pronto como llegué a la acera comprendí de dónde venían todos esos coches.

La música atronaba desde algún lugar de mi bloque. Había un montón de luces encendidas y pude oír fragmentos de conversaciones mientras subía las escaleras. Al llegar a la quinta planta, encontré a los culpables de todo el jaleo. El piso del otro lado del pasillo, del que me separaban otros dos, había montado una fiesta. La puerta estaba entreabierta y las luces y la música inundaban el rellano.

Una leve envidia me revolvió el estómago mientras abría mi propio piso. Todas esas risas, el ruido y la música tenían pinta de ser divertidos. Parecía todo tan normal, como algo a lo que *podría* estar yendo, pero las fiestas…

Las fiestas nunca acababan bien para mí.

Cerrando la puerta tras entrar, me quité los zapatos y dejé caer la bandolera en el sofá. Amueblar el apartamento había supuesto una merma en mis ahorros, pero iba a vivir allí como mínimo cuatro años. Pensé que ya lo vendería todo cuando me fuera, o me lo podría llevar.

Y, además, eran *mis* cosas. Eso significaba mucho para mí.

La fiesta al otro lado del pasillo seguía en marcha mucho después de que me hubiera acabado la no tan saludable ensalada, me hubiese puesto unos pantalones cortos y una camiseta de manga larga para dormir, y hubiese terminado los deberes de Arte. Justo después de medianoche dejé de leer lo que nos habían encargado en Literatura Inglesa y me dirigí al dormitorio.

Pero me detuve en el recibidor, retorciendo los dedos de los pies en la alfombra.

Escuché una explosión de risas ahogadas, y supe que tenían que haber dejado la puerta abierta, porque sonaba más alto incluso que antes. Me quedé congelada, mordiéndome el labio inferior. ¿Qué pasaría si abriera la puerta y reconociera a alguien de la facultad? Obviamente era un universitario el que estaba dando la fiesta. A lo mejor lo conocía. Bueno, y si fuese el caso, ¿qué? Tampoco es que me fuera a unir en pijama, sin sujetador, y con la coleta más deshecha del mundo.

Me di la vuelta y encendí la luz del baño, mirándome al espejo. Sin nada de maquillaje, las pecas de mi nariz llamaban la atención y mi cara parecía más ruborizada de lo normal. Me incliné sobre el lavabo, del que mi madre se habría burlado, y me acerqué más a mi reflejo.

Con la excepción de mi pelo castaño tirando a rojizo, herencia de mi padre, era clavada a mi madre. Nariz recta, mentón redondo y pómulos marcados; con todos los retoques cosméticos a los que se había sometido a lo largo de los años para «conservarse», parecíamos hermanas más que madre e hija.

Unos pasos resonaron en el rellano. Más risas.

Hice una mueca a mi imagen y me aparté del espejo. De vuelta en el recibidor, me dije que era hora de irme a dormir, pero de repente me encontré dirigiéndome hacia la puerta. No tenía ni idea de lo que estaba haciendo o por qué estaba siendo tan curiosa, pero todo parecía… cálido y alegre allí fuera, y todo lo de dentro era frío y aburrido.

¿Cálido y alegre?

Puse los ojos en blanco. Dios, parecía estúpida. Hacía frío dentro porque había puesto el aire acondicionado a tope.

Pero ya estaba frente a la puerta y no había nada que me detuviera. La abrí por impulso y miré hacia las escaleras, avistando dos cabezas que desaparecían a medida que iban bajando. La puerta que daba paso a la fiesta todavía estaba abierta y me quedé allí, de pie, sin poder decidirme. Ese sitio no era mi ciudad, mi casa. Nadie me iba a dirigir miradas crueles ni a gritarme obscenidades. Si acaso, pensarían que era una chica un poco rara por quedarme ahí, medio saliendo de mi piso, con los ojos extremadamente abiertos y dejando escapar todo el aire acondicionado.

—¡Trae a Raphael de vuelta! —exclamó una voz familiar, con una risa profunda que hizo que mi estómago se tensara con incrédulo asombro—. ¡Gilipollas!

¡Reconocía esa voz! Ay, Dios mío…

No podía ser. No había visto su camioneta plateada aparcada fuera, pero claro, había muchos coches y tampoco la había ido buscando.

La puerta se abrió del todo y me quedé congelada mientras un chico salía tambaleándose y riéndose al tiempo que dejaba una tortuga —pero ¿qué estaba pasando?— en el suelo. El animalito sacó la cabeza, miró a su alrededor y volvió a desaparecer dentro de su caparazón.

Un momento después, metieron a rastras al chico que había sacado la tortuga al pasillo y Cam apareció en la puerta, con todo el esplendor de su torso desnudo. Se agachó para recoger al bicho verde.

—Perdona, Raphael. Mis amigos son unos completos… —Alzó la vista.

Intenté meterme en casa, pero era demasiado tarde.

Cam me había visto.

—… cabrones. —Volvió a mirar—. Pero ¿qué…?

¿Quedaría muy raro si le cerraba la puerta en las narices? Sí, sí que lo parecería. Así que opté por un vago «Hola…».

Cam parpadeó varias veces, como si quisiera aclararse la visión.

—¿Avery Morgansten? Esto se está empezando a convertir en una costumbre.

—Sí. —Me recordé a mí misma que tenía que tragar—. Es verdad.

—¿Vives aquí, estás de visita…?

Me aclaré la garganta al mismo tiempo que la tortuga empezó a mover sus patas como si se quisiera escapar de allí.

—Yo… vivo aquí.

—¡No me fastidies! —Sus ojazos azules se agrandaron por la sorpresa, y empezó a acercarse siguiendo la línea de la barandilla de las escaleras. No pude evitar fijarme en que los pantalones cortos que llevaba se le ceñían a la parte baja de sus estrechas caderas. Ni en sus abdominales. Estaba realmente fibroso, y había convertido la tableta de chocolate en tableta y media—. ¿De verdad vives aquí?

Me obligué a alzar la vista y me quedé contemplando el tatuaje del sol.

—Sí. De verdad vivo aquí.

—Esto es…, no sé. —Se volvió a reír, y por fin le miré a los ojos—. Muy raro.

—¿Por qué? —¿Aparte de por el hecho de que se encontraba en el rellano de mi apartamento, sin camiseta y descalzo, sosteniendo una tortuga llamada Raphael?

—Yo también vivo aquí.

Me quedé boquiabierta. Todo eso de andar medio desnudo por ahí empezaba a tener sentido, y supuse que también lo de la tortuga, pero no podía ser. Demasiadas coincidencias.

—Estás de broma, ¿verdad?

—No. Llevo viviendo aquí bastante tiempo, como un par de años, con mi compañero de piso. Ya sabes, el gilipollas que ha sacado al pobre Raphael.

—¡Eh! —gritó el chico desde el apartamento—. ¡Tengo un nombre! ¡Es *señor* Gilipollas!

Cam se rio.

—En fin, ¿te has mudado este fin de semana?

Asentí sin darme cuenta.

—Claro. Yo estaba en mi casa, visitando a la familia. —Cambió a Raphael de mano, llevándose al animal al pecho, mientras el pobre trataba de liberarse—. Vaya, pues…

Yo estaba agarrando la puerta con tanta fuerza que tenía los nudillos blancos.

—¿Esa es…, eeeh…, tu tortuga?

—Sí. —Sonrió mientras levantaba al bicho—. Raphael, te presento a Avery.

Saludé con un pequeño gesto a la tortuga, e inmediatamente después me sentí tonta por hacerlo. Lo único que hizo fue volver a meter la cabeza en su caparazón verde.

—Es una mascota muy interesante.

—Y esos son unos pantalones de pijama muy interesantes. —Bajó su mirada—. ¿Qué es el estampado? —Se acercó para verlos mejor, y sentí que me ponía rígida—. ¿Porciones de pizza?

El rubor me inundó la cara.

—Cucuruchos de helado.

—Vaya. Me gustan. —Se enderezó y sus ojos subieron lentamente, dejando un rastro de calor en mí al que no estaba acostumbrada—. Mucho.

Inmediatamente solté la puerta para poder cruzar los brazos y taparme el pecho. Las comisuras de sus labios se curvaron. Entrecerré los ojos.

—Gracias. Eso significa mucho para mí.

—Debería. Tienen mi aprobación. —Se mordió el labio inferior mientras levantaba la mirada. Sus ojos se clavaron en los míos—. Tengo que llevar a Raphael a su sitio antes de que se mee en mi mano, que es algo que suele hacer, y no es agradable.

Me salió una pequeña sonrisa.

—Ya me imagino.

—Bueno, podrías venirte. Los chicos ya se iban a ir, pero seguro que se quedan un poco más. Así los conoces. —Se acercó un poco más y bajó la voz—. No son ni la mitad de interesantes que yo, pero no están mal.

Miré hacia la puerta por encima de su hombro, parte de mí queriendo hacer una cosa y otra parte deseando no tener nada que ver con todo eso. Ganó la segunda.

—Gracias, pero me estaba yendo a la cama.

—¿Tan pronto?

—Ya ha pasado la medianoche.

Su sonrisa se hacía cada vez más amplia.

—Eso todavía es pronto.

—A lo mejor para ti.

—¿Estás segura? —preguntó—. Tengo galletas.

—¿Galletas? —Arqueé las cejas.

—Sí, y las he hecho yo. Se me da bastante bien.

Por alguna extraña razón, no me lo podía ni imaginar.

—¿Tú has hecho galletas?

—Cocino un montón de cosas, y seguro que quieres que te cuente todas y cada una. Pero hoy, en concreto, han sido galletas de chocolate y nueces. Y son la leche, si se me permite decirlo.

—Por muy bien que suene, voy a tener que rechazar la invitación.

—¿A lo mejor en otro momento?

—Quizá. —No era probable. Retrocedí un paso, agarrando la puerta otra vez—. Bueno, pues un placer verte de nuevo, Cameron.

—Cam —me corrigió—. Y oye, esta vez no nos hemos atropellado el uno al otro. Míranos, aprendiendo de nuestros errores.

—Eso está bien. —Ya estaba dentro de mi piso y él todavía estaba frente a mi puerta—. Deberías volver, antes de que Raphael se mee en tu mano.

—Valdría la pena —me contestó.

Fruncí el ceño.

—¿Por qué?

No me contestó, pero empezó a alejarse.

—Si cambias de idea, estaré despierto un rato más.

—No voy a cambiar de idea. Buenas noches, Cam.

Abrió ligeramente los ojos al escuchar esto, pero su sonrisa se hizo más amplia, y mi estómago dio un vuelco, porque era asombrosa.

—Te veo mañana.

—¿Mañana?

—En clase de Astronomía. ¿O te la vas a saltar otra vez?

Volví a sonrojarme. Dios, *casi* me había llegado a olvidar de que me había escapado delante de él como una loca.

—No —contesté con un suspiro—. Allí estaré.

—Genial. —Continuó yéndose—. Buenas noches, Avery.

Refugiándome tras la puerta, me aseguré de cerrarla bien. Juraría que oí que se le escapaba una risita, pero supuse que me lo había imaginado.

Me quedé allí un momento y después me di la vuelta para dirigirme rápidamente a mi cama. Me refugié bajo las sábanas y, tumbada boca abajo, me tapé la cabeza con la almohada.

Duérmete. Solo necesitas dormirte.

¿Cam vivía al otro lado del rellano?

Te tienes que levantar pronto. Duérmete.

¿Cómo era posible? Estaba en todas partes.

Duérmete.

¿Y por qué tenía una tortuga de mascota? ¿Y de verdad le había puesto ese nombre por las Tortugas Ninja? Lo cierto era que tenía gracia.

Va a amanecer en breve.

¿Solo se ponía camisetas para ir a clase o qué? Ay, Dios mío, era verdad que vivía en la misma planta que yo. Jacob iba a alucinar…, y probablemente se mudara conmigo. Eso sería divertido. Jacob me caía muy bien, pero tenía pinta de cogerme prestada la ropa.

Que te duermas, joder.

No me podía creer que el tío bueno contra el que me había chocado y del que después había huido viviera a dos puertas de mí. Ni siquiera sabía en qué podía afectarme. No es que me importara. No estaba interesada en chicos ni en chicas, pero era increíblemente guapo…, bastante divertido… y, hasta cierto punto, encantador.

No. No. No. Deja de pensar en él, porque no tiene ningún sentido, así que duérmete ya.

¿Me había comido ya toda la ensalada? Vaya, la verdad es que en ese momento unas galletas me apetecían bastante.

—¡Uf! —gruñí a la almohada.

Seguí así durante una hora, más o menos, hasta que me di por vencida y salté de la cama. Ya en el salón, no escuché nada de música ni ningún ruido que proviniera del piso de Cam. Probablemente estaba dormido como un tronco mientras yo estaba despierta y obsesionada con la idea de unas galletas, pollo rebozado y unos abdominales perfectos.

Entré en el segundo dormitorio, que había convertido más bien en una especie de despacho/biblioteca. Encendí el ordenador y abrí mi correo electrónico. En la bandeja de entrada tenía un mensaje de mi primo sin leer. Lo borré sin ni siquiera abrirlo. En el menú de la izquierda, vi que había varios en la carpeta de correo electrónico no deseado. Estaba tan aburrida que la abrí para echarle un vistazo a unas ofertas de medicamentos sin receta, uno de esos correos de estafa tipo «Mi dinero está en una cuenta corriente en el extranjero» y un aviso de que Bath and Bodyworks estaba de rebajas. Mis ojos se fijaron en el título del asunto de un correo que me había llegado sobre las once de la noche del día anterior.

Ponía AVERY MORGANSTEN y lo enviaban desde una dirección que no me sonaba de nada.

Bueno, eso era extraño, porque mi correo no estaba puesto a mi verdadero nombre, así que no parecía que pudiera tratarse de un timo para sacarme mis datos bancarios. Tan solo mis padres y mi primo tenían mi dirección, porque, aunque también les había dado mi número de teléfono, prefería que me contactaran por escrito en vez de llamarme. Pero nadie más la tenía.

Mis dedos oscilaron sobre el ratón, dudando. Una sensación de ansiedad me recorrió todo el cuerpo mientras en el estómago se me formaba un nudo. Subí las piernas a la silla y me abracé a ellas, ordenándome a mí misma no abrir ese correo. Sabía que tenía que borrarlo, pero pinché sobre él porque no me quedó más remedio. Era como quedarse mirando un accidente de coche mientras vas conduciendo. Sabes que no deberías, pero no lo puedes evitar.

Inmediatamente, deseé no haberlo hecho. El nudo de mi estómago se hizo más fuerte y se me formó otro en la garganta. Con náuseas, me aparté de la mesa y cerré el ordenador portátil. De pie, en medio de la habitación, respiré hondo y apreté los puños.

Solo eran tres líneas.

Eso era todo.

Tres líneas que borraron miles de kilómetros.

Tres líneas que arruinaron mi noche.

Tres líneas que me habían encontrado en una pequeña universidad en Virginia Occidental.

No eres nada más que una mentirosa, Avery Morgansten.
Al final, recibirás lo que te mereces.
Y no será dinero.

4

Me obligué a mí misma a arrastrarme a la clase de Astronomía diez minutos antes de que empezara, y escogí lo que parecía un asiento bastante discreto en mitad del aula en forma de anfiteatro. Unos pocos estudiantes ya estaban allí, en las filas delanteras. Bostezando, me acomodé en mi asiento y me froté los ojos. El litro de café que me había bebido esa mañana no me había servido de nada, dado que solo había dormido una hora.

Por tres cortas líneas.

Cerré los ojos y dejé descansar mi cabeza en la mesa, sobre los brazos. No quería pensar en ese correo o en el hecho de que había vuelto a abrir el portátil y había rescatado de la carpeta de eliminados el de mi primo, para ver qué tenía que decir. Era una retahíla de quejas acerca de cómo estaba decepcionando a mis padres y cómo los suyos estaban muy preocupados, cómo temían que les hiciera vivir otro «episodio». «Tienes que volver a casa», me había escrito. «Es lo correcto». Sería lo correcto para ellos, pero a pesar de que mi primo estaba de acuerdo con mis padres, y, más o menos, con el noventa y nueve por ciento de mi ciudad, dudaba de que fuera él quien estuviese detrás del otro correo.

No reconocía la dirección desde la que se había enviado, y, aunque había mucha gente que me lo podía haber mandado, no sabía quién había sido. No podía ser él, porque ni siquiera él podría ser tan estúpido como para intentar ponerse en contacto conmigo.

¿O quizá sí?

Un escalofrío me recorrió la espalda. ¿Y si había sido Blaine? ¿Y si había averiguado dónde me había mudado? Mi familia no se lo habría dicho. Pero, claro, se lo podían haber comentado a sus padres, porque al fin y al cabo pertenecían al mismo club de campo. Los iba a matar si se lo habían contado. De verdad. Iba a coger el siguiente avión a Texas y los iba a asesinar, porque el objetivo de haber venido aquí era para escaparme de…

—Buenos días, corazón —me saludó una voz grave.

Alcé la cabeza y me enderecé en el asiento. Sorprendida hasta el punto de no hablar, vi que Cam se sentaba a mi lado. No anduve muy fina de reflejos, porque le debería haber dicho que estaba ocupado, o que se fuera a otro sitio, pero todo lo que pude hacer fue quedarme mirando.

Se acomodó, mirándome de reojo.

—Pareces un poco cansada.

Y él parecía sorprendentemente despierto para ser alguien que había estado de fiesta la noche anterior. Tenía el pelo húmedo y alborotado, los ojos brillantes.

—Gracias.

—De nada. Qué bien que esta vez hayas llegado a tiempo a clase. —Hizo una pausa mientras se echaba hacia atrás para poder apoyar la cabeza en el respaldo de la silla y colocar los pies en la de enfrente, manteniendo la mirada fija en mí—. Aunque he echado de menos todo eso de chocarme contigo. La verdad es que le añadió emoción.

—Pues yo no lo he echado en falta —admití, inclinándome para sacar el cuaderno de la bandolera—. Fue muy humillante.

—Para nada.

—Para ti es muy fácil decirlo, porque fui yo la que te empotró. Tú te quedaste ahí, recibiéndolo.

Cam se quedó boquiabierto. Ay, Dios mío, ¿de verdad había dicho eso? Sí, lo había hecho. Sonrojada hasta lo más profundo, me concentré en abrir el cuaderno.

—Raphael está muy bien, por cierto.

Se me escapó una sonrisilla aliviada.

—Eso es genial. ¿Se meó en tu mano?

—No, pero estuvo muy cerca. Te he traído algo.

—¿Pis de tortuga?

Cam se rio, negando con la cabeza mientras rebuscaba en su mochila.

—Siento decepcionarte, pero no. —Sacó varios folios unidos con una grapa—. Es el temario. Ya lo sé, superemocionante, pero, dado que no viniste a clase el lunes, pensé que necesitarías uno, así que se lo pedí al profesor.

—Gracias. —Cogí los papeles que me tendía, un poco desconcertada todavía—. Es un detalle por tu parte.

—Bueno, pues prepárate, porque esta semana estoy muy detallista. Te he traído otra cosa.

Me quedé mordisqueando el bolígrafo mientras él rebuscaba entre sus cosas y aproveché el momento para mirarlo embobada sin que se diera cuenta. Lo cierto es que había pasado mucho tiempo desde que hablara con alguien del sexo contrario que no fuese pariente mío, pero, después de todos los años invertidos en observar a la gente hacer esto mismo, pensé que lo estaba llevando bastante bien. Aparte del comentario del empotramiento, estaba bastante orgullosa de mí misma.

Cam sacó una servilleta y la desdobló.

—Una galleta para ti. Una galleta para mí.

Me saqué el bolígrafo de la boca y negué con la cabeza.

—No tenías por qué hacerlo.

—Solo es una galleta, corazón.

Volví a negar con la cabeza, porque no le encontraba el sentido. No entendía a Cam. Qué diablos, no entendía a la mayoría de la gente.

Se me quedó mirando con esos ojos, adornados por unas pestañas imposibles, y suspiró. Dividió la servilleta en dos partes, envolvió una de las galletas y me la dejó en el regazo.

—Ya sé que se dice que no debes aceptar caramelos de un extraño, pero es una galleta, no caramelos, y técnicamente no soy un extraño.

Tragué saliva.

Cam mordió su galleta y cerró los ojos. Un sonido gutural salió de su garganta, un gruñido de placer. Se me aceleró el corazón y me ruboricé todavía más al contemplarle. Volvió a hacer el mismo ruido y me quedé boquiabierta. Una fila de mesas más allá, una chica se dio la vuelta en su sitio, perpleja.

—¿De verdad está tan buena? —pregunté, echándole un vistazo a la galleta que todavía conservaba en mi regazo.

—Sí, están increíbles. Ya te lo dije ayer por la noche. Estarían mejor si tuviese leche para acompañar. —Le dio otro mordisco—. Mmm, leche.

Me atreví a mirarle otra vez de reojo y parecía que estuviese a punto de tener un orgasmo o algo.

Abrió un ojo.

—Es la mezcla de las nueces y el chocolate. Los combinas y es como una explosión de sexo en tu boca, aunque no tan caótico. Lo único que podría mejorarlas sería añadirles esas minigalletas de chocolate rellenas de crema de cacahuete. Cuando la masa está templada, dejas caer unas pocas… En fin, tienes que probarla. Dale un mordisco.

Bueno, ¿por qué no? Solo era una galleta, no es que fuera a fumar crack. Estaba siendo un poco tonta. Desplegué la servilleta y probé un poco. Prácticamente, se me derritió en la boca.

—¿Está buena? —preguntó Cam—. ¿A que sí?

Me comí otro trozo y asentí.

—Bueno, pues tengo un montón más en casa. —Se desperezó mientras doblaba su servilleta—. Solo te lo digo.

Me la terminé y tuve que admitir que la galleta estaba condenadamente buena. Me limpié los dedos y empecé a enrollar la servilleta, pero Cam estiró la mano y me la quitó. Al moverse, su rodilla acarició mi pierna.

—Migas —dijo.

—¿Qué?

Una sonrisilla le apareció en la cara y extendió la mano, sin la servilleta, y antes de que me diera cuenta de lo que estaba haciendo rozó mis labios con el pulgar. Cada uno de mis músculos reaccionó con una dolorosa tensión. Abrí mucho los ojos y me quedé sin aliento. El roce fue ligero, casi nada, pero lo sentí en varias partes del cuerpo.

—Ya está. —Sonrió todavía más.

Todavía me hormigueaban los labios. Solo podía pensar en ello. No me moví; no hasta que la puerta de la clase se abrió y el hombre más extraño que había visto hasta ese momento entró por ella. Vestido enteramente de poliéster verde oliva, tenía el pelo rizado y espeso, salpicado de canas, que se desparramaba en todas direcciones. Llevaba unas gafas muy grandes equilibradas en la punta de la nariz. Mientras atravesaba el aula, me di cuenta de que calzaba unas Vans a cuadros blancos y negros… a juego con su pajarita.

Cam dejó escapar una risa ahogada.

—El profesor Drage es… muy peculiar.

—Ya veo —murmuré.

El profesor Drage tenía un acento al hablar cuyo origen era incapaz de adivinar, pero, basándome en el tono de su piel, iba a apostar por Oriente Medio, o quizá el Mediterráneo. Se metió directamente en el tema, sin pasar lista o presentación alguna. Me esforcé para ponerme a la altura de su introducción a la astronomía y sus unidades y medidas específicas mientras Cam se recostaba todavía más en el asiento y sacaba su cuaderno. Movía el bolígrafo con rapidez sobre el papel, pero no estaba tomando apuntes.

Estaba dibujando.

Ladeando la cabeza, intenté concentrarme en qué demonios significaba una unidad astronómica, un número sin sentido que no podía ni pensar en aprenderme. Resultó ser la distancia media a la que la Tierra orbita alrededor del Sol. Era importante porque las unidades astronómicas se utilizaban para determinar la mayoría de los intervalos de distancia en nuestro sistema solar, pero me encontré echándole una ojeada al cuaderno de Cam.

¿Qué diablos estaba dibujando?

—Bueno, a la mayoría de vosotros no os importan las unidades astronómicas, o ni siquiera habéis oído hablar de ellas —siguió el profesor Drage, paseándose por el centro del aula—. Lo que sí habréis oído es el término «año luz». Aunque lo cierto es que dudo mucho que ninguno de vosotros llegue a entender lo que realmente es un año luz.

Estaba casi segura de que Cam estaba dibujando un bigfoot.

La clase continuó así hasta que, de repente, el profesor Drage aceleró el ritmo casi al final y empezó a repartir mapas estelares, pillándome desprevenida a mí y a todo el mundo, excepto a Cam.

—Ya sé que hoy es miércoles, pero aquí tenéis el primer ejercicio para este fin de semana. Se supone que el sábado el cielo estará tan claro como el culito de un bebé.

—¿Tan claro como el culito de un bebé, de verdad? —mascullé.

Cam se rio.

—Quiero que encontréis la Corona Boreal en el cielo, en el cielo nocturno de verdad, el genuino —explicó el profesor Drage, sonriendo como si hubiese dicho algo gracioso, aunque todos nos quedamos mirándolo fijamente—. No necesitaréis un telescopio. Usad vuestros ojos, vuestras gafas, lentillas o lo que sea. La podréis ver el viernes o el sábado por la noche, pero el tiempo no será tan favorable el viernes, así que escoged con cautela.

—Perdón —dijo alguien en las filas delanteras—, ¿cómo se utiliza este mapa?

Cam me pasó uno de los que había llegado a nuestra fila, junto a unas hojas cuadriculadas.

El profesor Drage se detuvo en medio del paseo.

—Lo miras.

Contuve la risa.

El estudiante se indignó.

—Eso ya lo entiendo, pero ¿lo tenemos que sujetar contra el cielo, o algo así?

—Claro. Puedes hacer eso. O puedes observar cada una de las constelaciones, fijarte en a qué se parecen y luego usar tus ojos y tu cerebro para encontrarlas ahí arriba. —El profesor hizo una pausa—. O puedes utilizar Google. Quiero que todos vosotros os familiaricéis con la idea de mirar las estrellas, porque este semestre vais a hacerlo mucho, y ya agradeceréis que nos pongamos ahora, cuando todavía no hace frío. Así que hablad con vuestro compañero y escoged una hora. Me devolveréis las hojas el lunes. Y eso es todo por hoy. Buena suerte y que os acompañen las fuerzas del universo.

Varios alumnos se rieron, pero mi estómago hizo un triple salto mortal.

—¿Compañero? —pregunté en voz baja recorriendo con la mirada la clase. Todos estaban girados en sus sillas, hablando con otras personas—. ¿Cuándo hemos escogido compañeros?

—El lunes —me contestó Cam, cerrando su cuaderno para meterlo en la mochila—. No estabas.

El corazón se me aceleró mientras me escurría hasta el borde de la silla. *Mierda.* El profesor Drage ya se había ido. La mitad de la clase ya había salido por la puerta.

—¿Avery?

¿Cómo diablos iba a encontrar un compañero ahora? No debería haberme saltado la clase del lunes como una niñata. Todo era por mi culpa.

—Avery.

¿Dónde estaba el despacho del profesor? Iba a tener que hablar con él y explicarle que no tenía un compañero. Seguro que su oficina también olía raro, como a naftalina.

—*Avery.*

—¿Qué? —salté, girándome hacia Cam. ¿Por qué estaba todavía allí, mirándome?

Alzó las cejas.

—Somos compañeros.

—¿Eh?

—Somos. Compañeros —repitió, y después suspiró—. Al parecer, Drage hizo que se emparejaran al principio de la clase del lunes. Yo llegué después, y al final de todo me dijo que eligiera a alguien que se incorporara a la clase el miércoles o que trabajara sin compañero. Y como no me gusta la idea, tú y yo somos compañeros.

Le miré.

—¿Tenemos la opción de hacerlo solos?

—Sí, pero ¿quién quiere salir a mirar el cielo por la noche totalmente solo? —Se levantó y se puso la mochila al hombro mientras caminaba entre las hileras de mesas—. Además, conozco un sitio perfecto para hacer lo que nos ha encargado. Tiene que ser el sábado, eso sí, porque ya tengo planes para el viernes.

—Espera. —Me levanté, apresurándome tras él—. No puedo.

—¿Ya tienes planes para el sábado? —Frunció el ceño—. Bueno, puedo…

—No. No tengo nada que hacer el sábado, pero no tenemos por qué ser compañeros —le expliqué—. Puedo hacerlo sola.

Se detuvo tan repentinamente delante de la puerta que casi repetimos lo que había pasado el lunes.

—¿Por qué ibas a querer hacer todos los ejercicios, y si miras el temario de esta clase en internet verás que hay un montón, tú sola?

—Bueno, no es que quiera. —Trasladé el peso de mi cuerpo de una pierna a otra—. Pero no tienes por qué ser mi compañero. Quiero decir que no me debes nada.

—No entiendo nada de lo que estás diciendo. —Cam ladeó la cabeza.

—Lo que intento decirte es… —empecé a divagar. ¿Qué estaba diciendo? El problema era que no lo entendía, en absoluto. Él no me conocía de nada. Yo no sabía nada de él y a pesar de eso era tan…, tan *amable*. La siguiente frase salió disparada de mi boca—. ¿Por qué estás siendo tan amable conmigo?

Alzó una ceja.

—¿Me lo preguntas en serio?

—Sí.

Se me quedó mirando un momento.

—Bueno, supongo que lo cierto es que soy un chico simpático. Y se nota mucho que acabas de llegar, que eres una novata. Parecías estar un poco alterada el lunes y después te escapaste, ni siquiera llegaste a entrar en clase, y yo…

—No quiero que me tengas pena. —Estaba horrorizada. Estaba siendo amable conmigo porque pensaba que tenía los nervios del novato. Ay, Dios, eso era…

Cam frunció el ceño y puso mala cara.

—No te tengo pena, Avery. Solo estoy diciendo que el lunes parecías alterada y pensé que podríamos ser compañeros. —Se detuvo y entrecerró los ojos—. Ya veo que no me crees. ¿Ha sido por la galleta? Bueno, te negaste a probarlas anoche, y la verdad, me iba a comer las dos, pero parecías tan cansada y tan triste ahí sentada que pensé que necesitabas una más que yo.

No sabía si me estaba tomando el pelo o no, pero sus ojos tenían un brillo socarrón.

—Y eres guapa —añadió.

Parpadeé.

—¿Qué?

Ya no tenía el ceño fruncido cuando abrió la puerta, haciéndome salir de la clase hacia el pasillo.

—No me digas que no sabes que eres guapa. Porque si es así, voy a perder toda la fe en la humanidad. Y no quieres ser la causante de eso, ¿verdad?

—Sé que soy guapa... O sea, no, no quería decir eso. —Dios, hablaba como una estúpida vanidosa. Negué con brío—. No creo que sea fea. Eso es lo que...

—Bien. Pues ya lo hemos aclarado. —Agarrándome de la bandolera, me dirigió hacia las escaleras—. Cuidado con la puerta. Puede darte problemas.

Lo ignoré.

—Pero ¿qué tiene que ver lo de ser guapa con todo lo demás?

—Me has preguntado por qué soy tan simpático contigo. Como puedes ver, es un beneficio mutuo.

Lo asimilé y me detuve en la escalera, por encima de él.

—¿Eres simpático conmigo porque crees que soy guapa?

—Y porque tienes los ojos castaños. Me pierden unos grandes ojos castaños. —Se rio—. Soy un chico muy, muy superficial. Eh, ayuda que seas guapa. Hace que salga el chico simpático que hay en mí. Hace que me apetezca compartir mis galletas contigo.

Lo miré fijamente.

—Así que, si fuera fea, ¿no serías simpático conmigo?

Cam se giró y nos quedamos cara a cara. Incluso estando un escalón por debajo, era más alto que yo.

—Seguiría siendo simpático contigo aunque no fueras guapa.

—Vale.

Se le extendió una sonrisa maliciosa por toda la cara. Inclinó la cabeza y me susurró:

—Solo que no te ofrecería galletas.

Crucé los brazos e intenté no hacer caso de lo cerca que estaban nuestras caras.

—Estoy empezando a pensar que «galletas» es una palabra en clave para referirse a otra cosa.

—A lo mejor. —Me tiró de la mochila otra vez al tiempo que bajaba un escalón, forzándome así a descender también—. Pero piénsalo: si «galleta» es una palabra en clave, sea lo que sea lo que signifique, te la has metido en la boca, corazón.

Había una parte de mí a la que le perturbaba ligeramente ese comentario, pero ¿la otra? Se me escapó una carcajada un poco ronca.

—De verdad que eres…

—¿Alucinante? ¿Asombroso? —Hizo una pausa y alzó las cejas—. ¿Admirable?

—Iba a decir «raro».

—Vaya, eso podría herirme si tuviese sentimientos.

Sonreí, jugando a bromear igual que él.

—Entonces está bien que no los tengas, ¿cierto?

—Supongo que sí. —Bajó otro par de escalones y se detuvo en el rellano—. Más vale que te des prisa o vas a llegar tarde a tu siguiente clase.

¡Ostras! Tenía razón.

Cam se rio de mi mirada atónita y se apartó de mi camino mientras me apresuraba a bajar las escaleras.

—Vaya, si te abalanzaras así a por mis galletas, sería un chico muy feliz.

—¡Cállate! —le respondí por encima del hombro mientras bajaba el piso siguiente.

—¡Eh! —me gritó—. ¿No quieres saber cuál es el significado en clave de «galletas»?

—¡No! ¡Por el amor de Dios, no!

Su risa me persiguió por el rellano y hasta la siguiente clase.

5

Tienes un apartamento muy bonito —me dijo Brittany desde mi sofá. Tenía un libro de Historia abierto sobre el regazo, pero todavía no había leído nada—. Me encantaría no tener que vivir en la residencia. Mi compañera de habitación ronca como un oso.

Yo estaba entre la mesita y la televisión, preguntándome cómo habían acabado viniendo Brittany y Jacob a mi casa después de clase. A la hora de la comida, habíamos estado hablando de reunirnos para intercambiar apuntes de Historia y de alguna manera mi casa había salido en la conversación. Creía que había sido idea de Jacob, y desde que estaban allí no habíamos estudiado absolutamente nada.

Una energía nerviosa me recorría el cuerpo, como si fuera un colibrí. Había pasado mucho tiempo desde que alguien me visitara. En casa no me venía a ver nadie que no fuese de la familia y únicamente la asistenta entraba en mi habitación. No solo había sido una paria en mi ciudad y en mi escuela, sino que también lo había sido en mi propia casa. Pero antes de esa fiesta de Halloween, *todo el mundo* venía a verme, especialmente las chicas de la academia. Todos hablaban conmigo y yo todavía bailaba. Antes de esa fiesta, las cosas habían sido normales.

Jugueteé con mi brazalete, nerviosa. Me gustaba que estuvieran allí porque era lo normal y me recordaba al *antes.* Era lo que hacía la gente que estaba en la universidad, pero era tan… diferente para mí.

Jacob salió de mi cocina con una bolsa de patatas fritas en la mano.

—Olvídate del apartamento. No me malinterpretes. Está bien, pero quiero oír más acerca de las *galletitas* de Cam.

Le cogí una patata.

—No os debería haber contado nunca esa conversación.

—Lo que tú digas —me contestó con la boca llena.

Brittany se rio.

—Estoy deseando saber a qué se refiere cuando dice «galletas».

—Su polla, probablemente. —Jacob se dejó caer en mi sofá.

—Ay, madre mía —dije, cogiendo un puñado de patatas.

Necesitaba el consuelo de las calorías, teniendo en cuenta hacia dónde se dirigía esa conversación.

Brittany asintió.

—Entonces tiene sentido. Quiero decir, lo de no compartir galletas con las chicas feas.

—No creo que lo dijera en serio —repliqué, metiéndome una patata en la boca—. Entonces, siguiendo con lo de los apuntes de Historia…

—Que le jodan a la historia. Volvamos a la polla de Cam —siguió Jacob—. Ya sabes que si las galletas se refieren a su polla, eso implica que te metiste su polla en la boca.

Me atraganté con la patata y cogí mi lata de refresco, sorbiendo el líquido mientras me ardía la cara de vergüenza.

—Hablando figuradamente, por supuesto —añadió Jacob, sonriendo como un completo gilipollas. Se puso en pie de un salto—. No sé cómo lo haces, Avery. Si yo viviera a un rellano de distancia de él, estaría pegado a su puerta todo el día. Y me abalanzaría a por sus *galletas*. Ñam.

Negué con las manos y también con la cabeza.

—Te puedes quedar con sus galletas.

—Venga, nena, si él estuviera en mi acera, lo haría en un suspiro.

Brittany puso los ojos en blanco.

—Qué sorpresa.

—Lo que no entiendo es por qué no te apetecen sus *galletas*.

Abrí la boca, pero Brittany se me adelantó.

—No creo que las galletas sean su polla. Creo que son sus huevos, al ser redondos y todo eso.

Jacob estalló en carcajadas.

—¡Entonces eso significa que te metiste sus huevos en la boca, en teoría! Vaya, es un repostero con la mente muy sucia.

Me quedé boquiabierta. ¿Se suponía que esto era una conversación normal?

—Por el amor de Dios, dejemos de hablar de su polla y de sus huevos o no voy a ser capaz de volverme a comer una galleta. Nunca.

—No. De verdad. ¿Cómo es que no estás dispuesta? —Jacob se estiró en el sofá como si fuera un gato grande—. Es obvio que está tonteando contigo.

—Pues vale —contesté, creyendo que ya podía comer otra patata sin peligro de morirme atragantada.

Jacob se quedó atónito.

—¿«Pues vale»?

Brittany cerró el libro de Historia y lo dejó caer al suelo, dando un golpetazo. Supuse que por ahí se iban mis planes de estudiar.

—Jacob es como una treintañera ávida de sexo, así que no puede llegar a entender por qué no te apetece montar en el semental de nuestra región.

Miré a Jacob, que se encogió de hombros y dijo:

—Es cierto.

—Incluso a mí me cuesta entenderlo. Cameron está muy bueno —continuó Brittany—. Y nunca he oído a ninguna chica que hablara mal de él, así que debe de tratarlas bien.

Como no tenía ni idea de qué decir, me dejé caer en el sillón negro, al lado de la televisión. Explicarles mis razones estaba descartado de antemano.

—No lo sé. Es que no estoy interesada.

—¿Tienes ovarios? —me preguntó Jacob.

Le lancé una mirada.

—Sí.

Se deslizó por el respaldo del sofá y se sentó al lado de Brittany.

—Entonces, ¿por qué no te interesa?

Metiéndome el resto de las patatas en la boca, intenté responder sin parecer mojigata y una frígida. Pero de hecho lo era, ¿no? O una desgraciada, dependiendo de a quién preguntaras. De cualquier modo, aunque el concepto de las pollas y los huevos me interesaba, la idea de tenerlos cerca de mí era suficiente para que empezara a sudar de ansiedad.

Y ya estaba sudando. Las patatas se me estaban revolviendo en el estómago. Después tendría que tomarme un antiácido. Mi cerebro se dirigió al correo electrónico que me habían mandado la otra noche.

Mentirosa.

Mientras me limpiaba las manos en los vaqueros, sacudí la cabeza.

—Es que no estoy interesada en tener una relación.

Jacob se rio.

—No estamos diciendo que Cameron esté interesado en eso, ya lo sabes. No tienes que estar saliendo con alguien para tener un poco de ñaca ñaca.

53

Brittany se lo quedó mirando.

—¿De verdad acabas de decir eso?

—Sí. Y no lo retiro. Me voy a hacer una camiseta que lo ponga. —Jacob esbozó una sonrisa—. En cualquier caso, todo lo que digo es que ese chico es una oportunidad que a lo mejor no quieres dejar pasar.

Ni siquiera quise pensarlo.

—Pero ¿por qué estamos hablando de esto? Solo tenemos una clase juntos y vive en mi misma planta.

—Y vais a ser compañeros el resto del semestre —añadió Brittany—. Salir juntos por la noche a acontemplar las estrellas es bastante romántico.

Se me hizo un nudo en el estómago.

—No es romántico. Nada es romántico.

Alzó las cejas mientras se pasaba la mano por el pelo corto y rubio.

—Bueno, vale, ceniza.

Puse los ojos en blanco, exasperada.

—Lo que estoy diciendo es que no lo conozco. Él no me conoce. Y es un ligón. Incluso has llegado a decir que es el «semental» de este sitio. Así que lo más probable es que simplemente sea así: un tío majo y simpático. Eso es todo. ¿Podemos olvidarnos ya de él?

—Vale ya, perras, porque me estoy aburriendo a muerte —dijo Jacob, y Brittany le sacó la lengua. La luz se reflejó en su piercing e hice un gesto de dolor pensando en el daño que le habría hecho—. Y necesito salsa para estas patatas.

—En el armario de abajo —le grité, pero ya estaba metido en la cocina, abriendo y cerrando cajones.

Para mi inmenso alivio, el tema de conversación se fue alejando de mi inexistente lo-que-fuera con Cam. Pasaron las horas y me empecé a encontrar más cómoda con ellos en mi apartamento e incluso abrimos nuestros libros de Historia unos cuantos minutos. Cuando estaban a punto de ser las nueve, recogieron sus cosas y se dirigieron a la puerta.

Brittany se acercó a mí. Antes de que pudiera prepararme mentalmente, me dio un abrazo rápido y un beso en la mejilla. Me quedé un poco paralizada. Ella sonrió.

—Hay una gran fiesta el viernes por la noche en una de las fraternidades. Deberías venirte con nosotros.

Recordé que Cam me había dicho que tenía planes el viernes y, como estaba claro que le gustaban las fiestas, ahí tenía la razón. Negué con la cabeza.

—No sé.

—No me seas antisocial —dijo Jacob, abriendo la puerta—. Somos gente maja con la que salir.

Me reí.

—Ya lo sé. Me lo pensaré.

—Vale. —Brittany me hizo un gesto de despedida con la mano—. Nos vemos mañana.

En el rellano, Jacob empezó a señalar a la puerta de Cam al mismo tiempo que meneaba las caderas y movía el culo. Me tuve que morder los labios para no reírme. Siguió así hasta que Brittany lo agarró por el cuello de la camiseta y lo arrastró escaleras abajo.

Sonriendo todavía, cerré la puerta y la aseguré con la cadena. No me llevó mucho tiempo recogerlo todo y prepararme para meterme en la cama. Aunque no tenía sentido, porque no tenía nada de sueño y, como estaba evitando encender el portátil y enfrentarme a mi correo electrónico, terminé viendo reposiciones de *Ghost Hunters* hasta que me convencí a mí misma de que había un poltergeist en el baño. Apagué la televisión, me puse en pie y terminé haciendo algo que odiaba.

Paseé por mi piso como solía hacer en mi habitación cuando estaba en casa. Con la televisión apagada y la casa en silencio, podía escuchar los pequeños ruidos cotidianos de los otros apartamentos. Me concentré en ellos en vez de dejar que mi mente vagara errante, porque había sido un día muy bueno y no quería arruinarlo. Los dos últimos días habían sido geniales, a excepción de lo de chocarme con Cam. Todo iba bien.

Me detuve tras el sofá, y solo entonces me di cuenta de lo que estaba haciendo.

Vi que me había subido la manga de la camiseta y que tenía los dedos apretados rodeando mi muñeca izquierda. Despacio, con cuidado, fui levantándolos, uno a uno. Tenía las huellas del brazalete marcadas en la piel. En los últimos cinco años, solo me lo había quitado para dormir y para ducharme. Probablemente las marcas ya serían permanentes.

Igual que la cicatriz rasgada que se escondía debajo.

Aparté la mano. Cinco centímetros de un rosa brillante desgarraban el centro de mi muñeca, justo encima de la vena. Había sido un corte muy profundo, hecho con el cristal roto de la foto enmarcada que había tirado al suelo después de que las primeras imágenes hubieran empezado a circular por mi instituto.

Me había hecho ese corte en el peor momento de mi vida y no lo había hecho en broma. Habría habido otro a juego en mi muñeca derecha si la asistenta no hubiese oído romperse el cristal.

En esa foto estábamos mi mejor amiga y yo; la misma mejor amiga que había sido una de las primeras en darme la espalda y en susurrar palabras como «puta» o «mentirosa».

Había querido acabar con todo en ese momento. Simplemente quitarme de en medio, porque en ese instante nada podría haber sido peor que lo que ya me había pasado, aquello a lo que mis padres habían accedido y los efectos secundarios que conllevó. En cuestión de meses, mi vida se había dividido por completo en dos pedazos: el antes y el después. Y yo no había sido capaz de ver un posible *después* tras el apoyo que toda la escuela le brindó a Blaine.

¿Ahora mismo? El después parecía infinito, pero era la vergüenza la que ardía en mis tripas al observar la cicatriz. El suicidio nunca fue la respuesta, y, en cualquier caso, quitarme de en medio era dejarlos ganar a todos ellos. Había aprendido la lección por mí misma, dado que la posibilidad de que acudiera a terapia ni se planteó. Mis padres habrían preferido cortarse las piernas antes que sufrir la humillación de tener una hija que hubiera intentado suicidarse y necesitara ayuda. Había habido otro intercambio de dinero para que mi visita vespertina al hospital fuera silenciada.

Al parecer, lo que mis padres sí podían aceptar era tener una hija a la que se tachara de puta mentirosa.

Yo odiaba tener en mi cuerpo la marca de mi propia debilidad, me habría muerto de vergüenza si alguien las hubiera llegado a ver.

Unas carcajadas profundas en el rellano atrajeron mi atención: la risa de Cam. Dirigí mi mirada a la cocina. El reloj del horno marcaba casi la una de la madrugada.

Me bajé las mangas de la camiseta.

—¿No puedes faltar el viernes por la noche? —preguntó una voz femenina, amortiguada por la presencia de las paredes.

Hubo una pausa, y oí que Cam respondía:

—Ya sabes que no, corazón. A lo mejor a la próxima.

¿«Corazón»? ¡Vaya!

Oí sus pasos bajando por las escaleras. Sorteé el sofá y me acerqué a la ventana. Dado que mi piso estaba en la esquina y las vistas daban al aparcamiento, todo lo que tenía que hacer era esperar. Y allí aparecieron: una chica junto a un Cam con el torso desnudo.

Era muy alta, morena, y llevaba una bonita falda vaquera. Esto fue todo lo que pude ver desde la ventana mientras atravesaban el aparcamiento. La chica se tropezó, pero recuperó el equilibrio antes de que Cam tuviera que intervenir. Se detuvieron tras un coche de color oscuro. Me sentía como una cotilla mirándolos, pero estaba absorta.

Cam dijo algo y se rieron cuando la chica le golpeó juguetonamente el hombro. Un instante más tarde, se abrazaron y él se apartó, despidiéndose con la mano antes de darse la vuelta y volver a casa. A mitad de camino, alzó la vista hasta nuestra planta y me escondí como una completa estúpida. No podía verme. Era imposible, puesto que todas las luces de mi apartamento estaban apagadas.

Me reí de mí misma y después me callé al oír que una puerta se cerraba en el rellano.

Me invadió una ola de alivio y relajé los músculos que hasta ese momento había mantenido en tensión. Verlo con otra chica estaba… bien. Reforzó la idea que ya tenía de que Cam era un chico encantador, un ligón inofensivo a quien le gustaba regalar galletas a las chicas guapas y que tenía una tortuga que se llamaba Raphael. Eso estaba bien. Eso lo podía hacer. Podía manejar eso, porque lo que me estaban sugiriendo tanto Brittany como Jacob me hacía sentirme nerviosa y llena de ansiedad.

A lo mejor Cam y yo nos hacíamos amigos. Me gustaba la idea porque era bonito tener más amigos, igual que *antes*.

Pero mientras me metía en la cama, completamente despierta, mirando al techo, hubo un momento, un momento muy breve, en el que me pregunté cómo habría sido que Cam estuviera interesado en mí *de esa manera*. Tener algo así que anhelar. Tener mariposas en el estómago y sentirme nerviosa cada vez que me mirara o cuando nuestras manos se rozaran por casualidad. Me pregunté cómo sería sentirme atraída por él, o por cualquier otro hombre, ya que estábamos. Desear las citas, los primeros besos y todo lo que venía tras eso. Seguro que era agradable. Sería como *antes*.

Antes de que Blaine Fitzgerald se lo hubiese llevado todo.

Las nubes de una tormenta se estaban arremolinando el jueves por la mañana y parecía que iba a ser un día de lluvia en el campus. Afortunadamente ese día solo tenía dos clases, así que antes de salir me puse una sudadera por encima de la camiseta. Pensé en cambiarme también los pantalones cortos y las chanclas, pero estaba demasiado vaga como para tomarme tantas molestias.

Le mandé un mensaje a Jacob por si quería que le comprara un café antes de ir a la clase de Arte. Salí del piso y había llegado a la escalera cuando la puerta del apartamento de Cam se abrió y salió un chico poniéndose apresuradamente una camiseta. Su melena rubia y despeinada se asomó a medida que lo conseguía, y le reconocí como el que había cogido la tortuga de Cam, su compañero de piso.

En el momento en que nuestras miradas se encontraron, una sonrisa enorme le cruzó la cara, dejando ver sus blanquísimos dientes.

—¡Eh! Yo a ti te he visto antes.

Mis ojos se dirigieron a lo que había tras él. Se había dejado la puerta abierta.

—Sí, tú eres… el chico de la tortuga.

Puso cara de desconcierto mientras dejaba caer sus zapatos al suelo.

—¿El chico de la tortuga? Ah, vale. —Se rio, pequeñas arrugas bordeando sus ojos castaños—. Me viste con Raphael, ¿verdad?

Asentí.

—Y creo que te llamaste a ti mismo «señor Gilipollas».

Dejando escapar otra carcajada, se me unió bajando las escaleras.

—Ese es mi nombre cuando bebo. La mayoría del tiempo, la gente me conoce como Ollie.

—Eso suena mucho mejor que señor Gilipollas —dije sonriendo mientras llegábamos al rellano de la cuarta planta—. Yo soy…

—Avery. —Cuando abrí los ojos a causa de la sorpresa, me sonrió ampliamente—. Cam me dijo tu nombre.

—Ah. Bueno, así que vas a…

—¡Tú, imbécil, te has dejado la puerta abierta! —La voz de Cam reverberó por toda la escalera, y un segundo más tarde apareció con una gorra de béisbol negra. Esbozó una sonrisa cuando nos vio y bajó los escalones que nos separaban—. Eh, ¿qué estás haciendo con mi chica?

¿Su chica? ¿Perdón? Casi me tropiezo yo sola.

—Le estaba explicando cómo es que tengo dos nombres.

—Ah, ¿sí? —Cam me pasó un brazo por los hombros y una chancla se me enganchó con la tira de la otra. Su abrazo se hizo más fuerte, atrayéndome hacia él—. Eh, corazón, cuidado, que te perdemos.

—Fíjate. —Ollie bajó brincando las escaleras—. Las chicas caen a tus pies.

Cam sonrió mientras que con la mano libre se colocaba la gorra del revés.

—No puedo evitarlo. Es mi carisma.

—O puede que sea tu olor —contraatacó Ollie—. No estoy seguro de haber oído cómo te duchabas esta mañana.

Cam fingió ofenderse.

—¿Huelo mal, Avery?

—Hueles genial —murmuré, mientras sentía que la cara se me enrojecía. Pero era la verdad. Olía de maravilla, una mezcla de sábanas limpias, un rastro de colonia y algo más, que probablemente era él mismo—. O sea, no hueles mal.

Cam me miró durante un instante que se me hizo demasiado largo.

—¿Vas a clase?

Estábamos bajando las escaleras, pero su brazo todavía me rodeaba los hombros y la parte de mi cuerpo que estaba en contacto con él me hormigueaba como si se me hubiera dormido. Era todo tan… relajado. Como si no supusiera nada para él, y probablemente así fuera. Recordé que la noche anterior había abrazado a esa chica, pero para mí aquello era…

60

No tenía palabras.

—¿Avery? —insistió Cam bajando la voz.

Me libré de él y vi que la sonrisa de Ollie se hacía más amplia. Seguí bajando las escaleras; necesitaba un poco de espacio.

—Sí, voy a clase de Arte. ¿Y vosotros?

Cam me alcanzó en el tercer piso.

—Nos vamos a desayunar. Deberías saltarte la clase y venirte con nosotros.

—Creo que ya he faltado lo suficiente por esta semana.

—Yo sí que voy a faltar —anunció Ollie—, pero Cam no tiene clase hasta esta tarde, así que se está portando bien.

—¿Y tú eres el chico malo? —le pregunté.

La sonrisa de Ollie era contagiosa.

—Uy, soy un chico muy muy malo.

Cam le lanzó una mirada a su amigo.

—Sí, es malo en ortografía, matemáticas, inglés, en limpiar lo que ha ensuciado, en hablar con la gente… y podría seguir y seguir.

—Pero soy bueno en lo que cuenta.

—¿Y qué es lo que cuenta? —le preguntó Cam mientras salíamos del edificio. Fuera, el aire traía una promesa de humedad y las nubes parecían estar a punto de reventar.

Ollie se nos adelantó y se dio la vuelta, de manera que estaba mirándonos al tiempo que caminaba de espaldas, ignorando completamente la camioneta roja que intentaba dar marcha atrás. Alzó una mano bronceada y empezó a contar con los dedos.

—Beber, socializar, hacer snowboard y jugar al fútbol. ¿Te acuerdas, Cam? El fútbol.

La sonrisa desapareció de la cara de Cam.

—Sí, lo recuerdo, imbécil.

Ollie se rio y se dio la vuelta, dirigiéndose hacia donde estaba aparcada la camioneta plateada. Observé a Cam con curiosidad. Tenía la vista fija al frente, la mandíbula tensa y los ojos como dos bloques de hielo. Sin mirarme, metió las manos en los bolsillos de los vaqueros y me dijo:

—Nos vemos, Avery.

Con eso, se unió a Ollie en la camioneta y juraría que el ambiente se enfrió, a juego con el repentino desapego en la actitud de Cam. No hacía falta ser un genio o una persona especialmente intuitiva para ver que Ollie había tocado un tema espinoso y que Cam no tenía ganas de explicarlo.

Con un escalofrío, me apresuré a meterme en el coche. Un segundo después, una gota de lluvia se estrelló contra el parabrisas. Mientras daba marcha atrás, les dirigí una mirada. Los dos chicos estaban de pie al lado de la camioneta, Ollie sonriendo y Cam con la misma expresión rígida mientras hablaba. Fuera lo que fuera lo que le estaba diciendo a su amigo, no estaba nada contento.

6

No tenía ni idea de cómo había dejado que Cam me convenciera para dejarlo conducir a él y no llevar los dos coches, pero el sábado por la noche (cuando teníamos que completar el ejercicio) justo antes del atardecer, me encontré subiendo a su camioneta plateada. Tenía el estómago hecho un nudo desde el viernes por la noche, cuando Jacob empezó a insistirme con lo de la fiesta a la que iba a ir con Brittany. Había sido con buena intención, y yo quería ir, pero no pude reunir las fuerzas. Además, no tenía ni idea de dónde estaba la casa en la que se celebraba, ya era muy tarde cuando me empezó a mandar mensajes y había estado lloviendo otra vez.

Y ahora estaba tan nerviosa como un ratón en un cuarto lleno de gatos hambrientos. Aunque pudiera parecer lamentable, nunca había estado a solas con un chico en un coche. Vaya, incluso pensarlo era bastante patético. Un nivel de patetismo del tipo «me llevaré ese secreto a la tumba».

Cam puso en marcha el coche mientras me miraba. Llevaba otra vez la gorra puesta del revés. Tras las pestañas, sus ojos azules brillaban.

—¿Estamos listos?

Abrigándome con la chaqueta que llevaba, asentí. Cuando lo había visto en la clase de Astronomía el día anterior, había estado normal, bromeando, tonteando conmigo y ofreciéndome galletas. Esperaba que eso significara que lo que fuera que hubiera pasado entre él y Ollie se hubiese arreglado.

—¿Estás seguro de que no podemos hacer esto por aquí cerca?

—El sitio que te digo es perfecto. No te voy a llevar por mal camino, corazón.

—Vale —murmuré, entrelazando las manos con fuerza.

Miré por la ventanilla, observando que salíamos del campus y atravesábamos el puente hacia Maryland.

Quince minutos más tarde, Cam cogió una carretera que conducía al centro de visitantes del Campo de Batalla Nacional de Antietam. La apasionada de la historia que había en mí empezó a dar volteretas, pero estaba demasiado nerviosa por el hecho de estar allí de noche con Cam. No parecía el tipo de chico que fuera a intentar algo, pero si algo había aprendido era que no había un «tipo» concreto en esas cuestiones. Tenía los nervios a flor de piel.

—¿Estás seguro de que podemos estar aquí por la noche? —le pregunté, echando un vistazo a mi alrededor.

—No. —Aparcó. Había unos cuantos coches más.

Lo miré fijamente.

—¿Qué?

Se rio mientras apagaba el motor.

—Es una broma. Todo lo que tenemos que hacer es decirle a uno de los guardias que somos de la universidad. Nos dejarán estar aquí.

Esperaba que tuviera razón. La idea de que un guardia me echara del campo de batalla no entraba en mi lista de cosas que hacer antes de morir.

Sin embargo, al mirar a Cam de reojo, no pude evitar pensar que en cambio sí será algo a lo que él se apuntaría.

—¿Estás lista?

Cogí mi mochila y salí del coche.

—Sí, acabemos con esto de una vez.

Cam cogió una linterna de la guantera mientras se reía.

—Controla tu entusiasmo.

Le sonreí.

—No siento ninguno.

—No me mientas. —Rodeó el coche para ponerse a mi lado y me señaló una torre de cemento con el tejado rojo—. Ahí es donde vamos.

—¿La torre de Bloody Lane?

Me miró extrañado.

—¿Ya has estado aquí antes?

—No.

—Entonces, ¿cómo sabías que esto es Bloody Lane?

Sonreí mientras me retorcía un mechón de pelo.

—Me quiero graduar en Historia, así que este tipo de sitios me atraen. Ya he leído acerca de él. El día más sangriento de toda la guerra tuvo como escenario ese pequeño sendero.

—Sí, eso es lo que dicen. Espera un segundo. —Se dio la vuelta cuando vio que un guardia estaba atravesando el campo—. Ahora vuelvo.

Le observé acercarse al guardia, que se había quedado esperando. Estuvieron hablando y Cam le enseñó su cuaderno. El guardia se rio y se despidieron con un apretón de manos.

Si miraba al cielo, ya podía ver pequeñas estrellas apareciendo en la oscuridad. Sería noche cerrada en un par de minutos.

Respiré hondo y dejé salir el aire lentamente.

Cam volvió a mi lado.

—Tenemos permiso. Y no somos los únicos. Hay unos cuantos estudiantes más al otro lado de la torre.

—Bien. —Me uní a su paso, manteniendo una saludable distancia entre nosotros—. ¿Por qué viene tanta gente aquí para hacer esto? Estoy segura de que hay otros sitios que no estén tan lejos del campus.

—Pero no son como este. Mira a tu alrededor. —Se metió la linterna en el bolsillo trasero de los pantalones—. Aparte de las casas al otro lado, no hay farolas ni torres eléctricas en ninguna parte. Solo el cielo.

—Y los campos de maíz —señalé.

Asintió.

—Un montón de campos de maíz.

Llegamos a la parte asfaltada del camino y empezó a dirigirse hacia la torre.

—¿Cuánto crees que vamos a tardar? —le pregunté.

—¿Por qué? ¿Tienes una cita?

Se me escapó la risa.

—Uy, no.

Alzó una ceja.

—Lo dices como si fuese una idea descabellada. Como si nadie tuviese una cita los sábados por la noche.

Dejé caer el mechón de pelo con el que estaba jugueteando y me esforcé por encogerme de hombros de una manera desenfadada.

—No salgo con nadie.

—Y entonces, ¿a qué viene tanta prisa?

Admitir que no me sentía nada cómoda con él me habría avergonzado y era de mala educación, así que no dije nada.

—¿Te preocupa que te haya traído aquí para mis propios y malvados propósitos?

Me detuve. Se me formó un nudo en el estómago.

—¿Qué?

Cam se paró y se dio la vuelta. Su sonrisa fue desapareciendo.

—Eh, Avery, que estoy de broma. De verdad.

El rubor invadió mis mejillas y el nudo se deshizo, dejándome con la sensación de ser patética.

—Lo sé. Es solo que estoy…

—¿Nerviosa?

—Sí, eso.

Me observó durante un momento más y luego volvió a ponerse en marcha.

—Vamos. Dentro de poco será noche cerrada.

Caminando tras él, me imaginé a mí misma corriendo hacia las antiguas vallas de madera y empalándome en una de ellas. Dios, necesitaba controlarme. No todos los chicos eran como Blaine. Eso ya lo sabía. Lo entendía a la perfección. No es que mi tormento me hubiese destrozado por completo.

Al otro lado de la torre, cerca de las placas conmemorativas, dos estudiantes de nuestra clase de Astronomía estaban en un banco, con los cuadernos en el regazo. Nos saludamos con un gesto, y Cam siguió andando un poco más para llegar a una colina cubierta de hierba desde la que se podía ver la totalidad de Bloody Lane.

Cam escogió un sitio y lo recorrió con la linterna antes de sentarse. Yo me quedé a unos cuantos pasos de distancia, escuchando el sonido de los grillos. El suelo ya no estaba húmedo de la lluvia del día anterior, pero aunque lo hubiese estado me habría sentado igual. Estaba demasiado nerviosa.

—¿Te vienes conmigo? —Inclinó la cabeza y palmeó el suelo que había junto a él—. ¿Por favor? Estoy aquí un poco solo.

Mordiéndome los labios, me senté a unos pasos de él y me dediqué a encontrar mi cuaderno de Astronomía. Mientras lo sacaba del bolso, lo miré y nuestros ojos se encontraron. No podía apartar la vista. «Intensa». Esa fue la primera palabra que me vino a la mente. Su mirada era intensa, como si me atravesara con ella.

Me aclaré la garganta y me concentré en el cuaderno. Al final, Cam dijo algo.

—¿Qué constelación se supone que tenemos que encontrar?

Sujetó la linterna mientras yo miraba mis anotaciones.

—Eh… la Corona Boreal, creo.

—Ah, la que se llama también solo «la Corona».

Alcé las cejas.

—¿Te sabes eso de memoria?

Se rio.

—Puede que no tome apuntes, pero presto atención en clase.

Estaba casi segura de que se había quedado dormido la mayor parte de la clase del día anterior. Saqué las hojas cuadriculadas que nos había dado el profesor Drage y el mapa estelar y encontré en él la Corona Boreal.

—No entiendo cómo hay gente que ve formas en las estrellas.

—¿De verdad? —Se acercó y miró por encima de mi hombro—. Las figuras son bastante obvias.

—Para mí no. Lo que quiero decir es que hay un montón de estrellas en el cielo. Probablemente puedas ver lo que te empeñes en ver.

—Mira la Boreal. —Señaló el mapa con el dedo—. Está claro que es una corona.

Me reí.

—No parece una corona. Es un semicírculo mal dibujado.

Negó con la cabeza.

—Mira. Ahora es más fácil verlo. Es una corona. Venga, mira esas siete estrellas.

Eché la cabeza hacia atrás mientras cogía un bolígrafo de la bandolera.

—Veo las siete estrellas, pero también veo otras cien alrededor. De hecho, creo que veo al monstruo de las galletas.

Cam estalló en carcajadas. Era un sonido agradable, grave e intenso.

—Qué ridícula.

Mis labios se curvaron en una sonrisa mientras paseaba el bolígrafo sobre las cuadrículas. No tenía ni idea de en qué latitud empezar. Miré a la Boreal y conseguí dibujar una línea donde creía que iba, conectando dos puntos.

—¿Sabes por qué le pusieron ese nombre? —Cuando le hice un gesto indicando que no lo sabía, se acercó y me cogió el bolígrafo de la mano. Sus dedos rozaron los míos y los retiré, dejándolos caer en la esponjosa hierba—. Representa la corona que le dio Dionisio a Ariadna. Cuando se casó con Baco, colocó la corona en el cielo para honrar su matrimonio.

Lo miré.

—El profesor Drage no ha enseñado nada de esto en su clase.

—Ya lo sé.

Recostándome, lo observé.

—Y entonces, ¿cómo lo sabes?

—¿Y por qué no lo sabías tú? —Ladeé la cabeza en señal de interrogación, alzando las cejas—. Vale. A lo mejor la mayoría de la gente no se sabe eso de memoria. —Jugueteó con el bolígrafo, girándolo entre los dedos—. La verdad es que ya di parte de esta clase el primer año, pero tuve que dejarlo.

—¿De verdad?

Asintió, pero no siguió con la explicación.

—Entonces, ¿estás en tercero?

—Sí. Al final tuve que faltar un año, así que voy un poco retrasado.

Quería preguntarle la razón, pero no era asunto mío.

—¿Por qué volviste a matricularte en Astronomía? —Pensé que era un tema menos espinoso—. ¿Es parte de tu especialidad?

—No. Pero me gusta la clase y también el profesor Drage. —Dejó de hablar y apagó la linterna—. Estudio Ciencias del Deporte. Me gustaría trabajar en algo relacionado con la rehabilitación física de los deportistas.

—Ah. ¿Has hecho…? —Me olvidé de lo que estaba diciendo cuando la chica que estaba tras nosotros se echó a reír. Le eché una ojeada, y lo que vi me dejó boquiabierta.

Nuestros dos compañeros de clase eran pareja o estaban a punto de convertirse en una. Los cuadernos estaban en el banco, olvidados ya. Ella estaba en su regazo, sus caras muy juntas y la mano de él desaparecía bajo la falda que llevaba puesta la chica.

—Bueno, es una manera muy interesante de observar las estrellas —comentó Cam.

Me sentí agradecida por la oscuridad, porque me empecé a poner roja. Sabía que tenía que darme la vuelta, porque quedarme mirándolos me hacía parecer una pervertida, pero no podía evitarlo. Ni siquiera cuando la chica agarró del pelo al chico, arrimó su cabeza a la de ella y empezaron a besarse apasionadamente mientras la mano de él seguía metiéndose en su falda, hasta el antebrazo.

Vaya.

Cam me dio en el brazo con el bolígrafo, reclamando mi atención. Parecía… curioso.

—¿Qué? —le pregunté.

—Nada. Es solo que… —Escogió sus palabras con cautela—. Los estás observando como… si nunca hubieras visto a una pareja hacer eso antes.

—¿De verdad?

Asintió.

—Así que, a menos que crecieras en un convento, supongo que habrás estado en el regazo de alguien alguna que otra vez, ¿no?

—¡Pues no! —Tuve que controlarme, porque casi se lo había gritado—. Es decir, que no me he sentado encima de ningún chico.

—¿Y de una chica?

—¿Qué? ¡No!

Dibujó una sonrisa en su cara.

—Estaba bromeando, Avery.

Apreté las mandíbulas.

—Ya lo sé, es solo que yo…

—¿Qué? —Me volvió a rozar con el bolígrafo—. ¿Tú qué?

Mi boca se abrió y dejé escapar el peor tipo de diarrea verbal.

—Nunca he tenido novio. —En el momento que pronuncié esas palabras quise darme de golpes. ¿Quién era tan estúpida como para admitir eso a un casi desconocido? Agarrando con fuerza mi cuaderno, me atreví a mirar a Cam. Me estaba observando como si acabara de proclamar que era la Virgen María. Las mejillas me ardían—. ¿Qué? Tampoco es para tanto.

Parpadeó, girando un poco la cabeza para volverse a mirar al cielo.

—¿Nunca has tenido novio?

—No. —Me removí en el sitio, tremendamente incómoda, como si hubiese desnudado mi alma.

—Pero ¿nada?

—Eso es lo que implica el «no».

Cam abrió la boca para cerrarla después.

—¿Cuántos años tienes?

Puse los ojos en blanco ante la pregunta mientras seguía intentando buscar una postura más cómoda.

—Diecinueve.

—¿Y no has tenido pareja nunca? —volvió a preguntar.

—No. —Estaba empezando a arrugar el papel con los dedos—. Mis padres… eran muy estrictos. —Una mentira, pero sonaba creíble—. O sea, eran muy *muy* estrictos.

—Sí, entiendo. —Cam golpeó su cuaderno con mi bolígrafo—. ¿Así que nunca has tenido una cita ni nada?

Suspirando, dirigí mi mirada a los apuntes.

—Pensé que se suponía que íbamos a localizar las estrellas.

—Ya lo estamos haciendo.

—No, no lo estamos haciendo. Todo lo que tengo es una línea garabateada, y tú ni siquiera tienes eso.

—Esa línea «garabateada» conecta la Delta y la Gamma. —Se inclinó, uniendo dos puntos—. Aquí está Theta y aquí Alpha, la estrella más brillante. ¿Ves? Ya hemos hecho la mitad.

Fruncí el ceño mientras miraba hacia arriba, siguiendo el diseño de las estrellas en el cielo. Ostras, Cam estaba en lo cierto. Entonces se volvió a inclinar, su hombro presionando contra el mío mientras dibujaba una línea perfecta en otro punto del mapa. Me mordí el labio mientras él continuaba trazándola sin tener que mirar ni una sola vez el mapa estelar o el cielo. Era muy consciente del calor que desprendía su brazo incluso a través de dos capas de ropa. Esa calidez traspasaba mi hombro y me llegaba hasta el pecho, haciendo que mi pulso se acelerara.

Se volvió para mirarme.

—Y ya hemos acabado de localizar las estrellas.

Contuve el aliento. Estaba muy cerca y nuestras caras se encontraban a escasos centímetros de distancia. Mis ojos se detuvieron en sus labios. Se curvaban hacia un lado y le empezaba a asomar el hoyuelo en la mejilla izquierda. Empezaron a moverse, pero no escuchaba ni una palabra de lo que estaba diciendo. Quería alejarme, pero… La verdad es que no quería. Comencé a sentirme muy confusa, mientras intentaba no apartarme…, pero tampoco arrimarme a él. Era como si me hubiese quedado en medio de dos imanes.

A lo mejor debería dejar de mirarle a los labios.

Parecía un buen plan, porque quedarme mirando la boca de un chico me resultaba un poco turbio, así que me obligué a levantar la vista. Oh, vaya, me había equivocado, porque ahora me había quedado perdida en esos ojos mojabragas, tal y como los había descrito Jacob cuando me había mandado un mensaje al móvil esa misma tarde. Seguro que había un sendero lleno de bragas quitadas dondequiera que fuera Cam. Debería ser ilegal que un chico tuviese esas pestañas. Incluso en la oscuridad, sus ojos eran azul añil. La calidez que hasta entonces me había torturado se convirtió en un ardor casi insoportable recorriéndome las venas.

Volví a removerme, sin ser capaz de recordar cuándo me había sentido así por última vez. Como mínimo desde la fiesta de

Halloween. Quizá antes. Definitivamente antes. Había algo en Cam que me hacía olvidarme de todo excepto de lo que estaba ocurriendo en ese mismo instante. Parecía ser normal. Eso me gustaba, en su mayor parte.

—¿Me estás escuchando?

Parpadeé con lentitud.

—¿Qué? ¡Sí! Sí. Claro.

Sonrió con complicidad, y yo solo quería esconderme bajo un arbusto.

—Sí, claro… ¿Así que nunca has tenido una cita?

—¿Qué?

Cam se rio.

—No me estabas escuchando en absoluto. Estabas demasiado ocupada mirándome.

—¡No es cierto! —Mi cara estaba ardiendo por esa mentirijilla y me apresuré a mirar hacia donde estaba la pareja. Ya se habían ido.

Me dio un golpecito en el hombro.

—Sí es cierto.

Puse cara de ofendida.

—Eres mucho más creído de lo que pensaba.

—¿Creído? Solo estoy diciendo la verdad. —Cam dejó caer su cuaderno al suelo y se apoyó en los codos, lanzándome una mirada a través de esas pestañas. Tenía esa puñetera e insufrible sonrisilla de sabelotodo en la cara—. No hay nada de malo en que te quedes mirando. Me gusta.

Me quedé boquiabierta. ¿Cómo se suponía que tenía que responder a eso?

—No te estaba mirando. De verdad que no. Es solo que… mi mente se ha desconectado. Así de *emocionante* es hablar contigo.

—Todo lo mío es emocionante —contestó.

—Sí, casi tanto como observar a tu tortuga cruzar una carretera.

—Claro. Sigue intentando creértelo, corazón.

—Sigue llamándome «corazón» y vas a acabar herido.

Cam abrió exageradamente los ojos.

—Uy, mira con lo que sale.

—Lo que tú digas.

—Deberíamos hacerlo.

Mi cerebro se fue directamente a donde no se tenía que haber ido y la piel me empezó a hormiguear.

—¿Hacer qué? ¿Irnos a casa? Por mí perfecto, ahora mismo.

—Tener una cita.

Estaba claro que me había perdido una parte importante de la conversación. Cerré mi cuaderno y empecé a recoger, agarrando la bandolera.

—No estoy segura de a qué te refieres.

—Pues no es tan complicado. —Se rio hasta que le lancé una mirada de odio—. Deberíamos tener una cita.

El estómago me dio un vuelco mientras me quedaba con la vista fija en él. Parecía muy satisfecho, medio tirado en el suelo. ¿Estaba de coña? ¿Se había fumado algo? Metí el cuaderno en la bandolera junto con el bolígrafo.

—No lo entiendo.

Cam se tumbó y estiró los brazos por encima de su cabeza. La camiseta se le subió y dejó a la vista su piel morena y los músculos que subían hacia sus abdominales… Dios mío. Miré hacia otro lado y respiré hondo.

—Normalmente, cuando se tiene una cita, dos personas quedan por la tarde o a veces, incluso, por la mañana. La verdad es que puede ser a cualquier hora del día o de la noche. Normalmente es para cenar. En ocasiones es para ver una película, o para dar un paseo por el parque. Aunque yo no soy de pasear. A lo mejor por la playa, pero dado que no hay ninguna…

—Ya sé lo que implica una cita —le corté, poniéndome en pie.

Él se quedó tumbado y no parecía que se fuese a mover pronto. Debería haber llevado mi propio coche.

—Dijiste que no lo entendías —se atrevió a indicarme—. Así que te estoy explicando lo que significa tener una cita.

Me crucé de brazos exasperada y, aunque a regañadientes, también un poco divertida.

—Esa no es la parte que no entiendo, y lo sabes.

—Solo me aseguro de que tenemos claro en qué punto estamos.

—No estamos.

Cam bajó los brazos, pero todavía había un trecho sin cubrir entre su camisa y sus vaqueros. ¿Llevaba ropa interior? Todo lo que podía ver era el cinturón de cuero que sujetaba los pantalones. Vale. No necesitaba ponerme a pensar en eso.

—Así que ahora que los dos sabemos lo que conlleva una cita, deberíamos tener una —dijo.

—Eh…

Cam se rio mientras se incorporaba con un movimiento fluido para volver a quedar sentado.

—Eso no es una respuesta, Avery.

—Yo… —¿Una cita? ¿Una cita con Cameron Hamilton? Dos sentimientos surgieron al mismo tiempo: inquietud e interés. Me alejé un paso, para aumentar la distancia entre él y yo y todo lo demás—. ¿No tienes novia?

Alzó las cejas con sorpresa y se rio.

—¿Novia? No.

—Y entonces, ¿quién era esa morena que se tropezó al salir de tu casa el miércoles por la noche? —le pregunté.

La sonrisilla de Cam se volvió decididamente amplia.

—¿Me has estado espiando, Avery?

—No. ¡No! ¿Qué? No te estaba espiando. Tengo mi propia vida.

Alzó una ceja.

—Entonces, ¿cómo sabes lo de Stephanie?

—¿Ese es su nombre?

—Bueno, sí, claro que tiene un nombre, y no, no es mi novia. —Ladeó la cabeza para observarme—. Y no es que se tropezara. Creo que solo arrastraba los pies.

Puse los ojos en blanco, exasperada.

—¿Y cómo es que la viste, si no me estabas espiando? —me preguntó mientras cruzaba los pies—. Y no es que me moleste la idea de que me observes. Recuerda que me gusta.

Me obligué a respirar lenta y profundamente antes de acercarme a él y darle una patada en la pierna.

—No es que te estuviera espiando. No podía dormir y estaba mirando por la ventana del salón. Así que *dio la casualidad* de que te vi acompañarla al coche.

—Bueno, es creíble. Aunque no tan divertido como imaginarte en la ventana esperando verme, aunque fuera un instante.

Todo lo que pude hacer fue mirarle fijamente.

Me guiñó un ojo y la puñetera verdad es que estaba guapo hasta haciendo eso.

—Por cierto, de verdad que Steph no es mi novia. No tenemos ese tipo de relación.

Lo que significaba que probablemente se estaban enrollando, y no había nada de malo en eso. Y a lo mejor eso era lo que él quería de mí, con todo eso de las citas. Jacob se iba a emocionar mucho cuando se lo contara. Nota mental: no decirle nada de nada.

—Yo no soy así.

—¿Así cómo? —me preguntó.

Ah, así que iba a obligarme a explicárselo. Por supuesto. ¿Cómo no?

—No soy como ella.

—¿La conoces?

Fruncí el ceño.

—No me enrollo con tíos para pasar el rato, ¿vale? No es que me parezca mal. De verdad que no la estoy juzgando, pero yo no soy así. Así que no estoy interesada. Lo siento.

—Espera un momento. Estoy un poco confuso. Así que no la estás juzgando, pero has asumido que a ella le va enrollarse con un montón de gente para pasárselo bien. Y que de hecho es mi folla-amiga. ¿No te parece que te has apresurado un poco a darlo todo por sentado, basándote en lo que te imaginas?

Mierda, era cierto.

—Tienes razón. No sé cuál es vuestro rollo. A lo mejor sois amigos de la infancia o algo así.

—Pues no. —Otra vez la sonrisilla maliciosa—. Nos enrollamos de vez en cuando.

Me quedé boquiabierta.

—¡Tenía razón yo! Entonces, ¿por qué me has acusado de juzgaros demasiado deprisa?

—Solo te lo he comentado —me contestó, con los ojos tan brillantes como esas condenadas estrellas en el cielo—. Y para que lo sepas, el miércoles por la noche no nos enrollamos. No porque ella no lo intentara, sino porque a mí no me apetecía.

Recordé lo guapa que era la chica y me pregunté a qué hombre de sangre caliente no le iba a apetecer.

—Lo que tú digas. Esta es una conversación estúpida.

—A mí me gusta.

Negando con la cabeza, me agaché para coger la bandolera, pero Cam se puso en pie como un rayo y la agarró antes de que yo pudiera ni tocarla. Suspiré mientras él la mantenía fuera de mi alcance.

—Dámela.

—Lo estoy intentando.

Le lancé una mirada de odio.

Riéndose, dio un paso al frente y me colocó la correa en el hombro. Sus dedos me acariciaron el cuello y no pude evitar que mi cuerpo se estremeciera por ese ligero roce. Dio un paso hacia atrás y cogió la linterna.

—¿Ves? Estaba siendo un caballero.

—No me creo que seas un caballero —gruñí mientras agarraba con fuerza la correa—. Pero gracias.

Recogió su cuaderno del suelo y volvimos hacia donde había dejado aparcada la camioneta, pasando por delante del banco, ya vacío. Encendió la linterna cuando cruzamos el campo, alumbrando el camino. Me abrió la puerta cuando llegamos, supongo que para demostrarme que estaba equivocada.

—Señorita.

—Gracias —dije, un poco más complacida que antes.

En vez de cerrar la puerta, Cam se recostó contra la camioneta, apoyándose en la mano.

—Bueno, y entonces, ¿qué te parece?

—¿Qué me parece el qué?

Me observó con el mismo intenso interés que lo había hecho antes.

—Salir conmigo.

Me quedé helada.

—¿Por qué?

—¿Por qué no?

—Eso no es una respuesta. —Agarré el cinturón de seguridad e intenté encajarlo. Estaba temblando, así que no lo conseguía.

—¿Qué tipo de pregunta es esa? Cómo voy a… Eh, es solo un cinturón de seguridad. No es tan difícil. —Se inclinó, apoderándose de él. Sus manos rozaron las mías, y me eché hacia atrás, la espalda pegada al asiento. Se detuvo, me observó y las comisuras de sus labios, que normalmente sonreían, empezaron a decaer. Un destello apareció en su mirada. No sé lo que era, pero se esfumó cuando logró encajar el cinturón de seguridad. No se apartó—. ¿Por qué no deberíamos tener una cita?

Seguí totalmente rígida, los puños apretados en mi regazo. No es que me sintiera incómoda por tenerlo tan cerca. Me sentía incómoda por la manera en que era consciente de cada roce y cada mirada.

—Porque… Porque no nos conocemos.

Su boca volvió a sonreír. Decidí que me gustaba así, aunque siguiera con el ceño fruncido.

—De eso es de lo que van las citas. De aprender cosas sobre el otro. —La mirada de Cam se quedó fija en mis labios—. Sal conmigo.

—No hay nada que saber acerca de mí. —Esas palabras salieron de mí en un intenso susurro mientras mi pecho se henchía sin poder evitarlo.

Ladeó la cabeza.

—Estoy seguro de que tienes un montón de cosas que contarme.

—No las tengo.

—Entonces podemos pasar todo el tiempo hablando de mí.

—Eso suena divertidísimo.

—Oh, bueno, será más emocionante que observar a Raphael cruzar una carretera.

—Ja, ja.

Sonrió.

—Pensé que te haría gracia.

Sentí que la bandolera vibraba contra mi pierna. ¿Un mensaje de texto? Probablemente de Jacob. Quería cogerlo, pero me habría golpeado la cabeza contra Cam. No era algo que quisiera repetir.

—¿Nos podemos ir ya?

—¿Podemos quedar algún día?

—Por Dios, no te rindes.

—No.

Me eché a reír, no podía evitarlo, y su sonrisa se hizo más amplia como respuesta.

—Estoy segura de que hay un montón de chicas que querrían salir contigo.

—Las hay.

—Vaya. Qué modesto.

—¿Y por qué iba a serlo? —contraatacó—. Quiero tener una cita contigo. No con ellas.

—Pero no entiendo la razón.

Alzó sus oscuras cejas.

—Pues se me ocurren unas cuantas. No eres como la mayoría de las chicas. Eso me resulta interesante. Eres un poco torpe de una manera muy… adorable. Eres lista. ¿Quieres que siga?

—No. No sigas —lo detuve rápidamente. Necesitaba cortar esto de raíz. Aparte de la reputación que tenía, él era mucho más de lo que yo podía manejar. Iba a esperar cosas que yo no podía darle. El solo hecho de hablar con él ya era lo bastante difícil a veces—. No quiero salir contigo.

Cam no pareció sorprenderse ante mi respuesta, ni alterarse.

—Ya me suponía que dirías eso.

—Entonces, ¿por qué me lo has pedido?

Finalmente (*gracias a Dios*) se apartó y sujetó la puerta.

—Porque quería hacerlo.

—Oh. Vale. Bien. Bueno, me alegro de que te hayas desahogado.

Frunció el ceño.

—No es que haya abandonado la idea.

Ah, vaya.

—¿No?

—Para nada. —Me dedicó una sonrisa encantadora—. Siempre queda mañana.

—¿Qué pasa mañana?

—Que te lo volveré a pedir.

Negué con la cabeza.

—La respuesta va a ser la misma.

—A lo mejor. A lo mejor no. —Se inclinó y me dio un golpecito en la nariz—. Y a lo mejor mañana me dices que sí. Tengo mucha paciencia y... Eh, ya lo has dicho tú antes: no me rindo fácilmente.

—Genial —gruñí, pero... Oh, vaya, había un estremecimiento en mi pecho al que no estaba acostumbrada.

—Sabía que te lo ibas a tomar así. —Cam volvió a cogerme de la nariz, y le di en la mano para que la apartara—. No te preocupes. Sé la verdad.

—¿La verdad de qué?

Cam se apartó.

—Quieres decir que sí, pero todavía no estás preparada.

Me quedé boquiabierta.

—Está bien. —Su sonrisilla se hizo más soberbia—. Sé que soy difícil de manejar, pero te aseguro que te lo vas a pasar en grande intentándolo.

Antes de que pudiera pensar en la respuesta que se merecía, me volvió a dar un golpecito en la nariz y después me cerró la puerta en la cara.

De vuelta en mi apartamento, dejé caer la bandolera en el sofá y me derrumbé a su lado. ¿Una cita con Cameron? ¿Estaba loco? Tenía que estar tonteando, o todo era una broma. De camino a casa, no lo había vuelto a mencionar, sino que me había estado haciendo preguntas sobre mis horarios. Una tras otra, me había sacado todos los detalles de las clases a las que asistía. Para cuando llegamos a casa, estaba exhausta.

Apoyé la cabeza en un cojín y cerré los ojos. Tenía el corazón muy acelerado para estar simplemente sentada. ¿Me había dicho la verdad sobre lo de no enrollarse con Stephanie el miércoles? Me parecía muy raro que no lo hubiera hecho, sobre todo si ella se había ofrecido.

La verdad es que no importaba.

Yo no podía tener una relación, de ningún tipo. A lo mejor algún día. O eso esperaba, porque no quería seguir así el resto de mi vida. En algún momento quería ser la chica que se emocionaba cuando le pedían salir, en vez de ser la chica que volvía a casa y se comportaba de esta manera.

Abrí los ojos y gemí:

—Soy gilipollas. La *señorita* Gilipollas.

Me levanté y estaba yendo al dormitorio cuando me acordé del teléfono en mi bandolera.

—Mierda.

Volví al sofá y saqué el móvil del bolsillo lateral. Encendí la pantalla, esperando ver un mensaje de Jacob o de Brittany. En vez de eso, tenía una llamada perdida y un mensaje en el buzón de voz.

—Pero ¿qué coño...?

Deslicé los dedos por el lateral del móvil y me di cuenta de que había puesto el puñetero teléfono en silencio. Dibujé mi contraseña en la pantalla y lo desbloqueé. Vi que la llamada procedía de un NÚMERO DESCONOCIDO.

Se me detuvo el corazón.

No pasaba nada. Probablemente era de alguien que se había equivocado o que quería venderme algo. Fui al buzón de voz y dudé sobre si borrar el mensaje directamente. El pasado resurgía, feo y turbio. ¿Cuántas veces se habían burlado de mí personas que me llamaban ocultando su número? Demasiadas como para poder contarlas, pero no podía ser eso. Mi número de teléfono había cambiado, al igual que mi dirección de correo electrónico...

Volví a maldecir.

Respiré hondo, le di al botón y me llevé el teléfono al oído. Hubo una pausa y después una voz grave e irreconocible restalló al otro lado. «¿Sabes lo que les pasa a las zorras mentirosas? Que les dan un gran...».

Con un sollozo, lo borré antes de poder escuchar nada más. Me contuve para no lanzar el móvil contra la pared y, en lugar de eso, lo dejé caer sobre el sofá y me alejé de él, como si fuera un animal venenoso que se había posado en mis cojines.

Cualquier método de comunicación podía volverse letal. ¿No lo había aprendido yo ya de primera mano? Se me escapó una risa ahogada. De verdad, ¿no tenían nada mejor que hacer? Habían pasado cinco años. ¡Cinco años! Y, aun así, podían dejar el pasado donde estaba.

Al igual que, en mi fuero interno, tampoco podía yo.

7

Me desperté de repente, confusa y desorientada. Cuando por fin me había conseguido dormir ya eran casi las cuatro de la madrugada, y no tenía ni idea de qué me había despertado. Me di la vuelta y gemí cuando vi que solo eran las ocho.

De un domingo por la mañana.

Me tumbé sobre la espalda y miré el techo. Dado que ya estaba despierta, no había esperanzas de…

Bam. Bam. Bam.

Me incorporé, frunciendo el ceño. Alguien estaba llamando a la puerta, *a mi puerta.* Pero ¿qué coño pasaba? Eché las mantas a un lado y saqué las piernas de la cama. Se me enganchó el pie en la sábana y casi me estampo contra la alfombra.

—Joder.

Maldiciendo, me apresuré a cruzar el apartamento antes de que el ruido despertara a todo el edificio. Me puse de puntillas para mirar por la mirilla. Todo lo que vi fue una maraña de pelo oscuro. ¿Cam?

Tenía que estar pasando algo. A lo mejor había un incendio, porque no podía pensar en otra razón para que aporreara mi puerta un domingo por la mañana.

—¿Pasa algo? —Me avergoncé de mi voz mañanera al abrirle.

Cam se giró hacia mí. Esbozó una sonrisilla maliciosa que hizo que su cara, ya de por sí era llamativa, se volviera más sexy y muy masculina.

—No, pero pasará en unos quince minutos.

—¿Q… qué? —No sé si di un paso hacia atrás o él me apartó al entrar en mi piso. Llevaba algo envuelto en papel de plata; un cartón de huevos (¿perdona?) y una sartén pequeña.

—Cam, ¿qué estás haciendo? Son las ocho de la mañana.

—Gracias por decirme la hora. —Se fue directo a mi cocina—. Es la típica cosa que nunca he aprendido: a mirar el reloj.

Fruncí el ceño mientras lo seguía.

—¿Para qué has venido?

—Para hacer el desayuno.

—¿Y no puedes hacerlo en tu propia cocina? —le pregunté, frotándome los ojos. Después del trabajo de Astronomía y del mensaje en el teléfono, era la última persona a la que quería ver cuando acababa de amanecer.

—No es tan emocionante como la tuya. —Puso todo lo que llevaba en la encimera y me miró. Tenía el pelo mojado y más rizado de lo normal. ¿Cómo era posible que estuviera tan guapo cuando era obvio que acababa de levantarse y salir de la ducha? Ni siquiera tenía marcas de almohada en la cara. Y hacía que unos pantalones de chándal y una camiseta le quedaran rematadamente bien—. Y Ollie se ha desmayado en el suelo del salón.

—¿En el suelo?

—Sí. Está boca abajo, roncando, incluso babeando un poco. No es un ambiente muy apetecible.

—Bueno, mi apartamento tampoco lo es. —Tenía que irse. No tenía nada que hacer allí.

Cam se apoyó en mi encimera y cruzó los brazos.

—Ah, pues no te sabría decir… —Me recorrió con la mirada desde la melena despeinada hasta los dedos de los pies. Fue como si me hubiese tocado, e hizo que mi respiración se detuviera—. Ahora mismo, tu cocina es muy apetecible.

El rubor empezó a invadir mis mejillas.

—No voy a salir contigo, Cam.

—Ahora no te lo he pedido, ¿no es cierto? —Sus labios se curvaron—. Pero ya lo harás, en algún momento.

Fruncí el ceño.

—Estás loco.

—No, estoy decidido

—Eres insoportable.

—La mayoría diría que soy alucinante.

Puse los ojos en blanco.

—Eso solo pasa en tu cabeza.

—Seguro que quieres decir «en muchas cabezas» —me contestó, y se giró hacia mi cocina—. También he traído un bizcocho de plátano y nueces, hecho en mi propio horno.

Negando con la cabeza, le hablé a su espalda:

—Soy alérgica al plátano.

Cam se dio la vuelta, alzando incrédulo las cejas.

—¿Estás de coña?

—No. No lo estoy. Tengo alergia a los plátanos.

—Vaya, qué putada. No tienes ni idea de lo que te estás perdiendo. Los plátanos hacen que el mundo sea un lugar mejor.

—No te sabría decir.

Me miró interesado.

—¿Algo más a lo que seas alérgica?

—¿Aparte de a la penicilina y a los tipos que irrumpen en mi apartamento? No.

—Ja, ja, ja —contestó, agachándose mientras empezaba a abrir armarios—. ¿Cuántos hombres más inseguros que yo has destrozado con esa boca que tienes?

—Aparentemente no los suficientes —mascullé. Hice el gesto de ajustar el brazalete en su sitio y me di cuenta de que no lo llevaba puesto. Se me paró el corazón—. Vuelvo en un momento.

Canturreando para sí mismo, Cam asintió. Me apresuré a volver al dormitorio y cogí el brazalete de la mesita, poniéndomelo inmediatamente. Una ola de alivio me recorrió el cuerpo. Cuando estaba saliendo, miré hacia abajo y volví a maldecir.

No llevaba el sujetador puesto.

La tela gastada de mi camiseta se estrechaba en el contorno de mi pecho y mis pezones estaban saludando al mundo.

—Mierda

Me quité la camiseta y cogí un sujetador deportivo del armario.

—¡Eh! ¿Te estás escondiendo? —gritó Cam—. Porque voy y te saco a rastras.

El sujetador se me quedó enganchado en la cabeza y me quedé blanca, con los pechos al aire. Le di un tirón para colocármelo, aplastándome la teta derecha en el proceso. ¡Ay!

—¡Ni se te ocurra entrar!

—Entonces date prisa. Mis huevos no esperan a nadie.

—Dios mío —gruñí, volviéndome a poner la camiseta.

Cuando salí al pasillo me di cuenta de que no me había lavado los dientes. Cam y sus huevos iban a tener que esperar.

Cuando llegué a la cocina, tenía unos cuantos cociéndose en agua y uno perfectamente frito en la sartén que había traído consigo. Había encontrado la bolsa de queso rallado que guardaba en la nevera y lo estaba espolvoreando por encima.

Verlo en mi cocina, ocupado frente a mis fogones, me desconcertó. Se me hizo un nudo en el estómago mientras él iba preparando los platos y los cubiertos. Me crucé de brazos y balanceé mi peso de una pierna a otra.

—Cam, ¿por qué estás aquí?

—Ya te lo he dicho. —Vertió los huevos en un plato y lo

llevó a la mesita de la cocina, que estaba pegada a la pared—. ¿Quieres tostadas? Espera. ¿Tienes pan? Si no, puedo…

—No. No quiero tostadas. —¡Se había adueñado de mi cocina!—. ¿No tienes a nadie más a quien molestar?

—Hay un montón de personas a las que podría *bendecir* con mi presencia, pero te he escogido a ti.

Este tenía que ser el momento más raro de la historia. Lo observé un poco más. Abandonando la idea de echarle de mi apartamento, me senté en el taburete, doblando las piernas contra mi pecho. Cogí el tenedor.

—Gracias.

—Voy a optar por creer que lo dices de verdad.

—¡Que sí!

Una sonrisa fugaz.

—Por alguna razón, lo dudo.

Ahora me sentía fatal.

—Me siento agradecida por el desayuno. Solo que me sorprende verte aquí… a las ocho de la mañana.

—Bueno, para ser sinceros, estaba planeando cortejarte con mi bizcocho de plátano y nueces, pero parece que eso no va a ocurrir. Así que todo lo que me queda son mis deliciosos huevos.

Probé un bocado de esa ambrosía con queso.

—Están muy buenos, pero no me estás conquistando.

—Oh, sí que te estoy conquistando. —Abrió la nevera y sacó una botella de zumo de naranja. Rellenó dos vasos y puso uno delante de mí—. Lo estoy haciendo a hurtadillas. Lo que pasa es que todavía no te has dado cuenta.

Como veía que no iba a ganar, seguí con la conversación.

—¿No vas a comer?

—Claro. Es que me gustan los huevos cocidos. —Cam hizo un gesto hacia la cazuela mientras se sentaba en una silla enfrente de mí. Apoyó la barbilla en un puño, y yo me concentré en mi plato. El muy hijo de perra estaba adorable—. Bueno, Avery Morgansten, soy todo tuyo.

Casi me atraganto con los huevos.

—Pues no te quiero.

—Ya es tarde —replicó, sonriente—. Cuéntame algo.

Ah, no, mierda: lo de estrechar lazos entre nosotros no iba a suceder.

—¿Haces esto a menudo? ¿Te metes al azar en casa de chicas desconocidas para hacerles unos huevos?

—Bueno, no es que tú seas una extraña, así que, técnicamente, no. —Se levantó y comprobó los huevos cocidos—. Y vale, puede que se me conozca por sorprender a damas afortunadas de vez en cuando.

—¿De verdad? Quiero decir, ¿haces esto normalmente?

Cam me miró por encima del hombro.

—Con mis amigos, sí, y somos amigos, ¿verdad, Avery?

Me quedé boquiabierta. ¿Éramos amigos? Suponía que sí, pero aun así. ¿Era esto normal? ¿O es que Cam estaba muy seguro de sí mismo? Hacía ese tipo de cosas porque sabía que podía, que nadie lo iba a obligar a irse. La mayoría de la gente no querría que se fuera, probablemente. Y yo le podría echar si de verdad quisiera hacerlo, en realidad. Cam era de esos chicos que estaban acostumbrados a conseguir lo que querían.

Igual que Blaine.

Esa idea hizo que los huevos se me revolvieran en el estómago, y dejé el tenedor en el plato.

—Sí, somos amigos.

—¡Por fin! —gritó, haciendo que me sobresaltara—. Por fin lo admites. Solo me ha costado una semana.

—Solo nos conocemos desde hace una semana.

—Aun así, me ha costado una semana —me contestó, comprobando los huevos en la cazuela.

Jugueteé con lo que me quedaba en el plato.

—¿Qué pasa? ¿Que normalmente solo hace falta una hora antes de que alguien declare que es tu mejor amigo para siempre?

—No. —Sacó los huevos y los depositó en un cuenco. Volvió a la mesita y se sentó. Sus ojos se encontraron con los míos, y me fue muy difícil sostener esa mirada de un azul precioso, claro y brillante. El tipo de mirada en la que te podrías perder fácilmente—. Por norma general son unos cinco minutos antes de que seamos los mejores amigos.

Se me escapó una sonrisa mientras negaba con la cabeza.

—Entonces supongo que yo soy la rara.

—Quizá. —Se ocultó tras sus pestañas mientras empezaba a pelar los huevos cocidos.

Bebí un poco.

—Supongo que para ti es diferente.

—¿Mmm?

—Apuesto a que tienes a muchas chicas detrás de ti. Docenas de ellas, que probablemente matarían por estar en mi lugar, y, sin embargo, aquí estoy yo, con alergia a tu bizcocho.

Alzó la mirada.

—¿Por qué? ¿Porque me parezco a un dios griego?

Me reí.

—Bueno, tampoco diría tanto.

Cam también se rio y después se encogió de hombros.

—No lo sé. La verdad es que no lo pienso.

—¿No piensas en ello?

—Pues no. —Se metió un huevo entero en la boca. Aparte de eso, tenía unos modales exquisitos. Masticaba con la boca cerrada, se limpiaba las manos con la servilleta y no hablaba con la boca llena—. Solo lo pienso cuando me importa.

Nuestras miradas se encontraron y mis mejillas enrojecieron. Paseé el dedo por el borde del vaso.

—¿Así que eres un ligón reformado?

Se detuvo, con otro huevo a mitad de camino hacia la boca.

—¿Qué te hace pensar eso?

—He oído que ligabas bastante en el instituto.

—¿De verdad? ¿Y a quién se lo has oído?

—No es asunto tuyo.

Arqueó una ceja.

—Con esa lengua, no tendrás muchos amigos, ¿verdad?

El comentario dio en la diana, pero fingí que no me importaba.

—No —me oí decir—, la verdad es que no era muy popular en mi instituto.

Cam dejó el huevo en el plato y se enderezó en el asiento.

—Mierda. Lo siento. He dicho una estupidez como una casa.

Hice un gesto, indicando que no pasaba nada, pero la verdad era que me había afectado.

Me observó a través de esas gruesas pestañas.

—Aunque es difícil creer que no lo fueras. Puedes ser maja y divertida cuando no me estás insultando, y eres una chica muy guapa. De hecho, estás muy buena.

—Ah…, gracias. —Me aparté, agarrando mi vaso con fuerza.

—Te lo digo en serio. Me comentaste que tus padres eran muy estrictos. ¿No te dejaban salir con los demás en el instituto? —Cuando asentí, se comió el huevo que había dejado en el plato—. Con todo, no puedo imaginar que no fueras popular. Tienes el triplete: lista, divertida y guapa.

—Pues no lo era, ¿vale? —Dejé el vaso en la mesa y me puse a juguetear con el cordón de mis pantalones cortos—. Era más bien todo lo opuesto a popular.

Cam empezó a pelar otro huevo. Me pregunté cuántos más se iba a comer.

—Lo siento, Avery. Eso… es una mierda. El instituto es importante.

—Sí, lo es. —Me pasé la lengua por los labios, nerviosa—. ¿Tú tenías muchos amigos?

Asintió.

91

—¿Todavía te hablas con ellos?

—Con algunos. Ollie y yo fuimos juntos al instituto, pero él estuvo los dos primeros años en la Universidad de West Virginia y después se vino aquí, y todavía veo a la gente cuando vuelvo a casa.

Subí las piernas a la silla y me abracé a ellas para evitar resbalarme, apoyando mi barbilla en las rodillas.

—¿Tienes hermanos o hermanas?

—Una hermana —contestó cogiendo el último huevo, el cuarto. Una auténtica sonrisa le apareció en la cara—. Más joven que yo. Acaba de cumplir los dieciocho. Termina el instituto este año.

—¿Os lleváis bien? —No me podía imaginar tener un hermano como Cam.

—Sí, muy bien. —Una sombra le cruzó la cara y desapareció casi inmediatamente, pero me hizo preguntarme si realmente se llevaban tan bien—. Ella es muy importante para mí. Y tú, ¿qué? ¿Tienes un hermano mayor del que me tenga que preocupar, por si acaso viene y me da una patada en el culo por estar en tu casa?

—No. Soy hija única. Tengo un primo un poco mayor que yo, pero dudo que fuera a hacerte eso.

—Ah, muy bien. —Devorando el huevo, se arrellanó en el asiento y se dio unas palmadas en el estómago—. ¿De dónde eres?

Apreté los labios, intentando decidir si mentir o no.

—Vale. —Dejó caer el brazo en el respaldo metálico de la silla—. Está claro que ya sabes de dónde vengo porque has oído hablar de mis actividades extraescolares en el instituto, pero te lo voy a confirmar. Soy de la zona de Fort Hill. ¿Nunca has oído hablar de ella? Bueno, igual que la mayoría de la gente. Está cerca de Morgantown. ¿Por qué no he ido a la Universidad de West Virginia? Todo el mundo me lo pregunta. —Se encogió de hombros—. Quería irme de allí, pero estar cerca de mi familia, de alguna manera. Y sí, estuve… muy ocupado en el instituto.

—¿Y ya no lo estás? —pregunté, aunque lo cierto es que no esperaba que me contestara, porque no era asunto mío, pero, eh, si conseguía qué siguiera hablando, yo no tendría que añadir nada a la conversación.

Y además me… interesaba saber más, porque la verdad era que Cam me resultaba fascinante. Era como todos los tíos super-populares y buenorros del instituto, pero sin ser un imbécil. Por sí solo, eso ya era merecedor de un estudio científico. Y además, era mejor que quedarse sola pensando en las llamadas y en los correos que me atormentaban.

—Depende de a quién le preguntes. —Y entonces se rio—. Sí, bueno, no sé. Cuando acababa de llegar…, esos primeros meses…, rodeado de chicas mayores que yo… Probablemente me esforcé más en eso que en cualquiera de mis clases.

Sonreí; me lo podía imaginar con facilidad.

—Pero ¿ahora no?

Negó con la cabeza.

—Así que ¿de dónde eres?

Vale. Estaba claro que lo que le hizo dejar de ser un semental era algo de lo que no quería hablar. La visión de una prueba de embarazo positiva me pasó por la mente.

—Soy de Texas.

—¿Texas? —Se inclinó hacia delante—. ¿De verdad? No tienes acento.

—No nací en Texas. Mi familia era de Ohio. Nos mudamos a Texas cuando tenía once años y nunca se me pegó el acento.

—¿Y te has venido de Texas a Virginia Occidental? Eso supone una gran diferencia.

Estiré las piernas, me levanté y recogí mi plato y su cuenco.

—Bueno, vivía en la zona infernal de Texas que está llena de centros comerciales, pero, aparte de eso, esto es bastante similar.

—Debería limpiar. —Empezó a levantarse—. Yo lo he ensuciado.

—No. —Me alejé con su cuenco—. Tú has cocinado. Yo limpio.

Se rindió, abriendo el bizcocho envuelto en papel de plata. Olía genial.

—¿Y por qué escogiste venirte aquí?

Lavé los platos y su sartén antes de contestar a la gran pregunta.

—Quería alejarme, igual que tú.

—Tiene que haber sido muy duro.

—No. —Cogí el cazo que había utilizado para hervir los huevos—. Tomar esa decisión fue increíblemente fácil.

Pareció reflexionar sobre ello al tiempo que partía el bizcocho.

—Eres muy enigmática, Avery Morgansten.

Me apoyé en la encimera y me quedé boquiabierta mientras observaba cómo se comía *la mitad* del bizcocho.

—No mucho. Yo creo que tú lo eres más.

—¿Y eso?

Lo señalé.

—Te acabas de comer cuatro huevos cocidos, ya vas por la mitad del bizcocho y aun así tienes unos abdominales que parecen salidos de un anuncio de gimnasios.

Cam se mostró muy emocionado al oírlo.

—Te has fijado, ¿verdad? ¿Entre insulto e insulto? Me siento un hombre objeto.

Me reí.

—Cállate.

—Todavía estoy en edad de crecer.

Alcé las cejas y Cam se rio. Mientras se terminaba el bizcocho, empezó a hablar de sus padres. Volví a la mesa y me senté, verdaderamente interesada. Su padre tenía un bufete de abogados y su madre era médica. Eso significaba que Cam venía de una familia con posibles, no al mismo nivel que mis padres, pero lo suficiente como para que le pagaran el alquiler. Además estaba claro que se llevaba muy bien con ellos, y yo lo envidiaba por eso. Al crecer, todo lo que había querido era que mis padres quisieran estar conmigo, pero con todas sus obras de caridad, el relacionarse con gente de la alta sociedad y todas esas cenas de gala, nunca estaban en casa. Y después de todo lo que había ocurrido, las pocas veces que se quedaban, ninguno de los dos me podía mirar a la cara.

—Así que ¿vas a volver a Texas en vacaciones o para Acción de Gracias? —preguntó.

Resoplé.

—Probablemente no.

Ladeó la cabeza.

—¿Tienes otros planes?

Me encogí de hombros. Cam abandonó el tema.

Ya era casi mediodía cuando se fue. De pie enfrente de mi puerta, se dio la vuelta, con la sartén en una mano y lo que quedaba del bizcocho en la otra.

—Así que, Avery…

Apoyé las caderas en el respaldo del sofá.

—Así que, Cam…

—¿Qué haces el martes por la noche?

—No lo sé. —Fruncí el ceño—. ¿Por qué?

—¿Qué te parece si sales conmigo?

—Cam —suspiré.

Se reclinó en el marco de la puerta.

—Eso no es una negativa.

—No.

—Bueno, eso sí que es un no.

—Lo es. —Me aparté del sofá y agarré la puerta—. Gracias por los huevos.

Cam se retiró con esa sonrisilla maliciosa.

—¿Y qué tal el miércoles por la noche?

—Adiós, Cam.

Cerré la puerta, sonriendo. Era completamente insoportable, pero, al igual que la noche anterior, estar a su lado obraba en mí algo parecido a un milagro. A lo mejor eran los duelos verbales, pero, fuera lo que fuera, yo actuaba… con normalidad. Como antes.

Ja.

Después de ducharme, rondé por mi piso y dudé si mandar un mensaje a Jacob o a Brittany para ver qué estaban haciendo. Al final, dejé el teléfono en el sofá y saqué mi portátil. No podía estar evitando abrir mi correo electrónico toda la vida.

En la carpeta de correo no deseado había unos cuantos mensajes de aspecto sospechoso. Dos de ellos llevaban mi nombre como asunto. Después de haber recibido el último, ya había aprendido la lección y los borré con cierta alegría.

Sin embargo, era raro empezar a recibir correos de ese tipo ahora. Mientras todavía estaba en el instituto, eso había sido otra cosa. Había estado rodeada de críos. Pero ¿ahora? Si ya nos habíamos ido todos a la universidad. Había algo que no encajaba. ¿De verdad que no tenían nada mejor que hacer? Dudaba de que el responsable fuera Blaine porque, por muy retorcido que fuera, había tenido la precaución de no volver a acercarse a mí. ¿Y la llamada de teléfono? Me negaba a cambiar otra vez de número. Durante la peor época de todas, cuando recibía tres o cuatro llamadas diarias, había cambiado varias veces de móvil y siempre conseguían encontrarme, a pesar de eso.

Negando con la cabeza, miré la bandeja de entrada y me encontré con otro correo de mi primo. ¿En serio? Estuve a punto de no leerlo, pero al final hice esa estupidez.

Avery,
Necesito hablar contigo CUANTO ANTES. Llámame a cualquier hora.
Es muy importante. Llámame.
David

Mi dedo acarició el ratón.
Borrar.

8

A lo largo de las siguientes semanas y a medida que el calor del verano se disipaba, una extraña rutina empezó a acomodarse en mi vida. De lunes a viernes, me levantaba e iba a clase. Cada día que pasaba, me apetecía más y más ir a Astronomía. Una de las razones era que nunca sabía qué iba a decir el profesor Drage o cómo se iba a vestir. Unos días antes, se había puesto unos vaqueros desteñidos y una camiseta estilo hippie. Creo que me había fijado más en eso que en cualquier otra cosa. Pero aparte del profesor estrambótico, era un cierto compañero de clase el que hacía que esos cincuenta minutos fueran condenadamente entretenidos.

Entre los comentarios sarcásticos de Cam, intercalados en la lección de Drage, y su sorprendente conocimiento del sistema solar, saltarme Astronomía el primer día había sido una apuesta ganadora a largo plazo. Con Cam de compañero, no había manera de suspender.

Comía tres días a la semana con Jacob y con Brittany, e incluso fuimos juntos a un partido de fútbol. Todavía no me atrevía a ir a ninguna fiesta, algo que ellos no entendían, pero no me dieron de lado. Dos veces por semana, se venían a pasar la tarde a mi casa. No es que estudiáramos mucho, pero no me quejaba. Me gustaba cuando estaban allí. Bueno, «gustarme» no es una palabra suficientemente contundente. Eran geniales y había pasado demasiado tiempo sin tener amigos como ellos, a los que no parecía importarles cuando yo me comportaba como una perturbada, cosa que pasaba a menudo.

Rechazaba a Cam por lo menos dos veces por semana.

Dos. Veces. Por. Semana.

Llegó a tal punto que tenía curiosidad ver cómo lo introducía en la conversación. Ese chico era incansable, pero aquello se había convertido más en una broma recurrente entre nosotros que en otra cosa. Por lo menos en mi opinión.

También empecé a esperar con ansia los domingos.

Desde el primero en que lo hizo, Cam se presentaba en mi puerta a horas intempestivas de la mañana con un cartón de huevos y algo que hubiera horneado previamente. El segundo domingo fueron bollos de arándanos. El tercero, bizcocho de calabaza (este admitió haberlo comprado precocinado). El cuarto y el quinto, pastel de fresas y brownies.

Los brownies por la mañana eran la hostia.

Las cosas iban realmente… bien, a excepción de los correos y el teléfono. Por lo menos una vez por semana, recibía una llamada de un NÚMERO DESCONOCIDO. Borraba los mensajes del buzón de voz y los correos sin abrirlos antes. Tenía, como mínimo, quince sin leer de mi primo. Algún día me vería obligada a mirarlos, pero entonces no tenía las fuerzas suficientes ni siquiera para llamar a mis padres.

Ellos tampoco me habían llamado, así que tampoco le veía el sentido.

Al empezar octubre, era más feliz de lo que lo había sido en mucho tiempo. El aroma del otoño, algo que había echado de menos viviendo en Texas, flotaba en el aire; me podía poner camisetas de manga larga sin que pareciera raro, y estudiar para los exámenes durante la hora de la comida siempre implicaba chocolatinas y caramelos.

—¿Me puede decir alguien dónde está Croacia en este mapa? —gimió Jacob—. ¿Me puedo inventar una cancioncilla que me haga recordarlo?

—Hungría, Eslovenia, Bosnia —le señalé en el mapa en blanco de Europa—. Y aquí está Serbia.

Jacob me lanzó una mirada de odio.

—Maldita perra sabelotodo.

Me metí un caramelo en la boca.

—Perdona.

—¿Te imaginas una canción que contuviera esos nombres? —Brit mojó las patatas fritas en la mayonesa.

—Eso es una asquerosidad —masculló Jacob.

Ella se encogió de hombros.

—Está rico.

—Lo cierto es que voy a hacerme la listilla contigo, así que prepárate. —Cogí una chocolatina y la sostuve frente a Jacob. Abrió mucho los ojos, como un cachorrillo a punto de recibir una recompensa—. Al igual que Hungría, todos los países que rodean a Croacia terminan en «a». Todos acaban igual. Quédate con eso.

Frunció el ceño.

—Eso no ayuda.

Suspiré.

—¿Quieres una canción?

—Sí. —Se puso de pie en la silla, en mitad de la cafetería del campus, y gritó—: ¡Sí! ¡Quiero una canción!

—Vaya.

Levantó las manos para aplacar a los estudiantes que se habían girado en sus asientos para mirarle.

—¿Qué? ¿Qué? —Se dio la vuelta—. ¿Ha sido un poco demasiado?

—Sí —contesté—. Sin dudarlo.

Brittany apoyó la frente en el libro de texto.

—De verdad —gimió—. No me puedo creer que nos haga aprendernos el mapa de Europa para este examen. Pensé que ya había dejado atrás esas chorradas en el instituto.

—Cántame una canción, empollona —me ordenó Jacob.

—Madre mía, eres ridículo. —Negando con la cabeza, coloqué las manos en la mesa—. Vale. Aquí la tienes. *Hungría arriba a la izquierda, arriba a la izquierda. Serbia justo debajo, justo debajo. Bosnia al sur, Bosnia al sur. ¿Y dónde está Croacia?*

—¿Dónde? ¿Dónde? —Jacob cantó conmigo.

—*¡Al lado del mar Adriático, enfrente de Italia!*

Jacob empezó a seguir el ritmo.

—¡Otra vez! ¡Otra vez!

Repetí la canción dos veces más mientras Brittany se quedaba contemplándonos con la boca abierta. Para cuando acabé, Jacob ya había sacado su bolígrafo y empezado a garabatear los nombres de los países en el mapa, y mi cara estaba igual de roja que un tomate, pero me estaba riendo como nunca.

Y acertó casi todo el mapa, aparte de escribir Francia donde iba el Reino Unido, pero creo que me estaba tomando el pelo más que otra cosa, porque ¿quién no iba a saber eso?

Le tiré un caramelo a la boca. Le dio en los labios, pero lo volví a repetir y conseguí acertar. Se lo tragó y acercó su cara a la mía.

—Adivina qué.

—¿Qué? —Me alejé un poco.

Me guiñó el ojo.

—Por ahí viene tu novio.

Al mirar por encima del hombro, vi que Cam entraba en la cafetería acompañado de dos chicas, una a cada lado, que lo miraban como si fuera el último soltero disponible que quedaba en el campus. Puse los ojos en blanco, exasperada.

—No es mi novio —le contesté a Jacob.

—Nena, tienes competencia. —Jacob se cruzó de brazos—. Esas son Sally y Susan, miembros y vicepresidentas de la Beta-Delta-Sigma-Café del Starbucks.

Brit se puso seria.

—Ese no es el nombre de la hermandad.

—Lo que tú digas.

—No son competencia, porque nosotros no tenemos ese tipo de relación.

Lenta y discretamente, miré por encima del hombro otra vez. El trío se había detenido cerca de los sillones. Cam estaba prestando atención a lo que le decían esas dos chicas. Una de ellas, la rubia, le había puesto la mano en el pecho y la estaba moviendo en pequeños círculos. Le lancé una mirada de odio. ¿Qué pasaba, le estaba haciendo una revisión médica o qué? Me di la vuelta y me encontré con la mirada de Jacob, que alzó las cejas.

—Se lo pueden quedar —le respondí, y me metí tres caramelos en la boca.

—No lo entiendo —dijo Brittany, cerrando su libro. Se había acabado la hora de estudiar—. Os veis prácticamente todos los días, ¿no es cierto?

Asentí.

—Va los domingos a hacerte el desayuno, ¿verdad? —añadió.

Jacob me hizo un corte de mangas.

—Y te odio por eso.

—Sí, es cierto, pero no hay nada más. —Gracias a Dios que nunca les había contado que me había pedido salir, porque entonces no tendría tiempo para escuchar sus incesantes quejas—. Mirad, somos amigos. Eso es todo.

—¿Eres lesbiana? —preguntó Jacob.

—¿Qué?

—Eh, no seré yo quien juzgue tus preferencias sexuales. Quiero decir, venga. —Se señaló con los pulgares para demostrarlo—. Así que ¿eres lesbiana?

—No —contesté—. No soy lesbiana.

—Yo tampoco, pero lo sería por ti. —Brit sonrió.

—Gracias. —Me reí—. Yo también me haría lesbiana por ti.

—Qué monas —dijo Jacob—. Pero no estamos hablando de eso. Ese pedazo de hombre está colado por... Ay, Dios mío, ha dejado a las de los pompones y viene hacia aquí.

El estómago se me hizo un nudo y rogué a Dios, a Shiva y a Zeus que Jacob no dijera nada que me hiciera querer matarlo más tarde.

—Joder —siguió Jacob, moviendo la cabeza apreciativamente—. Parece que se haya hecho los vaqueros a medida para que se le ajusten al... ¡Hola, Cameron! ¿Cómo va eso?

Cerré los ojos.

—Hola, Jacob. Brittany. —Cam se sentó a mi lado y me dio un leve codazo—. Avery.

—Hola —murmuré, muy consciente de que tanto Jacob como Brittany se nos habían quedado mirando. Cerré mi libro y me lo metí en la mochila—. ¿En qué andas metido?

—Oh, ya sabes, realizando travesuras —me contestó.

—Eso me recuerda a *Harry Potter* —suspiró Brit—. Tengo que volver a leerme los libros.

Todos nos giramos hacia ella.

Dos rosetones de rubor le aparecieron en las mejillas mientras se apartaba el pelo de la cara.

—¿Qué? No me importa admitir que a veces hay cosas que me recuerdan a Harry Potter.

—Ese tipo de allí me recuerda a Snape —dijo Cam, apuntando con la barbilla a una mesa detrás de nosotros—. Así que lo entiendo.

El tipo en cuestión tenía el pelo negro como el carbón, y sí, se parecía a Snape.

—En cualquier caso, ¿qué estáis haciendo? —Cam se revolvió en la silla y su pierna entró en contacto con la mía. Tragué saliva—. ¿Jugando con caramelos?

—Sí, eso y estudiando para el examen de Historia que tenemos la próxima semana. Debemos aprendernos el mapa de Europa —explicó Jacob.

—Vaya. —Cam me empujó con la pierna.

Yo le devolví el empujón.

—Pero Avery, la maravillosa Avery… —Jacob me miró, su sonrisa cada vez más amplia, y yo lanzándole una mirada de advertencia—. Nos ha estado ayudando a aprendérnoslo.

—Sí, lo ha hecho —dijo Brit.

Cam me miró de reojo y yo me aparté un poco de él.

Apoyando la barbilla en sus manos entrelazadas, Jacob le brindó una sonrisa a Cam.

—Antes de que empezáramos, le estaba diciendo a Avery que debería vestirse de verde más a menudo. Le queda muy sexy con el pelo que tiene.

Me quedé boquiabierta. Por supuesto que no había dicho nada de eso, no había comentado nada de la estúpida chaqueta que llevaba puesta.

—¿Te gusta cómo le queda el verde, Cam? —preguntó Brit.

Ay, Dios mío.

Cam se giró hacia mí, sus ojos azules tan profundos como el mar de las orillas de Texas.

—Ese color le queda muy bien, pero a mí me parece que está preciosa todos los días.

Mis mejillas se tiñeron de rojo mientras dejaba escapar el aliento contenido.

—¿Preciosa? —preguntó Brit.

—Preciosa —repitió Cam, salvando la pequeña distancia que yo había conseguido mantener entre nosotros. Me volvió a empujar con la rodilla—. Así que ¿al final habéis aprendido algo?

Me volví a quedar sin aire.

—Creo que ya lo tenemos.

—Gracias a ti. —Jacob miró a Brit, y el corazón me dio un vuelco—. Avery se ha inventado una cancioncilla para ayudarme a recordar dónde están los países.

Oh, no.

—Cántale la canción. —Brit me metió un codazo tan fuerte que me choqué contra Cam y reboté.

Un brillo de interés apareció en los ojos de Cam.

—¿Qué canción?

—No la voy a volver a cantar.

Jacob le sonrió a Cam.

—Es la canción de Croacia.

Le lancé la mirada de la muerte.

Cam se rio.

—¿La canción de Croacia? ¿Qué?

—No—repetí—. No voy a volver a cantarla. Cantar no es uno de mis talentos.

—¿Y qué talentos tienes? —me preguntó Cam, y cuando lo miré, me quedé prendada de la línea que dibujaba su mandíbula y del pelo que le rozaba las sienes. Pero ¿qué me pasaba? Cam me seguía mirando, con las cejas alzadas—. ¿Avery?

—Cuéntanoslo —Jacob insistió.

Brit se mostró de acuerdo.

—Los talentos son divertidos.

—Pueden serlo. —La mirada de Cam se desvió, y por fin cogí aire. Se inclinó hacia mí, y no había más que un par de centímetros separando nuestros labios. Escuché perfectamente la exclamación de sorpresa Jacob—. Cuéntame qué talentos tienes, corazón.

— «Corazón» —murmuró Jacob en voz baja.

—Bailar —se me escapó—. Antes bailaba. Solía hacerlo.

La curiosidad se reveló en el rostro de Cam.

—¿Qué bailabas?

—No sé. —Cogí la bolsa de caramelos y eché los que quedaban en la palma de mi mano—. Ballet, jazz, claqué, contemporáneo…, ese tipo de cosas.

—¡No me jodas! —exclamó Jacob—. Fui a claqué cuando tenía seis años, durante un mes, y entonces decidí que prefería ser bombero o alguna otra cosa. Era muy difícil.

Brit me sonrió.

—Yo intenté ir a clases de baile y descubrí que no tenía coordinación ninguna más allá de menear el culo. ¿Se te daba bien?

Me encogí de hombros, incómoda.

—Fui a clases unos diez años y participé en unos cuantos concursos y en un montón de recitales.

—¡Entonces eras buena! —dijo Brit—. Seguro que podías hacer todos esos giros y piruetas.

Solía hacerlas todas, y en un momento dado había sido muy flexible, pero lo que realmente se me daba bien eran los giros (el *tour fouetté*), sin duda lo más difícil de las clases de ballet.

Cam se había quedado callado, algo extremadamente raro.

—Mi hermana baila desde los cinco años. Todavía sigue. Creo que si la obligaran a dejarlo, pegaría a alguien.

Metiéndome el resto de los caramelos en la boca, asentí.

—Bailar puede ser adictivo si te gusta.

—O si se te da bien —añadió Brit.

Cam me dio un toque en el hombro.

—¿Por qué lo dejaste?

Me encantaba bailar y todo lo que implicaba: el entrenamiento, los ensayos y especialmente la espera que conducía al momento en el que salías a escena. Nada se comparaba a ese instante en el que estabas entre bambalinas, aguardando a que dijeran tu nombre; el aliento que cogías al salir al escenario y quedarte quieta bajo los focos. Ese segundo de tranquilidad en el que cerrabas los ojos y dejabas que la música comenzara, sabiendo que todo el mundo estaba concentrado mirándote.

Encogiéndome de hombros, alcancé lo que quedaba de las chocolatinas.

—Supongo que me cansé —dije finalmente. Era una mentira enorme. No me había cansado de bailar. Lo echaba de menos más que a nada en el mundo, pero ya no podía soportar que la gente me observara—. ¿Tu hermana se presenta a las competiciones?

Asintió.

—Viaja a todas partes y el verano pasado estuvo en la Escuela de Ballet Joffrey con una beca.

—Joder —jadeé, asombrada—. Tiene que ser buenísima.

Cam sonrió con orgullo.

—Lo es.

La envidia se extendió en mí como un cáncer profundo e invasivo. Esa podía haber sido yo, bailando en una de las escuelas más reconocidas del mundo. Debería haber sido yo, pero no lo era y tenía que aceptarlo.

La conversación se fue apagando después de eso, por lo menos para mí. Cam charló con Brit y Jacob mientras yo me perdía en mis pensamientos hasta que llegó la hora de ir a clase. Quedamos para estudiar otro día y nos despedimos.

Cam me siguió afuera, donde la luz del sol y una brisa fresca y constante me recordaban que el frío estaba llegando. No dijo nada mientras caminábamos en dirección al pabellón. Algunas veces hacia eso, y nunca sabía o me podía llegar a imaginar en qué estaba pensando en esos momentos de silencio.

Fue en ese instante, mientras cruzábamos la calle llena de gente y él saludaba a un grupo delante de otro edificio, cuando me di cuenta de lo diferente que me había parecido antes, cuando estaba con esas dos chicas. Me molestó, y ni siquiera sabía por qué me importaba.

—¿Estás bien? —me preguntó cuando nos paramos al lado de los bancos del pabellón al que me dirigía.

Lo miré inquisitiva.

—Sí, estoy bien. ¿Tú estás bien?

Me dedicó una sonrisa tensa y asintió.

—¿Todavía sigue en pie lo de mañana por la noche?

—¿Mañana por la noche…? ¡Ah! El ejercicio de Astronomía. —Como parte de nuestro examen, Drage nos había obligado a ir por parejas al observatorio. Teníamos que entregar las imágenes que sacáramos el miércoles siguiente—. Sí, me parece bien.

—Bien. —Cam se empezó a alejar—. Te veo entonces.

Me di la vuelta, pero me detuve cuando algo se me cruzó por la mente.

—¿Cam?

—¿Sí?

—¿Qué estabas haciendo en la cafetería? ¿No tienes una clase ahora?

Las comisuras de sus labios se curvaron y apareció ese puñetero hoyuelo. Cuando sonreía de esa manera, me daba la sensación de que tenía un globo hinchado en el pecho.

—Sí, normalmente tengo clase a estas horas —me dijo, sus ojos de un azul deslumbrante a pleno sol—. Pero quería verte.

Lo observé irse y cruzar la carretera, en dirección contraria adonde yo iba, sin palabras. Me quedé allí un momento y después me di la vuelta. No había manera de parar la sonrisa que asomaba a mis labios, y allí se quedó.

9

Estás seguro de que sabes usar esta cosa? —pregunté, mirando al telescopio.

Cam me miró por encima del hombro.

—¿Por qué? ¿Tú no sabes?

—Ni idea.

—¿No estabas prestando atención en clase cuando Drage nos contó esto y lo de las cámaras con escáner?

Me crucé de brazos.

—Estabas dibujando a los de *Duck Dynasty* mientras él lo explicaba.

Se rio mientras se volvía hacia el telescopio y empezaba a ajustar los manubrios y los botones y todas esas cosas que yo no recordaba.

—Estaba escuchándolo.

—Vale. —Me acerqué un poco, utilizando su cuerpo para resguardarme del viento frío que azotaba el tejado del observatorio—. La verdad es que estás hecho un artista.

—Lo sé.

Puse los ojos en blanco, exasperada, pero lo cierto era que tenía razón. Sus dibujos eran perturbadoramente realistas, barbas incluidas.

Se inclinó, tirando de una palanca.

—He usado un telescopio una o dos veces en mi vida.

—Eso es un poco raro.

—Vale. Lo utilicé cuando asistí a esta clase el año anterior —se corrigió, sonriéndome al mismo tiempo que se levantaba. Echó la cabeza hacia atrás y observó el cielo—. Vaya, no sé si seremos capaces de conseguir algo antes de que esas nubes lo tapen todo.

Siguiendo su mirada, me estremecí. Un montón de nubarrones estaban oscureciendo el cielo. Había una sensación de humedad en el aire, el olor de la lluvia.

—Bueno, pues entonces es mejor que nos demos prisa.

—Qué mandona —murmuró.

Sonreí.

—Ven aquí y te enseñaré cómo se usa esto. —Retrocedió un paso, y, con un suspiro, ocupé su lugar—. ¿Vas a estar atenta?

—La verdad es que no —admití.

—Por lo menos eres honesta. —Cam me rodeó con los brazos, colocando los dedos en el telescopio. Me rozó con uno de los brazos, y no me importó. Lo cierto era que me estaba protegiendo del viento—. Esto es una Philips ToUcam Pro II. —Señaló una cosa plateada que me recordaba a una webcam—. Se engancha al telescopio. Con estos parámetros, deberías ser capaz de ver Saturno claramente. Si presionas este botón, saca una imagen de lo que estás viendo.

—Vale. —Me eché el pelo hacia atrás—. No creo que haga falta que consigamos una imagen de Saturno.

—Bueno. —Se calló—. Oye.

—¿Oye qué?

—Sal conmigo.

—Cállate. —Sonriendo, me incliné hacia delante, con el ojo pegado al telescopio. Y todo lo que vi fue oscuridad. Se me daba fatal la astronomía—. No veo nada.

—Eso es porque no he quitado la tapa de la lente. —Cam se empezó a reír.

Le di un codazo. Le acerté en el estómago, pero lo tenía tan duro como una piedra.

—Imbécil.

Todavía riéndose, se inclinó para quitarla. Cam podría haberme rodeado, porque yo estaba en el medio, pero no lo hizo. Pegó su pecho a mi espalda y yo me quedé quieta, con los ojos cerrados.

—¿Qué? —preguntó.

—Habría sido más fácil si te hubieras apartado para hacer eso —le señalé.

—Es verdad. —Bajó la cabeza, sus labios cerca de mi oído—. Pero así es más divertido.

Un escalofrío me recorrió los hombros, a pesar de mi esfuerzo por controlarme.

—Diviértete tú solito.

—Bueno, es que eso le quita toda la diversión —me contestó—. Prueba otra vez.

Cogí aire, volví a colocar el ojo, y joder, lo vi. El planeta parecía un poco borroso, pero su matiz amarronado era visible y sus anillos también.

—Vaya.

—¿Lo ves?

Me retiré.

—Sí, es genial. Nunca había visto un planeta de verdad. Quiero decir, nunca había sacado tiempo para hacerlo. Está muy bien.

—Sí, estoy de acuerdo. —Miró a otra parte mientras me recogía unos mechones de pelo, apartándolos de mi cara—. ¿Qué es lo que se supone que tenemos que buscar?

—La constelación de Sagitario y también el asterismo de la Tetera y su cúmulo, sea lo que… —Una gran gota de lluvia se estrelló en mi frente. Di un salto, apartándome de Cam—. Oh, mierda.

Otra enorme gota de agua me dio en la nariz y dejé escapar un chillido. Mis ojos se encontraron con los de Cam. Maldijo y me agarró de la mano. Empezamos a correr por todo el tejado, los zapatos resbalándose por la superficie mojada. Casi habíamos llegado a la puerta cuando empezó a diluviar y la lluvia helada nos empapó en escasos segundos.

Él empezó a reírse mientras yo chillaba.

—¡Ay, Dios mío! —grité—. ¡Está superfría!

Se detuvo de repente, se dio la vuelta y me abrazó contra él. Repentinamente y por sorpresa, estaba resguardada contra su pecho. Alcé la cabeza y nuestras miradas quedaron unidas. La lluvia nos golpeaba, pero en ese instante no me daba cuenta de nada más.

Sonrió.

Y ese fue su único aviso.

Me pasó un brazo por la cintura y me levantó del suelo, cargándome sobre su hombro. Volví a chillar, pero tapó el sonido con su risa.

—¡Corres demasiado despacio! —gritó por encima de la lluvia.

Agarré la parte posterior de su sudadera.

—¡Bájame, hijo de…!

—¡Espera! —Riéndose, siguió yendo hacia la puerta, su brazo en mis caderas, sujetándome.

Un par de veces se resbaló en los charcos que se habían formado y el corazón se me detuvo. Podía visualizar perfectamente mi futuro traumatismo craneal. Cada zancada que daba me atravesaba el cuerpo, haciendo que se me escaparan pequeños gemidos entrelazados con mis amenazas de hacerle daño.

Las ignoró, o directamente se rio de ellas.

Cam se terminó parando y abrió la puerta. Agachándose, entró en el rellano seco y ligeramente menos frío que daba a las escaleras. Todavía se reía como un loco, pero me agarró de las caderas. Estaba preparada para darle lo suyo en el momento en el que me soltara, pero mientras me estaba bajando mi cuerpo se deslizó contra el suyo, centímetro a centímetro. Supongo que fue por la ropa mojada, porque ese contacto provocó que mis pulmones se quedaran sin aire.

Tenía las manos todavía en mis caderas y esa caricia me quemaba a través de los vaqueros. Se me quedó mirando, el azul de sus ojos oscureciéndose hasta alcanzar un matiz intenso, devastador y aplastante. Esos labios suyos, tan perfectamente formados, se abrieron y sentí su aliento cálido, ligeramente mentolado.

Estaba totalmente presionada contra él. Multitud de sensaciones estallaban en diferentes partes de mi cuerpo; los músculos de mi estómago se tensaron, mis pechos se endurecieron y los muslos me hormigueaban. Tenía las manos en sus pectorales y no estaba segura de cómo habían llegado hasta allí. No recordaba haberlas movido, pero allí estaban, y su corazón latía bajo mi palma en un ritmo constante que era similar al mío.

Deslizó una mano por mi costado, dejando un rastro de escalofríos a los que no estaba acostumbrada. Jadeé cuando sus dedos recorrieron mi mejilla, retirándome los mechones de pelo mojado de la cara.

—Estás empapada —me dijo, su voz más grave de lo normal.

Con la boca seca, tragué saliva.

—Tú también.

Mantuvo la mano donde estaba, con los dedos separados de manera que su pulgar rozaba mi mejilla. Me acarició la piel en pequeños círculos.

—Creo que vamos a tener que intentarlo otra noche.

—Sí —susurré, luchando contra el impulso de cerrar los ojos y abandonarme a sus caricias.

—A lo mejor deberíamos haber mirado qué tiempo iba a hacer antes —dijo Cam y no pude evitar sonreír al escucharlo.

Entonces se movió un milímetro. Un ligero movimiento que, de alguna manera, nos acercó todavía más y juntó nuestras caderas. Un escalofrío me recorrió toda la columna vertebral. La total conciencia de mi cuerpo y del *suyo* me abrumaba. Estaba respondiendo de manera instintiva, algo a lo que no estaba nada acostumbrada.

Mi cuerpo sabía lo que tenía que hacer, lo que *quería*, a pesar de que mi cerebro emitía tantas señales de alarma que me sentía como el Centro de Seguridad Nacional en mitad de un código rojo.

Me aparté, librándome del contacto. Di un paso atrás, mi respiración en oleadas, hasta encontrar la pared. Tenía la ropa empapada, estaba congelada y, al mismo tiempo, estaba ardiendo. Consumiéndome. Cuando conseguí hablar, mi voz sonó extraña.

—Creo que... deberíamos irnos ya.

Cam se apoyó contra la pared de enfrente, sus piernas ligeramente separadas. Parecía tenso, a punto de romperse.

—Sí, deberíamos.

Ninguno de los dos se movió durante un minuto y, cuando lo hicimos, nos mantuvimos en silencio mientras bajábamos las escaleras y llegábamos a su camioneta. Lo que fuera que había pasado entre nosotros se quedó flotando en el ambiente, y, para cuando llegamos a nuestro bloque de pisos, la ansiedad se había apoderado de mi estómago, borrando los escasos instantes que habían sucedido en la escalera y en los que me había dedicado a sentir en vez de a pensar.

Con el cuerpo en tensión, bajé de su coche y me apresuré a refugiarme bajo la entrada del edificio. Cam estaba a mi lado, sacudiéndose el pelo mojado. Me quedé parada al principio de las escaleras, jugueteando con las llaves. Tenía que decir algo. Necesitaba que todo esto desapareciera, porque no quería que nuestra amistad cambiara o que estuviera cargada de incertidumbre.

Entonces se me ocurrió algo que hizo que mi estómago apretara con fuerza el nudo que ya tenía.

No quería perder a Cam.

Durante las últimas semanas, se había convertido en parte de mi vida, insertándose en mi día a día, y si las cosas fueran a cambiar ahora…

Pero no sabía qué decir, porque no tenía ni idea de lo que había sucedido en la escalera. El corazón me empezó a latir a un ritmo frenético mientras él comanzaba a subir los escalones. Se detuvo y se dio la vuelta para mirarme.

—Sal conmigo —me pidió, pasándose una mano por el pelo mojado, apartándolo de su cara.

—No —murmuré.

Y entonces le apareció ese hoyuelo en la mejilla y dejé escapar el aliento que estaba conteniendo. Siguió subiendo las escaleras.

—Siempre queda el mañana.

Le seguí.

—Mañana no va a cambiar nada.

—Ya veremos.

—No hay nada que ver. Estás perdiendo el tiempo.

—En lo que se refiere a ti, nunca es tiempo perdido —me contestó.

Como me daba la espalda, no pudo ver mi sonrisa. Me relajé. Entré en calor. Las cosas volvían a ser como siempre y con Cam todo iría bien.

10

Veinticinco correos de mi primo desde finales de agosto hasta el 14 de octubre.

Esto ya era ridículo.

Había esperado hasta después de los exámenes antes de someterme al drama innecesario que, estaba segura, iba a tener lugar después de abrir cualquiera de ellos. Había una parte de mí que quería borrarlos directamente. ¿Qué sentido tenía leer los mensajes? Iba a ser la misma mierda, solo que en días diferentes.

Pero me incliné hacia atrás en la silla de mi escritorio, dejando escapar un enorme suspiro de hastío.

Me dije a mí misma que los leería el lunes. No lo hice. Que los leería el martes. No, tampoco sucedió. Y ya era miércoles, a las putas seis de la mañana, y me había quedado mirando mi bandeja de entrada durante treinta minutos.

David tenía la misma edad que Blaine cuando pasó todo. Diecisiete, tres años más que yo. Era amigo de Blaine, pero no había estado en esa fiesta. Después de todo lo que había sucedido (la verdad, el pacto entre padres, las consiguientes mentiras y la tormenta imparable en la que se había convertido mi vida), David se había enterado del acuerdo, pero creía lo mismo que todos los demás.

Que me había arrepentido de lo que había comprado y quería devolverlo sin tener el comprobante.

Pero David había dejado de ser amigo de Blaine, porque, para mi primo, el que yo hubiera dicho la verdad al principio o no ya no importaba. Todo esto había sido profundamente *desagradable* para David. En los últimos cinco años, no le había hecho tenerme ni una pizca de compasión.

Echándole un vistazo, comprobé que el primer correo sin leer llevaba ahí desde finales de agosto. Exasperada, lo abrí. Era lo mismo que el último que había leído. Que debía llamarlo, a él o a mis padres. Inmediatamente. Puse los ojos en blanco. No podía ser tan importante, porque lo lógico era pensar que cualquiera de ellos habría cogido el teléfono y me habría llamado si de verdad hubiera sido urgente.

Bueno, así era mi familia. Cada uno de ellos pensaba que no debía ser el primero en llamar. Estaban demasiado ocupados, eran demasiado importantes. Incluyendo a mi primo, quien debía de tener un montón de tiempo libre para mandarme todos esos correos.

Lo borré.

Pasé al siguiente.

Lo mismo, pero con un par de frases más. Algo que tenía que ver con una chica del instituto. Molly Simmons. Un año más joven que yo, y con la que por supuesto no había tratado. Ni siquiera recordaba cómo era físicamente. David necesitaba hablarme acerca de ella. ¿Por qué? ¿Acaso salía con ella y estaban planeando su boda? Si era eso, me sorprendía que me lo estuviese contando siquiera.

Sería una boda a la que no iba a ir.

Borré ese mensaje e iba a pasar al siguiente cuando mi teléfono sonó. Me puse en pie y lo cogí. Era un mensaje de Brittany, que quería saber si íbamos a quedar para tomar un café antes de mi clase de Astronomía. Le mandé una respuesta rápido diciéndole que sí.

Cerré mi portátil y me puse en marcha, pensando que quedar a tomar un café con Brittany era cien mil veces mejor que seguir examinando el montón de correos sin leer.

A la hora de comer, Jacob estaba igual de alterado que el correcaminos puesto hasta las cejas de crack porque no teníamos clases ni el jueves ni el viernes, debido a las vacaciones de otoño. Tanto él como Brit estaban emocionados por volver a casa. Me sentía feliz por ellos, pero también un poco decepcionada. Esos días libres eran la alegría de vivir para los universitarios, pero para mí significaban cuatro días de no hacer nada excepto mirar a las paredes y adelantar el temario de las clases.

Sin embargo, su alegría era contagiosa y me empecé a reír mientras Jacob intentaba convencer a un chico sentado en otra mesa de que si un zombi mordía a un vampiro, entonces se convertiría en un vampiro zombi, mientras que el otro chico estaba seguro de que si pasaba eso, se convertiría en un zombi vampiro.

Brit parecía estar esperando que un zombi atravesara las paredes de la cafetería y mordiera a todos los que estaban allí.

—¿Y qué vas a hacer estos días? —me preguntó.

—Me quedo aquí —contesté, y añadí la excusa que tenía preparada—. Mi casa está demasiado lejos para irme solo cuatro días.

—Claro, es lógico. —Hizo una bola con la servilleta y se la tiró a la espalda a Jacob, pero él estaba demasiado concentrado en el rollo zombi-o-vampiro para notarlo—. Yo me voy hoy, después de mi última clase. —Apoyó la cabeza en mi hombro—. Te voy a echar de menos.

—Yo también.

—Vas a estar perdida sin mí.

—Lo sé.

Se incorporó, los ojos brillando de emoción.

—Ya sé: te puedes venir conmigo a mi casa.

—Ay, Brit… —Quería llorar o abrazarla. La verdad era que ese ofrecimiento significaba un montón para mí—. Gracias, pero querrás tiempo para estar con tu familia y esas cosas.

—Bueno, piénsatelo. Si cambias de idea, me voy a las tres, así que me mandas un mensaje y te recojo. —Bebió un sorbo de su refresco—. ¿Qué va a hacer Cam? ¿Se va a ir a su casa?

Buena pregunta. Antes de que pudiera responder, Jacob se dio la vuelta como si alguien hubiese gritado su nombre.

—¿Qué pasa con mi marido imaginario?

Brit se rio.

—Justo estaba preguntando a Avery si se volvía a casa estos días.

—¿Y? —me preguntó Jacob.

Me recogí el pelo con las manos y me encogí de hombros.

—No lo sé.

Jacob frunció el ceño.

—¿Cómo que no lo sabes?

—Pues que no lo sé. No ha sacado el tema.

Se miraron entre ellos y después Brit dijo:

—Me sorprende un poco que no te haya dicho nada.

Me quedé perpleja.

—¿Por qué te sorprende?

Jacob me miró como diciendo: «¿A ti qué te parece?».

—Vais pegados a todas partes.

—No es cierto. —Fruncí el ceño. ¿Lo hacíamos?—. No.

—Vale, ¿tengo que hacerte una lista de todas las veces que estáis juntos? —Jacob alzó las cejas—. No es ninguna locura asumir que sabes qué planes tiene, y ya que estamos puestos, cuánto le mide la polla.

—Ay, madre mía. —Me tapé la cara con las manos.

Brit se rio.

—Estás haciendo que Avery se sonroje.

Tenía razón.

Jacob se rio disimuladamente.

—Creo que tenéis una relación clandestina.

—¿Qué? —Levanté la cabeza y le miré—. No tenemos nada clandestino. Créeme, me ha pedido… —Me detuve ahí—. Que no tenemos nada.

—Perdona. Perdona. *Perdona*. —Jacob casi se cayó de la silla—. ¿Que te ha pedido qué?

—Nada. —Me recosté en la silla y me crucé de brazos—. No me ha pedido nada.

Jacob miró a Brit.

—¿Me lo estoy imaginando o es que no sabe mentir?

—No sabe mentir. —Brit estuvo de acuerdo, y se giró en la silla para encararme—. ¿Qué es lo que te ha pedido?

—¡Nada!

—¡Y una mierda! —Me golpeó en el brazo—. Pero ¡qué mentirosa!

—¡Ay! Yo…

Jacob negó con la cabeza, mirándonos como si estuviera a punto de desmayarse.

—Somos tus amigos. Por la amistad que nos une, nos tienes que contar las cosas aunque no quieras.

Me quedé boquiabierta.

—¿Qué? Eso no tiene sentido.

—Esas son las normas. —Brittany se mostró de acuerdo, muy solemne.

—¿Qué es lo que te ha pedido? —insistió Jacob—. ¿Te ha pedido que te comas más galletas? ¿Te ha pedido que seas la madre de sus hijos? ¿Que te cases con él? ¿O que le calientes la cama por las mañanas, las tardes y las noches? ¿O que…?

—¡Dios mío! —No había manera de salir de ese lío. Conocía a Jacob. Seguiría hasta que toda la cafetería creyera que me iba a casar y a tener un hijo—. Vale. Os lo digo si prometéis no perder los papeles ni gritar.

Jacob hizo una mueca.

—Ah, no sé.

—¡Te lo promete! —Brit le lanzó una mirada—. O le pegaré.

Él decidió mostrarse de acuerdo.

—Te lo prometo.

Dejé escapar el aire.

—Vale. No es para tanto. Eso es lo primero que quiero que tengáis claro. Lo pilláis, ¿no? Vale. Pues, bueno, Cam me ha estado pidiendo salir, más o menos…

—¡¿Qué?! —chilló Jacob, y un montón de gente se dio la vuelta para mirarle.

Dejé caer los hombros.

—Me lo has prometido.

—Lo siento. —Se llevó la mano al corazón—. Es que…, vaya. Me he emocionado.

—Ya veo —le corté.

Brit también se había llevado las manos al pecho.

—¿Te ha estado pidiendo salir, varias veces?

Asentí.

—Sí, pero le he dicho que no todas las veces.

—¡¿Le has dicho que no?! —gritó Jacob, y me levanté y le di un golpe en el brazo. Me sonrió—. Lo siento. Lo siento. No me pegues. Me asusto cuando me pegan.

Me volví a sentar y lo miré con odio.

—Sí. Le he dicho que no.

—¿Por qué? —me preguntó.

—¿Y te lo sigue pidiendo? —quiso saber Brit al mismo tiempo.

—Sí, me lo sigue pidiendo, pero es como… una broma entre nosotros. No es en serio.

Brit se mesó el pelo, como si estuviera estresada o algo así.

—¿Y cómo sabes que no es en serio?

—Venga ya. —Levanté las manos—. No me lo dice en serio.

—¿Por qué? —Jacob tenía pinta de estar atónito—. Eres una chica lista y divertida. No te gusta ir de fiesta, pero estás buena, y supongo que eso lo compensa.

—Vaya, gracias.

—Lo que estoy intentando decir es que ¿cómo sabes que no va en serio?

Negué con la cabeza.

—Que no.

—Volvamos a lo importante —dijo Brit—. ¿Por qué le sigues diciendo que no?

—¿Y por qué le iba a decir que sí? —¿Por qué no se abría la tierra y me tragaba, por favor?—. Apenas nos conocemos.

—Pero ¿de qué vas? Ya sois como almas gemelas. ¿Y cuál crees que es el objetivo de salir con alguien? —Jacob puso los ojos en blanco, exasperado—. Es para conocer a la otra persona. Y ya lo conoces, así que esa es una excusa barata.

Era una excusa barata, pero también la mejor que tenía.

—¿Cuándo llegas a conocer a alguien de verdad?

Brit se llevó las manos a la cara y meneó la cabeza.

—No es un asesino en serie.

—Hablando de asesinos en serie: todo el mundo pensaba que Ted Bundy era un hombre encantador y muy guapo. Y mira cómo salió. Un psicópata.

Jacob se me quedó mirando, la mandíbula ligeramente desencajada.

—Él no es Ted Bundy.

—No lo entiendo —susurró Brit—. Es como si alguien me dijera que la Tierra es plana. Cam es uno de los solteros más codiciados de esta universidad, probablemente incluso de esta zona y este estado.

Me quedé callada.

—Estoy casi segura de que me he quedado sin palabras. —Brit siguió meneando la cabeza—. Sin palabras. Que alguien me saque una foto.

—Ja. —La sonrisa de Jacob me produjo ansiedad—. Por ahí viene Cam. Qué coincidencia.

Me derrumbé en la mesa y empecé a gemir mientras Brit se echaba a reír. Por debajo, Jacob me dio una patadita en la pierna y dos segundos más tarde *sentí* que llegaba Cam, incluso antes de que empezara a hablar. También percibí su colonia. ¿Era raro que lo reconociera por el olor? Sonaba raro. Lo era.

—Avery, ¿qué estás haciendo…?

En mi cabeza, concebí la ristra de obscenidades más larga que se me ocurrió, porque sabía (por supuesto que lo sabía) que Jacob no se iba a quedar callado.

—Echándome una siesta.

—¿Una siesta?

—Sí.

Cam me tironeó de la chaqueta para llamar mi atención.

—¿Por qué será que no me lo creo?

Me encogí de hombros, un poco incómoda.

Se sentó a mi lado, la mano todavía en mi espalda, y no sé si la ropa que yo llevaba puesta se hizo más fina de repente o qué, pero podía sentir su calor perfectamente.

—¿Te encuentras mal?

—¡Ay, mira cómo se preocupa! —exclamó Jacob—. Avery, eres un poco zorra.

Cam se quedó rígido y su voz se volvió muy profunda, un matiz que yo nunca había oído.

—¿Perdona?

Levanté la cabeza y le dirigí una mirada de odio a Jacob.

—No me encuentro mal.

—Vale. —Cam los miró, intentando sacar algo en claro, y Brit se echó a reír—. ¿Qué pasa aquí?

Antes de que contestaran, hablé yo.

—¿No se supone que tienes que estar en clase?

Frunció el ceño.

—Nos han dejado salir antes. Y no me cambies de tema.

Abrí la boca, pero el puñetero Jacob se me adelantó.

—Avery nos acaba de informar de que le has estado pidiendo salir, y que te ha contestado que no, y le hemos estado explicando que eso es una locura.

—Bueno. —La rigidez previa desapareció de su rostro, y yo solo me quería meter debajo de la mesa—. Me gusta esta conversación.

Mierda.

—¿Así que es verdad? —preguntó Jacob, apoyando los codos sobre la mesa—. ¿Le has estado pidiendo salir?

Cam me miró de reojo.

—Sí, casi cada día desde finales de agosto.

Al otro lado de la mesa, Brit dejó escapar un gritito ahogado, como si fuera un peluche de los que se aprietan y suenan.

—¿Desde agosto?

Él asintió.

Brit se dirigió a mí, muy sorprendida.

—¿Y no nos has contado nada?

—Eso me ofende un poco —comentó Cam.

Le di un codazo.

—Seguro que no. Y no es que fuera asunto suyo.

—Pero somos tus amigos. —Jacob parecía tan triste que empecé a sentirme mal. Miró a Cam—. Que sepas que apoyamos totalmente que salga contigo.

Vale. Ya no me sentía tan mal por él.

—Me gustan tus amigos, Avery. —Cam sonrió mientras yo seguía encorvada de la vergüenza.

—Sí, lo apoyamos —dijo Jacob—. De hecho, debería quedar contigo ahora mismo.

—También le hemos dicho que no eras un asesino en serie —añadió Brit a la conversación.

Cam asintió.

—Es una buena carta de presentación. Eh, por lo menos no soy un asesino en serie. Lo voy a poner ahora mismo en mi perfil de Facebook.

Hice una mueca.

Jacob estaba eufórico.

—Y te ha comparado con Ted Bundy.

—Te odio —masculló, apartándome el pelo de la cara—. No te he comparado con Ted Bundy. Solo he dicho que nunca llegas a conocer del todo a una persona. Y que todo el mundo pensaba que Ted Bundy era un tío muy majo.

Cam se me quedó mirando, una chispa de diversión en los ojos.

—Vaya. Esto cada vez va a mejor.

—¿Perdona? —quise saber, conteniendo a duras penas una sonrisa.

Suspiró, girándose hacia mis amigos.

—Continúa rechazándome. Rompiéndome el corazón.

Suspiré yo también.

—Lo dice de broma.

—Pues parece muy serio —dijo Brit, toda melosa mientras miraba a Cam. Mierda, ya la había convencido a ella también.

Cam soltó el gemido más triste de todo el universo conocido, y puse los ojos en blanco, exasperada.

—Y ahora se cree que soy el próximo Ted Bundy.

—No creo que vayas a ser el siguiente Ted Bundy.

—Además, tú no tienes el color de pelo necesario para ser su víctima —dijo Brit. Todos la miramos—. ¿Qué pasa? A Ted Bundy le gustaban las chicas con el pelo castaño y raya en medio. El de Avery tira más al rojizo.

—¿Soy la única persona a la que le parece un poco siniestro que sepas ese tipo de cosas? —preguntó Jacob.

Brit frunció la boca.

—Estudio psiquiatría. Tengo que saber ese tipo de cosas.

—Claro —murmuré.

—De todas maneras, esto no va de mí y de mis conocimientos en cuanto a asesinos en serie. Ya os deslumbraré más tarde con lo que sé. Esto va de ti, Avery. —Sonrió mientras yo le lanzaba una mirada de advertencia—. Este caballero, que no es un asesino en serie, te está pidiendo salir. Estás soltera. Eres joven. Deberías decirle que sí.

—Dios mío. —Me llevé las manos a la cara, que estaba ardiendo—. ¿Todavía no ha llegado la hora de que os vayáis todos a vuestras casas?

La profunda risa de Cam me hormigueó por la piel.

—Sal conmigo, Avery.

Anonadada, me giré para mirarlo. No me podía creer que siguiera intentándolo delante de la gente, después de todo lo que había pasado.

—No.

—¿Veis? —Cam sonrió a mis amigos—. Sigue rechazándome.

Jacob meneó la cabeza.

—Eres idiota, Avery.

—Lo que tú digas —gruñí, cogiendo mi bolso—. Me voy a clase.

—Te queremos —dijo Jacob con una sonrisa.

—Vale.

Brit se rio.

—Claro que sí. Solo que nos cuestionamos tu buen juicio.

Negando con la cabeza, me puse en pie.

—Tened cuidado con el coche de camino a casa.

—Tendremos cuidado —me contestó Brit, levantándose para abrazarme—. Recuerda lo que te he dicho de venirte conmigo. Si cambias de idea, mándame un mensaje antes de las tres.

—Vale. —La abracé y le hice un gesto de despedida a Jacob. Por supuesto, Cam ya estaba de pie, esperándome. Alcé las cejas—. ¿Ya me estás siguiendo?

—Como un auténtico asesino en serie —me contestó.

Todavía me moría de la vergüenza mientras cruzábamos la cafetería y salíamos a la calle.

—Sabes que era una broma, ¿verdad? Y siento haberles contado todo. Es que empezaron a hacerme preguntas sobre ti, y al final...

—Está bien —me cortó, pasándome el brazo por encima de los hombros mientras nos deteníamos al lado de un bosquecillo entre dos pabellones—. No me importa.

Lo miré con suspicacia.

—¿No te importa?

Lo negó, y me quedé perpleja. ¿Qué tipo de persona querría que los demás supieran que había estado pidiendo salir a alguien, siendo rechazado en múltiples ocasiones? Yo no querría que fuese de dominio público. ¿Y por qué me lo seguía pidiendo? No es que yo fuera su única opción. Entre el pelo oscuro y ondulado, los ojos de un azul intenso y un cuerpo y una cara envidiables, Cam era guapísimo. Dudaba que hubiera una sola chica en la facultad que no lo pensara. Pero era más que un tío bueno. Era encantador, agradable, dulce y divertido. Era el tipo de chico que querías llevar a casa y presumir de él por ahí, el tipo de chico que nunca se quedaba soltero por mucho tiempo y del que te enamorabas totalmente.

Cam tenía donde escoger, así que ¿por qué no lo hacía? O, a lo mejor, sí lo estaba haciendo. A pesar de lo que creían Jacob y Brit, yo no estaba a su lado las veinticuatro horas del día. Quedaba mucho con esa chica que se llamaba Steph y lo había visto por la universidad con otras. Lo de pedirme salir tenía que ser en broma.

Tenía que serlo, después de dos meses.

Un nudo de inseguridad se me formó en el estómago. ¿Y si estaba saliendo con otras chicas? ¿Y si se estaba enrollando con ellas? Esto es, estaba en su derecho de hacerlo, y no es que me importara. De verdad que no me importaba.

—Vaya —dijo.

—¿Qué?

Dejó caer el brazo, pero me cogió un par de mechones de pelo que se me habían soltado y me los remetió por detrás de las orejas.

—Estás pensando en algo.

Intenté no hacer caso al hormigueo de mi cara cuando la rozaba con los dedos. A lo mejor tenía algún trastorno nervioso.

—Sí.

—¿En qué? —preguntó.

—En nada importante. —Le sonreí mientras borraba de mi mente las imágenes de él con otras chicas. No iba a meterme en eso—. ¿Vas para casa este fin de semana?

—Sí. —Se acercó un poco más, impidiendo que me diera el sol. Mientras hablaba, Cam me pasó las manos por el pelo, separándolo en dos coletas que me cayeron a los lados de la cara—. Me voy mañana por la mañana, muy temprano. Y no vuelvo hasta el domingo por la noche. Así que no va a haber desayuno esta semana.

—Jo. —Descarté la verdadera decepción que sentí al oír eso. El desayuno de los domingos se había convertido en algo fundamental para mí.

—No me llores mucho. —Le apareció una leve sonrisilla mientras me hacía cosquillas en la cara con mi propia melena—. ¿Vas a aceptar la oferta de Brit e irte con ella?

Negué con la cabeza.

—Me voy a quedar por aquí y a leer un poco.

—Friki.

—Idiota.

Su sonrisa se hizo más amplia mientras me dejaba caer el pelo por los hombros.

—¿Sabes qué?

—¿Qué?

Cam dio un paso hacia atrás y metió las manos en los bolsillos de los vaqueros.

—Deberíamos quedar esta noche, dado que me voy todo el fin de semana.

Me reí.

—No voy a salir contigo.

—Entonces queda conmigo.

Mi sonrisa empezó a desaparecer.

—¿En qué se diferencia eso de salir contigo?

—¿En qué se diferencia quedar esta noche de nuestros encuentros dominicales?

Ah, ahí me había pillado. Se me aceleró el pulso mientras lo observaba.

—¿Qué vas a querer hacer?

Se encogió de hombros.

—Pedir cena y ver una película.

Balanceé mi peso de una pierna a otra, cautelosa.

—Eso parece una cita.

—Conmigo eso no es una cita, corazón. —Se rio—. Yo te sacaría a cenar, con público. Esto solo son dos amigos que quedan para ver una película y comer algo.

Frunciendo la boca, miré a la lejanía. De algún modo presentía que no era de eso de lo que estábamos hablando, pero claro, ¿qué sabía yo de los chicos, o de tener amigos? No me lo pensaba dos veces cuando venían Brit o Jacob. ¿Por qué con Cam iba a ser diferente?

Porque para mí era diferente.

Nada de eso importaba, porque sí me apetecía quedar con él. Cam era divertido. Así que suspiré y dije:

—Venga, vale. Vente.

Cam alzó las cejas.

—Vaya. No hacía falta que te emocionaras tanto.

—Sí que estoy emocionada. —Le golpeé en el brazo—. ¿A qué hora te pasas?

—¿A las siete te va bien?

En ese momento, no solo me revolotearon mariposas en el estómago, sino que estas empezaron a beberse bebidas energéticas como si no hubiese un mañana.

—Me va bien. Te veo entonces.

Había llegado a la acera cuando me paró.

—¿Avery?

Me di la vuelta.

—¿Sí?

Sus labios se curvaron.

—Nos vemos esta noche.

Se me cayó el alma al suelo. Iba a ser una tarde *muy larga*.

11

Las mariposas habían pasado del chute de cafeína a fumar crack. Y yo oscilaba entre las ganas de vomitar y recorrer frenética mi apartamento.

Estaba siendo un poco exagerada.

Según Cam, esto no era una cita. Solo dos amigos quedando. Tampoco era para tanto, nada por lo que estresarse. No es que fuera la primera vez que estábamos a solas. Solo que era la primera vez que me había preguntado antes de presentarse en casa.

Me duché. Por segunda vez ese día.

Recogí el apartamento y después me cambié de ropa tres veces, lo que fue un poco absurdo, porque al final me quedé con unos pantalones de yoga y una camiseta de manga larga. Después empleé una cantidad inaceptable de tiempo en domar mi pelo para que me cayera en suaves ondas por la espalda. Me maquillé un poco, me lo quité todo, me lo volví a poner.

Para cuando llamó a la puerta, quería estamparme contra una pared.

Cam estaba igual que siempre cuando entró en el piso: insoportablemente perfecto. Llevaba unos vaqueros rotos, una camiseta con el nombre de un grupo de música ya olvidado y una gorra de béisbol. En una mano sostenía unos DVD y en la otra una bolsa que olía a comida china.

Mi estómago rugió.

—¿Qué tienes ahí?

—La materia de la que están hechos los sueños.

Sonreí mientras intentaba cogerlo.

—¿Revuelto de gambas?

—Ajá. —Puso la bolsa fuera de mi alcance y me apresuré a seguirlo hasta la cocina, como una niña hambrienta—. He traído algunas películas. No sabía qué te apetecería ver.

Mientras sacaba los platos del armario, lo miré por encima del hombro. Cam se quitó la gorra y se pasó una mano por el pelo. Sus rizos oscuros y despeinados eran adorables. Me pilló observándolo y sonrió. Ruborizada, dirigí mis ojos a otra parte.

—Bueno, ¿y qué has traído?

—A ver…, hay donde elegir. En la sección de terror, tengo las dos últimas de *Resident Evil*.

—¿Dos películas? —Coloqué los platos en la encimera.

Se rio.

—No te vas a librar de mí tan fácilmente.

—¡Vaya! ¿Qué más hay?

—En cuanto a comedia, las últimas de Vince Vaughn y de Will Ferrell. De acción, una de James Bond y otra en la que hay muchas explosiones. Y también tengo *El diario de Noa*.

Me di la vuelta tan rápido que casi se me caen los cubiertos al suelo.

—¿*El diario de Noa*? ¿Tienes *El diario de Noa*?

Cam se me quedó mirando.

—¿Qué pasa?

—Oh, nada. Es que es una película… muy de chicas.

—Me siento muy seguro de mi sexualidad, lo suficiente para decir que Ryan Gosling está *de ensueño* en esta película.

Me quedé boquiabierta.

Su cara de póquer desapareció y se echó a reír.

—Estoy de coña. No tengo *El diario de Noa*. Nunca la he visto. No he traído ninguna romántica.

Puse los ojos en blanco.

—Qué imbécil.

Cam se volvió a reír.

—Yo tampoco la he visto. La verdad es que no me van mucho las películas románticas —admití, abriendo los envases de comida china.

—¿De verdad? Pensé que todas las chicas la habían visto y se la sabían de memoria.

—Pues no.

—Interesante.

—Tampoco tanto. —Cogí una cuchara—. ¿Cuánto quieres?

—Coge tú y me quedo con lo que sobre. —Se colocó detrás de mí y me puse nerviosa. Se me erizó la piel del cuello. Me moví para quedarme a su lado. Ladeó la cabeza en señal de interrogación—. Estás un poco asustadiza.

—No me he asustado.

—Es una manera de hablar.

Vertí un montón de arroz y gambas en mi plato.

—Pues es un poco estúpida.

Cam estuvo a punto de decir algo más pero cambió de idea.

—Entonces, ¿qué quieres ver?

—*Resident Evil*.

—Ah, eres de las mías. —Escogió dos DVD y fue hacia el salón. Le seguí con la mirada—. Los zombis siempre ganan.

Negué con la cabeza mientras suspiraba. Eché la mayor parte del revuelto de gambas en su plato y llevé todo al salón, colocándolo en la mesita. Cam estaba al lado de la televisión, arreglándoselas con el reproductor. Encendí la luz para que pudiera ver mejor.

—¿Qué quieres beber?

—¿Tienes leche?

—¿Quieres beber leche con la comida china?

Asintió.

—Necesito calcio.

No me parecía muy apetecible, pero le puse un vaso de leche y yo me cogí una lata de Pepsi.

—Es un poco asqueroso, ¿no? —Me senté en el sofá y doblé las piernas—. Una mezcla muy rara.

Se sentó a mi lado, con el mando en la mano.

—¿Lo has probado alguna vez?

—No.

—Entonces, ¿cómo sabes que está asqueroso?

Me encogí de hombros y alcancé mi plato.

—Me voy a quedar con mi suposición.

Me miró de reojo.

—Voy a conseguir que lo pruebes antes de que acabe el año.

Sin molestarme en contestarle, me arrellané en el sofá y empecé a comer. Cam puso la película en marcha y se acomodó, su muslo presionando contra mi rodilla. Llevábamos unos diez minutos así cuando me dijo:

—Tengo una pregunta.

—Dime.

—Llega el apocalipsis zombi, ¿vale? Los zombis brotan de todas partes, enloquecidos, recorriendo las calles y metiéndose en las casas. En ese momento, tú ya casi te has muerto tres veces y te han infectado *dos veces* con el virus T, convirtiéndote en una mutante, lo que tiene que ser doloroso. Dado que es obvio que tu día está hasta arriba, ¿te pararías a peinarte y maquillarte?

Era una pregunta tan absurda que me eché a reír.

—No, para nada. Ni siquiera creo que me diera tiempo a pasarme un cepillo por el pelo. Y otra cosa. ¿Te has fijado en que todo el mundo tiene una sonrisa perfecta? Se supone que la civilización desapareció hace ya seis años. Nadie va al dentista. Ensuciad los dientes a los actores, por favor.

Cam se terminó el revuelto de gambas.

—O el hecho de que el color de pelo de la chica cambia de una película a otra.

—Sí, porque en un apocalipsis zombi tienes mucho tiempo para ir a la peluquería.

Se rio.

—A pesar de eso, me encantan estas películas.

—A mí también —admití—. Siempre pasa lo mismo en todas, pero no sé... Hay algo adictivo en ver cómo Alice les patea el culo a los zombis. Y espero que, cuando haya un apocalipsis zombi, yo sea la mitad de buena que ella para partirles la cara.

Riéndose, recogió los platos vacíos y los llevó a la cocina. Volvió con otro vaso de leche para él y una lata de refresco para mí.

—Gracias —le dije.

Se sentó y el sofá se hundió un poco, haciendo que me quedara más cerca de él.

—Vivo para servirte.

Le sonreí.

Durante la primera película, continuamos comentando todos los momentos absurdos, riéndonos de nuestras propias exageraciones. Cuando Alice iba a darle su merecido a Rain, sonó mi teléfono. Pensando que serían Brittany o Jacob, que ya se estarían aburriendo en casa, me incliné para cogerlo. La ansiedad me recorrió el cuerpo cuando vi NÚMERO DESCONOCIDO en la pantalla. Lo mandé directo al buzón de voz.

—¿No vas a contestar? —me preguntó Cam, alzando las cejas.

Negué con la cabeza mientras apagaba el teléfono rápidamente y lo volvía a colocar en la mesita, con la pantalla hacia abajo.

—Es de mala educación hablar por teléfono cuando tienes compañía.

—No me importa.

Recostándome en el sofá, me empecé a mordisquear el pulgar mientras intentaba concentrarme en la televisión. No me enteraba de lo que estaba pasando y solo me di cuenta de que se había acabado la película cuando Cam se levantó para poner la siguiente. Me dije a mí misma que no debía pensar en la llamada de teléfono o en el consiguiente mensaje que sabía que me esperaba. Después del primero, había borrado todos los demás sin escucharlos antes. Una vez más, consideré el ir a la tienda y cambiarme de número, pero eso sería como aceptar que los gilipollas habían vuelto a ganar. Todavía no tenía ni idea de quién podía ser. No creía que fuera Blaine, pero qué sabía yo. Fuera quien fuera, les iba a tratar igual que a los trolls de internet. No había que discutir con ellos.

Cam me agarró súbitamente de la muñeca, haciendo que alzara la cabeza. Me estaba mirando a mí en vez de a la película.

—¿Qué? —le pregunté, fijándome en su mano. Me rodeaba la muñeca por completo.

—Te has estado mordiendo la uña durante diez minutos.

¿Tanto tiempo? Bueno, la verdad es que era un poco asqueroso.

Me bajó la muñeca hasta las piernas, pero no la soltó.

—¿Qué pasa?

—Nada —contesté—. Estoy viendo la película.

—No me creo que realmente la estés viendo. —Nuestras miradas se cruzaron y el corazón se me detuvo un instante—. ¿Qué está pasando?

Intenté recuperar mi mano y él la dejó ir.

—No está pasando nada. Ve la película.

—Ya, ya —murmuró, pero no siguió con el tema.

Dejamos de hacer tantos comentarios sobre la peli y los párpados me empezaron a pesar. Cada vez que los cerraba, parecía que me costaba más abrirlos. Cam cambió de postura y me hundí un poco más en el sofá, más cerca de él. Estaba prácticamente recostada contra él y pensé que debería dejarle un poco más de sitio, pero lo cierto es que estaba tan calentito, y yo estaba tan cómoda, que me dio pereza hacer cualquier tipo de esfuerzo. Además, no parecía importarle. Si no, ya se habría movido o me habría empujado.

Debí de dormirme durante esa segunda peli, porque cuando abrí los ojos parecía que la televisión había cambiado de lugar. Tardé un poco en darme cuenta de que me estaba despertando y que… Madre mía, ¿cómo había llegado hasta allí?

Acurrucada de lado en el sofá, tenía una manta cubriéndome el cuerpo, y la cabeza apoyada en el regazo de Cam.

En su muslo, para ser más exactos.

Me quedé sin aliento y el corazón se me paró. Sentí un ligero peso en la cadera, el de una mano: la de Cam. ¿Estaba dormido? Ay, Dios mío, no tenía ni idea de cómo había llegado a pasar. ¿Había hecho esto mientras dormía y ahora el pobre Cam estaba atrapado y no se podía ir porque yo estaba inconsciente encima de él?

Vale. Llegados a este punto, tenía dos opciones. Podía escaparme del sofá y correr hasta el dormitorio o podía comportarme como una adulta y comprobar si estaba despierto.

Me sorprendí a mí misma optando por lo segundo, y muy despacio empecé a girar para estar boca arriba. Fue lo peor que podía haber hecho porque la mano de Cam, que antes estaba en mi cadera, terminó en mi vientre.

Madre mía.

Su mano descansaba justo debajo de mi ombligo, con los dedos en la cinturilla de los pantalones de yoga. Estaba cerca, muy cerca, de los territorios sin explorar. Una bola de nieve gigante se me instaló en el pecho, pero al sur, mucho más al sur, estaba pasando algo totalmente diferente. Los estremecimientos que el contacto causaba en mi cuerpo se dirigían hacia abajo, haciéndome temblar. ¿Cómo era posible sentir tanto frío y tanto calor al mismo tiempo?

Movió el pulgar y tuve que morderme los labios. Seguro que había sido una casualidad, o uno de esos gestos instintivos que se hacen en sueños. Pero volvió a moverlo, esta vez trazando un lento círculo por debajo de mi ombligo. Mierda. El pulso se me aceleró y cada vez sentía más calor. El asalto siguió, por lo menos medio minuto, hasta que ya no pude aguantarlo más. Sentía partes de mi cuerpo de una manera a la que no estaba acostumbrada, y no era justo, y esto no tenía que suceder.

Sin embargo, ah, sí que estaba pasando.

Inspiré hondo, pero no me ayudó a relajar los músculos ni a aliviar la tensión que se me acumulaba dentro. Sabía que, si miraba hacia abajo, tendría los pezones presionando la fina tela de la camiseta que me había puesto esa noche. Con cada respiración, podía sentir cómo se rozaban contra el sujetador. Habría dado lo que fuera por ser el tipo de chica que sabía manejar estas situaciones; el tipo de chica que Cam, en mi opinión, deseaba y a la que estaba acostumbrado..

Pero no lo era.

Eché la cabeza hacia atrás y miré a Cam.

Tenía la cara vuelta y reclinada contra un cojín. Una sombra le delineaba la mandíbula. Una ligera sonrisa. Qué hijo de puta.

—Cam.

Abrió un ojo.

—¿Avery?

—No estás dormido.

—Pero tú sí lo estabas. —Empezó a hacer movimientos para estirar el cuello—. Y yo también.

Tenía la mano todavía sobre mí, un peso casi excesivo. Había una parte de mí que quería decirle que apartara sus garras, pero eso no fue lo que salió de mi boca.

—Siento haberme quedado dormida encima de ti.

—Yo no lo siento.

Me pasé la lengua por los labios, nerviosa. No tenía ni idea de qué decir, así que opté por un:

—¿Qué hora es?

Dirigió la mirada a mi boca y un estremecimiento para nada desagradable recorrió mi cuerpo en respuesta.

—Pasada la medianoche —me respondió.

El corazón se me iba a salir del pecho.

—Ni siquiera has mirado el reloj.

—Tengo un instinto para ese tipo de cosas.

—¿De verdad?

Tenía los ojos entrecerrados.

—Sí.

—Pues es algo extraordinario. —Cerré la mano, formando un puño—. ¿A qué hora te vas mañana por la mañana?

—¿Me vas a echar de menos?

Fruncí el ceño.

—No te preguntaba por eso. Solo tenía curiosidad.

—Les dije a mis padres que estaría en casa a la hora de comer. —Con la otra mano, me apartó los mechones de pelo de la cara, y allí la dejó—. Así que me iré entre las ocho y las nueve.

—Qué pronto.

—Sí. —Empezó a acariciarme la cabeza y se me empezaron a cerrar los ojos mientras me relajaba pese a todo—. Pero no está muy lejos.

—Y no vas a volver hasta el domingo por la noche, ¿verdad?

—Correcto —me contestó en voz baja, y sentí su pecho alzarse al compás de su respiración—. ¿Seguro que no me vas a echar de menos?

Mis labios se curvaron en una pequeña sonrisa.

—Van a ser como unas vacaciones para mí.

Se rio.

—Eso es muy cruel.

—¿A que sí?

—Pero sé que estás mintiendo.

—Ah, ¿sí?

—Sí. —Movió la mano, y sentí que me acariciaba la cara con los dedos. Abrí los ojos. Me estaba sonriendo. Aunque no era una sonrisa muy amplia, de esas que dejaban ver su hoyuelo, la verdad—. Me vas a echar de menos, pero no lo quieres admitir.

No dije nada porque estaba intentando no pensar en los siguientes cuatro días. Entonces siguió acariciándome la curva de la mejilla con los dedos y ya no pude concentrarme en nada más. Bajaron por el contorno de mi cara y llegaron hasta la barbilla. El aire se me escapaba lentamente de la boca mientras uno de ellos estaba a punto de alcanzar mis labios.

Ladeó la cabeza.

—Yo sí te voy a echar de menos.

Separé los labios en un gesto instintivo.

—¿De verdad?

—Sí.

Cerré los ojos para no terminar llorando. No tenía ni idea de por qué sus palabras me afectaban tanto, pero lo hacían, y por un pequeño, pequeñísimo momento, pude admitir ante mí misma que no quería que se fuera. Aunque eso solo lo empeoraba.

Pasaron algunos minutos. Lo único que se oía era el zumbido de la televisión. Cam repasó el contorno de mi labio inferior, sin rozarlo pero acercándose cada vez más. Me pregunté si lo llegaría a tocar, y si yo quería que lo hiciera.

Creo que, de algún modo, sí quería.

—Hablas en sueños —me dijo.

Abrí los ojos. Que le dieran al contorno de mis labios.

—Ah, ¿sí?

Asintió.

Ay, Dios. Un nudo en el estómago.

—¿Es una broma? Porque te juro que, si me estás tomando el pelo, te pego.

—No te estoy tomando el pelo, corazón.

Me senté y las manos de Cam se apartaron. Me giré en el sofá para poder verle la cara. Tenía el pulso acelerado por algo totalmente diferente.

—¿Qué he dicho?

—Nada importante.

—¿De verdad?

Se frotó la cara con las manos.

—Solo estabas murmurando. No me he enterado de nada de lo que has dicho. —Alzó la cabeza—. Ha tenido su gracia.

Mi corazón empezó a recuperar el ritmo normal al tiempo que el miedo dejaba de atenazarme el pecho. A saber lo que podría haber dicho mientras dormía. Miré el reloj y vi que ya eran más de las tres de la mañana.

—Tu instinto para adivinar la hora da un poco de pena.

Cam se encogió de hombros mientras se levantaba.

—Supongo que debería irme a mi casa.

Abrí la boca para cerrarla después. ¿Qué iba a hacer? ¿Pedirle que se quedara? ¿Una fiesta de pijamas en mi sofá? Muy sutil. Dudaba que fuera a estar interesado en algo apto para todos los públicos.

—Ten cuidado con el coche —dije finalmente.

Ya estaba de pie, y me quedé mirando el sitio que había ocupado.

—Lo tendré. —Y entonces se agachó, moviéndose tan rápido que no me di cuenta de lo que iba a hacer. Me plantó un beso en la frente—. Buenas noches, Avery.

Cerré los ojos y apreté los puños.

—Buenas noches, Cam. —Llegó hasta la puerta antes de que yo me levantara y me agarrara al respaldo del sofá—. ¿Cam?

Se detuvo.

—¿Sí?

Respirando hondo, me obligué a mí misma a decirlo.

—Me lo he pasado muy bien esta noche.

Cam se me quedó mirando un momento, y después sonrió. El hoyuelo apareció en su mejilla, y mis labios imitaron a los suyos.

—Ya lo sé.

12

Arrojé el libro de Historia a la cama, antes de dejarme caer en ella. Me llevé las manos a los ojos. Solo era jueves por la tarde y ya estaba sin saber qué hacer.

Siempre podía limpiar.

Qué pereza.

Mi móvil sonó y me di la vuelta para cogerlo de la mesilla de noche. Tenía miedo de mirar a la pantalla, así que opté por hacerlo con un solo ojo. Como si eso fuera a mejorar las cosas si al final resultaba ser el gilipollas de turno.

Pues no lo era.

Me senté y abrí el mensaje que me había mandado Cam. Unas palabras y ya me tenía sonriendo como una tonta.

Ya me echas de menos?

Le respondí con un:

No.

Casi inmediatamente:

Si fueras Pinocho, tu nariz se extendería por todo el estado.

Crucé las piernas y me recosté contra el cabecero.

Pinocho? Ese es el tipo de libros que lees?

Ja. Me has herido. Profundamente.

Pensé que carecías de sentimientos.

Te mentí. Tengo muchos, todos para ti.

Antes de que pudiera responder, otro mensaje.

Cuando yo miento, me crece otra cosa.

Me reí.

Gracias por la información.

De nada. Solo para que lo supieras.

Te lo podrías haber ahorrado.

Mordiéndome el labio, le escribí:

Llegaste bien a casa?

Pasaron unos cuantos minutos hasta que llegó su respuesta.

Sí. La familia me está mimando. Ya podrías aprender.

Creo que te sobran las atenciones.

Pero necesito más.

No, si ya lo sé.

Otros tantos minutos.

Qué estás haciendo?

Tumbada boca arriba, crucé los tobillos.

Leyendo.

Empollona.

Idiota.

A que me echas de menos?

Mi sonrisa era tan amplia que daba hasta vergüenza.

Seguro que tienes mejores cosas que hacer ahora mismo.

Para nada.

Unos cuantos segundos después:

quién eres???

Fruncí el ceño mientras me incorporaba. Y después:

Perdona, mi hermana me ha quitado el teléfono.

Me relajé.

Parece una hermana muy simpática.

Lo es. A veces. Necesita más atenciones que yo. Me tengo que ir.

Le contesté:

Hablamos más tarde.

El día fue pasando y a las nueve de la noche consideré tomarme una pastilla para dormir. Oí que mi teléfono sonaba otra vez en el salón. Tiré el cepillo de dientes en el lavabo y me lancé a cogerlo, pero a medida que me acercaba al móvil frené el paso.

Sal conmigo.

Me reí, olvidándome de que tenía la boca llena de pasta de dientes, así que terminé con manchitas blancas por toda la barbilla y la camiseta.
—Joder, soy idiota.
Me fui a limpiar y después le contesté.

Que me lo digas por mensaje no se diferencia mucho de que me lo digas en persona.

No perdía nada por intentarlo. ¿Qué estás haciendo? Yo dándole una paliza a mi padre al póquer.

Me lo imaginé con su familia y sonreí.

Preparándome para irme a la cama.

Ojalá estuviera allí.

Me quedé boquiabierta. Pero ¿qué…?

Espera, estás desnuda?

No!!! Pervertido.

Mierda. Por lo menos tengo mi imaginación.

Pues eso es todo lo que vas a tener.

Ya veremos.

No lo vas a ver.

Voy a ignorar eso último. Vale. Me tengo que ir. Mi padre me está ganando.

Buenas noches, Cam.

Buenas noches, Avery.

Sostuve el teléfono durante mucho tiempo y después me lo llevé al cuarto. Últimamente, había cogido la costumbre de quitarle el sonido por las noches porque no sabía cuándo iba a recibir un mensaje del NÚMERO DESCONOCIDO. Pero esa noche no lo dejé en silencio.

Por si acaso.

El domingo por la mañana no era lo mismo sin Cam, sin su obsesión por los huevos duros, sin esa condenada sartén y sin todos esos deliciosos bizcochos. Me levanté pronto, como si un reloj interno me avisara de que iba a llamar a mi puerta. Por supuesto, no lo hizo, y tampoco me había mandado un mensaje el sábado. Supuse que estaba con su familia y con los amigos que tenía por allí.

Intenté no echarlo de menos, porque solo era un amigo, y aunque también deseaba que Brit y Jacob estuviesen cerca, no era que los *echara de menos* realmente. No era lo mismo. O a lo mejor sí.

Cogí una caja de cereales y puse cara de asco. Lo cierto es que me apetecían más unos bollos de arándanos. Me los comí, pero a regañadientes. Acababa de lavar el plato cuando mi teléfono sonó.

Me apresuré en volver al salón, pero me detuve cuando vi el nombre que se encendía en la pantalla.

Mamá.

¡Joder!

El teléfono siguió sonando mientras me decidía entre cogerlo o tirarlo por la ventana. Pero tenía que responder. Mis padres no me llamaban *nunca*. Así que tenía que ser importante. Fruncí el ceño mientras le daba al botón.

—Hola.

—Avery.

Ah, ahí estaba esa voz, la educada, entrecortada, impersonal y completamente fría voz de la señora Morgansten. Me tragué todas las palabras malsonantes que podrían hacer arder sus perfectas y delicadas orejas.

—Hola, mamá.

Un largo silencio. Alcé las cejas mientras me preguntaba si me había llamado por equivocación o algo así. Finalmente habló.

—¿Qué tal por Virginia Occidental?

Pronunció «Virginia Occidental» como si fuese una enfermedad de transmisión sexual. Puse los ojos en blanco. Algunas veces mis padres se olvidaban de sus orígenes.

—Muy bien. Te has levantado pronto.

—Es domingo. Theo ha insistido en desayunar con tu padre en el club. Si no, no estaría despierta tan temprano.

¿*Theo*? Me dejé caer en el sofá, atónita. Por Cristo bendito, Theo era el padre de *Blaine*. Mis padres eran unos… hijos de la grandísima puta.

—Avery, ¿estás ahí? —La impaciencia teñía su voz.

—Sí. Estoy. —Agarré un cojín y me lo llevé al regazo—. ¿Vais a desayunar con el señor Fitzgerald?

—Sí.

Y eso fue todo lo que dijo. Sí. Como si no fuera para tanto. Los Fitzgerald habían compensado a los Morgansten, y a mí me habían colgado la etiqueta de zorra mentirosa, pero no pasaba nada, porque todavía seguían quedando para desayunar juntos.

—¿Qué tal los estudios? —me preguntó, pero ya parecía aburrida. Probablemente estaba mirando en internet su próxima operación de cirugía estética—. ¿Avery?

Anda y que les dieran por saco.

—Los estudios van muy bien. Virginia Occidental está muy bien. Todo es perfecto.

—No emplees ese tono conmigo, jovencita. Después de todo lo que nos has hecho pasar…

—¿De todo lo que *yo* os he hecho pasar? —¿Estaba en un universo paralelo o qué?

—Y sigues haciéndolo —continuó, como si yo no hubiera dicho nada—. Te vas a la otra punta del país, a una universidad sin prestigio en *Virginia Occidental* en vez de…

—Esta universidad no tiene nada de malo, mamá, y Virginia Occidental tampoco. Tú naciste en Ohio. No es tan diferente.

—Eso es algo que intento no recordar. —Su resoplido fue bastante impresionante—. Lo que me lleva al motivo de mi llamada.

Gracias a Dios, al niño Jesús y al Espíritu Santo.

—Tienes que venir a casa.

—¿Qué? —Me llevé el cojín al pecho.

Suspiró.

—Tienes que dejar de perder el tiempo y volver a casa, Avery. Ya has dejado tu opinión bastante clara al hacer algo tan infantil.

—¿Infantil? Mamá, odiaba estar allí.

—¿Y de quién es la culpa, Avery? —Su voz perdió la frialdad anterior.

Me quedé atónita. No era la primera vez que me había dicho algo así. Hacía bastante, pero todavía dolía igual. Me quedé mirando por la ventana, moviendo la cabeza con resignación.

—Solo queremos lo mejor para ti —empezó otra vez, la indiferencia tiñendo esa soberana gilipollez—. Eso es lo que siempre hemos querido y lo mejor para ti es que vuelvas a casa.

Empecé a reírme, pero me atraganté. ¿Volver a casa era lo mejor para mí? Esa mujer estaba loca. Solo el hablar con ella me alteraba.

—Han ocurrido algunas cosas por aquí —añadió, y después se aclaró la garganta—. Deberías volver a casa.

¿Cuántas veces había hecho lo que ellos querían? Demasiadas, pero esta vez no les iba a obedecer. Volver a casa sería el equivalente a meter la cabeza en una trituradora y después preguntarme por qué me dolía. Respiré hondo y abrí los ojos.

—No.

—¿Perdona? —La voz de mi madre chirrió de repente.

—He dicho que no. No voy a volver a casa.

—Avery Samantha Morgan...

—Tengo que irme. Ha estado muy bien hablar contigo, mamá. Adiós. —Y le colgué el teléfono antes de que pudiera decir nada más. Coloqué el móvil en la mesita y me lo quedé mirando.

Pasaron un minuto, dos minutos, cinco minutos. Con un suspiro de alivio, me derrumbé en el sofá. Meneé la cabeza, totalmente pasmada por la conversación. Mi madre estaba loca. Cerré los ojos y me empecé a masajear las sienes. Qué manera de empezar un domingo por la mañana.

Llamaron a la puerta y me asusté.

Me puse en pie, preguntándome quién podría ser. Era demasiado pronto para que ninguno de mis amigos hubiera llegado ya. Ni siquiera eran las nueve, lo que significaba que probablemente también era un poco pronto para que se tratara de un asesino en serie.

Espié por la mirilla.

—No me lo puedo creer. —Mi corazón se puso a saltar de alegría mientras abría la puerta—. ¿Cam?

Se dio la vuelta, los labios curvados en una sonrisa. Llevaba una bolsa de la compra en las manos.

—Me he despertado a las cuatro de la mañana y he pensado que me apetecían unos huevos. Y desayunar contigo es mucho mejor que desayunar con mi hermana o con mi padre. Y además mi madre ha hecho bizcocho de calabaza. Sé lo mucho que te gusta el bizcocho de calabaza.

Sin palabras, le dejé paso y lo observé mientras llevaba la bolsa a la cocina. La garganta me ardía y me di cuenta de que me estaban temblando los labios. El nudo que tenía en el estómago se deshizo. Mi cerebro bajó la guardia. Ni siquiera llegué a cerrar la puerta, o a sentir el aire frío que lamía mis tobillos desnudos. Me lancé directa desde la puerta de entrada hasta la cocina. Cam se dio la vuelta justo a tiempo para cogerme cuando me arrojé a sus brazos.

Se tambaleó un poco mientras me pasaba las manos por la cintura. Enterré la cara en su pecho, con los ojos cerrados y el corazón a mil por hora.

—Te he echado de menos.

13

Me puse la capucha, pero seguía temblando mientras el viento congelado azotaba el espacio entre los dos pabellones, esparciendo las hojas marrones a nuestro alrededor. Varias de ellas volaron por el aire y volvieron a caer a la acera, formando otra vez parte del suelo alfombrado.

Brit aspiró su cigarro y dejó escapar el humo lentamente.

—Así que la próxima vez que coja una llamada de Jimmie cuando está borracho y acepte ir a su casa, ¿qué es lo que vas a hacer?

Di saltitos para combatir el frío.

—¿Darte un puñetazo?

—¡Exacto! —Se acabó el cigarrillo y lo apagó—. Dios, ¿por qué somos tan estúpidas?

Caminé a su ritmo, abrazada a mí misma para mantener el calor.

—Buena pregunta.

—Quiero decir, sé que no busca una relación, que todo lo que desea es sexo, y normalmente solo cuando está un poco borracho, y aun con todo voy para allá. ¿En serio?

—¿Tú quieres una relación seria?

Frunció los labios mientras se colocaba un gorro para protegerse las orejas.

—¿Sabes qué? Creo que no.

Hice una mueca.

—Entonces no entiendo por qué te molesta tanto que él no la quiera.

—¡Porque debería querer estar saliendo conmigo! Soy una tía cojonuda.

Reprimiendo una sonrisa, la miré.

—Por supuesto que sí.

Brit sonrió. Había visto a Jimmie un par de veces por la universidad. Parecía un tío decente, pero creía que Brit podía aspirar a algo mejor que alguien que solo la llamaba cuando había bebido. Así que eso fue lo que le dije.

—Y por eso somos amigas —me respondió, enlazando su brazo con el mío—. Vaya, ¿dónde está el otoño? Es como si el invierno hubiese venido de repente y le hubiera dado una paliza.

—Es verdad. —Temblé mientras nos parábamos para cruzar la calle—. Qué pena para los niños que vayan de ronda de Halloween mañana. Se van a helar.

—Que les den —me contestó, haciendo que me riera—. Me voy a disfrazar de ángel…, pero un poco putilla.

—Por supuesto.

—Y eso significa que básicamente voy a ir en ropa interior. Las tetas se me congelarán y se me caerán. Hablando de esto, no te creas que no me he dado cuenta de que has estado evitando el tema fiestas.

No tenía ni idea de cómo habíamos pasado de las tetas congeladas a esto.

Estábamos al lado de la oficina de alumnos, y Brit me fulminó con la mirada.

—Tienes que venirte con nosotros. Todo el mundo estará allí.

Miré a otro sitio y vi que la policía estaba retirando el coche de algún pobre diablo que había aparcado mal.

—No sé. No me gustan mucho las fiestas de Halloween.

—No te gustan las fiestas y punto. Venga, tienes que venir. Jimmie estará allí y voy a necesitar que me des un puñetazo.

Me reí.

—Seguro que Jacob se presta a hacerlo.

Mi firmeza a la hora de ni siquiera pensar en ir empezó a resquebrajarse. Jacob había estado hablando del tema toda la semana. La noche anterior, mientras Cam y yo terminábamos nuestros deberes, y mientras me pedía de nuevo una cita, incluso él había sacado el tema de la fiesta que estaba organizando su amigo Jase. Era un año más joven que Cam y uno de los líderes de una fraternidad (de la cual yo ya no recordaba el nombre). Lo había visto con Cam un par de veces, pero nunca habíamos hablado. No es que eso me importara, porque la sola idea de ir a esa fiesta me empezaba a provocar una úlcera estomacal.

—Voy a entrar ahí y voy a organizar el puñetero horario del próximo semestre.

Brit había tenido muy mala suerte a la hora de matricularse. Por el contrario, yo había conseguido exactamente lo que quería.

—¿Vas a tener que pegar a alguien?

—Puede. —Me dio un abrazo rápido—. Gracias por acompañarme.

—De nada. —Yo ya había acabado lo que tenía que hacer, así que tenía mucho tiempo libre.

Empezó a subir las escaleras pero se dio la vuelta.

—Piénsate lo de la fiesta. Por favor. Necesitas ir, no solo por mí, sino porque te lo vas a pasar bien. Necesitas relajarte un poco. ¿Vale?

Respiré hondo.

—Me lo pensaré.

—¿De verdad? —Cuando asentí, siguió preguntando—: ¿Me lo prometes?

—Te lo prometo.

Brit entró en el edificio y valoré si ir a la tienda a comprar algún antiácido. Lo iba a necesitar.

A veces, incluso yo tenía muy claro que no estaba en lo cierto. Pero saberlo no me hacía las cosas más fáciles. La idea de ir a una fiesta de Halloween no debería hacer que me encerrara en casa con una caja de antiácidos a mano y una tarrina de helado Ben & Jerry's.

Una tarrina de helado que ya estaba *medio vacía*.

Me di cuenta de que, si seguía así, me iba a convertir en la vieja de los gatos. Lo único que necesitaba eran los gatos.

Después de salir de la universidad, había recibido un mensaje de Cam sobre la fiesta. Él también quería que fuera. Lo mismo que Brit. Lo mismo que Jacob. Lo mismo que yo, pero…

Gruñí mientras me ponía en pie y tapaba el helado. Tenía diecinueve años. Vivía sola. Había mandado a la mierda a mi madre y había abrazado a Cam mientras le decía que lo había echado de menos. Ir a una fiesta no debería costarme tanto. Ya era hora de que hiciera algo así. Si no me atrevía ahora, ¿lo haría alguna vez?

Probablemente no.

Metí el helado en el congelador y después cogí los productos de limpieza que guardaba debajo del fregadero. Empecé a limpiar con brío todo lo que se encontraba a la vista en la cocina.

Podía hacerlo.

El corazón me dio un salto y el estómago un vuelco.

No, no podía hacerlo.

Frotando la encimera, la luz del horno se reflejó en mi brazalete, llamando mi atención. Me detuve, sin poder evitar observar lo que se había convertido en uno de los pilares básicos de mi vida. Dejé la bayeta a un lado y me quité el brazalete. Giré la muñeca y me obligué a examinar atentamente mi cicatriz. Me daba vergüenza y hacía todo lo posible por esconderla, pero ¿para qué? ¿Para quedarme en mi apartamento, siendo una antisocial y una marginada? Había muchas cosas que probablemente no iba a hacer nunca o que siempre me resultarían muy difíciles, pero ¿ir a una puñetera fiesta? ¿De verdad estaba tan jodida por todo lo que había pasado que, cinco años después, no podía ir a una fiesta?

Me volví a colocar el brazalete y me apoyé en la encimera.

Tenía que hacerlo. Necesitaba hacerlo. O, por lo menos, intentarlo. Mi cerebro comenzó a lanzar señales de pánico mientras caminaba hacia el salón. Saqué el móvil del bolso y, antes de pararme a pensar en lo que estaba haciendo, abrí el último mensaje de Cam y le di a responder.

Vale.

Pasaron unos segundos antes de recibir la respuesta.

Voy para allá.

¿Que venía? Pero ¿por qué..?

Llamaron a mi puerta.

Exasperada, dejé el móvil en el sofá y fui a abrir.

—No tenías por qué venir.

Cam entró sin vacilar mientras se ponía la gorra del revés.

—Bueno, pues tú mismo.

Se detuvo en la puerta de la cocina y frunció el ceño.

—¿Por qué tu apartamento huele a lejía?

—Estaba haciendo limpieza.

Alzó las cejas.

—La cocina —expliqué con timidez—. Te podrías haber ahorrado el viaje si me hubieses contestado por teléfono.

Me miró fijamente y se terminó sentando en el sofá.

—Necesitaba el ejercicio.

Claro que no necesitaba el ejercicio.

Le dio una palmada al sofá, a su lado.

—Ven a sentarte.

Lo miré.

—Venga.

Mascullando para mis adentros, pasé por encima de sus piernas y me senté.

—Vale, ya estoy sentada.

Bajó los ojos y su mirada se dirigió a mi boca. Empecé a enrojecer y su sonrisa se hizo un poco más amplia.

—Bueno, me has escrito que «vale». Hoy te he pedido dos cosas. Así que tengo curiosidad por saber a qué has accedido.

Subí las piernas al sofá y las abracé.

—Me has preguntado por la fiesta de Halloween de mañana por la noche.

—Sí, es cierto. —Se inclinó y me agarró del brazo hasta que tuve que soltar las rodillas—. Pero también te he pedido algo más.

Lo miré con suspicacia.

Entonces él tiró del dobladillo de mis pantalones para obligarme a bajar las piernas del sofá.

—También te he pedido que salgas conmigo.

—Ya sabes la respuesta a eso.

Entrecerró los ojos.

Mis labios temblaron.

—Estaba diciendo que vale, que iré a la fiesta.

—Buena elección. Será divertido y te lo pasarás bien. —Una vez que ya estaba sentada a su gusto, se arrellanó en el sofá—. ¿A qué hora te paso a buscar?

Me negué.

—Ya llevo mi coche.

—¿Por qué? Vivimos en el mismo edificio y vamos al mismo sitio.

—Gracias, pero prefiero ir sola.

Me observó unos instantes.

—Si no quieres ir conmigo, por lo menos ve con Brittany.

Dije algo así como que estaba de acuerdo, pero no pensaba hacerlo. Llevarme el coche significaba que me podía ir cuando quisiera. Necesitaba tener eso, al menos.

—Eh —dijo Cam.

Alcé las cejas y le miré.

—Hola.

—Sal conmigo.

Sonreí.

—Cállate, Cam.

Estaba tan nerviosa que el teléfono se me resbalaba de las manos y me parecía que el cinturón de seguridad se me clavaba contra el pecho. Estaba en el aparcamiento y ya pasaban treinta minutos de la hora ideal en la que tendría que haber salido hacia la fiesta en casa de Jase. Me habría gustado decir que llegaba tarde para hacerme la interesante, pero no era verdad.

Me faltaba muy poco para sufrir un ataque de ansiedad.

—¿Así que no te has disfrazado al final? —me preguntó Brit, y, aparte de su voz, podía escuchar música y risas ahogadas—. No es para tanto. Hay un montón de gente que tampoco lo ha hecho.

Bueno, pues una excusa a la basura. Después de hablar con Cam la noche anterior, había sopesado la idea de hacer una expedición de última hora para comprar un disfraz, pero habría sido demasiado esfuerzo.

—¿Ya estás por aquí? —siguió Brit—. Porque estoy un poco sola… ¡Oye!

La voz de Jacob sonó a través del teléfono un segundo después.

—Hola, nena, ¿dónde estás?

Cerré los ojos.

—Preparándome para salir.

—Más te vale, porque Brit me está poniendo de los nervios preguntando por ti todo el rato. Así que trae tu culo para acá.

—Ya llego. Estaré allí en un rato.

Colgué, dejé el teléfono en el asiento de al lado y agarré el volante. *Puedo hacer esto.* Me lo seguí repitiendo, mirando mi piso. Había dejado una luz encendida y en ese instante parecía un maldito faro, tentándome a volver a la seguridad que suponía el aburrimiento puro y duro.

Estaba siendo una estúpida, y lo tenía muy claro en mi cabeza, pero eso no cambiaba el hecho de que el corazón se me iba a salir del pecho o de que tenía ganas de vomitar. Lo que me estaba pasando no era lo normal para nadie más, y esa era la clave. Que no quería que fuera lo normal para mí.

—Joder.

Necesitaba atreverme.

Metí la marcha atrás y salí del aparcamiento. Para cuando llegué al final de la carretera y me desvié a la izquierda para tomar la ruta 45, me temblaban los brazos. La casa de Jase no estaba muy lejos de la universidad. Se encontraba a solo unos cuantos kilómetros, en una urbanización cercana donde varias fraternidades se habían aposentado también.

De camino, me concentré en recitar todas las constelaciones que me sabía de memoria. Acuario, el Águila, el Altar, Andrómeda, Ara, Aries, el Auriga, el Ave del Paraíso… ¿A quién se le habrían ocurrido estos nombres? En fin. Había llegado a la D cuando vi la larga fila de coches aparcados fuera de una casa de tres plantas. Estaban por todas partes, en medio del camino de entrada, en el patio y por toda la calle. Tuve que cambiar de dirección para poder dejar el mío en el otro lado de la calle, una manzana más allá.

Hacía frío esa noche y no había niños fuera. Las rondas para pedir caramelos ya habían terminado y en las aceras quedaban las golosinas que se les habían caído.

La luz salía de las ventanas de la casa, prestándole un brillo reluciente a la entrada. Unas cuantas personas estaban fuera, apoyadas contra la verja. Me metí las manos en los bolsillos de la sudadera y evité pasar por el garaje, donde estaban jugando a una partida de *beer-pong**, y entré por la puerta principal.

Joder…

La casa se encontraba abarrotada. La gente estaba por todas partes: alrededor de la televisión, amontonados en los sofás, en el suelo y en la entrada. El corazón me palpitaba al ritmo de la música mientras escaneaba la multitud, buscando un ángel sexy. Había un montón de ángeles: las traviesas iban vestidas de rojo; las sexys, de blanco; y suponía que las chicas malas, de negro.

Vaya.

Pasé al lado de una chica que se había disfrazado de Dorothy, de *El mago de Oz*, si Dorothy hubiera sido una *stripper*. Me sonrió y yo le devolví la sonrisa. Me sentía un poco extraña. Rodeé a un grupo que estaba jugando a las cartas y vi a Ollie, el compañero de piso de Cam. Estaba demasiado absorto en el juego como para fijarse en mí. Me puse de puntillas. Me estaba agobiando un poco con toda esa gente.

Escuché un agudo chillido y me di la vuelta, sin haberme preparado mentalmente para que un ángel de blanco se abalanzara sobre mí.

—¡Estás aquí! —aulló Brit, abrazándome—. ¡Joder! No pensaba que fueras a venir al final. Creía que nos ibas a dejar tirados.

—Pues aquí estoy.

Me volvió a abrazar y me cogió de la mano.

—Ven. Jacob está en el garaje. Y también Cam.

Mi corazón, ya agotado, tuvo que trabajar un poco más rápido mientras Brit me hacía volver a pasar por donde estaban

---

* Juego de beber de origen estadounidense que se suele realizar sobre una mesa de ping-pong. Consiste en intentar encestar pelotas de ping-pong en vasos alineados llenos de cerveza. [N. de la T.]

jugando a las cartas. Unos cuantos chicos nos miraron, descartándome, sudadera y vaqueros incluidos, e inmediatamente después observando con interés el vestidito blanco que Brit llevaba puesto. Los ojos les brillaban. Uno incluso se reclinó, alzando las cejas al repasarla entera. No lo culpaba. Estaba guapísima.

—¡Abran paso! —anunció Brit, una mano alzada—. ¡Bip, bip!

Era más fácil respirar en el garaje. Las luces no resultaban tan cegadoras, y, aunque había todavía más gente, se me empezaron a relajar los músculos del cuello. Brit me condujo directa hasta un chico que llevaba una chaqueta morada y un bombín negro.

—¡Jakey-Jake, mira a quién me he encontrado! —chilló Brit.

El chico de la chaqueta morada se dio la vuelta, y sonreí con verdadera alegría al ver las gigantescas gafas de pasta que llevaba.

—¿Bruno Mars? —pregunté.

—¡Sí! ¿Ves, Brit? Hay alguien que me entiende. —Jacob le lanzó una mirada de desdén antes de girarse hacia mí. Frunció el ceño—. ¿De qué vas disfrazada?

Me encogí de hombros.

—¿De una estudiante vaga?

Jacob se rio mientras Brit iba en dirección al barril de cerveza.

—¿Qué llevas debajo de esa espantosa sudadera?

—¿Qué le pasa a mi ropa? —quise saber.

Pude ver el desinterés en sus ojos.

—No le pasaría nada si te acabaras de levantar y fueras a clase, pero estás en una fiesta. —Me bajó la cremallera—. Quítatela o te la quito yo.

—Te lo está diciendo en serio. —Brit volvió con dos vasos de plástico en la mano—. Una vez me quitó la camiseta porque se la quería probar, y allí estaba yo, rodeada enteramente de chicas, en sujetador.

Me metí las llaves en los vaqueros y me quité la sudadera, dejándola en el respaldo de una silla.

—¿Mejor?

Jacob examinó mi jersey negro ajustado de cuello vuelto, haciendo una mueca.

—Bueno… —Tiró del borde inferior hacia arriba para que se me viera algo de tripa. Después me pasó las manos por el pelo, haciendo que mis ondas se dispararan en todas direcciones—. Mejor. Tienes un cuerpo bonito, así que enséñalo, nena. Ahora vas de estudiante vaga, pero sexy.

Agarré la bebida que Brit me estaba poniendo en la mano.

—¿Ya has acabado de vestirme como si fuera tu Barbie?

—Si fueras mi Barbie, irías medio desnuda, perra.

Me reí.

—Menos mal que no lo soy.

Me pasó un brazo por los hombros.

—Me alegro de que estés aquí. De verdad.

—Yo también me alegro. —Y una vez que dije eso, me di cuenta de que era verdad.

Estaba ahí. Lo había conseguido. Era un gran paso. Incluso bebí un sorbo de cerveza. *Miradme. El alma de la fiesta.*

Mintiéndome a mí misma acerca de que no estaba buscando a nadie en particular, paseé la vista por el garaje. No me costó mucho encontrar a Cam. Teniendo en cuenta que era bastante más alto que la mayoría de los que estaban por allí, fue fácil de divisar. Sonreí cuando me di cuenta de que él tampoco iba disfrazado.

Cam estaba al lado de la mesa del *beer-pong*, con los brazos cruzados sobre el pecho. Sus bíceps llenaban la camiseta de manga corta que se había puesto. No sabía por qué los chicos se vestían como si hiciera buen tiempo cuando era evidente que no.

A su lado estaba Jase, que era igual de alto que Cam, e igualmente agradable a la vista con ese pelo largo y castaño. También iba vestido como si no hiciera frío y la mitad de un tatuaje le asomaba bajo la manga.

Brit siguió mi mirada y suspiró.

—No sé cuál de los dos está más bueno.

Hombre, para mí, Cam ganaba por goleada.

—Yo tampoco.

—Me los tiraría a los dos —comentó Jacob.

—¿Al mismo tiempo? —La curiosidad tiñó la voz de Brit.

Jacob sonrió.

—Por supuesto.

—Un bocadillo de Cam y Jase. —Brit tembló—. Ojalá eso estuviera en el menú.

Me reí.

—Supongo que costaría más de un dólar.

—Tienes razón —murmuró, y a continuación añadió, con un suspiro—: Necesito acostarme con alguien ya.

Jase le dio un codazo a Cam y le dijo algo. Un momento después, Cam miró hacia donde estábamos. Una sonrisa iluminó su rostro. Dejó el vaso en la mesa.

—Y aquí viene uno de ellos —me dijo Jacob con malicia—. Esto se va a convertir en un bocadillo de Cam y Avery.

—Cállate —le respondí, ruborizada.

La gente se apartó para abrirle paso a Cam. Era como un Moisés guapísimo, separando en dos el mar de estudiantes borrachos. Di un paso hacia atrás, nerviosa.

Cam no dudó ni por un momento. Emanaba seguridad en todo lo que hacía. Sus brazos me rodearon la cintura inmediatamente, levantándome en el aire como si fuera un oso. Brit me cogió el vaso de la mano antes de que Cam empezara a girar. Me agarré a sus hombros mientras las paredes del garaje empezaban a dar vueltas.

—Joder, no me puedo creer que de verdad estés aquí.

Parecía que nadie había pensado que de verdad fuera a ir. Saber que al final lo había conseguido me hizo sentir muy bien.

—Te dije que vendría.

Me posó en el suelo pero no me soltó.

—¿Cuándo has llegado?

Me encogí de hombros.

—No lo sé. No hace mucho.

—¿Por qué no has venido a saludarme? —Allí estaba el hoyuelo, y me quedé mirándolo.

—Estabas ocupado, y no quería molestarte —admití, y me di cuenta de que había gente mirándonos.

Cam bajó la cabeza y sus labios rozaron mi oreja, haciendo que sintiera escalofríos.

—Tú *nunca* me molestas.

El corazón me latió como si estuviera en lo alto de una montaña rusa. Ladeé un poco la cabeza y nuestras miradas se cruzaron. No pude pensar en nada más y, cuando las manos de Cam se cerraron en torno a mis brazos, me sentí caer. Durante un momento, los sonidos de la fiesta me llegaron amortiguados. Él tenía las pupilas dilatadas y contrastaban con el azul de sus ojos.

—¡Eh, Cam! —gritó Jase—. Te toca.

El hechizo se rompió, y dejé escapar el aliento que no sabía que había estado reteniendo. Las comisuras de los labios de Cam se curvaron en una sonrisa.

—No te vayas muy lejos.

Asentí.

—Vale.

Cam volvió al lado de Jase y cogió una pelota de ping-pong para participar en el juego.

—Vaya —suspiró Brit, volviéndome a pasar el vaso—. Eso ha sido…

—Muy intenso —terminó Jacob por ella—. Pensé que os ibais a arrancar la ropa aquí mismo y os ibais a poner a intentar tener un bebé en este suelo sucio y cubierto de cerveza. Tendría que haberme puesto a cobrar entradas.

Lo fulminé con la mirada.

—Creo que eso es un pelín exagerado.

—No desde nuestro punto de vista —dijo Brit, abanicándose—. ¿Cuánto tiempo más vas a dejar que ese chico vaya tras de ti?

Fruncí los labios.

—No es que yo lo esté alentando.

Alzó las cejas, pero no me dijo nada más. Afortunadamente, cambiamos de tema cuando apareció Jimmie y empezó a jugar con las alas de Brit. Nuestro trío se convirtió en un cuarteto y, antes de que me diera cuenta, teníamos nuestra propia fiesta aparte. Estaba fuera de mi elemento, pero seguía las conversaciones. Sabía, mientras bebía a sorbos mi cerveza, que me estaba ganando la etiqueta de la chica tímida de la fiesta, pero aun así era mejor que la última que me pusieron.

El grupo de fuera se había hecho más grande, la música estaba un poco más alta, y un montón de gente se puso a bailar. De algún modo, entre todo ese ruido, una risa profunda me llamó la atención, y me di la vuelta.

Por la puerta del garaje estaban entrando dos chicas que parecían salidas de un desfile de Victoria's Secret. Una iba de diablo, lo que significaba básicamente que llevaba un camisón rojo, una cola y unos cuernos. La otra era una versión muy sexy de Caperucita Roja. Pasaron varias cosas a la vez mientras ellas avanzaban con sus altísimos tacones.

La mayoría de los chicos se detuvieron en medio de lo que estuvieran haciendo y se las quedaron mirando, interrumpiendo su charla. Jimmie se quedó boquiabierto. Incluso Jacob las observaba como si fuese a cambiarse de acera por ellas. El estómago me dio un vuelco mientras miraba el traje de Caperucita Roja e intentaba no recordar que me había puesto algo muy parecido en la fiesta de hacía unos años. Ese detalle ni siquiera me importó, lo cual decía mucho de cómo estaban las cosas.

Caperucita Roja era Stephanie Keith, o sea, Steph.

Esa chica era tan arrebatadora que hacía que cualquier otra se sintiera mal vestida y espantosamente fea en comparación. Su vestido rojo a duras penas le cubría el culo, y sus piernas eran ki-lométricas. Completaba su *look* con los labios rojos, los ojos ahumados y dos coletas.

Estaba buenísima.

E iba directa a Cam.

Steph lo abrazó, lo que causó que el vestido se le levantara, dejando ver unas bragas negras con volantitos en las que ponía DAME UN AZOTE. Cam no la evitó, sino que le brindó una de sus puñeteras sonrisas. Ella le birló la pelota, riéndose mientras su amiga flirteaba con Jase.

Una furia inmensa creció en mí, igual que una mala hierba. ¿Por qué Cam no se apartaba de ella, en lugar de perseguirla alrededor de la mesa?

Qué pregunta más estúpida.

¿Qué hombre se iba a apartar de Steph?

Alguien se tropezó conmigo y me pidió perdón, pero yo estaba concentrada en Steph. Sujetaba la pelota muy cerca de sus pechos, sonriendo lascivamente mientras Cam la seguía acechando.

Brit me quitó el vaso y me cogió de la mano.

—Vamos a bailar.

Me resistí, intentando quedarme allí.

—Ya no bailo.

—Pues vamos a bailar igual. —Les miró de reojo. De alguna manera, Cam había conseguido recuperar la pelota—. Porque, si no, te vas a quedar aquí y te vas a comportar como si fueras una novia celosa.

Mierda. Tenía razón. Dejé que me arrastrara hacia un grupo de chicas que estaban bailando convenientemente cerca de la mesa de ping-pong. Brit siguió cogiéndome de la mano mientras se meneaba junto a mí, cantando a coro la canción que estaba sonando. Me costó un poco acostumbrarme a otra cosa que no había hecho en años, y casi deseé haberme terminado la cerveza.

Cerré los ojos y me concentré en sentir la música y seguir el ritmo. Para cuando lo conseguí, ya estaba moviendo las caderas y sonriendo. Con los ojos abiertos, seguí agarrada de la mano de Brit mientras bailaba con ella. El grupo alrededor de nosotras creció y divisé a Cam por detrás de Brit.

No le estaba haciendo nada de caso a Steph.

Nos estaba observando. *Me* estaba observando.

Brit era un puto fenómeno.

El fenómeno miró hacia atrás y se dio otra vez la vuelta, mordiéndose los labios.

—Que les den.

Incliné la cabeza hacia atrás y me reí.

—¡Que les den!

—¡Esa es mi chica!

Jimmie se nos unió, bailando por detrás de Brit, poniéndole las manos en la cintura. Alcé las cejas y ella se encogió de hombros, lo que significaba que no debía darle un puñetazo todavía. Tenía el pelo empapado de sudor y el jersey se me había subido todavía más. Jacob también se nos unió, aunque lo único que hacía era dar vueltas. Me estaba riendo tanto que, cuando sentí unas manos en las caderas, salté del susto.

Brit abrió mucho los ojos.

Miré por encima del hombro y vi a un tipo desconocido. Tenía la cara roja y los ojos desenfocados, pero seguía moviendo las caderas.

—Hola —consiguió pronunciar, sonriente.

—Hola.

Me di la vuelta, haciéndole una mueca a Brit mientras me alejaba de él. No había dado ni un paso antes de que el borracho me cogiera con más fuerza.

—¿Adónde vas? —me preguntó—. Estábamos bailando.

Intenté irme hacia un lado, pero el chico siguió pegado a mi espalda. El estómago me dio un vuelco y un escalofrío me recorrió la nuca, poniéndome el vello de punta. Retrocedí varios años, congelada en el momento. Brit, Jacob, la fiesta, todo desapareció. Sentí que volvía a empujarme contra él, sus manos en mi estómago. Sin un solo aviso, la realidad comenzó a desvanecerse.

No estaba allí.

Estaba en *ese* otro sitio, con *sus* manos bajo mi falda, y ya no podía respirar ni ver nada; la tela del sofá me raspaba la piel.

—Muñeca —me susurró el borracho al oído—. Baila conmigo.

—*Muñeca —había dicho Blaine, su pesado aliento en mi oreja—. No me digas que no lo estabas deseando.*

El garaje se convirtió en un sótano, y otra vez en un garaje. Intenté soltarme, el corazón me latía tan rápido que pensé que me iba a desmayar.

—Suéltame.

—Venga, que es solo un baile. —Su mano en mi estómago, bajo mi jersey—. Tú…

—¡Suéltame! —Me quedé sin aliento mientras forcejeaba—. ¡Que me sueltes!

Un grito de sorpresa y un chillido. De repente me conseguí librar del abrazo del borracho. Me tambaleé, tropezándome con alguien. Con el corazón a cien, me aparté el pelo de la cara.

Madre mía.

Cam había acorralado a ese tipo contra la pared.

14

Un pequeño grupo rodeaba a Cam y al borracho. Unos observaban con interés, otros jaleaban para que se pegaran.

Cam sujetaba al tipo contra la pared con solo una mano. La otra la tenía apretada en un puño, mientras se dirigía a él.

—¿Qué coño te pasa, tío? ¿Estás sordo o qué?

—Lo siento —consiguió pronunciar el borracho, con las manos alzadas—. Solo estábamos bailando. Tampoco es para ponerse así.

—Cam. —Mi voz salió ronca mientras me acercaba.

Brit estaba a mi lado, cogiéndome del brazo.

—No te metas, Avery.

¿Cómo podía no hacerlo? El estómago se me revolvió y la poca cerveza que había bebido subió por mi garganta.

Cam volvió a empujar al tío contra la pared y de repente Jase estaba a su lado, cogiendo a Cam por la cintura, haciendo que se alejara. El chico se derrumbó contra la pared, con los ojos cerrados.

—Necesitas tranquilizarte de una puta vez —dijo Jase.

Cam se libró de su amigo, con los ojos clavados en el borracho.

—Suéltame, Jase.

—Desde luego que no. —Jase se metió entre los dos y puso las manos en el pecho de Cam—. No necesitas hacer esto, ¿recuerdas? Meterte en una pelea es la última puta cosa que necesitas ahora mismo. Así que cálmate.

Algo de lo que estaba diciendo Jase pareció llegar al cerebro de Cam. Le lanzó una última mirada amenazante al tipo que estaba en la pared y apartó las manos de su amigo. Cam se dio la vuelta, pasándose las manos por el pelo. A pesar de la gente que había entre nosotros, su mirada nos buscó a Brit y a mí. Empezó a acercarse, pero Jase le dijo algo que lo hizo detenerse. Ollie apareció de la nada y le puso una botella de cerveza en las manos. Entre los dos le llevaron dentro de la casa. Empecé a seguirles, pero Brit me llevó a un rincón, sus alas dando botes mientras me encaraba.

—¿Qué coño ha sucedido?

—No lo sé. —Mi aliento salía entrecortado—. Ese chico no me soltaba y de repente apareció Cam. Tengo que…

—No. —Me paró, bloqueando el camino—. Tienes que dejar que se tranquilice. Está con sus amigos, déjalo.

Me coloqué la ropa mientras intentaba entender lo que me estaba diciendo Brit. Era bastante probable que fuera a vomitar. Miré a mi alrededor, deseando que mi pulso se calmara un poco. Había gente observándonos. Otros habían perdido el interés desde el momento en que quedó claro que no iba a haber una pelea. Steph estaba junto a la mesa de ping-pong y frunció los labios cuando nuestros ojos se encontraron. La música volvió a sonar, al ritmo de mi corazón. El sudor me recorría la frente.

—Oye, Avery, ¿estás bien? —me preguntó Brit.

Me vi obligada a asentir, pero no lo estaba. Las paredes del garaje estaban dando vueltas otra vez, los disfraces y los ruidos cada vez más estridentes. La ansiedad me atenazó el pecho. El olor de la cerveza, la colonia y el sudor nublaban el aire. Respiré hondo, pero no parecía ser suficiente.

—Necesito aire fresco —le dije a Brit, librándome de ella.

—Voy contigo.

—No. No, estoy bien. Quédate aquí. —No quería arruinarle la noche—. Estoy bien. De verdad. Es solo que necesito respirar aire fresco.

Brit se dejó convencer al insistirle un poco más, y me apresuré a salir del garaje, sintiendo que todos los ojos estaban clavados en mí, aunque lo más probable era que nadie me estuviese mirando.

El aire fresco empezó a secarme el pelo, pero ni lo sentí. No me detuve. Seguí andando, abriendo y cerrando los puños rítmicamente. Antes de darme cuenta, ya estaba al lado de mi coche. Saqué las llaves del bolsillo y me coloqué tras el volante.

Me llevé las manos temblorosas a la cara. Ay, Dios, todavía podía sentir las suyas, no las del borracho, sino las de Blaine. Podía escucharle susurrándome al oído, la presión tras de mí... Eché la cabeza hacia atrás y cerré los ojos con fuerza.

—No. No voy a hacer esto.

Las palabras hicieron eco en mi coche y volvieron a por mí, porque sí lo estaba haciendo. Estaba haciendo exactamente lo que no tenía que hacer.

No podía volver a entrar, ni por mis amigos ni a por mi sudadera olvidada.

Puse el coche en marcha y salí de allí. No sé cómo llegué a casa. No recordaba nada del trayecto, solo estar en mitad de mi apartamento, intentando recuperar el aliento.

Logré llegar al pasillo antes de derrumbarme contra la pared, llevándome las rodillas al pecho. Me hice un ovillo y me agarré del pelo con fuerza. Apreté los ojos todo lo que pude pero se me escaparon las lágrimas, derramándose por mi cara.

No había duda alguna de que la había jodido bien; había sido una exagerada. El chico de la fiesta era un sobón, pero yo había exagerado. Había dejado que el pasado influyera en lo que estaba pasando realmente. Había tenido un ataque de pánico y Cam casi se había peleado por mi culpa.

Apoyé la frente en las rodillas, recogiéndome el pelo. No podía hacerlo. Lo había intentado y había convertido una noche de juerga en un fracaso épico. ¿Qué coño me pasaba?

Existían varias respuestas a esa pregunta: me pasaban muchas cosas. Tampoco es que fuera sorprendente, pero… Había querido con todas mis fuerzas poder pasármelo bien, que esa noche significara un paso adelante en la buena dirección, fuera cual fuera. Me brotó un sollozo de dentro y apreté la mandíbula hasta que me empezaron a doler las muelas. Porque en lugar de eso estaba aquí, exactamente donde había empezado.

La cabeza me dolió cada vez más, hasta que sentí que todo el piso latía al ritmo de mis sienes. Gimiendo, abrí los ojos y me di cuenta de que estaba en el mismo sitio en el que me había derrumbado, y me dolía todo el cuerpo. Me había quedado dormida, quizá una hora o dos.

Y lo que retumbaba no era solo mi cabeza, sino también la puerta de mi piso.

Me levanté del suelo y me tambaleé hacia la entrada. Estaba tan aturdida que abrí sin mirar quién estaba al otro lado.

Cam la atravesó de una zancada y, antes de que pudiera darme cuenta, me apretó contra su pecho. Sus fuertes brazos me rodearon y una mano me sujetó por la nuca. Respiré hondo, dejándome llevar por la mezcla de aromas de su colonia y del alcohol.

—Dios —dijo, su mano agarrándome del pelo—. ¿Por qué no coges el puto teléfono?

—Creo que me lo he dejado en el coche. —Mi voz sonaba ahogada contra su torso.

Volvió a maldecir mientras se separaba de mí. Me enmarcó la cara con las manos, sujetándome, pero sin hacerme recordar los malos momentos.

—No he parado de llamarte, igual que Jacob y Brittany.

—Lo siento. —Parpadeé—. No quería…

—Has estado llorando. —Entrecerró tanto los ojos que lo único que se podía ver de ellos era una estrecha línea azul—. Has estado llorando, joder..

—No, no he estado llorando —dije, aunque sonó exactamente como la mentira que era.

—¿Te has mirado en el espejo? —me preguntó.

Cuando le dije que no, me soltó y cerró la puerta, que seguía abierta tras él. Después me cogió de la mano. Los músculos de su mandíbula se tensaron y, cuando habló, lo hizo con voz firme.

—Vamos.

Dejé que me llevara hasta el baño. Cuando encendió la luz, di un respingo y después me pude ver en el espejo.

—Ay, Dios…

Tenía los ojos hinchados y enrojecidos, pero era todo el rímel corrido lo que daba veracidad al hecho de que mi intento de asistir a la primera fiesta en años no había ido del todo bien. Mis ojos se encontraron con los de Cam en el espejo y la vergüenza me empezó a invadir. Me tapé la cara con las manos.

—Perfecto. Simplemente perfecto —mascullé.

—Tampoco está tan mal, corazón. —Su voz se suavizó mientras me acariciaba los brazos. Me apartó las manos de la cara—. Siéntate.

Me senté en la taza y observé mis manos. Mi lento cerebro intentó comprender lo que había pasado.

—¿Qué estás haciendo aquí?

—¿Que qué estoy haciendo aquí? —Humedeció una toalla y se arrodilló enfrente de mí—. ¿Va en serio?

—Supongo que no.

—Mírame. —Cuando me negué a hacerlo, me lo repitió—. Joder, Avery, mírame.

Vaya. La ira me recorrió todo el cuerpo. Alcé la barbilla.

—¿Contento?

Los músculos de su mandíbula seguían tensos.

—¿Que por qué he venido? Porque te fuiste de la fiesta sin decir nada a nadie.

—Le dije…

—Le dijiste a Brittany que salías a por un poco de aire fresco. Eso fue hace tres horas, Avery. Pensaron que estabas conmigo, pero, cuando me vieron después, se dieron cuenta de que no. Después de lo que te sucedió con ese gilipollas, estaban asustados.

La ira se desvaneció, dejando paso a la culpa.

—No quería asustarles. Es que me dejé el teléfono en el coche.

No dijo nada mientras me pasaba la toalla por la cara, limpiando los restos de rímel.

—No tenías por qué irte.

—Reaccioné mal. —Bajé los ojos y dejé escapar un suspiro—. Ese chico… tampoco hizo nada malo. Es solo que me sorprendió y reaccioné exageradamente. Eché a perder la fiesta.

—No la has echado a perder. Y ese hijo de puta no debería haberte agarrado así. Joder. Oí que le decías que te soltara, y si yo lo pude oír, él también. A lo mejor no me debería haber comportado… así, pero que le den. Te estaba sobando y no me gustó ni un pelo.

Sí, le había dicho al chico que me soltara, pero estaba borracho. Todo lo que quería hacer era bailar conmigo. Tenía muy claro cuándo se convertían estas cosas en un peligro real. Y él no había llegado a eso. Quién sabe si lo habría hecho, pero habían sido los recuerdos los que me habían provocado un ataque de pánico, no él.

—No tenías por qué venir —dije al final, agotada—. Deberías haberte quedado en la fiesta, pasándotelo bien.

Cam se quedó callado tanto tiempo que tuve que mirarlo. La expresión que tenía en la cara era una mezcla entre querer estrangularme y hacerme algo muy diferente. El estómago me dio un vuelco, muy parecido a lo que había sentido en la fiesta antes de que todo se fuera a la mierda.

—Somos amigos, ¿verdad? —me dijo en voz baja.

—Sí.

—Pues esto es lo que hacen los amigos. Se cuidan los unos a los otros. Brittany y Jacob habrían venido, pero les pedí que se quedaran.

A lo mejor estaba malinterpretando el instante que estábamos viviendo.

—Tengo que coger el teléfono y llamarles...

—Yo le mando un mensaje a Brittany. Tengo su número. —Se sentó sobre los talones, observándome—. El hecho de que no esperaras que nadie cuidara de ti es... Ni siquiera sé lo que es.

No dije nada y empecé a mirar a otra parte, pero posó la mano en mi mejilla. Me acarició con el pulgar, rozándome la piel. Nuestros ojos se encontraron, y deseé tener algo ingenioso que decir, algo que borrara esa noche. Bueno, todo excepto el modo en que me había mirado durante la fiesta. Eso no me había disgustado. Vale. Me había encantado, pero en fin.

—¿Por qué estabas llorando? —me preguntó—. Espera. ¿Te hizo daño? Porque, si es así, buscaré a ese cabrón y le...

—¡No! No —me apresuré a decir. Me dio la sensación de que si pensaba que el tipo había hecho algo, era capaz de buscarlo y darle una paliza.

—Entonces, ¿por qué? —Me siguió acariciando y yo me dejé llevar por mi instinto. Apoyé la cara en las palmas de sus manos—. Dime algo.

Hablar le resultaba fácil a la mayoría de la gente, pero también era cierto que la mayoría de la gente tenía cosas de las que le apetecía hablar.

—No lo sé. Supongo que me he comportado como una niña pequeña.

Alzó las cejas.

—¿Estás segura de que eso es todo?

—Sí —susurré.

Se quedó callado otro momento. Recorrió mi cara con los ojos, examinándola.

—¿Estás bien?

Asentí.

Deslizó la mano hacia abajo, rozándome los labios. Respiré hondo, siendo muy consciente de lo cerca que estábamos. Qué extraño, pensé. Había querido que algo borrara esa noche, pero no eran palabras lo que necesitaba.

Un simple roce, una mirada, eran igual de poderosos.

No estaba pensando en nada que no fuera él en ese momento. Era una libertad que no había experimentado hasta entonces.

Cam tenía los ojos clavados en mis labios y, tan pronto me di cuenta, el corazón se me aceleró, la sangre corriendo por mis venas. No había mucho espacio entre nosotros. Todo lo que tenía que hacer era moverse dos centímetros y estaríamos pegados.

Entonces alzó la mirada.

Cam salvó la distancia que había entre nosotros antes de que yo pudiera escapar. El corazón me saltó en el pecho ante la idea de que iba a besarme, de que estaba a segundos de que me dieran mi primer beso y no tenía ni idea de qué hacer. Tenía un sabor raro en la boca después de tanto llorar y estaba sentada en un váter, lo que probablemente no era lo más romántico del mundo.

Pero no me besó. Pegó su frente a la mía y dejó escapar su aliento mentolado.

—A veces me sacas de quicio.

Yo también me sacaba de quicio a mí misma, joder.

—Lo siento.

Cam se apartó un poco, sus ojos examinándome.

—No vuelvas a desaparecer así, ¿vale? Me preocupé mucho cuando no te encontré y nadie sabía dónde estabas.

Estuve a punto de volver a disculparme, pero las disculpas eran como los deseos. Tenía demasiados de ambos en mi vida y no suponían ninguna diferencia. Así que hice algo que no había hecho nunca, ni siquiera *antes*.

Me acerqué y presioné los labios contra su mejilla. Abrió los ojos, sorprendido, y me volví a apartar. Soportando esa intensa mirada, me pregunté si habría hecho lo correcto.

Cam empezó a acercarse y después se detuvo. Tenía los ojos enormes y la verdad es que eran hermosos, únicos cuando comenzaban a oscurecerse y a hacerse más profundos.

—¿Avery?

Tragué saliva.

—¿Cam?

No me sonrió ni me enseñó su hoyuelo.

—Sal conmigo.

El corazón me dio un vuelco y recordé ese momento en el que había vuelto después de las vacaciones de otoño y se había dirigido a mi casa. Algo se había resquebrajado en mí desde aquel momento y ahora seguía cayendo, como un muro hecho de… cautela. La fiesta no había salido bien, pero Cam… era diferente. Siempre había sido diferente.

Y estaba allí. Eso tenía que significar algo. Por lo menos, yo sentía que significaba algo.

El cerebro me estaba diciendo que era una mala idea, pero le contesté que se callara de una puta vez, porque no solía ayudarme en nada. Respiré hondo, aunque no lo necesitaba.

—Sí.

Jacob se sentó enfrente de Brittany y de mí en una pequeña cafetería del pueblo, con las gafas de sol puestas y el sombrero que había llevado en la fiesta de Halloween. Los tres nos habíamos saltado la clase de Historia. Había sido idea de Jacob, pero lo cierto era que yo también estaba demasiado alterada como para estar sentada en clase. Además, la única clase a la que había faltado en todo el semestre había sido el primer día de Astronomía. Saltarme otra, aunque fuera de mi especialidad, no era para tanto.

Jacob gimió mientras se bebía el café.

—Debería pegar a quienquiera que me dejara beber tanto como lo hice anoche.

Miré a Brit mientras cogía una galleta de chocolate. Ella le lanzó una mirada avergonzada.

—Bueno, me dejaste a solas con Jimmie, así que estamos empatados.

—¿Y qué tal fue? —le preguntó, quitándose las gafas y clavándole unos ojos inyectados en sangre—. Ya me parecía que andabas un poco raro camino del coche.

Brit se rio.

—Creo que estás sobrevalorando a Jimmie. Me fui contigo, y cuando Jimmie me mandó un mensaje más tarde, porque cómo no lo iba a hacer…, no le contesté. Fui una buena chica.

—Bien, porque si un hombre no hace que camines un poco raro después de follar, entonces tampoco será el tipo del que le hables a tu madre. —Jacob me miró a mí después—. Pero tú, señorita, que sepas que todavía estoy enfadado contigo.

—Yo también —se le unió Brit, dándome en el brazo mientras yo intentaba coger mi taza de cacao—. Nos asustaste mucho anoche. Pensé que te habían secuestrado.

—De verdad que lo siento. Me fui a casa y me dejé el teléfono en el coche. —Cuando calculé que no me iba a volver a golpear, rodeé la taza con los dedos—. Me siento fatal. No quería que ninguno de los dos os preocuparais por mí.

—Bueno, pues lo hicimos. —Jacob sonrió—. Cuando nos dimos cuenta de que no estabas. Solo tardamos una hora o algo así.

Brit hizo una mueca mientras asentía.

—Es verdad. Así que si te hubieran secuestrado, bueno, pues habría sido un asco.

Me reí, casi atragantándome con la bebida.

—Vaya. Creo que ahora me siento un poco menos culpable.

—Sí, somos unos amigos de mierda. —Jacob se arrellanó en el asiento, colocándose el sombrero—. Excepto que lo hemos compensado al involucrar a Cam en el asunto.

Mi corazón volvió a dar una voltereta.

—La verdad es que creíamos que estabas con él —dijo Brit, y me quitó un poco de mi bizcocho—. Por eso tardamos tanto tiempo, pero entonces lo vimos salir de una de las habitaciones con Jase y con Ollie.

—Se preocupó mucho cuando le preguntamos si te había visto. —Jacob se frotó las sienes—. Salió a la calle con Ollie y empezó a buscar tu coche.

Brit asintió mientras seguía acechando mi bizcocho.

—Fue bastante romántico, sobre todo porque no estabas muerta en una zanja ni nada por el estilo.

Me reí mientras me rendía y le terminaba pasando el bizcocho.

—Y entonces se fue corriendo, como un caballero de brillante armadura, dejando atrás la fiesta y, sobre todo, a cierta Caperucita Roja muy decepcionada. —Brit se comió el bizcocho alegremente—. De verdad, Avery, ya sé que no te estás haciendo la dura, pero tienes que salir con ese chico.

—Lo voy a hacer —dije en voz baja, agarrada a mi chocolate caliente.

—Porque no te lo va a seguir pidiendo para siempre —continuó sin darse cuenta—. Va a pasar página y tú te vas a quedar en tu piso, llorando como una magdalena y...

—Brit, cállate un momentito. —Jacob se inclinó hacia delante y se volvió a colocar las gafas de sol—. Espera. ¿Has dicho que ibas a salir con él?

—Sí. —Otro vuelco del corazón. Solo hablar de ello me ponía supernerviosa—. Me lo ha vuelto a pedir y le he dicho que sí.

El bizcocho se detuvo a medio camino de la boca de Brit, sus ojos muy abiertos.

—¿Qué? ¿Cuándo ha pasado?

—Ayer por la noche —le contesté.

—¿Cuando fue a comprobar que estabas en casa? —preguntó Jacob.

Asentí.

—Joder —susurró Brit—. Estás saliendo con Cam.

—Una cita —puntualicé—. Tampoco es para tanto.

Por supuesto, para mí sí que lo era. Iba a ser mi primera cita: era muy importante. Aunque no les iba a contar también eso. Ya era bastante vergonzoso que Cam lo supiera.

—Que sepas que estaría aplaudiendo ahora mismo de no ser por esta resaca que tengo. Por dentro, estoy haciendo volteretas laterales y te estoy animando con pompones. —Jacob se rio ante la cara que le puse—. Ya era hora. Te lo ha estado pidiendo mucho tiempo.

Me encogí de hombros.

—Tampoco tanto.

Brit se quedó boquiabierta y se le cayó un trozo de bizcocho de la boca, haciendo que me riera.

—Te lo ha estado pidiendo desde finales de agosto. Es 1 de noviembre, Avery, por si acaso no recuerdas la fecha. La mayoría de los chicos ni siquiera recordarían tu nombre en ese tiempo.

Alcé las cejas.

—Tiene razón —comentó Jacob—. Yo mismo me olvido de tu nombre como mínimo una vez a la semana.

Me reí.

—¿Y cuándo vais a salir? —me preguntó Brit mientras se volvía a hacer la coleta—. ¿Qué vais a hacer?

Estaba bastante segura de que mi corazón estaba haciendo esas volteretas laterales que me había comentado Jacob.

—Hasta el próximo finde, nada. Tiene un trabajo que hacer esta semana y también tiene planes con Ollie, algo de una lucha de artes marciales en la televisión de pago… —Cam me había invitado a verlo con ellos, pero me daba la sensación de que era más un plan de chicos—. Creo que iremos a un restaurante de Hagerstown el sábado que viene.

Los ojos de Brit brillaron.

—Bien, entonces tenemos mucho tiempo para prepararte.

—¿Necesito toda una semana para eso?

Asintió con decisión.

—Tienes que ir a la peluquería, hacerte las uñas, y además deberías depilarte, ya sabes, ahí abajo…

—Bueno, cuando las chicas empiezan a hablar de depilarse en lugares íntimos me parece que es la señal para irme de aquí. —Jacob cogió su mochila y se puso de pie. Se detuvo a mi lado y me dio un beso en la mejilla—. De verdad, ya era hora.

Sentí las mejillas calientes y le murmuré «gracias», aunque no sabía por qué, porque lo cierto es que era un poco raro darle las gracias por eso.

Después de que Jacob saliera por la puerta, Brit agarró su taza.

—¿Podemos hablar en serio un momento?

—Claro. —Pensé que me iba a explicar lo que significaba hacerme la brasileña y me preparé para la lección.

Brit se me acercó y bajó el volumen de su voz, casi hasta un susurro.

—Ayer en la fiesta, cuando ese tío intentó bailar contigo…

Oh, vaya. El estómago se me hizo un nudo.

—¿Sí?

—¿Qué pasó exactamente entre vosotros dos? —Se pasó la lengua por los labios—. Vi cómo te agarraba.

Aparté la vista, tragando saliva para intentar controlar las repentinas náuseas.

—Eso fue todo lo que hizo. Me sorprendió y yo exageré. Me siento como una completa idiota.

Brit se mordió los labios mientras me seguía observando.

—No es que esté bien que un tipo te sobe, porque no lo está y es bastante molesto, pero es algo que suele suceder en las fiestas. —Se detuvo—. ¿Por qué reaccionaste así?

Me removí en la silla y me pasé las manos por los muslos.

—Ya te lo he dicho, me sorprendió. Me pilló con la guardia baja.

—La guardia baja… —repitió, y respiró hondo—. Vale. Voy a decirte la verdad. Eso es lo que hacen las amigas, ¿cierto?

La inquietud me trepaba por el cuerpo.

—Claro.

Hizo una pausa.

—Te vi la cara, Avery. Estabas muy asustada. No es que te pillara con la guardia baja o que normalmente no vayas a fiestas. Y estoy intentando comprenderlo, así que por favor no te lo tomes a mal, pero esa no fue una reacción normal.

Esa no fue una reacción normal. ¿Acaso no lo sabía ya? Miré a Brit y de repente deseé poder contarle todo, decirle la verdad. No tenía ningún sentido, pero era lo que más me apetecía. Lo tenía en la punta de la lengua. Los años de silencio flotaban entre nosotras dos. Brit esperó con paciencia y, antes incluso de que yo abriera la boca, pude verlo en sus ojos y en el rictus de sus labios. Brit no era tonta. Ya sospechaba algo, incluso a lo mejor se ponía en lo peor. Sus ojos reflejaban compasión e incluso lástima.

—¿Te… ha pasado algo antes, Avery? —me preguntó en voz baja.

La necesidad de decírselo, de contárselo a alguien, se desinfló como un globo pinchado. Mi mirada se dirigió más allá de la ventana, a la calle llena de gente. Lo negué.

—No, no me ha pasado nada.

15

Brit no volvió a sacar el tema después de esa mañana en la cafetería. Tal como él ya había prometido, Jacob estaba emocionadísimo al día siguiente (saltando, aplaudiendo, marcándose un bailecito) todo gracias a la cita que yo tenía con Cam. Cualquiera pensaría que era Jacob el que iba a salir con él.

Intenté no obsesionarme con la cita, aunque era imposible. Y me resultaba todavía más difícil cuando estaba cerca de Cam. Nada había cambiado entre nosotros, pero, de alguna manera, sí lo había hecho. Cuando se sentaba a mi lado en clase, me volvía muy consciente de que estaba allí. Cada vez que se movía y me rozaba con el brazo o con la pierna, un hormigueo me recorría el cuerpo y me duraba toda la hora. No tenía muy claro si él se había dado cuenta, y lo cierto era que esperaba que no.

A lo largo de la semana, un temprano invierno se había instalado en la zona. Los árboles ya estaban sin hojas y el viento procedente del Potomac los agitaba y hacía que sonasen como huesos secos y huecos, y yo había pasado mucho tiempo sin experimentar tanto frío. Independientemente de cuánto me abrigara, me sentía en plena Alaska cada vez que salía para ir a clase.

El viernes antes de la «gran noche» Cam estaba de un humor muy raro. De hecho, estaba tomando apuntes.

—Mírate —murmuré mientras el profesor Drage proyectaba imágenes de la Vía Láctea—. Estás prestando atención.

Cam me miró de reojo.

—Siempre lo hago.

—Vale.

Jugueteó con el bolígrafo entre los dedos, manteniendo la vista fija en el profesor Drage.

—Suspenderías si no fuese por mí.

Mis labios se curvaron.

—Sería capaz de concentrarme más en la clase si no fuese por ti.

—Ah, ¿sí? —Se inclinó de modo que su hombro rozó el mío. Observó al resto de la clase un instante y después se giró. Cuando me habló, sus labios rozaron mi sien, haciendo que me subiera la temperatura—. ¿Y por qué me encuentras tan entretenido, corazón?

—No de la manera que tú te crees —mentí.

—Sigue repitiéndotelo.

—Uno de estos días tu autoestima hará que te explote la cabeza.

—Dudo de que ese día llegue —me contestó. Empezó a pasar el bolígrafo tapado por el dorso de mi mano, hasta llegar al borde de mi chaqueta—. ¿Esto te distrae?

Me quedé sin palabras, apretando con fuerza mi propio bolígrafo.

—¿Sí? —El boli seguía rozando mi mano, ahora por los nudillos—. ¿Te has enterado de cuántas estrellas componen el cinturón de Orión? ¿No? —Siguió moviéndolo, y quién habría dicho que un bolígrafo podía ser tan… sensual—. Lo componen tres estrellas, corazón.

Me mordí los labios.

Un gruñido sordo le salió del pecho.

—Eso me distrae un montón —me murmuró—, cada vez que lo haces.

Abrí mucho los ojos, sorprendida, mientras me quedaba sin aliento. Cam dejó escapar una risa profunda, y un escalofrío me recorrió la columna vertebral.

—¿Sabes qué?

—¿Qué? —susurré.

Cam se acercó un poco más, fingiendo que se estaba estirando. Me puse nerviosa, sin saber qué era lo que pretendía. Me pasó el brazo por la espalda y de repente tenía sus labios pegados a la piel, justo debajo de la oreja. El pulso se me aceleró; era una sensación inquietante… y también emocionante.

Movió la boca y me sentí temblar contra él.

—No puedo esperar a que sea mañana por la noche.

Respiré hondo y cerré los ojos.

Cam se volvió a reír y se arrellanó en el asiento, la mirada al frente, el bolígrafo escribiendo en el cuaderno. Para mí, la clase se había acabado. No me iba a enterar de nada, porque no había sitio en mi cabeza para otra cosa que no fuera él.

Brit y yo pasamos la tarde haciéndonos las uñas. Había pasado tanto tiempo desde que me había hecho una manicura y una pedicura, que me había olvidado de lo aburridas que eran y de que, una vez que tenía la laca de uñas aplicada, de repente me apetecía tocar todo, sin acordarme de que todavía estaba húmeda.

—¿Estás nerviosa? —me preguntó Brit mientras meneaba los pies, con las uñas pintadas de rosa.

Resistiendo el impulso de pasarme los dedos por el pelo, asentí con brío.

—Sí, estoy nerviosa. ¿Crees que soy una tonta? Porque me siento la reina de las tontas ahora mismo.

Se rio.

—No, no lo creo. Estar nerviosa significa que te importa. ¡Incluso yo estoy nerviosa! Estoy viviéndolo a través de ti. En cuanto acabe, me llamas para contármelo. —Una mirada maliciosa—. A no ser que esta noche dure hasta mañana...

Me quedé atónita.

Más risas mientras se reclinaba en el asiento.

—Vale. No creo que suceda, pero quiero que me llames en cuanto vuelvas. Tengo que saber si besa bien.

—¿Cómo sabes que nos vamos a besar?

—¿En serio? —me preguntó, boquiabierta—. Por supuesto que te va a besar.

Se me hizo un nudo en el estómago.

—A lo mejor no.

—Claro que te va a besar. Probablemente quiera hacer mucho más, pero te besará. Lo sé. —Brit dejó escapar un gritito que me hizo sonreír—. Apuesto a que besa de cine.

Si tuviera que adivinar cómo besaba en función de lo que ya sabía de él, tendría que decir que probablemente besaba genial, sobre todo porque lograba hacer que me removiera en el asiento solo con pasarme un bolígrafo por la piel. Habían sido unos preliminares... con un boli.

Me reí.

Después de terminar, Brit me hizo prometerle una vez más que la llamaría en cuanto pudiera y me fui a mi casa. Teniendo cuidado de no estropearme mis nuevas uñas violetas, me di la ducha más larga de mi vida y después repasé toda mi ropa. Cada vez que miraba al reloj y veía que se iba aproximando a las siete, sentía que el corazón me iba a romper las costillas y se me iba a salir del pecho.

Había sacado toda la ropa del armario para extenderla sobre la cama. Parecía un poco estúpido que no supiera qué ponerme, pero de verdad que no tenía ni idea. Al final, después de estar a punto de llamar a Brit para pedirle consejo, me decidí por un par de vaqueros elásticos con botas negras y una blusa verde oscuro bastante elegante y coqueta.

Invertí el mismo tiempo en mi maquillaje y en mi pelo, al igual que lo había hecho el día que vino a casa a ver una película. Mientras me echaba rímel, pensé en que era gracioso que me preocupara tanto por mi imagen cuando él estaba acostumbrado a verme como una pordiosera cada vez que se presentaba en mi piso los domingos por la mañana.

Ay, Dios, el día siguiente era domingo, y mi sorpresa era ridícula, porque es el día que siempre va tras el sábado, pero iba a ser un domingo diferente. Sería el primero después de nuestra cita. ¿Todavía desayunaríamos juntos? ¿Y si la cita duraba hasta la mañana siguiente? No era tan inocente. Era más que posible que Cam esperara algo más de nuestra cita.

Vi en el espejo que mis ojos estaban muy abiertos y que el aplicador de rímel estaba peligrosamente cerca de ellos.

Pues la cita no iba a acabar en mi dormitorio, porque parecía que había abierto una tienda de ropa.

Bueno. Estaba siendo un poco tonta. Mañana no iba a ser tan diferente de hoy. Esta noche no se iba a convertir en una maratón de sexo debido a diversas razones. Y no había ningún motivo para sorprenderme de que el domingo fuera detrás del sábado.

Terminé de darme mi propia charla de ánimo y salí del baño. El nerviosismo que sentía hormigueándome por el cuerpo no era malo. Era… diferente, como una impaciencia agradable. Estaba a punto de ponerme a bailar en medio del salón cuando Cam llamó a la puerta.

Entró en mi apartamento, su mirada recorriéndome desde la cabeza hasta las botas que llevaba puestas. Era increíble lo mucho que una mirada se podía parecer a un roce, y mi ansiedad empezó a aumentar, haciendo que la de antes pareciera una broma.

Cam se aclaró la garganta.

—Estás… muy, muy bien.

Me sonrojé.

—Gracias. Tú también.

Y era la puñetera verdad. Cam se había puesto unos vaqueros oscuros y un jersey negro de cuello de pico que se le tensaba en los hombros, y con su pelo ondulado cayéndole sobre la cara y esa medio sonrisilla que llevaba siempre, estaba absolutamente increíble. Tanto, que me pregunté qué estaba haciendo yo ahí, a punto de tener una cita con él.

—¿Estás lista? ¿Te vas a llevar una chaqueta?

Salí de mi ensueño, asentí y corrí hacia mi habitación. Estuve a punto de caerme cuando el el tacón de la bota se me enganchó con la ropa que había por el suelo. Agarré el abrigo y me lo puse mientras volvía a su lado. Sus ojos brillaron llenos de diversión, pasándome el bolso que me había dejado olvidado en el sofá. Sintiéndome un poco torpe, se lo agradecí.

—Ya estoy lista —le dije, sin aliento.

—Todavía no. —Cam empezó a abrocharme los botones del abrigo—. Hace mucho frío fuera.

Me quedé allí, totalmente quieta y fascinada por esa simple acción. Empezó por abajo, y, a medida que subía, mi pulso se iba acelerando. Contuve el aliento mientras se aproximaba al torso. El dorso de su mano rozó el abrigo y me quedé rígida. Todas las capas de ropa desaparecieron al sentir una ráfaga de calor en mis pechos.

—Perfecto —murmuró. Sus ojos brillaban con un resplandor cobalto—. Ahora ya estamos preparados.

Todo lo que pude hacer fue quedarme mirándolo durante un momento, y después tuve que obligar a mis piernas a que se movieran, aunque estuvieran temblando. En el momento en que salimos al rellano, la puerta de Cam se abrió de par en par.

Apareció Ollie, con un teléfono móvil en la mano y Raphael en la otra.

—¡Sonreíd! —nos gritó mientras nos sacaba una foto—. Me siento como si mis niños fueran al baile del instituto.

Cam y yo nos habíamos quedado pasmados.

Ollie se mostró muy satisfecho.

—La voy a poner en el álbum. ¡Pasadlo bien! —Se volvió a meter en el piso, cerrando la puerta.

—Vaya…

Cam se rio.

—Bueno, qué raro ha sido eso.

—No suele hacerlo, ¿no?

—Qué va. —Se volvió a reír, pasándome la mano por la espalda—. Salgamos de aquí antes de que intente unirse a nosotros.

Sonreí.

—¿Raphael también?

—Raphael podría venirse. Pero Ollie no. —Sonrió mientras bajábamos las escaleras—. Lo último que querría es que te distrajeras mientras tengo una cita contigo.

¿Distraída? Si él supiera.

16

Para cuando nos hubieron puesto las bebidas delante, yo ya había recuperado el control de mi respiración. Me había vuelto a poner nerviosa de camino al restaurante, aunque Cam no lo notó y parecía estar muy tranquilo. Estuve mucho tiempo examinando el menú para resistir el impulso de mordisquearme mis bonitas uñas.

Cam me dio un golpecito con el pie por debajo de la mesa y alcé la vista.

—¿Qué?

Señaló a mi izquierda, y me di cuenta de que el camarero estaba esperando, sonriente.

—Ah, bueno, quiero... —Escogí lo primero en lo que se fijaron mis ojos—. El pollo marsala.

El camarero tomó nota y a continuación Cam pidió un chuletón al punto con ensalada y patatas al horno. Cuando el camarero se fue, Cam empezó con el pan.

—¿Quieres un poco?

—Vale. —Esperaba no atragantarme. Lo observé cortar un pedazo y untarlo con mantequilla—. Gracias.

Arqueó una ceja, pero no dijo nada mientras yo mordisqueaba el trozo de pan con cuidado. Rebusqué en mi cerebro para ver si encontraba algo, cualquier cosa, que decir. Ni siquiera tenía que ser interesante. Pero necesitaba hablar de algo. Por algún motivo, recordé la conversación que había tenido con Ollie, y me agarré a eso.

—¿Practicas algún deporte?

Cam parpadeó como si lo hubiese pillado por sorpresa.

Me sonrojé.

—Perdona. Ha sido una pregunta al azar.

—No pasa nada. —Masticó lentamente—. Solía hacerlo.

Agradecida de que me siguiera la conversación, me relajé un poco.

—¿Cuál?

Cortó otra rebanada de pan.

—Jugaba al fútbol.

—¿De verdad? —¿Por qué estarían buenos todos los futbolistas? ¿Era alguna norma del universo?—. ¿En qué posición?

Aunque suponía que Cam era consciente de que yo no tenía ni idea acerca de fútbol, me lo explicó.

—Era delantero.

—Ah. —Asentí como si supiera exactamente lo que quería decir con eso.

Cam dejó ver su hoyuelo.

—Significa que metía un montón de goles.

—¿Eras bueno?

—Bastante. Tenía que ser muy rápido, así que corría mucho.

Y eso resumía todo lo que yo sabía de fútbol: que se corría bastante.

—¿Jugabas en el equipo del instituto?

—En el instituto, en una liguilla y el primer año de carrera.

Me atreví con otro trozo de pan. Por ahora todo iba bien.

—¿Por qué lo dejaste?

Cam abrió la boca y después la cerró. Miró a otra parte y pasó un rato antes de que se encogiera de hombros.

—Ya no me apetecía.

Era la reina de las respuestas evasivas, así que las reconocía cuando las veía. Y me apetecía seguir preguntando y saber más, pero yo le había dicho lo mismo cuando habíamos hablado del baile. No era quién para interrogarle.

Su brillante mirada se posó en mí, y, a pesar de la iluminación tenue, sentí que mi cara enrojecía visiblemente. Necesitaba dejar de ruborizarme.

Se rio, y quise tirarle el pan a la cara.

—Avery…

—¿Cam?

Se inclinó sobre la mesa y la luz de la vela que estaba en el centro hizo un juego de sombras sobre su cara.

—No tienes por qué estar nerviosa.

—No lo estoy.

Alzó las cejas.

Suspiré.

—Vale. Sí lo estoy. Perdona.

—¿Por qué te disculpas? No necesitas hacerlo. Esta es tu primera cita.

—Gracias por recordármelo —mascullé.

Sus labios se movieron como si fuera a sonreír.

—Tampoco es tan malo. Es lógico que estés nerviosa.

—Tú no lo estás.

—Eso es porque soy alucinante.

Puse los ojos en blanco, exasperada.

Se rio, y fue una carcajada profunda.

—No tienes por qué estarlo. Quiero estar aquí contigo, Avery. No necesitas impresionarme. Ya lo has hecho.

—Eso es… —Meneé la cabeza, ignorando el nudo en mi garganta. Le miré—. Eres tan…, no sé. Sabes qué decir…

—¿Cuándo?

Me aparté el pelo de la cara y dejé caer las manos en mi regazo. Estaba temblando.

—Siempre dices lo apropiado.

—Eso es porque soy...

—Alucinante —le corté—. Ya lo sé.

Cam se echó hacia atrás.

—No iba a decir eso, pero me alegro de que estés empezando a darte cuenta de lo alucinante que soy.

—Entonces, ¿qué ibas a decir?

—Que había dicho eso porque es verdad y es lo que quiero.

—¿Por qué yo? —Me salió del alma, e inmediatamente después cerré los ojos—. Vale. No contestes.

La comida llegó en ese instante (gracias a Dios) y dejamos el tema aparte... unos dos minutos.

—Voy a contestarte —me dijo Cam, mirándome.

Quería meter la cara en el pollo que tenía en el plato.

—No tienes por qué.

—Creo que sí.

Agarrando mis cubiertos, respiré hondo.

—Ya sé que es un poco estúpido preguntártelo, Cam, pero es que eres guapísimo. Eres amable y divertido. Eres listo. Te he estado rechazando dos meses. Podrías salir con cualquiera, pero aquí estás, conmigo.

—Sí.

—Con la chica que nunca ha tenido una cita —añadí, mirándole muy seria—. Es solo que no me parece real.

—Bueno. —Cortó un pedazo de su filete—. Estoy aquí, contigo, porque quiero estar, porque me gustas. Ah, déjame terminar. Ya te lo he dicho. Eres diferente..., en el buen sentido, así que no pongas esa cara.

Entrecerré los ojos.

Sonrió.

—Y tengo que admitir que algunas de las veces que te lo he pedido, sabía que me ibas a decir que no. Y aunque no siempre te lo dije en serio, siempre tuve claro que me apetecía sacarte a cenar. ¿Lo entiendes?

Bueno, la verdad era que no, pero asentí.

—Y me gusta pasar el rato contigo. —Se metió el trozo de filete en la boca—. Y, oye, creo que soy muy buen partido para ser tu primera cita.

—Ay, Dios mío. —Me reí—. No me puedo creer que te acabes de definir como un buen partido.

Se encogió de hombros.

—Lo soy. Y ahora cómete el pollo antes de que me lo coma yo.

Sonreí y empecé a cortarlo, comiéndome el relleno primero. A excepción de una pregunta estúpida, la cita iba realmente bien. Cam empezó a hacerme preguntas y dejé de ser la muda que estaba ahí sentada. Aunque de vez en cuando nuestras miradas se encontraban y se me olvidaba lo que estaba haciendo o de lo que estaba hablando. Pero me lo estaba pasando bien, estaba disfrutando de estar con Cam. ¿Y la mejor parte? No estaba pensando en nada más. Estaba… *allí*, y era un buen sitio donde estar.

Cuando estábamos acabando, Cam me preguntó:

—¿Y qué vas a hacer para Acción de Gracias? ¿Vas a volverte a Texas?

Hice una mueca.

—No.

Frunció el ceño.

—¿No vas a ir a casa?

Me terminé el pollo y negué con la cabeza.

—Me quedo aquí. ¿Vas a irte tú?

—Sí, me voy, lo que no sé es cuándo. —Cogió su vaso—. ¿De verdad que no vas a volver a casa? Tienes más de una semana, nueve días. Te da tiempo.

—Mis padres están... de viaje, así que prefiero quedarme aquí. —Tampoco era una mentira tan grande. En esa época del año, entre Acción de Gracias y Navidades, mis padres se solían ir de crucero o a esquiar—. ¿Tus padres hacen la típica cena de Acción de Gracias?

—Sí —murmuró, con la mirada fija en su plato vacío.

La conversación decayó un poco en aquel momento y, cuando nos trajeron la cuenta, Cam no quiso quedarse más en el restaurante. La brisa nocturna estaba helada y nuestro aliento formaba nubes blancas de vapor. Una ráfaga de aire la tomó con mi pelo, tapándome la cara. Temblé de frío y me arrebujé en el abrigo.

—¿Tienes frío?

—Bueno, esto no es Texas —admití.

Cam se rio y se acercó a mí, pasándome el brazo por los hombros. La calidez de su cuerpo me traspasó inmediatamente y tuve que concentrarme en no tropezar.

—¿Mejor? —me preguntó.

Todo lo que pude hacer fue asentir.

Una vez en el coche, a resguardo de ese viento tan brutal, me abroché el cinturón de seguridad. Cam se subió, puso el motor en marcha y se frotó las manos. Me miró.

—¿Has cenado bien?

—Sí. Y gracias por la comida. Quiero decir, la cena. Gracias. —Me puse a tartamudear, cerrando los ojos—. Gracias.

—De nada. —La diversión teñía su voz—. Gracias por dejarme que te llevara a cenar por fin.

Después de eso puso la radio, no tan alta que no pudiéramos hablar, pero yo estaba ocupada pensando en cosas importantes. En el viaje entre Hagerstown y la universidad, tomé una decisión muy solemne.

Si Cam me besaba, no me iba a asustar. No. De verdad que no.

Actuaría como cualquier chica de diecinueve años con un poco de experiencia y no me asustaría. Pero claro, podía ser que no me besara. En algún momento de la cena podía haberse dado cuenta de que no merecía la pena besarme, y que prefería escaparse a su piso para estar con Ollie y Raphael. Y si era así, lo aceptaría. Aceptaría su decisión.

Pero cuando llegamos a nuestra planta me di cuenta de que no quería que la noche se acabara todavía. Nos detuvimos enfrente de mi puerta, y me di la vuelta para mirarlo, jugueteando con la correa de mi bolso.

Sus labios se curvaron.

—Bueno…

—¿Te apetece pasar? ¿Beber algo? Tengo café o cacao.

—¿Cacao? ¿De verdad? ¿Qué tenía, doce años? Joder—. No tengo cerveza ni nada…

—Un cacao calentito estaría muy bien —me respondió—. Espero que también tengas nubes para echarle.

Me brotó una sonrisa del alma y me dio igual lo tonta que pareciera.

—Sí que tengo.

—Entonces te sigo, corazón.

Con el corazón a punto de estallar, abrí la puerta y encendí la lámpara que había situada al lado del sofá. Me quité el abrigo y fui a la cocina. Cam se sentó en el sofá mientras yo preparaba chocolate caliente para los dos. Mientras el agua hervía, me quité los zapatos. Llevé las dos tazas humeantes al salón.

—Gracias. —Cogió una—. Tengo una pregunta que hacerte.

—Vale. —Me senté a su lado y subí las piernas al sofá.

Bebió un trago.

—Basándote en la experiencia de la primera cita, ¿tendrías una segunda?

Una agradable sensación me recorrió el pecho.

—¿Una segunda cita, así, en general?

—Sí, en general.

Me encogí de hombros e intenté beberme el cacao caliente.

—Bueno, esta ha sido una muy buena primera cita. Si la segunda fuese igual, entonces, supongo que sí.

—Vaya. ¿Con cualquiera o…?

Bajé la mirada.

—No, con cualquiera no.

—¿Así que tendría que ser con alguien en particular?

La sensación agradable se extendió por todo mi cuerpo.

—Creo que sí.

—Interesante —murmuró, bebiendo otro trago. Cuando me miró, me di cuenta de que los ojos le brillaban. Mierda. La había jodido. Le brillaban los ojos—. Y esta persona en particular… ¿va a tener que esperar otros dos meses para salir contigo?

No pude reprimir mi sonrisa, así que bebí un trago.

—Depende.

—¿De?

—Lo que me apetezca.

Cam se rio.

—Pues prepárate.

—Vale.

—Voy a pedirte salir otra vez. No a cenar, porque me gusta variar un poco las cosas. Quiero ir al cine.

Fingí que me lo pensaba, pero ya tenía claro que iba a decir que sí. Podía estar equivocada o que no sirviera para nada, pero quería tener otra cita con él.

—¿Al cine?

—Pero a un autocine en concreto, uno de los últimos que quedan.

—¿Al aire libre?

—Sí. —Sonrió—. No te preocupes. Ya te mantendría yo caliente.

No sabía si reírme o decirle que esa última frase le había quedado un poco pretenciosa.

—De acuerdo.

Alzó las cejas.

—Entonces, ¿vamos a ir a ver una película?

Me mordí los labios, pero asentí.

—¿Seguro que no me va a costar otros dos meses?

Negué con la cabeza.

Cam miró a otra parte, riéndose disimuladamente.

—Vale. ¿Qué te parece el miércoles?

—¿Este miércoles?

—No.

Coloqué mi taza en la mesita.

—¿El siguiente?

—Sí.

Conté los días y fruncí el ceño.

—Espera un momento. Ese es el miércoles antes de Acción de Gracias.

—Sí.

Le miré.

—Pero, Cam, ¿no te vas a casa?

—Sí.

—¿Cuándo? ¿Después de la película, en medio de la noche, o la misma mañana de Acción de Gracias?

Meneó la cabeza.

—Verás, el autocine está a las afueras de mi ciudad. A unos diez kilómetros.

Me recliné en el sofá, confundida.

—No lo entiendo.

Cam se terminó el chocolate y se inclinó hacia mí. Solo nos separaban unos centímetros.

—Si me vas a conceder esta cita, tendrás que venirte a mi casa.

—¿Qué? —balbucí, incorporándome—. ¿Ir a tu casa?

Apretó los labios y asintió.

—¿Lo dices en serio?

—Tan en serio como mi tímpano perforado —dijo—. Ven conmigo. Nos lo pasaremos bien.

—¿Ir contigo? ¿A la casa de tus padres? ¿Para Acción de Gracias? —Cuando volvió a asentir, le di un golpe en el brazo—. No me seas estúpido, Cam.

—No soy estúpido, te lo digo en serio. A mis padres no les va a importar. —Se detuvo y arrugó la nariz—. De hecho, creo que se alegrarán de ver a otra persona que no sea yo. Y a mi madre le gusta hacer mucha comida. Cuantos más seamos para comer, mejor.

Me quedé sin palabras.

—Podemos irnos cuando quieras, pero debería ser antes del miércoles por la tarde, claro. ¿Te vas a terminar eso? —Cuando le indiqué que no, cogió mi taza—. Y podemos volvernos cuando queramos.

Lo observé mientras se acababa mi cacao.

—No puedo ir contigo.

Alzó las cejas.

—¿Por qué no?

—Por un montón de razones muy obvias, Cam. Tus padres van a pensar…

—No van a pensar nada.

Le lancé una mirada muy expresiva.

Suspiró.

—Vale. Piénsalo de esta forma. Es mejor que quedarte aquí, tú sola, toda la semana. ¿Qué vas a hacer? ¿Encerrarte a leer? ¿Y echarme de menos? Porque seguro que me echarás de menos. Y entonces me voy a tener que pasar todo el tiempo mandándote mensajes y sintiéndome mal porque estés sola, y ni siquiera vas a poder ir a comer a un McDonald's porque están cerrados por Acción de Gracias.

—No quiero que me tengas lástima. Tampoco es para tanto. No tengo ningún problema en quedarme aquí.

—Pero es que yo no quiero que te quedes aquí y tampoco hace falta que te lo tomes tan a la tremenda. Soy tu *amigo,* y te estoy pidiendo como *amigo* que te vengas conmigo a pasar Acción de Gracias.

—Como *amigos,* acabamos de salir juntos.

—Ah —dijo, dejando la taza a un lado—. Esa es una buena observación.

Meneando la cabeza, agarré un cojín y me lo llevé al pecho.

—No puedo hacerlo. ¿Irme contigo en vacaciones? Es demasiado…

—¿Rápido? —me ayudó a terminar la frase.

—Sí. Demasiado rápido.

—Bueno, entonces supongo que está bien que no estemos juntos, porque sí, sería demasiado rápido si ese fuera el caso.

—¿A qué te refieres?

Cam me quitó el cojín y lo puso detrás de él.

—Tú y yo somos dos amigos que han tenido una cita. A lo mejor dos, si al final te vienes. No estamos saliendo juntos. Solo somos unos amigos que han salido una vez. Así que iremos a mi casa como amigos.

La cabeza me daba vueltas.

—No tiene sentido.

—Claro que sí. Ni siquiera nos hemos besado, Avery. Solo somos amigos.

Me quedé atónita.

Se encogió de hombros.

—Vente conmigo, Avery. Te prometo que no te vas a sentir incómoda. Mis padres se van a alegrar de conocerte. Te lo vas a pasar bien, y siempre será mejor que lo que vayas a hacer aquí. Y no se espera que hagas nada, absolutamente nada. ¿Vale?

Tenía el no en la punta de la lengua, pero, por alguna razón, no lo pronuncié. Mi cerebro dudaba entre decirle que estaba loco y considerar por un momento la idea. ¿Irme a su casa? Era…

bastante mejor que pasar Acción de Gracias yo sola. Ya era malo cuando estaba en mi casa y mis padres salían sin mí, pero por lo menos la asistenta me hacía la cena. La señora Gibson. Había cocinado pavo los últimos tres años, por lo menos. ¿Y el McDonald's estaba cerrado? Vaya, qué mierda.

Pero irme a casa de Cam no era buena idea. Lo que me decía no tenía ningún sentido. Era como psicología inversa, o algo así. Era insensato, y yo no solía hacer nada imprudente.

Nunca hacía nada así.

Alcé la cabeza y me encontré con su mirada. Sus ojos… eran de un azul impresionante. ¿De verdad me lo estaba pensando? El corazón me empezó a latir cada vez más rápido. Tragué saliva.

—¿De verdad que a tus padres les parecería bien?

Le brillaron los ojos.

—Ya he traído amigos antes a casa.

—¿Que fueran chicas?

Negó con la cabeza.

Bueno, eso era… interesante.

—¿Y tus padres se van a creer que solo somos amigos?

—¿Por qué van a pensar que estamos saliendo si yo no se lo digo? Si les digo que somos amigos, eso es lo que se van a creer.

Mi parte racional estaba gritando que no.

—Vale. Iré a tu casa. —Una vez lo hube pronunciado, no podía retractarme—. Esto es de locos.

—Es perfecto. —Sus labios se curvaron en una sonrisa lenta—. Dame un abrazo.

—¿Qué?

—Que me des un abrazo para cerrar el trato. —Sus ojos brillaron todavía más—. Una vez que me hayas abrazado, ya no podrás faltar a tu palabra.

—Dios mío, ¿me lo estás diciendo de verdad?

—Sí.

Puse los ojos en blanco, exasperada, y refunfuñé mientras me incorporaba sobre las rodillas y extendía los brazos.

—Vale, pues abracémonos no vaya a ser que cambie de…—Me quedé sin aliento cuando los brazos de Cam me rodearon la cintura y me hizo caer sobre él. Terminé sentada justo a su lado, prácticamente encima, con la pierna izquierda colgando entre sus rodillas.

Cam me abrazó. No con mucha fuerza, no tanta como si hubiéramos estado de pie, pero el hecho de que estuviéramos tan cerca tuvo un poderoso efecto en mí.

—Trato hecho, corazón. Pasarás Acción de Gracias en casa de los Hamilton.

Dije algo así como que estaba de acuerdo y, mientras me separaba, me di cuenta de que nuestras caras estaban perfectamente alineadas. Y de repente comprendí el brillo en sus ojos.

—Tú…

Se rio, y los músculos de mi estómago se tensaron.

—Sutil, ¿verdad? Mira dónde has acabado. Y me habría bastado solo con tu palabra.

Yo estaba intentando no sonreír.

—Eres lo peor.

—Seré lo peor, pero se me da muy bien. Te tengo que admitir una cosa. —Salvó la distancia que nos separaba. Me rozó la mejilla con los labios, y ya no me pude concentrar en nada más—. Te mentí antes.

—¿Cuándo?

Sus manos bajaron por mi espalda.

—Cuando te he dicho que estabas muy bien. No te estaba diciendo la verdad.

No era exactamente lo que me esperaba. Giré la cabeza un poco y tuve que contenerme para no mostrar mi sorpresa. Nuestras bocas estaban a *centímetros* de distancia y pensé en lo segura que estaba Brittany de que me iba a besar esa noche. Me obligué a hablar.

—¿No estoy muy bien, entonces?

—No —dijo muy serio mientras su mano me recorría la espalda hasta alcanzar mi pelo. Bajó la cabeza de manera que teníamos las sienes pegadas—. Estás preciosa esta noche.

Me quedé sin aliento.

—Gracias.

Se quedó callado mientras movía lentamente la cabeza. Sus labios rozaron la curva que describía mi mejilla, y me quedé muy quieta. El corazón me latía con entusiasmo y con algo más. ¿Miedo? ¿Era eso lo que sentía en la garganta? Había surgido de repente, pero con fuerza. La mezcla de los dos, la necesidad de irme y al mismo tiempo de quedarme, era arrolladora.

La boca de Cam descendió por mi cara y su nariz rozó la mía. Su cálido aliento olía a chocolate caliente. ¿Sabría igual? La curiosidad me inundó y le puse las manos en los hombros.

—¿Avery?

Cerré los ojos.

—¿Qué?

—Nunca te han besado, ¿verdad?

El pulso se me aceleró.

—No.

—Solo para que quede claro —me dijo—. Esto no es un beso.

Abrí la boca y sus labios se encontraron con los míos. Una caricia muy dulce, tierna y suave, que se acabó demasiado pronto.

—Me has besado —me quejé, pero mis manos se aferraban a su jersey.

—Eso no era un beso. —Sus labios rozaban los míos al hablar. Los estremecimientos me recorrían todo el cuerpo—. ¿Recuerdas? Si nos besamos, el venirte a casa conmigo puede implicar algo mucho más serio.

—Ah. Vale.

—Y esto tampoco es un beso.

Presionó sus labios contra los míos una segunda vez y eso me consumió y me despertó al mismo tiempo. En lo único que podía pensar, en lo único que quería pensar era en su boca. Una maravillosa calidez me recorrió el cuello, descendiendo hasta mi pecho y más abajo, entre los muslos. Me besó suavemente, siguiendo el contorno de mis labios con los suyos. Algo dentro de mí se estaba alzando, se estaba despertando, me estaba doliendo. Me aferré a él mientras nos movíamos y de repente estaba tumbada de espaldas.

Cam estaba encima de mí, sus fuertes brazos bajo mis manos. Su boca todavía en la mía. Ninguna otra parte de nuestro cuerpo se estaba tocando y no estaba segura de si me sentía aliviada o decepcionada por ello. Pero sus labios…, ay, Dios, sus labios se estaban moviendo. Empecé a devolverle el beso, lenta y torpe, en contraste con el suyo, lleno de seguridad y de prácticas anteriores. Estaba preocupada por si lo estaba haciendo mal, pero entonces un gemido, casi un gruñido, brotó de él, e instintivamente supe que era de aprobación. Un escalofrío me recorrió el cuerpo. El anhelo era cada vez más fuerte y daba miedo, de algún modo.

Su beso se hizo más profundo, convenciendo a mis labios para que se abrieran. Estuve a punto de marearme cuando su lengua entró en mi boca, rozando la mía. Me sorprendí ante la sensación, y su lengua penetró todavía más. Me entregué al beso, arqueando el cuello, aferrada a él. Sabía a chocolate y a hombre y yo me estaba volviendo loca mientras la lujuria anidaba en la boca de mi estómago, seguida de una ráfaga de pánico que revoloteaba. Se me pasó cuando su lengua me recorrió el paladar. Al alzar la cabeza, me mordió levemente el labio inferior y un gemido de placer se escapó de mi boca. Los dos estábamos respirando con dificultad.

—¿Esto tampoco es un beso? —le pregunté.

Cam se sentó y me ayudó a incorporarme. Sus ojos brillaban con ese azul intenso y penetrante. Me sentí enrojecer. Mi pecho se movía cada vez que respiraba. Todavía tenía las manos en sus hombros. Se acercó a mí y volvió a repasar el contorno de mis labios.

—No, eso no ha sido un beso. —Sus labios me rozaron, tentadores—. Es mi manera de darte las buenas noches.

17

Mucho después de que Cam se hubiera ido, yo seguía despierta. Esa noche de insomnio era diferente a todas las demás. Las superaba con diferencia. Mi cuerpo parecía el de una extraña, lleno de anhelo y con demasiado calor. Ya había echado a un lado la colcha, pero la fina sábana me seguía abrasando la piel. Me tumbé de lado, mordiéndome los labios y apretando los muslos.

Odiaba a Cam.

La verdad era que no. Pero le odiaba por sus «buenas noches», y por haberse ido, y por dejarme tan tensa que, cada vez que me movía, mi piel, ultrasensible, pedía más. Más.

No odiaba a Cam.

Otra vez boca arriba, me quité la sábana de encima. La fresca brisa me recorrió los brazos desnudos. Bajo la camiseta, mis pechos se tensaron con un hormigueo que pasó de ser una incomodidad tolerable a alcanzar el umbral del dolor. Subí las rodillas y se me escapó un gemido de los labios entreabiertos mientras la presión que sentía entre las piernas viajaba a mis pechos. Estiré las piernas, me agarré a las sábanas y traté de poner la mente en blanco, pero lo único en lo que podía pensar era en el beso de Cam, en cómo había sentido sus labios contra los míos, en cómo su lengua había estado dentro de mi boca. Todavía podía percibir el sabor del chocolate y sentir sus brazos bajo mis dedos. Me quedé sin aliento ante el vívido recuerdo del dorso de sus manos rozando mis pechos.

Lo que estaba sintiendo era totalmente novedoso para mí. Era como si el beso de Cam hubiese encendido un interruptor en mi cuerpo, pero no era tonta. No era tan inocente como para no saber que lo que me pasaba era que me había puesto cachonda. Que mi cuerpo se había despertado, como el de la Bella Durmiente, y que ahora quería más.

Me llevé la mano al estómago y me sobresalté. El pulso se me aceleró, el corazón empezó a latirme más rápido. El anhelo creciendo entre mis muslos se hizo más grande. Abrí los ojos y me quedé mirando a la oscuridad del techo. Contuve el aliento mientras deslizaba la mano hacia abajo. Fue como una experiencia extracorpórea, como si no tuviera ningún control sobre lo que estaba haciendo.

Cerré los ojos mientras metía la mano por debajo de la cinturilla de mis pantalones. Los músculos de mi tripa se tensaron, mi respiración se entrecortó. Las puntas de mis dedos alcanzaron el manojo de nervios que tenía allí abajo y una descarga de electricidad recorrió mis venas. Tuve que morderme el labio para detener el grito alojado en mi garganta. Con el corazón a cien, mis dedos recorrieron la humedad que se había acumulado.

Había una parte de mí que no se podía creer lo que estaba haciendo.

Había otra parte que no se podía creer que hubiera tardado *tanto* en hacerlo.

Pero ya no había vuelta atrás. La imagen de Cam apareció en mi mente. Sus ojos encendidos de pasión y su boca contra la mía, convenciéndome para que la abriera, paciente pero con decisión. Mis dedos iban a tientas, porque realmente no sabía lo que estaba haciendo, pero parecía que funcionaba. Me acariciaba a mí misma y me sentía bien, pero todo lo que hacía era avivar el fuego, haciéndolo más grande. Me sentía inflamada y estaba segura de que me iba a poner a gritar si seguía aumentando.

Me mordí el labio inferior. Mis dedos se seguían moviendo, hasta que respiré hondo y los metí dentro. Se me escapó un jadeo mientras la tensión se enroscaba en mí. Bien. Eso estaba bien. Seguí empujando y la presión de mi mano hizo que me estremeciera con otra sacudida. Mis caderas se alzaron y la quemazón que sentía en mi interior se extendió. Me dejé llevar por mis instintos. Moví las caderas, describiendo un pequeño círculo, y la tensión creció aun más. El sonido que salió de mi garganta me habría avergonzado si hubiera llegado a oídos de alguien, pero en ese momento, en la oscuridad de mi habitación, lo único que consiguió fue ponerme todavía más cachonda.

Mis caderas se alzaban para encontrarse con mi mano y sentí como si hubiera un nudo atado con fuerza en mi interior. Podía sentirlo, y sabía lo que me esperaba unos segundos después. De repente, me imaginé a Cam haciendo lo mismo (*su* mano, *sus* dedos) y ese fue el fin. Un gemido salió de lo más profundo de mi alma mientras el nudo se deshacía, atravesando todo mi cuerpo y desordenando mis pensamientos.

Mientras mi pulso volvía a la normalidad y los espasmos amainaban, me dejé caer sobre la almohada, todavía temblando. Joder, ¿así que era eso lo que se sentía? Me puse de lado y conseguí esbozar una débil sonrisa. Un cojín amortiguó mi risa entrecortada.

Sin embargo, incluso mientras una placidez agradable me hacía dormirme, sabía que lo que había sentido era mejorable. Que si estuviera con alguien que me gustara (*con Cam*), todo eso se vería amplificado, y era lo que yo quería.

Quería sentir eso con Cam.

Brit y Jacob se mostraron tan sorprendidos como yo de que hubiera accedido a ir a casa de Cam en Acción de Gracias. Tenía un poco de reparo a que me dijeran que en su opinión era una locura, pero no lo habían hecho. Los dos se habían comportado como si tampoco fuese para tanto. ¿A lo mejor la imprudencia era contagiosa? Aparte de eso, se habían mostrado más interesados en los otros detalles de la cita.

—¿Así que besa bien? —preguntó Jacob.

Le eché una mirada de reojo a la clase, rogando por que nadie nos estuviera escuchando. El profesor todavía no había llegado y la mayoría de los estudiantes estaban medio dormidos.

Brit se rio.

—Cuéntale lo que me dijiste ayer.

Mis mejillas enrojecieron cuando recordé lo que le había respondido por teléfono cuando me hizo esa misma pregunta.

—¿Así que te besó? —Jacob se mostró sorprendido, pero por lo menos no alzó la voz.

Abrazando el cuaderno contra el pecho, intenté ignorar lo emocionada que estaba Brit.

—Sí.

—Cuéntale —susurró ella.

Jacob se mostró de acuerdo.

—Sí, cuéntame.

Cerré los ojos.

—Besa bien. Besa… muy bien.

—Eso no es lo que me dijiste.

Jacob empezó a fruncir el ceño.

—Cuéntamelo ya o voy a empezar a gritar que te has enrollado con…

—Vale —le acallé, ya ruborizada por completo. El primer beso había sido tierno y suave. Incluso el segundo había sido controlado. Pero ¿cuando me había tumbado y se había puesto encima de mí? El anhelo volvía solo con pensarlo, y bueno, era un poco raro porque estábamos en clase de Historia—. Me besó como si quisiera… comerme.

Brit se rio mientras se comía una barrita de regaliz.

Jacob se quedó boquiabierto unos cuantos segundos.

—Seguro que sí —dijo después, alzando las cejas—. Como si te quisiera comer todo el…

—Ya lo he entendido. Gracias. Volvamos a lo importante —zanjé, dejando el cuaderno en la mesa—. ¿No creéis que irme con él es una locura?

Brittany negó con la cabeza.

—La gente va a casa de otros todo el rato. Conoces a Rachel Adkins, ¿verdad? Está en tu clase de Arte. Se va con la familia de Jared en vez de volverse a California.

—¿No están saliendo? —preguntó Jacob.

Dejé caer los hombros, desanimada.

—Ya no —dijo Brit, sacando otra barrita de regaliz de la bolsa. Me apuntó con ella—. Han roto, pero aun así ella se va a la casa de él.

Eso no me hacía sentir mucho mejor. A lo largo de la clase, fui alternando entre prestar atención a lo que explicaban sobre la Edad Media y preguntarme si realmente iba a atreverme a ir la semana siguiente, todo mientras mordisqueaba una barrita de regaliz que había birlado de la bolsa de Brit.

La verdad era que ni siquiera me estaba cuestionando ir a casa de Cam. Sí, era una absoluta y completa locura, pero lo cierto era que me apetecía mucho. Quería saber más acerca de él, conocer a su familia y ver cómo se relacionaba con ellos. Quería saber por qué había dejado de jugar al fútbol y qué hacía todos los viernes por la noche.

Y quería…, quería a Cam.

De una manera en la que no había deseado a ningún otro hombre antes y de la que ni siquiera me habría creído capaz. Lo que había sentido cuando me besó era como se suponía que me tenía que sentir. Cierto, había tenido un poco de miedo, todavía lo tenía, pero la curiosidad era más grande. Y también el desconcertante ardor que sentía cada vez que Cam estaba cerca.

No tenía ninguna duda de que quería volver a besar a Cam. Quería experimentar con él lo que había hecho después de que se fuera. Besarlo no era el problema. Ir a casa de sus padres no era el problema.

Era solo que no sabía de cuánto iba a ser capaz. Hasta dónde podía llegar (significara esto lo que significara) antes de que mis viejos miedos disiparan lo que sentía por él.

A lo largo de la semana siguiente, sopesé si ir o no ir con Cam un millón de veces. Hasta el mismo momento en el que metí mis cosas en mi bolsa de viaje, me lo estuve pensando. Pero no fue hasta que me senté en su camioneta el miércoles por la mañana que me di cuenta de que realmente iba a hacerlo.

—¿Estás seguro de que a tus padres no les va a importar?

Cam asintió. Solo se lo había preguntado unas cien veces. Empecé a mordisquearme el pulgar.

—Y les has llamado para decírselo antes, ¿verdad?

Me miró de reojo.

—No.

Me quedé atónita.

—¡Cam!

Se empezó a reír.

—Es una broma. Tranquilízate, Avery. Se lo dije al día siguiente de que me dijeras que sí. Saben que vienes y quieren conocerte.

Le lancé una mirada de odio y seguí mordiéndome las uñas.

—No ha tenido gracia.

Se volvió a reír.

—Sí, sí que la ha tenido.

—Imbécil.

—Listilla.

Miré por la ventanilla.

—Pringado.

—Vaya —silbó Cam—. Va a haber una pelea. Tú sigue y ya verás cómo doy la vuelta.

Sonreí mientras nos metíamos en la autopista.

—Me parece una buena idea.

—Te pondrías a llorar. —Se calló un instante. Después me apartó la mano de la boca—. Deja de hacer eso.

—Perdona. —Lo miré—. Es un vicio que tengo.

—Ya. —Entrelazó sus dedos con los míos y se me detuvo el corazón. Nuestras manos unidas descansaban en uno de mis muslos, y tampoco supe qué pensar al respecto—. Mi hermana no llegará a casa hasta mañana por la mañana. Tiene una función en Pittsburg esta noche.

—¿Qué hace? —Mi mirada viajó de nuestras manos a la ventanilla y de vuelta.

—Creo que es un recital de ballet.

Mi atención estaba puesta en el peso de su mano encima de la mía.

—¿El ballet es lo que le gusta más?

—Creo que prefiere una mezcla entre ballet y baile contemporáneo.

El baile contemporáneo bebía mucho del ballet y tenía sentido que le gustara mezclarlo. Cam terminó soltándome la mano, lo que estaba bien, porque estaba segura de que me había empezado a sudar y no quería darle asco. Las dos horas de viaje parecieron pasar muy rápido. Era como si solo hubieran pasado unos minutos desde que cogió la autopista hasta que entró en un pueblo situado en la ladera de una montaña.

Y vaya que si se notaba que estábamos en una zona repleta

de alpinistas. De cada tienda colgaba un banderín de la Universidad de West Virginia, al igual que de los porches de las casas. Continuamos atravesando el pueblo, yendo por carreteras que parecían haber sido asfaltadas recientemente.

No podía recordar la última vez que había estado tan nerviosa. Tenía el estómago revuelto cuando Cam empezó a disminuir la velocidad y después giró a la derecha, cogiendo lo que parecía un sendero privado flanqueado por robles. Cuando apareció una imponente casa de campo, se me secó la boca.

No es que fuera espantosamente grande. Tenía un buen tamaño, estilo colonial, columnas blancas en el porche y tres pisos, sino que me recordaba mucho a la casa de mis padres. Perfecta y gélida en el exterior, y era muy probable que lo mismo me esperara dentro de ella.

Cam rodeó la casa con el coche y pude ver más de cerca el cuidado jardín y el paisaje que lo rodeaba, bonito a la par que rústico. Intenté tragar saliva, pero la garganta no me dejaba. Aparcó al lado de un garaje adosado, que tenía el tamaño de una casa estilo rancho. Un poco más allá, pude ver una piscina tapada con una lona.

Apagó el motor y me miró.

—¿Estás preparada?

Quería gritarle que no y después huir, escaparme corriendo al bosque cercano, pero probablemente era una exageración. Así que asentí y abrí la puerta, entrando en una zona donde hacía diez grados menos que de donde veníamos. Fui a coger mi bolsa, pero Cam la había sacado del maletero junto con la suya, más pequeña.

—Puedo llevarla yo.

Cam sonrió echándole un vistazo a la bolsa, que se había echado sobre el hombro.

—Ya las llevo yo. Además, creo que el estampado de flores azules y rosas me queda divino.

A pesar de mis nervios, me reí.

—Te favorece.

—Eso creo. —Me esperó hasta que lo alcancé y empezamos a subir por un camino que conducía a un patio techado en la parte trasera de la casa. Se detuvo frente a la puerta con vidriera, al lado de un diván de mimbre—. Parece que te va a dar un infarto.

Hice una mueca.

—¿Tan mal estoy?

—Casi. —Se acercó a mí y su mano se movió con rapidez, colocándome el pelo tras la oreja. Una expresión fugaz le cruzó la cara, ensombreciéndole los ojos hasta que se volvieron de un color azul oscuro. El estómago me dio un vuelco—. No tienes por qué estar nerviosa, ¿vale? Te lo prometo.

La mejilla me hormigueaba donde me habían acariciado sus dedos, y estábamos tan cerca que pensé en el beso que no había sido un beso. No había vuelto a hacer nada así desde la noche de nuestra primera cita, pero en ese mismo momento parecía querer repetirlo.

—Vale —le susurré.

Se me quedó mirando un momento más y después meneó la cabeza. Dejó caer la mano, se dio la vuelta y abrió la puerta. De allí salió una vaharada cálida a manzanas y a especias, el olor de la bienvenida. Lo seguí, impresionada al ver la planta de abajo.

Era como una especie de sala de juegos. Una mesa de billar en el medio, una barra de bar a la derecha, y al fondo, cerca de las escaleras, una televisión enorme con varios sofás colocados para poder verla. Mis padres tenían algo similar, pero nunca habíamos usado la mesa de billar, mamá solo bebía cuando pensaba que nadie la iba a ver, y todavía no habíamos encendido ni una sola vez la televisión que estaba en el sótano.

Pero aquí todo parecía… que se había usado.

Las bolas de billar no estaban colocadas en el medio, sino esparcidas por toda la mesa, como si alguien hubiese dejado una partida a medias. Había una botella de whisky en la barra, al lado de un vaso, y los sofás estaban desgastados. Era obvio que habían bajado los muebles más viejos al sótano. A diferencia de mis padres, que tenían que comprar todo nuevo.

—Este es el refugio de los chicos —me dijo Cam mientras nos dirigíamos a las escaleras—. Papá pasa un montón de tiempo aquí. Y esta es la mesa de póquer en la que me dio una paliza.

Miré a la izquierda y vi que había una mesita preparada para jugar a las cartas. Sonreí.

—Me gusta mucho.

—A mí también —me contestó—. Mis padres están arriba, probablemente...

Asentí y lo seguí hasta las escaleras. Subimos a una sala de estar que, al igual que el sótano, parecía una habitación en la que se vivía normalmente. Un sofá enorme ocupaba la mayor parte del espacio, frente a otra televisión de buen tamaño. Había revistas esparcidas por la mesita y macetas con plantas, en vez de estatuas, y los cuadros llenaban todas las paredes.

—La sala de estar —comentó Cam, atravesando una puerta—. Y esta es la otra sala de estar, que en realidad nadie usa nunca. ¿O un salón? ¿Quién sabe? Y este es el salón bueno, que tampoco usamos nunca...

—¡Sí que lo utilizamos! —lo interrumpió la voz de una mujer—. A lo mejor una o dos veces al año, cuando tenemos invitados.

—Y así sacamos la «vajilla buena» —contestó Cam con sarcasmo.

Las piernas me dejaron de funcionar cuando oí a la madre de Cam. Me refugié detrás de la mesa, con el corazón en la garganta mientras ella entraba por la puerta.

La madre de Cam era tan alta como él, e igual de guapa, con el pelo negro recogido en una coleta baja. Tenía los ojos marrones y no llevaba maquillaje. Le aparecieron una pequeñas arruguitas alrededor de los ojos cuando sonrió ampliamente al ver a su hijo. Llevaba puestos un par de vaqueros y un jersey ancho.

Atravesó la habitación corriendo y lo abrazó.

—Ni siquiera sé dónde está la «vajilla buena», Cameron.

Él se rio.

—Seguro que escondiéndose de los platos de plástico.

Riéndose, ella se apartó.

—Qué bien tenerte en casa. Tu padre me está poniendo de los nervios hablando de irse de caza. —Su mirada se desvió hacia mí y me sonrió, acogedora—. Y esta debe de ser Avery.

—Ay, Dios, no —dijo Cam—. Esta es Candy, mamá.

Su madre se quedó muy sorprendida y el rubor le empezó a subir por las mejillas.

—Ah, vaya, yo…

—Sí que soy Avery —le dije, lanzándole a Cam una mirada fulminante—. No se ha equivocado.

Se giró y le dio un golpe a Cam en el brazo. Con fuerza.

—¡Cameron! Ay, Dios mío, pensé…. —Le volvió a dar y se rieron—. Eres lo peor. —Meneó la cabeza con exasperación y se dirigió a mí—. Eres una chica muy paciente si has sobrevivido el viaje hasta aquí con este idiota.

Al principio pensé que no la había oído bien, así que parpadeé y después me reí mientras Cam refunfuñaba a sus espaldas.

—Tampoco ha sido para tanto.

—Ah. —Su madre lo miró de reojo—. Y bien educada, además. Está bien. Sé que mi hijo puede ser… demasiado, a veces. Por cierto, puedes llamarme Dani. Todo el mundo me llama así.

Y entonces me abrazó.

Y fue un abrazo de verdad, cálido y afectuoso. Yo ni siquiera recordaba la última vez que mi propia madre me había abrazado. Me emocioné, pero me apresuré a reprimirlo antes de comportarme como una tonta.

—Gracias por dejarme venir —dije, contenta de que no se me quebrara la voz.

—Ningún problema. Nos encanta tener invitados. Venga,

vamos a conocer al hombre que dice que es mi otra mitad. —La madre de Cam me pasó el brazo por los hombros—. Y, por Dios, me disculpo por adelantado si te empieza a hablar de todos los ciervos que planea cazar este fin de semana.

Mientras me llevaba por la entrada, miré hacia atrás, donde se había quedado Cam. Nuestros ojos se encontraron y el corazón me volvió a dar un vuelco. Me sonrió, dejando ver el hoyuelo de su mejilla.

Cam me guiñó un ojo.

Y mi sonrisa se hizo más amplia.

18

Cam había sacado los ojos de su padre, al igual que su sentido del humor..., y la extraña habilidad de poder justificarlo todo, lo que probablemente tenía algo que ver con que Richard Hamilton fuese un abogado famoso. En unas pocas horas, casi había conseguido convencerme para que probase la cecina de ciervo.

Casi.

Si no fuera porque Cam me susurraba al oído «Bambi» cada dos minutos, habría sucumbido. Pero no me podía comer a Bambi, por muy delicioso que me lo pintara el señor Hamilton.

Estábamos en la amplia cocina, sentados en la mesa de roble que tenía el espacio justo para cuatro o cinco personas, bebiendo el café que había hecho la madre de Cam. Me dolía la tripa de tanto reírme con Cam y con su padre. Los dos eran iguales. Con el pelo rizado e incontrolable, los azules ojos brillantes de pura malicia, y el raro talento de jugar con tus propias palabras.

—Mira, papá, de verdad, te estás avergonzando a ti mismo.

Su padre me miró, alzando las cejas igual que Cam.

—¿Parezco avergonzado, Avery?

Apreté los labios y negué con la cabeza.

Cam me miró como diciendo que no le estaba ayudando en absoluto.

—Estás aquí sentado intentando convencernos a mamá, a Avery y a mí de que Bigfoot tiene que existir, porque los simios también existen.

—¡Sí! —gritó el mayor de los Hamilton—. Se llama evolución, hijo. ¿No os enseñan nada en la universidad o qué?

Cam puso los ojos en blanco.

—No, papá, no me están enseñando nada sobre Bigfoot en la facultad.

—La verdad —dije, aclarándome la garganta— es que, en cuanto a primates, está toda esa teoría del eslabón perdido.

—Me gusta esta chica. —El señor Hamilton me guiñó un ojo.

—No me estás ayudando —refunfuñó Cam.

—Todo lo que digo es que una vez que has estado en los bosques, y has oído lo que yo he oído —continuó su padre—, más te vale creer en Bigfoot y en el chupacabras.

—¿En el chupacabras? —Cam se quedó atónito—. Venga ya, papá.

La señora Hamilton sacudió la cabeza con afecto.

—Estos son mis chicos. Estoy muy orgullosa.

Sonreí mientras bebía un trago del delicioso café.

—La verdad es que son especiales.

—¿Especiales? —Resopló mientras se levantaba para alcanzar la taza de café de su marido, ya vacía—. Esa es una manera bonita de decir que están como una cabra.

—¡Eh! —El señor Hamilton la siguió con la mirada—. Escúchala, mujer.

—Sí, y tú escucha cómo mi pie se pone en contacto con tu culo si me vuelves a llamar «mujer». —La señora Hamilton volvió a llenarle la taza y le añadió azúcar—. Y si no te gusta, me demandas.

Cam suspiró y bajó la cabeza, avergonzado.

Yo me tuve que tapar la boca para poder contener la risa.

Su familia era… maravillosa. Eran cariñosos y amables. Nada que ver con la mía. Dudaba de que mi madre supiera utilizar la cafetera o de que se rebajara a servirle café a alguien, aunque fuera a mi padre.

La señora Hamilton colocó la taza enfrente de su marido.

—¿Vais a ir entonces al autocine esta noche?

—Sí —dijo Cam, poniéndose de pie. Cogió nuestro equipaje—. Tendremos que salir pronto para poder conseguir un buen sitio.

—No te olvides de llevar unas cuantas mantas —le contestó ella, sentándose—. Hace bastante frío por las noches.

Aunque la conversación era bastante rara, me sentí reacia a despedirme de su familia. Me levanté y le di las gracias a la madre de Cam por el café.

—No hay problema, cariño. —La señora Hamilton se dirigió a su hijo—. Le he preparado la habitación amarilla, Cameron. Pórtate como un caballero y enséñasela.

Cam puso una cara extraña, pero para cuando llegamos al recibidor ya se le había pasado. Lo seguí por las escaleras.

—Me gustan tus padres. Son muy agradables.

—Están bastante bien. —Pasó la mano por la barandilla de madera—. ¿Tu padre también cree que Bigfoot existe?

Me reí.

—No.

—¿Y el chupacabras?

Me volví a reír y negué con la cabeza.

—Definitivamente, no.

Estábamos en el pasillo de la segunda planta.

—Mis padres tienen la habitación arriba, y la de mi hermana es la primera. —Se detuvo frente a una puerta y la abrió con un golpe de cadera—. Llamamos a esta la habitación amarilla porque es amarilla.

La habitación era amarilla, en efecto, pero era un bonito amarillo pastel, nada chillón. Cam dejó mi bolsa en la cama mientras yo miraba por la ventana, que daba a un jardín lateral. Me giré hacia él, mientras percibía un ligero aroma a vainilla.

—Es muy bonita. Espero no haberle causado mucha molestia a tu madre.

—Seguro que no. —Estiró los brazos, haciendo crujir su espalda—. ¿Estarás lista en unos treinta minutos?

Me senté en la cama.

—Sí.

Cam se dirigió a la puerta, con los brazos todavía en alto. Golpeteó el marco.

—¿Sabes qué?

—¿Qué?

Una sonrisa.

—Mi habitación está al otro lado del pasillo.

El estómago me dio un vuelco.

—Vale.

La sonrisa se hizo más amplia y maliciosa.

—Pensé que querrías saberlo.

—Claro —murmuré.

Se rio mientras salía de la habitación, cerrando la puerta tras él. Un instante después, decidí tumbarme en la cama. Cam estaba al otro lado del pasillo, pero tampoco era menos distancia que en nuestros apartamentos, ¿verdad?

Mentira. Las dos noches siguientes estaría más cerca de mí de lo que jamás había estado.

Una hora y media después, estaba de pie al lado de su camioneta mientras él estaba subido a la parte de atrás, colocando dos almohadas en la plataforma de carga. La había aparcado marcha atrás para que pudiéramos sentarnos y tener más espacio. No éramos los únicos que iban a desafiar a las bajas temperaturas esa noche. Varias camionetas habían aparcado a los lados, haciendo lo mismo con almohadas y mantas. Uno incluso se había traído un colchón inflable.

Cam se acercó y me tendió las manos.

—¿Preparada?

Las tomé y me subió. El inesperado peso le hizo tambalearse hacia atrás y se agarró a mis caderas para sujetarse. Inmediatamente sentí una oleada de calor ascender por mi cuerpo mientras lo miraba.

Las gruesas pestañas de Cam escondían sus ojos mientras flexionaba las manos. Separó los labios y mi cuerpo se puso en tensión, anticipándolo. La noche estrellada parecía el escenario perfecto para un beso. Casi podía sentir sus labios contra los míos.

Me soltó y se giró para coger las dos bolsas que estaban al lado de la pila de mantas. La decepción me invadió mientras se arrodillaba. ¿Por qué no me había besado?

Y ya que estábamos, ¿por qué no me había besado desde nuestra primera cita?

—Ten —me dijo, incorporándose—. Te he traído algo para ayudarte a mantener el calor.

Me tendió una de sus gorras, y percibí el aroma de su champú. Me quedé quieta mientras me la ponía, tomándose su tiempo para remeterme el pelo detrás de las orejas.

—Gracias —le dije.

Cam me sonrió mientras cogía la otra bolsa y se colocaba donde las almohadas. Me senté a su lado, con cuidado. Sacó el cubo de pollo frito y las bebidas que habíamos comprado por el camino.

La película empezó. Era antigua, y debía de ser una especie de costumbre local, porque la gente empezó a gritar en cuanto se vio la primera imagen en la gigantesca pantalla.

—¿*Solo en casa*? —pregunté a Cam.

Se rio.

—Es una tradición de Acción de Gracias por aquí.

Sonreí.

—Hace mucho tiempo que no la veo.

Mientras Kevin McCallister aparecía en pantalla, haciendo muecas a su familia y poniendo morritos, nosotros atacamos el pollo, dejando un rastro de servilletas arrugadas. Para cuando la madre de Kevin se puso a gritar su nombre en el avión, yo ya estaba llena y también segura de que Cam se había comido un pollo entero él solo.

La manta que tenía echada por los hombros hacía un buen trabajo protegiéndome del frío, pero tiritaba de vez en cuando, sobre todo cuando el viento se levantaba.

—¿Por qué no te acercas? —me preguntó Cam, y lo miré, alzando las cejas—. Parece que tienes frío.

Me acerqué un poco, pero al parecer no era suficiente. Me quitó la manta y se echó hacia atrás. Después me colocó entre sus piernas.

Me quedé sin habla.

Cam me volvió a tapar con la manta, remetiéndola por los bordes. Me quedé con la espalda muy recta, mirando a la pantalla, pero la verdad es que no me estaba enterando de nada. Después metió las manos por debajo y me rodeó la cintura. Me echó hacia atrás, de manera que estaba descansando sobre él.

Con los músculos tensos, me obligué a respirar lentamente. Para cuando me hube tranquilizado, sus manos se posaron en mi vientre.

—¿Así mejor? —preguntó, su aliento junto a mi oreja.

No podía hablar, así que asentí.

Una mano subió y se quedó justo debajo de mis pechos, y la otra se posó debajo de mi ombligo, en la cinturilla de los vaqueros. Me parecía que sus manos estaban ardiendo. Inmediatamente, una oleada de calor empezó a propagarse por mi cuerpo.

—Bien —murmuró—. Te prometí que conmigo no ibas a pasar frío.

La verdad era que él tenía mucho que ver con que yo pudiera conservar el calor así.

—Sí.

Bajo mis pechos, empezó a mover el pulgar, trazando pequeños círculos. Unos segundos después, la mano que estaba más abajo empezó a subir y a bajar, un continuo movimiento que causaba que yo cada vez respirara más rápido.

Cuando su mano pasaba por encima de la cremallera de mis pantalones, tiraba de ellos, haciendo que la costura de los vaqueros se me clavara. No tenía ni idea de si él sabía lo que me estaba pasando. Conociendo a Cam, tendría que apostar a que sí. En unos minutos, todos mis nervios estaban concentrados ahí abajo.

Dejé reposar mi cabeza en su pecho y cerré los ojos. La sensación que me producía era alucinante.

—¿Avery?

—¿Sí?

Una pausa.

—¿Estás prestando atención?

—Claro. —Me intenté acomodar.

Cam se rio, y no tuve ninguna duda de que era muy consciente de lo que estaba haciendo.

—Bien. No quiero que te pierdas nada.

Y no me iba a perder ni un solo instante.

Me esperaba otra noche de dormir mal. Di vueltas durante horas después de haber regresado del autocine, mi cuerpo pasando por el mismo proceso que la noche después de nuestra cita. Finalmente, a las dos de la mañana, me di por vencida y me metí la mano en los pantalones. Me parecía un poco sucio estar haciendo esto en casa de otras personas, en otra cama, con Cam a una puerta de distancia.

No me costó mucho aliviarme, y no estaba segura de lo que significaba eso.

Dormí un par de horas antes de levantarme sobre las seis de la mañana. No podía volver a coger el sueño, así que me duché y me vestí antes de encontrar el coraje suficiente para salir de la habitación. Me quedé quieta frente a la puerta de Cam, como una acosadora. Me pregunté qué haría si lo despertara. Si me metiera en su cama…

Me detuve antes de seguir con esa línea de pensamientos. Si lo intentara, probablemente me tropezaría al intentar mostrarme seductora.

Alejándome de su puerta, bajé por las escaleras, esperando no haber despertado a nadie. Me parecía oír un crujido cada vez que bajaba un escalón. Cuando llegué a la entrada, olía a café y me di cuenta de que alguien más tenía que estar despierto.

Me quedé allí, frotándome las manos, dudando entre volver a subir a mi habitación o avisar de mi presencia. Pensé en todas esas veces en las que me había despertado en mitad de la noche, normalmente debido a una pesadilla, y había bajado las escaleras para encontrarme a mi madre tomándose una copa.

Nunca se había mostrado muy contenta de que la interrumpiera.

Lo cierto era que no debería estar merodeando por la casa de otra persona. Me parecía estar rompiendo alguna regla no escrita. Me iba a dar la vuelta y a subir cuando la señora Hamilton se asomó por la puerta de la cocina.

Mierda.

Me saludó con una sonrisa.

—No te he despertado, ¿verdad? Me suelo levantar pronto, pero en Acción de Gracias todavía más. —Agitó un paño de cocina—. Para hacer el relleno.

—No, no me has despertado. —Me asomé a la cocina, fascinada por el hecho de que se levantara tan pronto para cocinar—. ¿Puedo ayudar?

—Siempre hacen falta manos —me contestó, y me hizo un gesto para que me acercara—. Y tengo café recién hecho.

No me podía resistir a la promesa de un café. Entré en la cocina, atónita ante la cantidad de comida que había en la encimera. Un pavo descansaba en una fuente, esperando a que lo rellenaran.

—¿Con azúcar y leche, ¿verdad? —me preguntó.

Sonreí.

—Te has acordado.

—Creo que la clave para que cualquier relación empiece con buen pie es recordar cómo le gusta el café a la otra persona.

—A Cam no le gusta especialmente el café. —En cuanto hube pronunciado esas palabras, me sentí enrojecer.

Su madre fingió que no se daba cuenta.

—No, no le gusta mucho. Prefiere la leche sola.

—Le gusta beber leche junto con la comida china. —Hice un gesto de asco—. Es un poco repugnante.

Se rio mientras me servía un café.

—Lo saca de su padre. Teresa es igual. Hablando de ella, la conocerás en un par de horas.

Se me hizo un nudo en el estómago. Conocer a su hermana me ponía nerviosa.

—¿Has hecho el relleno del pavo antes? —me preguntó su madre, acercándose a la isla central de la cocina.

—No. —Me coloqué al otro lado de la isla y contemplé lo que había, que era pan, cebollas, leche y huevos.

—Normalmente me ayuda mi hija —me contestó, dejando el paño en la encimera—. No es muy difícil, así que me puedes ayudar si quieres, o, si no, hacerme compañía.

—Puedo ayudar. ¿Qué hago?

La sonrisa de la señora Hamilton se hizo más grande.

—Si pudieras empezar con el pan, estaría muy bien. Todo lo que tienes que hacer es trocearlo en este cuenco. —Me señaló un bol azul—. Cuando acabes con el pan, pasamos a lo siguiente.

—Vale. —Me recogí el pelo en una coleta y me remangué para lavarme las manos.

—Es un brazalete muy bonito —me comentó mientras empezaba a picar la cebolla.

—Gracias. —Corté el pan con más fuerza de la necesaria—. Cam me ha dicho que su hermana estaba en un recital de ballet.

—En Pittsburg —asintió, el orgullo empañando su voz—. No estaba abierto al público, era solo por invitación. Richard y yo habríamos podido ir, pero queríamos ver a Cam. Teresa lo entiende. Casi nunca nos perdemos nada de lo que hace.

Terminé con el pan.

—¿Qué es lo siguiente?

—Las cebollas, la mantequilla, la leche y salpimentar. Tienes que mezclarlo todo con las manos.

Esperé a que echara el resto de los ingredientes. Mientras lo hacía, me iba diciendo cuánto había que poner de cada cosa, y después metí las manos en la masa pringosa. Me reí.

—Ay, esto es muy raro.

—Sí, un poco. Por lo menos no te lo estás comiendo.

—¿Crudo?

—Sí, tanto Cameron como Teresa se lo estarían zampando ya.

Hice una mueca mientras lo seguía mezclando todo, de manera que la leche y la mantequilla se repartieran uniformemente. Después de lavarme las manos, seguí cortando pan.

—Yo antes bailaba —admití.

—Cameron me lo comentó.

Me detuve. ¿Cam se lo había contado a sus padres? No sabía qué pensar.

—Lo habría sabido aunque no me hubiera dicho nada —siguió mientras echaba más cebolla en el cuenco—. Te mueves como una bailarina. —Sonrió—. Yo también he bailado y al ver a Teresa, con el paso de los años, terminas reconociéndolo en los demás.

—Es bonito oírlo. Me refiero a que no me siento como si me hubiera quedado algo.

—Pues sí.

Volví a amasar la mezcla y decidí que esa era mi parte favorita. Sí, era un poco rara.

—¿Nunca has preparado el relleno del pavo con tu madre? —me preguntó la madre de Cam.

Era una pregunta inocente, pero me atravesó el pecho. Mi madre y yo no habíamos estado muy unidas antes del incidente, pero después de eso nuestra relación había pasado a ser inexistente.

—No creo que mi madre sepa cocinar —terminé diciendo.

—¿No lo sabes?

Meneé la cabeza.

—Mis padres no son de hacer cenas.

Una pausa.

—Cameron me ha dicho que tus padres viajan mucho.

—Sí, y les gusta estar haciendo sus cosas, ya sabes, sin hija de por medio. —Una risa forzada y me encogí de hombros—. Pero, vamos, a mí me va bien. Esquío fatal y no me gusta demasiado estar en un barco en mitad del océano.

La señora Hamilton se quedó callada mientras añadíamos los últimos ingredientes y yo amasaba. Disfruté de la sensación de la masa en mis dedos.

—¿Y qué harías si estuvieras en tu casa? —me preguntó.

Me encogí de hombros.

—No estaría sola todo el rato. Tienen una asistenta que me hace la cena antes de irse. La verdad es que es muy amable porque se supone que no trabaja los festivos.

—¿Y en Navidades?

—Lo mismo —admití, sorprendiéndome a mí misma. Alcé los ojos y descubrí que me estaba mirando—. No es para tanto.

Mi familia no está muy unida, así que es mejor así. —Después de pronunciarlo, pensé que no había sido la mejor manera de arreglarlo—. Bueno, pues ya está. ¿Qué es lo siguiente?

—Meterlo en el pavo. —Sonrió, pero parecía un poco distraída—. ¿Quieres hacer los honores?

—Claro.

Esperé a que le diera la vuelta, y después invadí todo el espacio personal del pavo. Cuando hube acabado, me fui a lavar las manos en el fregadero mientras ella lo envolvía con papel de plata y lo colocaba en la fuente.

—Gracias por echarme una mano, Avery.

—De nada —le contesté—. Me alegra haber podido ayudar. —Y era cierto—. Ha sido divertido.

La señora Hamilton me sonrió, aunque su mirada era de tristeza.

—Bueno, cariño, siempre serás bienvenida aquí para las fiestas. Nunca hay gente suficiente para ayudar a preparar la comida.

Murmuré un «gracias» y terminé de lavarme las manos. Mientras me giraba, vi que Cam estaba en la puerta de la cocina. No tenía ni idea de cuánto tiempo llevaba allí o de si había oído algo, pero la mirada que vi en su cara me confirmó que había escuchado lo suficiente.

19

Cualquiera que tuviese ojos podía ver que Teresa y Cam estaban muy unidos y que se preocupaban el uno por el otro. Se tocaban las narices mutuamente, provocándose y armando caos allá por donde iban.

Teresa era una versión femenina de Cam, alta y guapísima, con el pelo oscuro y los ojos azules. Tenía el cuerpo de una bailarina disciplinada y rebosaba energía.

Para mi alivio, también era encantadora. Había estado un poco preocupada por si acaso yo no le caía bien, pero me abrazó en cuanto me vio.

A la familia Hamilton le encantaba dar abrazos.

Pasé el rato con ellos en el sótano hasta que Teresa y yo subimos para ayudar a su madre a terminar de preparar la cena, y escapamos en el momento exacto, porque Cam y su padre se habían puesto a hablar de caza, y el tema me incomodaba bastante.

Ver a una madre y su hija trabajar juntas y reírse tuvo un efecto extraño en mí. Eran como criaturas de otro planeta; el tipo de familia que solo veías en las comedias de la televisión. Me daba envidia la relación que tenían, pero al mismo tiempo ya había aceptado que nunca iba a vivir algo parecido con mi madre.

Mientras preparábamos la cena, Teresa estaba pegada a su móvil, mandando mensajes constantemente, y siguió haciéndolo mientras nos sentábamos a la mesa.

—¿A quién escribes? —le preguntó Cam mientras se echaba una segunda ración de batatas.

Teresa sonrió.

—No es asunto tuyo.

—Soy tu hermano, así que sí.

Vaya. Los miré y vi que Cam observaba con suspicacia a su hermana mientras esta seguía escribiendo.

—Mamá, deberías decirle a *tu* hija que es de mala educación usar el teléfono mientras estamos cenando.

La señora Hamilton arqueó las cejas.

—No le está haciendo daño a nadie.

Cam me dio con la rodilla por debajo de la mesa, algo que había estado haciendo cada cinco minutos desde que nos habíamos sentado.

—Le hace daño a mi alma.

Puse los ojos en blanco mientras le devolvía el golpe.

—Qué triste —comentó su hermana mientras dejaba el móvil en su regazo—. Bueno, Avery, cuéntanos cómo acabaste en Virginia Occidental.

—Quería irme a otro sitio —dije, mientras atacaba el puré de patatas—. Mi familia procede de Ohio, así que Virginia Occidental parecía un buen lugar al que ir.

—Si te digo la verdad, yo habría escogido Nueva York o Florida o Maryland o… —Su teléfono vibró y se distrajo como si tuviera déficit de atención. Lo cogió inmediatamente y una gran sonrisa se dibujó en sus labios.

Cam me dio en la rodilla mientras fruncía el ceño. Se levantó para servirse más pavo, pero se giró rápidamente y le arrancó el móvil a su hermana de las manos.

—¡Eh! —le gritó ella—. ¡Devuélvemelo!

Cam se refugió detrás de mí, escondiéndose de su hermana. Hizo una mueca.

—¿Quién es Murphy?

El señor Hamilton meneó la cabeza con un gesto de cansancio.

—¡No es asunto tuyo! ¡Dios! —le replicó Teresa—. Devuélveme el teléfono.

—Te lo daré cuando me digas quién es Murphy. ¿Tu novio?

Ella se sonrojó, y supuse que Cam era un poco sobreprotector. Sostuvo el móvil fuera de su alcance hasta que ella se rindió y se sentó, cruzándose de brazos.

—Mamá.

—Cam, dale el teléfono. —Cuando Cam no obedeció, su madre esbozó una sonrisa—. Ya hemos conocido a Murphy. Es un buen chico.

Cam no parecía muy convencido, y de repente se me ocurrió que había algo más detrás de esto. Miré a Teresa y vi que los ojos se le empezaban a empañar. Volví rápidamente a fijar mi mirada en el plato.

—Es muy majo y me gusta —dijo ella, en voz baja.

Cam se rio con malicia.

—Eso tampoco es…

—No es Jeremy —dijo el señor Hamilton, muy serio—. Dale el teléfono.

Parecía que se iba a quedar con él para siempre y, aunque no había habido ningún tipo de tensión en la casa antes, estaba visto que se había acumulado toda en ese instante. Metí la mano por debajo de la mesa y agarré a Cam de la pierna, lo que le sobresaltó tanto que soltó el teléfono. Lo cogí.

—¡Eh! —Frunció el ceño—. Eso no es justo.

Sonreí mientras le tendía el móvil a su hermana.

—Lo siento.

—Gracias —me dijo Teresa, y algo en su gesto me aseguró que me había ganado su amistad para siempre.

La mirada de Cam prometía venganza, pero se giró hacia su hermana.

—Quiero conocer a ese tal Murphy.

Teresa suspiró.

—Vale. Dime cuándo te viene bien.

Me sorprendí mucho. No había esperado que cediera tan fácilmente a las demandas de su hermano. Los miré y, aunque Cam parecía estar relajándose, había cierta tensión en su mandíbula que antes no existía. Retomamos la conversación, pero parecía que todo tenía un doble sentido.

O puede que fuera mi paranoia.

Después de la cena, Cam y yo estábamos en el salón, recogiendo los platos.

—¿Te pasa algo con tu hermana? —le pregunté.

Cam se rio, pero sus ojos continuaban serios.

—Todo va bien. Vamos a jugar —dijo, cogiéndome de la mano y yendo hacia el sótano—. Seguro que me das una paliza al billar.

—No te sabría decir. —Pero dejé que me guiara.

—El billar se me da como el culo.

Me reí.

—¿Y qué pasa con los platos?

Cam se paró sin avisarme y me choqué contra él. Me agarró de las caderas con las manos mientras posaba su frente en la mía.

—Olvídate de los platos. Ven a jugar conmigo, corazón.

Mierda. Me había convencido con el «corazón».

Ya me había puesto el pijama y metido en la cama cuando llamaron a la puerta de mi habitación. Me incorporé, apoyándome sobre los codos. Mi corazón dio un vuelco cuando vi que era Cam el que abría la puerta.

—Hola —dijo con una sonrisa.

—Hola. —Esa única palabra me salió mitad susurro, mitad graznido.

Su sonrisa se hizo más amplia.

—Quería darte las buenas noches.

Sentí mariposas revoloteando de repente en mi pecho. Me aferré a la colcha.

—Ya me lo has dicho antes.

—Sí. —Entró en la habitación y lo repasé con la mirada. Cam lograba que una simple camiseta gris y unos pantalones de franela le quedaran de muerte—. Pero no te las he dado como me apetecía dártelas.

Ay, madre mía…

Cam cerró la puerta con suavidad. El chasquido del cerrojo hizo que mi corazón se pusiera a latir muy rápidamente, porque él estaba allí, y yo estaba en la cama, y solo llevaba puesta una camiseta de manga larga y unos pantalones cortos. Nada más.

Contuve la respiración mientras lo observaba caminar hacia la cama. Se sentó a mi lado, en contacto con mi pierna. A pesar de la luz tenue, vi cómo le brillaban los ojos mientras recorrían mi cara y luego bajaban a mi pecho. Ante su intensa mirada, mis pezones se endurecieron bajo la camiseta.

Volvió a mirarme a la cara y contuve el aliento. Las mariposas de mi estómago pugnaban por salir.

—Me alegro de que te decidieras a venir conmigo —me dijo con la voz ronca.

Me recorrió un escalofrío.

—Yo también me alegro.

—¿De verdad? —Cam colocó las manos en mis caderas—. ¿Lo admites entonces?

—Sí, algo así.

Se inclinó sobre mí.

—Ojalá pudiera grabarlo con el móvil.

Mi mirada se desvió hacia su boca. La ingeniosa respuesta que tenía preparada se me borró de la mente. Me pasé la lengua por los labios y él separó los suyos. Respiré hondo mientras me obligaba a mirarlo a los ojos.

—Me lo… he pasado muy bien.

—Yo también. —Su mirada se hizo un poco más tierna, pero todavía conservaba el ardor de antes—. ¿Y qué vas a hacer en las vacaciones de invierno?

Sabiendo que había oído la conversación que había mantenido con su madre, no le mentí.

—No lo sé. Había pensado en irme unos cuantos días a Washington. Me apetece ver el Smithsonian y la Explanada Nacional. No he estado nunca.

—Mmm, bueno, puede ser divertido. Puedo ser tu guía turístico.

Sonreí.

—Eso… estaría muy bien.

—Claro que sí —me dijo, su aliento cálido en mi mejilla—. Escoge una fecha.

—¿Ahora?

—Ahora.

—El 2 de enero —dije sin dudar, y me ruboricé—. ¿Lo tienes libre?

—Estoy libre si quieres que lo esté.

Sonreí, ilusionada al máximo.

—¿Sabes qué, Avery?

—¿Qué? —Me pregunté si podía ver a través de la camiseta lo rápido que me palpitaba el corazón.

—¿Te acuerdas cuando dijiste que te lo estabas pasando muy bien? —Cam acercó su boca, de manera que nos separaban escasos centímetros—. Pues ahora te lo vas a pasar mejor.

—Ah, ¿sí?

Rozó la nariz contra la mía.

—Oh, sí.

—¿Me vas a besar otra vez?

Las comisuras de sus labios se curvaron.

—Eso es exactamente lo que voy a hacer.

Una oleada de calor me recorrió las venas mientras mi cuerpo se tensaba de la manera más deliciosa posible. Cerré los ojos mientras sus labios rozaban mi boca una vez, dos veces, como si se estuviera volviendo a acostumbrar a ella. Esa leve caricia me estaba desesperando.

Cam se apoyó en la cama con la mano izquierda y levantó la otra para acariciarme la cara. Me besó las comisuras de los labios antes de cogerme de la nuca. Sus besos viajaron siguiendo el contorno de mi mandíbula, dejando un rastro abrasador hasta mi oreja. Un escalofrío me recorrió la piel, provocando que se riera. Su boca presionó contra la zona sensible debajo del lóbulo, y un gemido salió de mi garganta.

—Buenas noches, Avery.

Y entonces me besó; me besó como había hecho la noche de nuestra cita, antes de irse. Me besó como si se estuviera ahogando y yo fuera aire para respirar. Estaba apoyada solo en los codos, pero la mano que él tenía en mi nuca me sostenía mientras su boca devoraba la mía. Era la única palabra que podía usar para describir cómo me estaba besando Cam.

Me estaba *devorando*.

Separé los labios sin que hubiera que convencerme, y su lengua se deslizó dentro, provocando a la mía mientras su mano se aferraba con más fuerza a mi nuca. Sabía a pasta de dientes y yo me estaba mareando. De lo más profundo de su pecho surgió un gruñido mientras me empujaba, haciendo que nos tumbáramos en la cama.

En el momento en que mi cabeza tocó la almohada, un pequeño brote de pánico me hizo quedarme sin aliento. ¿Adónde iba todo esto? Pensé en que su hermana estaba al otro lado del pasillo y sus padres en el piso de arriba, pero después me volvió a besar con suavidad mientras me acariciaba la mejilla. El pánico desapareció y ya no pude pensar en nada coherente.

Cam estaba sobre mí, y yo quería sentirlo, sentir su peso contra mi cuerpo. Una vez que esa necesidad me quedó clara, me surgieron emociones contradictorias. ¿Era demasiado? ¿O no lo suficiente? Me mordisqueó el labio inferior y se me escapó un gemido.

Decidí que no era suficiente.

En un acto de valentía espoleada por el deseo, metí mis manos por debajo de su camiseta. Cam se sobresaltó cuando mis dedos recorrieron su piel suave y firme. Se quedó quieto un instante y después se apartó. Estuve a punto de preguntarle por qué. Por fin me había atrevido a tocarle, ¿y ahora se iba a ir? Pero ¿qué coño le pasaba?

Cam agarró su camiseta y se la quitó por la cabeza.

Vaya.

Vaya.

Me quedé sin aliento mientras lo contemplaba. El cuerpo de Cam era perfecto, con toda esa piel tersa y suave que le recubría los duros músculos. Quería preguntarle acerca del tatuaje, y si tenía un significado especial para él, pero no me salían palabras.

Apartó la colcha y mi corazón dio un vuelco. En lo primero que pensé fue en lo que había hecho la noche anterior en esa misma cama. Nuestras miradas se encontraron, y ya no pude moverme ni respirar. Trepó hasta colocarse encima de mí, sus brazos rodeándome, de manera que me hacía sentir diminuta… y segura. Apreté las manos contra la piel de su vientre y sus abdominales se contrajeron.

Cam dejó caer su frente para tocar la mía.

—No tienes ni idea del efecto que produces en mí.

No, no lo sabía, pero mientras se dejaba caer contra mí, me empecé a hacer una idea. Lo podía sentir a través de la ropa, contra mi estómago, grueso y duro. Pensé que eso haría que desapareciera mi deseo, pero no fue así. El calor me invadió entre los muslos, el pulso me retumbó por todo el cuerpo. Me acomodé debajo de él, acercándole hacía donde quería que estuviera.

—Joder —gruñó, su cuerpo enorme temblando.

Capturó mis labios en un beso envolvente mientras se colocaba entre mis piernas, ahogando el gemido de placer que había escalado por mi garganta. Sus caderas se movieron al ritmo que le imprimían las mías, y de repente estaba ardiendo. La tela del pijama no me protegía del tacto de su piel contra mi pecho. Sus caderas volvieron a empujar y me tuve que aferrar a él. Su beso se volvió más profundo y urgente mientras deslizaba la mano por mi cuello. Siguió bajando y me rozó el pecho, tan cerca de mi sensible pezón, antes de continuar por mi torso y acabar en mis caderas. Me agarró del muslo y me subió la pierna hacia él. Se hundió todavía más, presionando contra mi sexo de un modo que me volvía loca al mismo tiempo que despertaba en mí otra emoción más oscura. Cuando se volvió a mover, no pude evitar gemir.

—Me gusta ese sonido —dijo, sin parar el ritmo. Volví a gemir, ruborizándome—. Corrección. Me *encanta* ese puto sonido.

Todo tipo de sensaciones se mezclaban en mi piel, aumentando el anhelo que sentía dentro de mí. Era como aquella noche en mi cama, pero mucho más fuerte, mucho más intenso y mucho más real. La mano de Cam había vuelto a subir por mi cuerpo y agarró la mía. Entrelazó sus dedos con mis dedos y después me recorrieron el brazo mientras su lengua seguía ocupada en mi boca.

De repente, se quedó quieto y levantó la cabeza. Abrí los ojos mientras recuperaba la respiración. No entendía por qué me estaba mirando así.

—¿Cam?

Sin decir palabra, levantó mi brazo y lo giró. El corazón me dio un vuelco. No. No. Todo iba a cámara lenta. Sus dedos se movieron y el pulgar pasó sobre la cicatriz que me atravesaba las venas.

La miró.

Seguí su mirada.

La desconfianza me invadió, ahogando todos los demás sentimientos que habían ido surgiendo en mí. Volvió a pasar el pulgar por encima, como si quisiera borrar la cicatriz, y cuando no lo consiguió, se me quedó mirando. No había duda alguna. Él sabía lo que era.

—¿Avery...? —susurró, con el ceño fruncido y la cara muy seria—. Oh, Avery, ¿qué es esto?

La desconfianza abrió paso al pánico, como la marea creciente. La expresión dolorida de su cara se me quedó grabada a fuego y me destrozó por dentro. Esa mirada me... destruyó como nada podía haberlo hecho desde aquella noche de Halloween.

La cicatriz...; nunca había querido que nadie la viese, que presenciase lo débil que había sido yo una vez. Me humillaba por completo.

Me libré de su mano y de su peso. La confusión reinaba en mi cuerpo mientras me bajaba la manga para ocultar la muñeca.

—Avery... —Alargó la mano hacia mí.

—Por favor —dije, en el borde de la cama—. Vete, por favor.

Cam retiró la mano.

—Avery, habla conmigo.

Me negué, con los labios temblando.

Los músculos de su mandíbula se tensaron.

—Avery...

—¡Vete! —Me tropecé al bajar de la cama—. Solo vete.

Cam se quedó congelado, como si fuese a decir algo más, pero se levantó de la cama. Se fue hacia la puerta mientras un temblor recorría todo mi cuerpo. Con la mano en el pomo, se detuvo.

—Avery, ¿podemos hablar...?

—Vete. —Mi voz se quebró—. Por favor.

Sus hombros se pusieron rígidos, pero hizo lo que le pedía. Cam se fue, cerrando la puerta con suavidad tras él.

20

No fui a clase de Astronomía ni el lunes ni el martes. No podía enfrentarme a Cam. No después de haber visto su expresión cuando se dio cuenta de lo que significaba mi cicatriz. No después de tener que fingir que todo iba bien delante de sus padres, antes de que nos fuéramos. Aunque no los conocía mucho, pensaba que eran geniales y odiaba el hecho de tener que despedirme de ellos, sabiendo que muy probablemente no los volvería a ver nunca. No después del interminable viaje de vuelta el viernes por la mañana, o de que Cam me siguiera a mi apartamento e intentara hablar conmigo.

Y definitivamente no después de que viniera el domingo por la mañana a mi casa para desayunar y yo no le abriera la puerta.

Me pasé la mayor parte del fin de semana en la cama, con los ojos irritados de tanto llorar. No me apetecía coger el teléfono. Brit me había mandado varios mensajes. Jacob también.

Cam también.

Cam también había llamado a la puerta de mi apartamento el domingo, el lunes y el martes. Cada vez que se pasaba era como si me dieran un golpe en el estómago.

No podía enfrentarme a él, porque su mirada al descubrirlo había sido tan horrible como la de mi madre.

Habían pasado cinco meses desde aquella fiesta de Halloween cuando decidí que ya no podía aguantar más. La avalancha de correos, mensajes y llamadas amenazantes, incluso por Facebook, había sido mala, pero el acoso en la vida real había sido todavía peor. Por los pasillos, en los baños, en la cafetería y en las clases, la gente no se limitaba a murmurar lo que habían oído que había pasado cuando Blaine y yo nos fuimos a su cuarto. Hablaban sin reparo alguno delante de mí. Me llamaron todas las combinaciones de puta y mentirosa que se les ocurrieron. Los profesores no hicieron nada para detenerlos, el personal administrativo tampoco.

Así que el marco que solía albergar la foto de mi mejor amiga, la misma que se había apresurado a llamarme puta aquel día delante de todo el instituto, me pareció la herramienta perfecta.

Mis padres apenas podían mirarme a la cara antes de que me cortara la muñeca. Pero ¿después? En la habitación del hospital, mi madre había perdido los papeles por completo. Por primera vez en su vida, los había perdido.

Había entrado en tromba en la habitación, mi padre tras ella. Su penetrante mirada bajó de mi cara a los vendajes de mi muñeca.

El pánico se había reflejado en su rostro de proporciones perfectas y pensé que, por fin, iba a abrazarme y a decirme que todo saldría bien, que lo superaríamos juntas.

Pero aquella mirada de dolor había dado paso a la decepción, a la pena y a la ira.

«¿Cómo te atreves a avergonzar así a la familia y a ti misma, Avery? ¿Qué se supone que le voy a decir a la gente cuando se enteren de esto?». Eso fue lo que dijo mi madre y su voz se había quebrado mientras intentaba guardar la compostura en el hospital, pero perdió los estribos. La siguiente vez que abrió la boca, gritó. «Después de todo lo que hemos pasado, ¡ahora vas y haces esto!

¿No nos has hecho sufrir lo suficiente? ¿Qué te pasa, Avery? Por Dios, ¡qué es lo que te pasa!».

Las enfermeras habían obligado a mi madre a salir de la habitación.

Lo raro era que lo que más recordaba de esa noche había sido su mirada de espanto y cómo me había equivocado al creer que estaba preocupada por mí.

Esa misma mirada era la que había visto reflejada en la cara de Cam, y hubiera dado cualquier cosa por ser otra persona, porque sabía que al final se transformaría en otra expresión, en una de decepción, de pena, de ira.

Y no podía soportar que me sucediese eso con él.

Haría cualquier cosa por evitarlo, aunque significara tomar medidas drásticas. En algún momento entre el martes por la noche y el miércoles por la mañana tomé una decisión sobre qué hacer con el estado actual en el que se encontraba mi vida.

Este…, este asunto con Cam había estado predestinado al fracaso desde el principio. ¿Podían ser solo amigos un chico y una chica que se sentían atraídos el uno por el otro? Creía que no. Las cosas se volverían demasiado complicadas. Guiados por esos sentimientos, harían algo al respecto o se mantendrían alejados el uno del otro. Y, por un instante, habíamos intentando hacer algo al respecto. Nos habíamos besado un par de veces. Eso era todo. Y la verdad era que no habría ido más allá de eso.

Ni siquiera estaba segura de que yo hubiera podido hacer mucho más. Bueno, sobre todo mirándolo con perspectiva. Cam se habría cansado de mí más tarde o más temprano y yo me habría quedado con el corazón destrozado. No roto, sino arrasado, porque Cam… era un chico del que te enamorabas. Y no podía dejar que eso ocurriera.

A lo mejor ya es tarde, susurró una vocecilla insidiosa y maligna.

Así que el miércoles por la mañana fui a ver a mi tutor y le puse la excusa de que tenía muchas clases y que no podía con todo.

El último día para darse de baja en una asignatura había sido a finales de octubre, así que me quedaría un suspenso en Astronomía.

Esa nota me iba a bajar muchísimo la media, pero lo cierto era que en las demás asignaturas me iba bastante bien, así que podría pasar de curso.

Tenía que tomar una decisión.

O enfrentarme a Cam y dejar que me rompiera el corazón o conformarme con suspender.

Escogí suspender.

Y mientras salía del despacho de mi tutor, sabía que no es que hubiera elegido una opción. Estaba huyendo. Y, después de todo, ¿acaso no era lo que mejor se me daba? ¿Escapar?

Brit y Jacob intentaron hablar del tema el siguiente fin de semana. Se presentaron en mi apartamento y, si no les hubiera dejado entrar, habrían echado abajo la puerta, o lo que es peor, habrían ido a ver a Cam.

Me dejé caer en el sillón y me quedé mirándolos.

—Chicos, venga...

Brit se cruzó de brazos, con el mentón elevado en señal de terquedad.

—Somos tus amigos y está claro que estás atravesando algún tipo de crisis, así que estamos aquí y no te vas a librar de nosotros tan fácilmente.

—No estoy teniendo ninguna crisis.

¿Y si Cam les había contado lo que había visto? El estómago me dio un vuelco, pero me tranquilicé pensando que él no haría eso. O eso esperaba.

—¿De verdad? —me preguntó Jacob, saliendo de la cocina—. Desde que volviste de las vacaciones de Acción de Gracias, has estado como un zombi, y ni siquiera de esos modernos que comen cerebros. Tienes pinta de haber estado llorando, has estado evitando a Cam y todo lo relacionado con él, y no tienes nada de comer en la nevera.

Alcé las cejas al escuchar la última frase.

—No he estado evitando a Cam.

—Y una mierda —contestó Brit—. Hablé con Cam ayer mismo. Dice que no quieres hablar con él, no le contestas al teléfono ni a la puerta cuando te llama, y tampoco vas a Astronomía.

Un dolor agudo me atravesó el pecho. Estuve a punto de preguntarle si le había llamado ella, pero me di cuenta de que no importaba. Cuanto menos pensara en él, mejor. No pronunciar su nombre ayudaba bastante.

Que mis dos mejores amigos me sometieran al tercer grado, en cambio, no ayudaba nada.

—¿Os habéis peleado? —Jacob se dejó caer en el sofá.

¿Nos habíamos peleado? Lo cierto era que no. Negué con la cabeza.

—De verdad, no es nada, chicos. No nos hemos peleado. Es solo que no me apetece hablar con él.

Brit me dirigió una mirada aburrida.

—Avery, eso es una chorrada y lo sabes.

Levanté las manos con impotencia.

—¿Por qué no has ido a las clases de Astronomía? —me preguntó.

—Me he dado de baja en esa asignatura.

Se quedó boquiabierta.

—¿Has dejado Astronomía? Avery, el último día para abandonarla era… Ay, Dios mío, ¿te van a suspender?

—Tampoco es para tanto.

Brit se me quedó mirando, al igual que Jacob.

—¿Se te ha ido la puta cabeza, Avery?

Hice una mueca de disgusto.

—No.

Brit respiró hondo y miró a Jacob.

—¿Puedes volverte solo a la residencia?

Él frunció el ceño.

—Bueno, sí, tampoco está tan lejos, pero...

—Perfecto —zanjó ella. Se agachó y le dio un beso en la mejilla—. Te veo luego.

Jacob se quedó quieto un instante y después meneó la cabeza con resignación. Me dio un abrazo rápido antes de irse.

—¿Por qué has hecho que se fuera? —le pregunté a Brit.

—Porque tenemos que hablar de mujer a mujer.

Vaya.

Se acercó a mí.

—¿Qué ha pasado entre vosotros dos?

Intenté encontrar una buena excusa para explicar por qué estaba evitando a Cam.

—Es que no creo que empezar una relación con él sea lo correcto.

—Vale. Es tu decisión, ¿y lo de no volver a verlo? ¿Hasta el punto de que no puedes estar en la misma clase que él?

—No podemos ser amigos —dije después de un rato, cansada de esa conversación—. Es lo que es, ¿vale? De verdad que no quiero seguir hablando de esto. No quiero ser maleducada, pero es que no hay nada que contar. No quiero verlo. Punto final.

No quería verlo. Lo cierto era que se trataba solo de una verdad a medias. Estaba demasiado avergonzada como para encontrarme con él, pero lo echaba de menos. Solo había pasado una semana, pero echaba de menos sus comentarios sarcásticos, su ingenio, su encanto y... Detuve el curso de mis pensamientos, negando con la cabeza.

Brit se apartó el pelo de la frente.

—Está bien, pero te voy a preguntar una cosa y quiero que me respondas con la puta verdad, ¿vale?

Abrí los ojos con sorpresa.

—Vale.

—¿Intentó hacerte algo?

—¡Qué! —chillé.

Me sostuvo la mirada.

—¿Te ha hecho daño o algo así?

—Ay, Dios, ¡no! —Me puse de pie y empecé a pasarme las manos por las caderas, nerviosa—. Cam no me hizo nada. Te lo prometo. Él no tiene la culpa. Soy yo. De verdad. Por favor, no pienses que ha hecho nada malo.

Brit asintió con tranquilidad.

—No lo pensaba, pero tenía que preguntarlo. Tenía que saberlo.

Se quedó un poco más en casa, y cambiamos de tema para hablar de la última vez que había quedado con Jimmie, y durante un rato me olvidé de Cam y de todo lo demás.

Cuando se estaba yendo, se detuvo en la puerta y se dio la vuelta.

—Solo por si te lo preguntas, cuando hablé con Cam, estaba muy preocupado por ti. Estaba alterado. Sea lo que sea lo que os ha pasado, espero que lo podáis arreglar, porque…

—¿Por qué?

Frunció los labios y dejó escapar el aire por la nariz.

—Porque creo que le importas de verdad, Avery. Y creo que a ti también te importa él. Sería una puta mierda si no pudieseis arreglarlo o si os dejarais de hablar por alguna tontería.

Con el final del semestre a la vuelta de la esquina, me concentré en los exámenes finales. Dado que iba a suspender Astronomía, necesitaba sacar la máxima nota en todas las demás asignaturas para sentirme mejor conmigo misma después de tomar esa opción tan insensata. Más de una vez quise darme de tortas en esa semana por haber dejado la clase. En los escasos momentos en los que la lógica me gobernaba, me maldecía a mí misma de mil maneras diferentes. Había sido una decisión estúpida, estúpida, y sobre todo a causa de un chico, pero ya no podía hacer nada. Había faltado dos semanas y no había modo de recuperarlas.

Al terminar el último de mis exámenes (Música), caminé hasta la estación de tren, donde había aparcado el coche. Enfrentándome al terrible viento, que parecía empeñado en metérseme en los ojos, saqué mi teléfono. Había un par de mensajes de Cam de la semana anterior, todavía sin leer, y otro del NÚMERO DESCONOCIDO, que al parecer se había cansado de llamarme puta en el buzón de voz y había optado por escribirlo. También ignoré los correos de mi primo, al igual que los mensajes de Cam. Pero estos últimos no los borré. No sé por qué. No podía.

Tenía una llamada perdida de Brit. Quería quedar conmigo antes de irse a casa por Navidad. Ni ella ni Jacob habían vuelto a sacar el tema de Cam, pero planeaba por encima de nosotros cada vez que estábamos juntos. Cuando salí de la universidad, me dirigí al supermercado para tener algo de comer en casa por fin. Me arrastré por los pasillos, sin encontrar nada realmente apetitoso, pero echando igualmente cosas en el carrito de la compra.

De camino a casa, vi a Ollie entrando en la pizzería del otro extremo del centro comercial. Estaba muy cerca de los apartamentos, así que no era sorprendente encontrármelo allí, pero me detuve en mitad del aparcamiento, con el corazón a mil por hora. No miró en mi dirección, probablemente ni siquiera me viera, pero fue verlo y acordarme de esa estúpida tortuga.

Se me formó un nudo en la garganta y me forcé a respirar. Las lágrimas se me agolpaban en los ojos mientras me dirigía de vuelta al coche. Saqué las bolsas del maletero, concentrándome en esa tarea tan banal hasta que la confusión de emociones que estaba sintiendo se disipó un poco.

Mientras subía cargando con las bolsas, sucedió lo inevitable.

Escuché abrirse el piso de Cam y supe que no podía ser Ollie. Mi corazón se detuvo e intenté abrir la puerta y entrar antes de que me viera, aunque no fue posible. Descartando la tonta ocurrencia de abandonar la compra en el rellano, me agaché, intentando coger todas las bolsas a la vez.

—Avery.

Cerré los ojos y me quedé quieta, sujetando las bolsas con mis dedos doloridos en un equilibrio muy precario. La garganta se me cerró cuando lo sentí acercarse. Era como si mi cuerpo lo reconociera de manera inconsciente.

—Deja que te ayude.

Su voz grave me atravesó el pecho, haciendo que me recorriera un escalofrío. Abrí los ojos, pero seguí con la mirada fija en mi apartamento.

—Ya puedo yo.

—Pues no lo parece —contestó—. Los dedos se te están amoratando.

Era cierto.

—Estoy bien. —Empecé a entrar, pero Cam fue más rápido. Se colocó a mi lado y todo lo que vi fue su torso. Gracias a Dios llevaba puesto un jersey. Su mano entró en mi campo de visión y me quitó las bolsas, acariciándome los dedos al hacerlo. Di un respingo, causando que una se cayera—. Mierda.

Me agaché, agarrando el acondicionador de pelo antes de que se fuera rodando por las escaleras. Cam se arrodilló para recoger el resto de las cosas que se habían caído. En sus manos tenía mi champú, mi pasta de dientes y mis tampones. Qué bien. Maldiciendo para mis adentros, me obligué a levantar la vista.

La mandíbula de Cam estaba muy tensa y tuve que apartar la mirada, porque verlo así no me hacía ningún bien.

—Como te rías, te daré un puñetazo en el estómago —le dije, recogiendo el resto de mis compras.

—No osaría reírme. —dijo con un matiz de diversión en la voz.

Me siguió al entrar en casa, pasó por mi lado y colocó las bolsas en la encimera. Yo hice lo mismo, mi corazón latiendo con fuerza por su mera presencia en mi cocina.

—No tenías por qué ayudarme, pero gracias —le dije, con las manos temblorosas mientras sacaba la leche de una de las bolsas. Él todavía estaba allí, en el marco de la puerta—. Ahora mismo tengo que...

—¿De verdad piensas que te vas a librar de mí tan fácilmente, ahora que estoy aquí? —me preguntó.

Metí la leche en la nevera y a continuación empecé a sacar de la bolsa los congelados.

—Tenía la esperanza.

—Ja, ja. Qué divertido. Tenemos que hablar.

Coloqué la comida congelada en una pila y la llevé hasta el congelador.

—No tenemos nada de que hablar.

—Sí que tenemos.

—No, no es cierto. Y estoy ocupada. Como puedes ver, tengo que guardar lo que he comprado y...

—Vale, pues te ayudo. —Cam se acercó a la encimera—. Y hablamos mientras tanto.

—No necesito que me ayudes.

—Ya, bueno, yo creo que sí.

Me di la vuelta bruscamente, dejando la puerta del congelador abierta. El aire frío me helaba la nuca, pero casi no lo sentía gracias a la ira y el pánico causados por tener que enfrentarme a él.

—¿Qué se supone que significa eso?

—No significa lo que tú crees, Avery. Por Dios. —Se mesó el pelo—. Lo único que quiero es hablar contigo. Es todo lo que estoy intentando hacer.

—Pues está claro que yo no quiero hablar contigo. —Me dirigí con furia a la encimera, cogiendo un paquete de hamburguesas. Lo metí en el congelador y cerré la puerta con fuerza. Tanta, que varias cosas repiquetearon dentro de la nevera por el impacto—. Y aun así, aquí sigues.

Cam respiró hondo mientras los músculos de su mandíbula se volvían a tensar.

—Mira, ya veo que estás enfadada conmigo, pero vas a tener que explicarme qué es lo que he hecho que sea tan espantoso como para que no me hables ni me...

—¡No has hecho nada, Cam! Es solo que no quiero hablar contigo. —Me di media vuelta, salí de la cocina y me dirigí a la entrada—. ¿Vale?

—No, no vale. —Me siguió hasta el salón, pero se quedó de pie al lado del sofá—. La gente no se comporta así, Avery. No dejan de hablar a una persona de repente o se esconden de ella. Si hay...

—¿Quieres saber cómo se comporta la gente? —Dolida por la verdad que destapaban sus palabras, desaté toda mi furia—. La gente no llama constantemente a otras personas, acosándolas, cuando está claro que no quieren tener nada que ver con ellos. ¿Está claro?

—¿Acosarte? ¿Eso es lo que crees que he estado haciendo? —Cam se rio, pero fue un sonido amargo—. ¿Estás de coña? ¿Que me preocupe por ti es acosarte?

Abrí la boca para responderle, pero toda la maraña de emociones confusas regresó, dejándome sin aire.

—No debería decir eso. No me estás acosando. Es que... —Perdí el hilo de lo que estaba diciendo, pasándome las manos por el pelo—. No lo sé.

Cam frunció los labios mientras me miraba. Negó con la cabeza.

—Todo esto es por lo que vi, ¿verdad? —Me señaló el brazo, y me puse nerviosa—. Avery, puedes...

—No —dije, escondiendo la mano—. No es por eso. No es por nada. Es solo que no quiero hacer esto.

—¿El qué?

—¡Esto! —Cerré los ojos unos segundos, respirando hondo—. No quiero hacer *esto*.

—¡Por Dios, chica, lo único que estoy intentando hacer es hablar contigo!

Sus palabras me llegaron al corazón, pero negué con la cabeza mientras le sostenía la mirada.

—No hay nada de lo que hablar, Cam.

—Avery, vamos… —Cam se mordió el labio inferior, atrayendo mi atención como si estuvieran balanceando una hamburguesa con queso delante de un universitario hambriento—. Vale, ¿sabes qué? Tampoco me voy a dar latigazos por esto. A la mierda.

Di un respingo de dolor mientras me apartaba para dejarle paso. Me lo merecía totalmente, pero dolía igual. Me había llegado hasta lo más hondo.

Me rozó al pasar a mi lado, dirigiéndose hacia la puerta.

—Mira, me voy a casa para las vacaciones de Navidad. Estaré de aquí para allá, así que si necesitas algo… —Se volvió a reír sin ganas mientras se pasaba los dedos por el pelo—. Ah, es verdad, no necesitas nada.

La deshazón me atravesó el pecho mientras lo observaba abrir la puerta. Cam llegó al rellano antes de darse la vuelta.

—Te vas a quedar aquí todas las vacaciones, ¿verdad? ¿Incluso en Navidad?

Me quedé callada y me crucé de brazos.

Desvió la mirada, apretando la mandíbula.

—Como quieras. Que pases unas felices Navidades, Avery.

Cam se dirigió a su piso y esperaba oír un portazo, pero no fue así, y eso, de alguna manera, hizo que todo fuera mucho peor. Cerré la puerta, con los ojos ya llenos de lágrimas. Esto era lo que tenía que suceder. Seguí repitiéndomelo a medida que me alejaba de la puerta. Brit estaba equivocada. No había nada que arreglar. Era mejor así. Tenía que serlo.

Solo que no me lo creía.

21

Sucedieron dos cosas el día de Navidad. Mi padre me mandó un mensaje para desearme unas «Felices navidads». *Navidads.* Ni siquiera podía escribir la palabra completa. Qué toque tan personal. *Yo también te quiero, papá.*

Y por la tarde empezó a nevar.

No había visto la nieve nunca, ni siquiera en Navidades.

Cediendo a la emoción, me puse la chaqueta y un par de botas y me aventuré fuera de casa. Incluso sabiendo que no estaban en el piso, ni siquiera Ollie, dirigí una mirada a su puerta mientras bajaba las escaleras. Me pregunté quién estaría cuidando de Raphael.

La pena me empezó a invadir el pecho mientras me forzaba a seguir bajando y a salir del soportal del edificio. Varias tiras de lucecitas de colores adornaban las ventanas de algunos pisos. Las luces de los árboles de Navidad se veían a través de las ventanas de otros. Yo no había puesto ninguna decoración especial. No tenía mucho sentido hacerlo, pero sí que me había comprado a mí misma un regalo de Navidad.

Una nueva bandolera, de cuero envejecido. Una mochila nueva para un semestre nuevo.

No sabía dónde estaba yendo, pero de repente me encontré en el descampado que había al lado del último edificio. Los pequeños copos blancos ya estaban cuajando, y empezaba a nevar con más intensidad.

Metiéndome las manos en los bolsillos, eché la cabeza hacia atrás y cerré los ojos. Los copos descendieron sobre mis labios y mis mejillas. Cada pequeño roce era frío y húmedo. Me quedé allí quieta el tiempo suficiente como para que si alguien me hubiese estado mirando, hubiera pensado que había perdido la cabeza, pero no me importaba nada.

Cam no se había vuelto a poner en contacto conmigo desde el día que me ayudó con la compra.

No había esperado que lo hiciera, pero aun así se me formaba un nudo en el pecho cada vez que miraba el teléfono y no había nada de su parte. Qué pensamiento tan retorcido. Le había dicho que no quería hablar con él, así que había dejado de llamarme. Eso era lo que quería, ¿no?

Una humedad diferente cubrió mis mejillas, mezclándose con la nieve, y suspiré. Abrí los ojos, observé cómo caían los copos unos segundos más y me dirigí a casa.

Mientras abría la puerta, miré a la del piso de Cam.

—Feliz Navidad. —susurré.

El día después de Año Nuevo, me cansé de estar encerrada e hice lo que realmente me apetecía hacer. En ese día frío y lluvioso, saqué el Google Maps y conduje hasta la capital de la nación para visitar los museos.

Para cuando encontré un lugar para aparcar, estaba bastante orgullosa de mí misma. Tampoco era que condujera con una familia entera, pero crecer cerca de Houston me había preparado para la locura de las carreteras de ciudad.

Los museos estaban abarrotados de familias, y no sabía si eso era lo normal para un día de vacaciones. Me pasé la mayor parte del tiempo en el Smithsonian, en la zona del Antiguo Egipto. Era verdaderamente asombroso contemplar las piezas de miles de años de antigüedad.

Y las momias también eran bastante alucinantes.

La aficionada a la historia que habitaba en mí estaba muy emocionada al recorrer los amplios pasillos, aunque fuera sola, y cada varios minutos, sin importar las veces que intentara no hacerlo, pensaba en que Cam me había dicho que quería venir conmigo. La verdad es que me lo había dicho justo antes de besarme, así que puede que hubiese accedido a cualquier cosa llegado a ese punto.

Ni siquiera podía engañarme pensando que todavía estaba en su casa, porque, cuando había salido por la mañana, había visto su camioneta color plata en el aparcamiento. Cam había vuelto.

Me detuve enfrente de una exposición de alfarería. Pensar en sus besos no me estaba ayudando. Hacía que todo esto fuera peor todavía. Me di la vuelta, espiando a una parejita adolescente más interesada en besarse que en todas las maravillas de la historia antigua que se desplegaban delante de ellos.

El dolor me atravesó el pecho.

Vale, a lo mejor venir aquí no había sido la mejor de las ideas, pero no me podía quedar en casa.

No cuando era mi cumpleaños.

Los temidos veinte.

Todavía no había sabido nada de mis padres, pero supuse que ya me mandarían un mensaje o algo así. Para cuando me fui de la ciudad, un poco antes de las cuatro de la tarde, todavía no había noticia de ellos.

Sí, dolía un poco, como cuando te pica una medusa.

Me paré en una tienda al lado de mi apartamento y me compré una tarta helada. No es que me gustara mucho el helado, pero la parte crujiente que había en el medio me parecía divina.

Me acurruqué en el sofá con mi tarta y me tragué media temporada de *Sobrenatural* antes de dormirme a una hora indecentemente temprana.

Me desperté sobre las cuatro o cinco de la mañana, sintiendo la cabeza pesada. Me obligué a sentarme con esfuerzo, e hice una mueca ante las punzadas de dolor que sentía en las sienes. Pensando que era de haberme quedado dormida en una mala postura, me levanté.

—Vaya. —Me llevé la mano a la frente mientras la habitación daba vueltas. Sentía calor. ¿Estaba sudando?

Me fui a la habitación para cambiarme de ropa, pero tuve que alterar los planes e irme corriendo al baño.

—Ay, Dios —gemí.

Los calambres se adueñaron de mi estómago y me arrodillé, levantando la tapa. La tarta y todo lo demás que había comido ese día subieron con rapidez y furia. Fue bastante impresionante, sobre todo porque estuve horas así. Tan pronto como parecía que se había tranquilizado, me recostaba contra la bañera, apoyando la cara en la fría superficie. Eso me alivió, pero la calma no duró lo suficiente. Volvieron a darme retortijones y apenas tuve tiempo de alcanzar el váter.

Ya era oficial.

Dios me había maldecido con una gripe virulenta. ¿Cómo la había pillado…? ¿Acaso importaba? La verdad era que no. No me importaba nada mientras yacía en el suelo fresco, muy probablemente con la marca de las baldosas en la mejilla. No tenía ni idea de cuánto tiempo había pasado. Sabía que tendría que ir a la tienda a comprar medicinas. Sí, la tienda era una buena idea. Sopa de pollo. Un antigripal. Un jarabe…

Tropezándome al levantarme, me arrastré hacia el salón. Las paredes se me hacían raras, borrosas y un poco curvadas, como si me estuvieran saludando. Salvando algún que otro obstáculo, encontré mi bolso y las llaves y llegué hasta la puerta. Mientras la estaba abriendo, volví a sentir los retortijones en mi tripa, y no presagiaban nada bueno.

Dejé caer el bolso y las llaves y me di la vuelta. Las paredes bailaban. No tenía buena pinta. Di un par de pasos y mis piernas hicieron algo muy extraño. Dejaron de funcionar. Así. Como si nada. Caí al suelo, pero no las sentía. Me arrastré hacia la cocina, porque todavía me quedaba un poco de sentido común como para no vomitar en la alfombra, y llegué al fregadero. Conseguí alzarme a la fuerza y mi estómago se vació hasta que las lágrimas me corrieron por las mejillas.

Dios, menuda mierda.

Al final, cuando ya parecía que la tormenta había amainado, me deslicé hacia abajo, apoyándome en los armarios bajo el fregadero. Vale. La tienda estaba fuera de mi alcance. Al igual que la cama. No estaba segura de si me tumbé o es que me caí, pero de repente estaba otra vez tendida en el suelo. Por lo menos la cocina era más espaciosa.

Un malestar profundo me invadía los huesos y los músculos. La cabeza me palpitaba tanto que me dolía abrir los ojos o concentrarme en cualquier otra cosa que no fuera en cuánto me dolía. Sentía como si alguien me hubiera introducido un estropajo metálico en la garganta. Mis pensamientos eran lentos, torpes, como si estuvieran intentando abrirse paso entre arenas movedizas. En ese estado, nada tenía sentido. Oí el teléfono en algún sitio, y más tarde, sonó, sonó... y volvió a sonar. Me pregunté si serían mis padres. A lo mejor se habían acordado de que el día anterior había sido mi cumpleaños.

Me debí de haber quedado dormida, porque escuché unos golpes muy, muy lejos. Por un momento pensé que se había abierto la puerta del salón. Llegados a ese punto, me daba igual que fuera un asesino en serie. Habría dado la bienvenida a cualquiera que me librara de esa tortura.

—¿Avery? —Una pausa y, después, un—: Dios mío.

El asesino no solo se sabía mi nombre, sino que además creía en Dios. Precioso.

Unas manos frías me acariciaron la frente.

—Avery, Dios, ¿estás bien?

El asesino tenía la voz de Brit, así que estaba claro que no era un asesino. Me obligué a abrir los ojos un poco. Durante un segundo, su cara se desdibujó. La preocupación se asomó a sus facciones y después su rostro volvió a ser borroso.

—Gripe —logré mascullar—. Tengo la gripe...

—Y por eso huele como si hubieras vomitado por toda la casa.

Hice una mueca.

—Qué asco.

—Sí, todo es un asco.

Oí que algo caía al suelo y las manos frías desaparecieron. La puerta de mi nevera se abrió, y todo ese aire fresco, maravilloso y asombroso me pasó por encima. Estaba en el cielo, en el puñetero cielo.

La puerta se cerró y Brit volvió con un vaso de agua en la mano.

—Necesitas beber agua. Vamos, deja que te ayude a sentarte.

Farfullando de manera incoherente, coloqué las manos en el suelo, pero mis brazos no tenían fuerza. Brit me rodeó con uno de los suyos y consiguió que me apoyara contra un armario de la cocina. Una botella de agua apareció frente a mis labios.

—No. —Intenté apartarla, pero no podía levantar los brazos—. Vas... a coger... la gripe.

—Me he vacunado, así que no creo. Bébete el agua, Avery. Bebe. —Me la volvió a acercar a la boca, y el agua fluyó, abrasándome la garganta—. Duele un poco, ¿verdad? Si te la bebes, voy a la tienda y te compro un par de cosas, ¿vale? Creo que tienes fiebre. —Me puso la mano en la frente—. Sí, tienes fiebre.

Creo que me bebí el agua y que después me volví a quedar tirada en el suelo. Todo se desdibujaba. Brit me estaba hablando y juraría que le contesté algo. Ni idea de lo que le estaba diciendo. En un momento dado, me volvió a dejar en el suelo y después la volví a oír otra vez en el salón, hablando en voz baja. El dolor de cabeza no me dejaba abrir los ojos.

Unos brazos se deslizaron por debajo de mí y por un instante sentí que flotaba. Después me acomodé, sintiendo que descansaba contra algo sólido y acogedor. Gemí, girando la cabeza para poder recostarme mejor contra ello. Era un aroma familiar y tranquilizador que me llamaba y me apaciguaba hasta que estuve acostada en un sitio muchísimo más cómodo que el suelo y con algo frío y húmedo en la frente.

Dormí a ratos, despertándome de vez en cuando para darme cuenta de que no estaba sola. Alguien estaba sentado en la cama a mi lado, llevándome una compresa fría a las mejillas. Murmuré algo antes de volverme a dormir. No estoy segura de cuánto tiempo estuve así, pero al final pude abrir los ojos, y fue como si hubiera salido de un coma. La luz que se filtraba a través de mi persiana era demasiado brillante y la cabeza me seguía palpitando, pero menos que antes.

Abrí la boca para llamar a alguien, pero inmediatamente me puse a toser.

Unos pasos se oyeron desde el salón y de repente Brit estaba en la puerta de mi dormitorio, con un vaso de agua en una mano y una taza en la otra.

—¡Estás viva! Gracias a Dios, estaba empezando a pensar que te había matado sin querer al meterte las medicinas en la boca.

Me la quedé mirando, sin entender nada.

—¿Me has dado algo?

—Sí. —Se acercó y se sentó en la cama—. Ya te he dado dos sobres y ahora te tienes que tomar otro. Bébete todo el vaso de agua. Y después haces lo mismo con esto, que es parte del tratamiento. Mi madre, que por cierto es enfermera, ha dicho que dado que tu fiebre alcanzó su pico ayer por la noche, ya deberías estar bien. Bueno, que deberías estar mejor.

—¿Ayer por la noche? —Me tapé la boca con la mano y volví a toser, mientras me alcanzaba el vaso de agua. Tuvimos que esperar a que se me pasara—. ¿Qué... hora es?

Brit estaba sentada en el borde de la cama, sujetando la taza que humeaba. Podía percibir el aroma a limón.

—¿La hora? Cariño, que me preguntaras el día sería más apropiado. Es sábado.

Casi me ahogo con el agua.

—¿He estado... inconsciente... un día entero?

—Día y medio —me contestó, compasiva—. Te mandé mensajes y te llamé, pero no contestaste y entonces me preocupé. Por eso vine a ver qué ocurría. Estabas bastante mal. Mi madre dijo que probablemente era por la deshidratación.

Lo empecé a asimilar mientras me acababa el agua, dejaba el vaso en la mesilla de noche y cogía la taza de sus manos. Me dio otro ataque de tos y fue un milagro que no se me cayera todo por encima.

—¿Te has... quedado aquí todo el tiempo?

—Bueno, no todo. Me han ayudado.

—Gracias —le dije—. De verdad, muchas gracias. Todavía estaría... tirada en el suelo si no fuera... por Jacob y por ti.

Hizo un gesto de negación con la cabeza.

De repente, caí en la cuenta. Miré lo que llevaba puesto. Una camiseta de manga larga. Todavía tenía el sujetador y unos pantalones de pijama y (oh, Dios mío) no llevaba el brazalete. Alcé la cabeza demasiado rápido, haciendo que el dolor se expandiera por todo mi rostro. El brazalete estaba en la mesilla de noche.

—¿Tú me...?

—Sí y no —me dijo, recogiéndose el pelo en una pequeña coleta—. Te ayudé a ponerte los pantalones.

—Entonces, ¿quién...? —Se me encogió el estómago y creí que tendría que correr al baño de nuevo—. Ay, Dios mío...

Brit hizo una mueca.

—No me odies, Avery, pero no tenía ni idea de qué hacer. No te podía levantar del suelo. Para ser tan bajita, pesas un montón, y eso que yo soy más fuerte que Jacob. Cam vive al otro lado del rellano y me pareció la solución más rápida.

Ay, Dios mío, me encontraba tan mal que ni siquiera podía asimilar lo que me estaba contando. Si Brit no me había quitado el jersey empapado de sudor, había tenido que ser Cam, lo que significaba que era él quien había colocado mi brazalete en la mesilla.

Cerré los ojos.

—¿Tienes ganas de vomitar otra vez?

—No —contesté con la voz ronca—. Así que... ¿Así que Cam ha estado aquí?

—Te metió en la cama y se quedó contigo mientras yo iba a la farmacia —me respondió, cruzando las piernas—. Cuando volví, ya te había cambiado la camiseta y me juró que no había visto nada de nada..., pero yo sí que lo vi a él, y bien. Solo llevaba los pantalones. Todo el tiempo. Incluso cuando tuve que abrir todas las ventanas de la casa para airearla por la peste.

La peste. Cam se había metido de lleno en mi peste.

—Ha sido el enfermero ideal. Te pasó una gasa húmeda por la cara para bajar la fiebre. —Brit suspiró, fantasiosa—. Incluso se quedó contigo mientras yo limpiaba todo esto.

—Gracias —dije otra vez, terminándome lo que quedaba en la taza—. De verdad, muchísimas gracias. Te debo una.

—Pues sí. —Me sonrió—. Y también se la debes a Cam.

Me volví a recostar en la cama, cerrando los ojos.

—Seguro que tuviste que suplicarle para que se acercara.

—No —me contestó, dándome golpecitos en la pierna hasta que consiguió que la mirara—. No tuve que decírselo dos veces. Dejó todo lo que estaba haciendo y vino inmediatamente a ayudarte.

22

La enfermedad se negaba a abandonarme, pero se transformó en un repugnante resfriado que intenté tratar con la ayuda de todas las medicinas que pude conseguir. Para el primer día del nuevo semestre todavía tosía bastante, pero me sentía lo suficientemente bien como para ir a clase.

Antes de bajar por las escaleras, decidí tener un par de ovarios y me dirigí al apartamento de Cam. Necesitaba darle las gracias cara a cara y no mediante un mensaje de texto. Con el corazón latiéndome como si ya hubiera bajado y vuelto a subir las escaleras, llamé a su puerta.

Oí pasos al otro lado de la puerta antes de que se abriera, dejando ver a Ollie en toda su desaliñada gloria. Me dedicó una sonrisa adormilada.

—Hola, Avery. Vaya, qué bien verte ya entre el mundo de los vivos.

—Gracias. —Sentí que mis mejillas se ruborizaban—. ¿Se ha levantado ya Cam?

—Sí, deja que mire. Un momento. —Dejó la puerta entornada mientras se metía en la casa. Unos segundos después, aunque a mí me pareció una eternidad, volvió, un poco más compuesto—. La verdad es que, eh…, ya se ha ido a clase.

—Ah. —Sonreí para ocultar mi decepción—. Bueno, pues ya… nos vemos.

—Sí. —Ollie asintió mientras se pasaba la mano por el pelo—. Eh, Avery, espero que ya te encuentres mejor.

—Sí, ya estoy mejor. Gracias.

Le hice un pequeño gesto de despedida, me reajusté la correa de mi nueva bandolera y después saqué los guantes mientras bajaba por las escaleras y salía a la fría y luminosa mañana. Me detuve unos cuantos metros antes de donde estaba mi coche, con el corazón a mil por hora.

Allí estaba la camioneta de Cam.

No se había ido a clase. Estaba en su apartamento. La verdad era tan gélida como el tiempo que hacía: Ollie había ido a decírselo, y Cam no había querido verme.

Las siguientes semanas vi bastante a Cam por la universidad. Parecía que nuestros horarios coincidían a menudo y, cada vez que lo veía, estaba con Jase, o, como el día anterior, con Steph.

Cada vez que lo veía con ella, se me revolvía un poco el estómago. No tenía ningún derecho a sentirme así, y era consciente de ello, pero eso no me impedía querer darle una patada de kárate a Stephanie y que desapareciera.

Sin embargo, eso no era lo peor de verlo por ahí. La mayoría de las veces él también me veía, pero, si nuestros ojos se encontraban, él siempre dirigía su mirada a otra parte. Era como si no hubiésemos sido amigos esos cinco meses o como si no hubiésemos compartido ningún momento íntimo. Era como si no nos conociéramos.

Me recordó a cómo habían sido las cosas con mis amigos en el instituto, después de la fiesta de Halloween. Entonces también fue como si el tiempo que habíamos pasado juntos se hubiese borrado.

Ese viernes surgió una oportunidad. Cam estaba solo, cruzando la calle para dirigirse al pabellón, con la cabeza gacha y las manos metidas en los bolsillos de la sudadera.

—¡Cam! —Grité su nombre tan de repente que me causó un ataque de tos bastante patético, recuerdo del resfriado del que todavía no me había conseguido librar.

Se detuvo, alzando la cabeza. Varios mechones de pelo se escapaban por debajo del gorro de lana que llevaba puesto.

Me apresuré a subir lo que quedaba de la cuesta, aunque me dolían el pecho y las piernas. Me paré delante de él, sin aliento.

—Lo siento —grazné, mientras respiraba hondo—. Necesito un momento.

Frunció el ceño.

—Tienes una voz espantosa.

—Sí, es como si fuera la peste negra, y todavía no se me ha quitado. —Me aclaré la garganta, obligándome a mirarlo a los ojos. Por un instante, mientras observaba su cristalina mirada, me olvidé de la razón por la que le había hecho detenerse.

Algo se reflejó en su rostro y apartó los ojos, tensando la mandíbula.

—Tengo que irme a clase, así que…

¿Cam tenía prisa por llegar a clase? El apocalipsis estaba a punto de llegar. Luché contra el instinto de irme en ese mismo momento, porque era bastante obvio que él no tenía ningún interés en mantener esa conversación, pero me quedé allí. Se lo debía.

—Solo quería darte las gracias por ayudar a Brit cuando estuve enferma.

Frunció los labios mientras concentraba la mirada en algo que estaba detrás de mí.

—Tampoco fue para tanto.

—Para mí sí lo fue —dije en voz baja, deseando que me mirara—. Así que gracias.

Cam asintió brevemente y después respiró hondo. Sus ojos alternaban entre mirar al horizonte y mirarme a mí. Tenía los hombros tensos.

—No hay de qué.

—Bueno… —Me quedé callada porque no podía pronunciar nada de lo que se me venía a la mente. Como que sentía haber sido tan zorra. Y que ojalá no hubiese visto la cicatriz.

—Tengo que irme —me dijo al final, yéndose para la entrada lateral del edificio, donde varios estudiantes estaban fumando—. Nos vemos.

—Lo siento —se me escapó sin poder evitarlo, con el corazón a mil por hora.

Cam se dio la vuelta y entrecerró los ojos como si estuviese esperando algo más, pero después meneó la cabeza.

—Yo también.

No lo volví a llamar para que se detuviera.

Aunque las lágrimas sin derramar me abrasaban la garganta, conseguí llegar de algún modo a la clase de Inglés 102, que estaba en el mismo edificio al que se estaba dirigiendo él. La mañana se esfumó sin que me diera cuenta y, cuando me encontré con Jacob y Brit en la cafetería para comer, apenas pude prestar atención a su conversación mientras mordisqueaba un bocadillo. Parecía que ya estaban acostumbrados, porque ninguno dijo nada al respecto.

Mientras Brit y yo íbamos a clase de Economía, le relaté mi encuentro con Cam.

—No quería hablar conmigo.

—No creo que sea eso, Avery.

—Oh, sí. Tenía prisa por alejarse de mí. De hecho me dijo que no podía llegar tarde a clase, y ¡venga ya! A Cam nunca le ha importado ser puntual.

Brit se quitó la capucha mientras nos acercábamos al pabellón de Estudios Sociales.

—¿Puedo decirte las cosas como son?

—Sí.

Juntó las manos enfundadas en guantes.

—Sabes que te aprecio, ¿verdad? Así que te lo voy a dejar claro. Has estado evitando a Cam desde Acción de Gracias, y lo que hemos pensado todos, desde él hasta el niño Jesús, es que eso es exactamente lo que tú querías. Que desapareciera.

Abrí la boca para responder, pero no pude decir nada. Eso era lo que yo había querido.

—Así que ha desaparecido. Y no le puedes culpar por eso. El pobre chico solo va a aguantar hasta cierto punto, ¿sabes? —Frunció los labios—. Y, después de haberlo ignorado tanto tiempo, tampoco puedes esperar que se emocione mucho porque le vuelvas a hablar.

—Ya lo sé —admití—. Es solo que…

—¿Te acabas de dar cuenta de que has metido la pata y ahora estás preocupada por si acaso es demasiado tarde?

¿Era eso? No estaba segura, pero esperaba que no, porque si por lo menos pudiera seguir ajena a todo, sería un poco menos deprimente.

—Dale tiempo —me aconsejó, pasándome el brazo por los hombros—. Si no cambia de opinión, entonces que le den.

—Que le den —repetí, pero sin convicción.

Brit me dio un abrazo de todos modos.

—Esa es mi chica.

El viernes por la noche me quedé mirando el trabajo de Economía, convencida de que estaba escrito en un lenguaje extraño diseñado para confundir a la gente. Me estaba resultando muy difícil concentrarme por varias razones. A menudo me encontraba a mí misma mirando a la tele, sin observar realmente lo que estaban poniendo, mis pensamientos yendo en todas direcciones, pero la mayoría de ellas tenían que ver con Cam.

Me estaba hartando de mí misma.

El teléfono empezó a sonar de repente en las profundidades de mi bolso. Lo saqué e hice una mueca de disgusto al ver quién me llamaba. Mi primo. La verdad era que me sorprendía un poco que me llamara después del montón de correos suyos que había ignorado.

Pero precisamente el hecho de que me estuviera llamando fue el motivo por el que tuve que resignarme y responder.

—Hola —dije, desganada.

Un momento de silencio y después:

—¿Has contestado al teléfono?

—¿Y por qué no iba a hacerlo? —Sí, eso me sonaba ridículo incluso a mí—. ¿Qué pasa, David?

—¿Has leído alguno de los correos que te he mandado? —La arrogancia que normalmente se percibía en su voz había desaparecido. Asombroso.

—Ah, sí que leí uno o dos, pero he estado ocupada, con la universidad y todo eso. —Me puse de pie y empujé el bolso para que quedara debajo de la mesa—. Bueno…

El suspiro de David fue muy audible.

—¿No sabes nada? ¿Tus padres no se han puesto en contacto contigo?

Resoplé.

—Pues no. Se olvidaron de mi cumpleaños.

—Lo siento —me contestó, y su bochorno era evidente—. Creía que te habrían contado lo que ha sucedido por aquí. Es algo que tiene que ver contigo.

Me fui a la cocina y fruncí el ceño mientras sacaba un refresco de la nevera.

—¿Cómo que tiene que ver conmigo?

Se produjo un silencio, antes de que estallara la madre de todas las bombas.

—Es por Blaine Fitzgerald. Lo han arrestado.

La lata se me escurrió de entre los dedos y se cayó al suelo. Rodó hasta quedarse debajo de la mesa de la cocina. Me quedé de pie, mirando a la nevera.

—¿Qué?

—Lo han arrestado, Avery. Por eso he estado intentando ponerme en contacto contigo. Pensé…, no sé, pensé que te gustaría saberlo.

Las piernas me fallaron, así que me giré para apoyarme en la encimera. La habitación empezó a dar vueltas, como si volviera a estar enferma.

—Avery, ¿sigues ahí?

—Sí —dije, tragando saliva—. ¿Qué ha ocurrido?

—Todo empezó a principios de verano, pero no se supo nada hasta mitad de agosto, que fue cuando lo arrestaron. Estaban dando una fiesta. Por lo que he oído, también había gente más joven —me explicó, y cerré los ojos—. Estaba una chica con la que fuiste al instituto. Creo que le sacabas un año. Molly Simmons.

Recordé haber visto su nombre en uno de los correos y haber pensado que era por algo totalmente diferente.

—¿Qué…? ¿Qué le hizo Blaine?

David no me contestó de inmediato.

—Ha sido acusado de agresión sexual y otros delitos. El juicio se celebrará en junio, pero han pagado la fianza y está esperando en su casa. No tiene muy buena pinta. Hay muchas pruebas en su contra. La única razón por la que sé todo esto es porque su padre vino a hablar con el mío para que fuera su abogado defensor. Mi padre rechazó el caso. Quería que lo supieras.

No sabía qué responder a eso. ¿Gracias por no defender a un gilipollas en el juicio? No tenía ni idea de qué decir en general. Me había quedado atónita. Siempre me había preguntado si Blaine le había hecho a alguien más lo que me había hecho a mí, y si mi silencio facilitaría que lo volviera a cometer. Había esperado que no, había rezado para que ese no fuera el caso.

—La chica que… violó se puso en contacto con tu familia.

No sabía qué era lo que me asombraba más: el hecho de que esta chica hubiera hablado con mis padres o que David hubiera dicho que la habían violado.

—¿Qué? ¿Por qué? Yo no he dicho nada. He mantenido…

—Ya lo sé, Avery. Ya sé que no has dicho nada, pero fue al mismo instituto que fuiste tú. Oyó los rumores que circulaban acerca de ti, y bueno, sumó dos y dos. Fue a hablar con tus padres y estoy seguro de que te imaginas lo bien que le fue.

Necesitaba sentarme antes de que me cayera.

—Cuando ellos se negaron a hablar con ella, acudió a mí. —David hizo una pausa—. No le conté nada, Avery. No es algo que me corresponda a mí contar, pero creo que ha estado intentando ponerse en contacto contigo. No sé cómo habrá conseguido tus datos de contacto.

—Creo que no se ha puesto en contacto conmigo. —Me dejé caer en el sofá. Aunque era cierto que yo borraba todos los correos de las personas que no conocía—. ¿La chica está… bien? Quiero decir, ¿parecía estar bien?

David se aclaró la garganta.

—¿La verdad? No.

Me froté el ceño y dejé escapar un suspiro.

—Por supuesto que no. Qué pregunta tan estúpida.

—Deberías mirar tu…, eh…, correo electrónico. Parecía necesitar hablar contigo, y todo esto sucedió en agosto.

—No le puedo decir nada. Si lo hago y sale a la luz, la familia de Blaine nos demandará y nos podría costar millones. —La bilis me subió por la garganta—. Es parte de la cláusula de confidencialidad.

—Ya lo sé —replicó David—. Pero como ya te he dicho, pensé que querrías saber lo que estaba pasando.

Estaba tan saturada de información que no podía escoger qué pregunta hacerle a continuación.

—¿Y la acusación? ¿Crees que van a seguir adelante? ¿Va a ir a la cárcel?

—Por lo que mi padre ha visto, los cargos contra él se sostienen. Va a ir a la cárcel, Avery, y bastantes años.

Me quedé boquiabierta. El alivio me invadió, tan potente, tan poderoso, que fue como si me hubiesen quitado un peso enorme de encima. Ni en mis fantasías más locas me habría imaginado esto. Blaine no iba a ir a la cárcel por lo que me había hecho a mí, pero se iba a hacer justicia. Por fin. Lo único era que me sentía fatal porque hubiera tenido que sucederle lo mismo a otra chica, a una chica que probablemente había tenido que enfrentarse a muchas críticas por decirlo en voz alta, pero que igualmente lo había hecho. Una parte del alivio que sentía se transformó en vergüenza y en un sentimiento de culpa. ¿Qué habría pasado si le hubiese dicho a mis padres que no? ¿Qué habría pasado si hubiera seguido adelante con mi versión? A lo mejor Molly no habría tenido que pasar por eso. Y solo Dios sabía cuántas otras chicas habían estado en nuestro lugar, chicas de las que nunca sabríamos nada. Se me revolvió el estómago ante la idea.

—En cualquier caso —David retomó la conversación—, solo quería que lo supieras.

—Gracias —le dije de corazón—. Siento no haber respondido antes. Pensé que… Bueno, no importa.

—Ya sé lo que creías. Tampoco te he dado nunca un motivo para que pensaras otra cosa. —Dejó de hablar durante un instante, y me quedé sorprendida por lo que acababa de oír—. Mira, quería decirte que lo siento.

—¿Qué?

—Todos estos años, bueno, nunca supe en realidad qué era lo que había ocurrido, pero debería haber hecho algo —me dijo—. Lo siento. Siento que tuvieras que pasar por aquello.

La emoción me atenazó la garganta. Acababa de pasar algo increíble. No solo David acababa de salir de mi lista de personas a las que odiaba, sino que esas dos palabras, algo tan sencillo, eran como un faro brillando en la oscuridad de la noche. Me temblaban los dedos al sujetar el teléfono. Cerré los ojos, pero se me escapó una lágrima.

—Gracias —susurré, con la voz rota—. Gracias.

23

Pasé la mayor parte del sábado en estado de shock, tanto que, cuando quedé con Jacob y Brit para tomarnos un café y estudiar, ni siquiera pude recordar de qué habíamos hablado, y, después de cenar macarrones con queso en casa, me di cuenta de que me había dejado el bolso en el coche, con el móvil dentro.

Bastante distraída y un poco perezosa, ni siquiera me molesté en ponerme unos zapatos antes de abrir la puerta y salir al rellano. Me quedé paralizada cuando vi que Ollie subía las escaleras con una caja de cervezas en la mano.

—¡Eh! —Sonrió—. ¿Qué estás haciendo aquí… en calcetines?

—Ah, pues iba al coche a coger mi bolso. —Cambié de postura—. ¿Tanta sed tienes?

Ollie se rio.

—Bueno, siempre tengo sed, pero estas no son solo para mí. Esta noche hay una pelea de lucha libre y tenemos unos cuantos invitados.

—Parece divertido.

—Sí… —Miró hacia su puerta y cogió las cervezas con la otra mano—. ¿Por qué no te vienes?

El corazón se me aceleró.

—Ah, no sé. A lo mejor otro día…

—Venga, que la pelea más importante todavía no ha comenzado, así que no te has perdido nada.

Dudé.

—No sé…

Ollie puso cara suplicante y estaba tan ridículo que me reí.

—A Cam le hará ilusión verte.

—Ya, lo cierto es que no creo…

—Bueno, pues parece que tenemos un plan —me interrumpió—. No te lo pienses. Vente. Solo un rato, ¿vale? A lo mejor podemos sacar a Raphael a dar un paseo.

Me volví a reír, pensando en Ollie y esa pobre tortuga mientras echaba un vistazo a la puerta de su apartamento. ¿Por qué no podía pasarme un momento? Era algo bastante normal y Ollie vivía allí. Podía invitarme. Y, si era honesta conmigo misma, quería ver a Cam.

Lo…, lo echaba de menos.

Respiré hondo y asentí.

—Vale. Solo un rato.

—¡Genial! —Ollie enlazó su brazo libre con el mío, y antes de que pudiera cambiar de opinión me llevó por el pasillo.

—¡Espera! Que no tengo los zapatos puestos.

—¿Qué más da? —Me dedicó una sonrisilla tonta mientras caminábamos la escasa distancia entre nuestras casas—. Los zapatos están sobrevalorados.

El corazón me latió con fuerza cuando Ollie abrió la puerta. Me vi inundada por los sonidos del combate y las risas, y por un momento me sentí un poco abrumada. Todo el mundo estaba concentrado viendo la televisión. Ollie me soltó el brazo y metió la cerveza en la nevera. Cogió dos vasos de chupito de la encimera. ¿Qué diablos estaba yo haciendo allí?

—José Tequila te da la bienvenida. —Me ofreció uno de los vasitos.

Mi mano temblaba ligeramente al cogerlo. La voz de mi cabeza me aconsejaba no beberlo, pero, maldita sea, ya estaba cansada de escucharla. Era la misma que me había hecho decirle a Cam que se alejara de mí. La misma voz que me había convencido de permitir que Blaine me llevara a esa habitación. La voz que no había hecho nada excepto joderme la vida. Me bebí el chupito de un trago y los ojos se me llenaron de lágrimas en cuanto el líquido me abrasó la garganta.

—Joder —masculló, parpadeando con fuerza.

Ollie se rio mientras me cambiaba el tequila por una cerveza, y después me cogió del brazo y me llevó hasta el salón.

—¡Mirad a quién me he encontrado! —gritó.

Algunas cabezas se giraron en nuestra dirección y agarré la botella de cerveza con fuerza. Y no me fijé en nadie que no fuera él y, desde el momento en que posé mis ojos en Cam, supe que esta había sido una muy mala idea.

Parecía que habían pasado meses desde la última vez que lo había visto.

Cam estaba sentado en el sofá, con una gorra puesta del revés. Estaba inclinado hacia delante, gritando a la tele y a los dos hombres que se estaban dando una paliza en ella. Llevaba una sudadera granate sin abrochar, dejando entrever una camiseta blanca debajo de ella. A su lado, en el sofá, estaba Steph.

Le di un trago medicinal a la cerveza.

Estaba impecable, como siempre. La melena castaña y brillante. La camiseta negra de cuello vuelto se ajustaba a su pecho. Debió de decirle algo, porque Cam finalmente me miró y fue como si me hubiesen pegado un puñetazo.

La sorpresa atravesó su atractivo rostro y sus ojos se fijaron en lo que yo llevaba en la mano. Frunció el ceño y después, nuestras miradas se encontraron. Mi corazón se paralizó. Me dio la impresión de que todo el mundo había dejado de hablar y me estaba observando en silencio, pero lo cierto fue que solo pasaron unos segundos y probablemente nadie se dio cuenta de nada.

Me dedicó una medio sonrisa.

—Hola.

—Hola —le contesté, como una boba.

Me siguió mirando unos instantes más y después volvió los ojos hacia la pantalla, con los hombros tensos. No quería que yo estuviera allí. Se veía claramente; además, Steph estaba a su lado.

Empecé a caminar hacia la puerta, pero Ollie estaba detrás de mí y lo siguiente que pasó fue que de alguna manera consiguió que me sentara frente a la televisión. Dos hombres en mallas y con el torso desnudo se estaban dando puñetazos.

Vaya.

Nerviosa, me terminé la cerveza antes de lo que probablemente habría debido. Las carcajadas roncas de Steph anidaron en mi estómago y empezaron a desgarrarme por dentro. En cuestión de minutos, se sentó en el regazo de Cam, aferrando su bíceps con una mano. Se inclinó hacia él y le susurró al oído. Cam negó con la cabeza, y frunció los labios de la manera más adorable posible. ¿Qué le habría dicho?

Alguien (¿a lo mejor Ollie?) me sirvió otro chupito de tequila que me vino muy bien para calentarme por dentro y para borrar las huellas de Steph.

—Me gustan tus calcetines.

Alcé la mirada y vi a uno de los amigos de Cam. No sabía su nombre ni me sonaba su cara, pero tenía una bonita sonrisa. Estiré las piernas y moví los dedos de los pies, enseñando mis calcetines a rayas.

—Gracias.

Se tocó el pelo castaño y corto y dejó la mano en la nuca.

—¿Así que te gusta ver la lucha libre?

Miré a la pantalla. Acababan de lanzar de vuelta al combate a un gladiador.

—Esta es la primera vez que veo una pelea.

—Parece que no te vas a aficionar a ellas.

Abrí la boca y me sorprendí al oír que me estaba riendo.

—Sí, no sé si será algo que siga viendo.

—Vaya, qué pena —contestó el chico, con una ligera sonrisa—. Cam nos reúne todos los meses y que tú siguieras viniendo sería un incentivo más.

No le respondí y seguí mirando la televisión, pasándome la mano por la rodilla. Los chupitos y la cerveza me estaban relajando y mis pensamientos estaban dispersos. El chico me preguntó si quería otra bebida y me di cuenta de que me había acabado la cerveza.

—Claro. —La sonrisa que cruzó mi rostro era demasiado amplia y alegre.

Volvió con una cerveza fría y se sentó en uno de los brazos de mi sillón. Vi que Cam nos miraba y entrecerraba los ojos.

—Aquí tienes.

—Gracias. —Bebí un trago. Ya estaba en ese punto en el que podía ignorar el sabor amargo que se me quedaba en la garganta. Mis ojos se encontraron con los de Cam por un instante y me obligué a mí misma a mirar hacia otra parte. Terminé hablando con el chico que estaba a mi lado—. Perdona. No sé cómo te llamas.

Me dio un golpecito en el hombro.

—Creo que no nos hemos visto antes. Soy Henry.

—Avery —dije.

Repitió mi nombre mientras sonreía.

—Me gusta. Es original.

—Como mis calcetines.

Henry se rio mientras miraba a la pantalla.

—Sí, como tus calcetines. ¿Vas a la universidad, Avery?

Asentí.

—¿Tú no?

—No. Terminé hace un par de años. Conozco a Cam de…, bueno, de esto que hacemos. —Le dio un trago a la cerveza mientras yo intentaba descifrar a qué se refería. Me miró, frunciendo el ceño—. ¿Tienes la edad legal para estar bebiendo?

Me reí.

—No.

—Me daba que no. Pareces muy joven.

—No soy tan joven. Acabo de cumplir los veinte.

—Gracias a Dios, así no sería ilegal… —me dijo, meneando la cabeza mientras alzaba las cejas—. Pero no le contaré a nadie lo de la cerveza que tienes en la mano.

Ladeé la cabeza e intenté adivinar su edad.

—¿Cuántos años tienes?

Me miró.

—Los suficientes como para saber lo que me hago.

Antes de que pudiera pedirle que me lo explicara, Cam lo llamó.

—Oye, Henry, ven aquí un momento.

Henry se levantó de mi sillón y sorteó a un par de chicos para llegar allí. Steph le hizo sitio y se cruzó de brazos mientras Cam le hacía señas a Henry para que se inclinara hacia él. No había modo alguno de oír lo que Cam le estaba diciendo, pero Henry se dio la vuelta y se dirigió hacia donde estaba Jase, apoyado en la pared.

Tenía curiosidad por saber qué era lo que estaba pasando, y sentí la necesidad de ponerme a investigar. Abrí la boca, porque por qué cojones no iba a hacerlo, pero Steph se había vuelto a agarrar al brazo de Cam y me distraje. Él le estaba susurrando algo al oído. Steph quitó la mano rápidamente y me lanzó una mirada que decía «zorra» claramente. Francamente, fue una verdadera obra de arte y sentí un poco de envidia ante su habilidad.

Miré a Henry, y él me devolvió la mirada. Me guiñó un ojo y sonreí como respuesta, sintiéndome eufórica. La piel me empezó a hormiguear y me di la vuelta hacia donde Cam estaba sentado. Me estaba observando, y empecé a sonreírle también, pero entonces le lanzó una mirada a Henry.

Cam masculló algo y Steph se puso de pie para ir al baño, abriendo la puerta de manera brusca. Entonces fue Cam quien se levantó y se acercó a mí, y mi euforia se disparó. Se me dibujó una sonrisa amplia y estúpida en la cara. Había pasado demasiado tiempo desde que habíamos hablado y lo echaba de menos. Muchísimo.

Cam era... especial... para mí, y quería volver atrás en el tiempo, al día de Acción de Gracias, y no haberme comportado así. Quería no haber abandonado la clase de Astronomía y deseaba no haberlo evitado todo este tiempo. Quería no ser la chica que hacía cosas tan estúpidas como esas. Quería que Cam me sonriera como hacía antes.

Bueno, lo cierto es que en ese instante no estaba sonriendo.

—¿Puedes venir un momento?

Habría ido a cualquier parte con él.

Me puse en pie y me tambaleé un poco, parecía que la habitación estaba girando.

—Uy.

Apretó la mandíbula mientras me sujetaba del brazo.

—¿Puedes andar?

—Sí. Pues claro. —Di un paso y me tropecé con Cam. Me reí ante el escepticismo que mostraba su cara—. Estoy bien.

Cam le lanzó a Ollie una mirada furibunda mientras me llevaba hasta la cocina, en la que la luz era demasiado brillante, y me apoyaba contra la encimera. Se quedó bloqueando la puerta, con los brazos cruzados.

—¿Qué estás haciendo, Avery? —me preguntó en voz baja.

Le enseñé la botella.

—Beber. ¿Qué estás haciendo tú?

Entrecerró sus ojos azules y gélidos.

—No es eso lo que te estoy preguntando y lo sabes. ¿Qué estás haciendo?

Mierda. Vaya carácter. Intenté dirigirle a Cam la misma mirada de desdén que Steph había bordado, aunque lo que conseguí fue que pareciera que me estaba dando un ataque. Suspiré y me di por vencida.

—No estoy haciendo nada, Cam.

—Ah, ¿no? —Alzó las cejas—. Estás borracha.

—¡No lo estoy!

Me dirigió una mirada neutra.

—Esas suelen ser las últimas palabras de un borracho antes de caerse al suelo.

—Eso no ha ocurrido... todavía.

Cam meneó la cabeza con resignación y después me cogió del brazo, llevándome otra vez al salón. Pensé que iba a hacer que me sentara a su lado o algo así, como si estuviera castigada, pero abrió la puerta y me llevó hasta el rellano.

—Vaya... —No era lo que me había esperado.

—Tienes que irte a casa, Avery. —Me soltó el brazo y me señaló mi propia puerta, como si yo no supiera dónde vivía.

Me quedé boquiabierta mientras me agarraba con fuerza a la botella.

—¿Me lo estás diciendo en serio?

—Sí. Jodidamente en serio. Estás borracha y esta mierda no va a suceder mientras yo pueda evitarlo.

—Pero ¿qué mierda? —Di un paso hacia atrás, atónita—. Lo siento. Ollie me invitó...

—Sí, y le voy a dar una patada en el culo por eso. —La mandíbula tensa, se pasó una mano por el pelo—. Vete a casa, Avery. Ya hablaré contigo más tarde.

Me picaba la garganta. Un millón de ideas se me pasaron por la cabeza mientras lo miraba.

—Estás cabreado conmigo...

—No estoy cabreado contigo, Avery.

Pues eso era exactamente lo que parecía. Cambié la postura.

—No me quiero ir a casa. No hay nadie allí y… —Dejé de hablar a medida que el picor de mi garganta aumentaba.

Cam respiró hondo y cerró los ojos.

—Voy para allá más tarde y hablamos, ¿vale? Pero vete a casa. Por favor, vete a casa.

24

Abrí la boca para responder, pero no había nada que pudiese decir. Cam me había echado de su casa. Me estaba pidiendo que me fuera a la mía. No podía respirar y los ojos me picaban por las lágrimas que estaban a punto de caer.

—Vale —murmuré.

—Avery...

—Está bien.

Me di la vuelta y me tambaleé hacia mi piso. Escuché cómo se cerraba su puerta antes de que pudiera abrir la mía. Apoyé la frente en ella y cerré los ojos con fuerza, pero se me escapó una lágrima, rodando por mi mejilla enrojecida. Cam me había echado, y mi piso estaba vacío. Yo me sentía vacía. Todo estaba vacío. Solamente estaría yo, con mi estúpida botella de cerveza.

Vale. A lo mejor sí que estaba un poco borracha.

Me alejé de la puerta, sin saber exactamente adónde iba, pero no podía irme a casa sin más. Gracias a Dios, pude bajar los cinco pisos de escaleras y salir a la calle sin romperme el cuello.

El frío de la acera se filtró a través de mis calcetines, dejándome los pies insensibles mientras iba andando, dándole otro trago a la cerveza. Vi un sitio para aparcar que no estaba ocupado y me senté en el bordillo. Eché la cabeza hacia atrás y me quedé mirando el cielo tachonado de estrellas. Y, ahí estaba la Corona Boreal.

Seguía sin parecer una puñetera corona.

O a lo mejor ni siquiera era la Corona Boreal. ¿Cómo coño iba yo a saberlo?

Aunque… las estrellas eran bonitas, y tan lejanas, y tan borrosas. Las lágrimas se me agolparon en los ojos y en la garganta. Dejé caer los brazos entre mis piernas, sujetando la botella entre los dedos.

Ya era oficial. Me había convertido en la Señorita Gilipollas. La había jodido pero bien con Cam, todo lo que era y todo lo que podría haber sido. Porque podríamos haber llegado a ser algo, si yo no hubiera sido una puñetera estúpida. Y lo peor de todo era que me había cargado nuestra amistad, y él había sido un amigo fantástico. No hacía tanto tiempo que lo conocía, pero ya se había convertido en el mejor amigo que había tenido nunca. En serio.

Me enjugué las lágrimas con la camiseta y bebí otro trago. Una brisa helada me azotaba, echándome el pelo hacia la cara mientras yo bajaba la cabeza. Aunque no sentía mucho el frío, lo que probablemente significaba que estaba bastante borracha.

Qué poco aguantaba el alcohol.

¿Y por qué estaba sentada en plena calle? No tenía ni idea, pero era mejor que estar en mi casa completamente sola. Y sí, también estaba sola aquí, pero no me sentía igual. Estaba casi segura de que había visto una ardilla en ese árbol, así que eso contaba, ¿no?

Me reí, y el viento pareció arrastrar el sonido y arrojarlo contra las ramas de los árboles, que repiquetearon.

Alcé la botella para darle otro trago y me di cuenta de que estaba vacía.

—Me cago en…

De todos modos, me quedé allí, con la mirada perdida en el aparcamiento. No sé cuánto tiempo pasó, pero, cuando miré hacia arriba otra vez, ya no pude ver las estrellas porque las tapaban unas nubes oscuras y densas, y no sentía la cara. Me pregunté qué estaría haciendo Molly en ese momento. ¿Pensaría que era diferente a mí porque había hecho lo correcto? ¿Se sentiría mejor o peor?

—¡Avery!

Me sobresalté al escuchar mi nombre y dejé caer la botella vacía. Chocó contra el asfalto y rodó hasta quedarse debajo del coche de alguien. Vaya.

Cam se dirigió a grandes pasos hacia mí, el viento agitándole el pelo. ¿Qué le había pasado a su gorra? Me gustaba su gorra. Su mirada me revolvió por dentro.

—¿Qué coño estás haciendo aquí fuera?

—Estoy… mirando las estrellas.

—¿Qué? —Se detuvo a mi lado y se arrodilló—. Avery, estamos a bajo cero. Te vas a volver a poner mala.

Me encogí de hombros y miré hacia otro lado.

—¿Qué estás haciendo tú aquí?

—Te estaba buscando, tonta.

Giré la cabeza en su dirección y entrecerré los ojos. Puede que hiciera frío, pero el alcohol me calentaba por dentro y alimentó mi enfado.

—¿Perdona? Tú también estás aquí, tonto, así que también debes de ser un tonto.

Apretó los labios como si estuviera intentando no sonreír.

—Te dije que iría más tarde a hablar contigo. He ido a tu casa. He llamado, pero no has contestado. La puerta estaba abierta, así que he entrado.

—¿Has entrado en mi casa? Qué maleducado.

No pareció importarle mucho.

—Sí, y he visto que estabas aquí desde tu ventana.

Me estaba costando un poco más de lo normal asimilar lo que estaba pasando.

—¿Se ha acabado la lucha libre?

Estaba sentado a mi lado y nuestros hombros se rozaban.

—No. Acaba de empezar la pelea principal.

—Te lo estás perdiendo.

Cam no me respondió. Se pasó la mano por el pelo, haciendo que se quedara de punta.

—Dios, Avery…

Me giré hacia él, y la cerveza se me revolvió en el estómago.

Los músculos de su mandíbula se tensaron mientras se concentraba en los coches que yo había estado mirando antes.

—El verte esta noche me ha pillado por sorpresa.

—¿Por Steph? —se me escapó, y culpé al alcohol.

—¿Qué? —Me miró con extrañeza—. No. La ha invitado Jase.

—Pues parecía que estaba allí por ti.

Se encogió de hombros.

—A lo mejor tienes razón, pero no me importa. —Se giró hacia mí, con la cabeza ladeada y las manos en las rodillas—. Avery, no he estado con Stephanie desde que te conocí. No he estado con *nadie* desde que te conocí.

El corazón me dio un vuelco.

—De acuerdo.

—¿De acuerdo? —Hizo un gesto con la cabeza—. Ves, es que no lo entiendes. Es que no entiendes en absoluto, joder. Me has estado evitando desde Acción de Gracias. Has dejado la clase de Astronomía y sé que ha sido por mi culpa, y, cada vez que he intentado hablar contigo, has huido de mí.

—No quisiste hablar conmigo el día que te di las gracias por haberme ayudado —le señalé.

—Vaya, y me pregunto por qué. A lo mejor porque dejaste bastante claro que no querías tener nada que ver conmigo. Y de repente te presentas hoy, de buenas a primeras, ¿y encima te emborrachas? No lo entiendes.

Me pasé la lengua por los labios, fríos y secos. Todo lo que estaba diciendo era verdad.

—Lo siento. Estoy un poco borracha, es verdad, y lo siento, porque tienes razón y… estoy desvariando.

Me miró un instante y después se le escapó una risa brusca.

—Vale, es obvio que no es el mejor momento para tener esta conversación. Mira, no quería portarme como un gilipollas echándote de mi casa, pero…

—Está bien. Estoy acostumbrada a que la gente no me quiera en sus fiestas. —Me levanté. Las estrellas parecieron bailar un poco—. No es para tanto.

Cam se puso en pie, contemplándome.

—No es que no quisiera que estuvieras allí, Avery.

—Vaya…, ¿de veras? —Me reí, pero me salió un sonido ronco—. Me pediste que me fuera.

—Yo…

—Mejor dicho… —Alcé la mano y no podía distinguir muy bien mis dedos—. Me *ordenaste* que me fuera.

—Sí. Fue una estupidez, pero es que era la primera vez que estabas en mi casa, y vas y empiezas a beber, y… —Respiró hondo y exhaló lentamente—. Henry te estaba haciendo caso y tú te estabas riendo…

—¡No estoy interesada en él!

—Pues no era lo que parecía, Avery. Estabas bebiendo y no quería que hicieras algo de lo que después te pudieras arrepentir —me dijo—. La mayor parte del tiempo no sé lo que se te pasa por la cabeza y sigo sin tener ni idea de qué pretendías con lo de esta noche, pero *nunca* te he visto beber y no sabía qué era lo que ibas a hacer. No quería que nadie se aprovechara de ti.

—Pues llegas un poco tarde —solté sin pensar, y después me llevé las manos a la boca. Ay, Dios mío, nunca jamás iba a volver a beber. Nunca.

Empezó a levantar las manos y se detuvo. Se quedó mirándome, su rostro reflejando que acababa de comprender algo espantoso.

—¿Qué?

Había cometido un terrible error…, un error enorme. El instinto de supervivencia me decía que solo podía atacar o escapar, y, por supuesto, escogí esta última opción. Empecé a caminar.

—Ni de coña. —Cam se colocó delante de mí, con las manos en mis hombros—. ¿Qué acabas de decir?

Necesitaba controlar los daños.

—No sé lo que he dicho, ¿vale? Estoy borracha, Cam. Así que, ¿quién coño va a entender lo que digo? No siquiera yo me entiendo. La verdad es que no sé qué cojones estoy haciendo aquí fuera.

—Mierda. —Sus ojos eran azul medianoche mientras estaban fijos en los míos—. Avery… —Una expresión de dolor cruzó su cara mientras me hundía los dedos en los hombros—. ¿Qué es lo que no me estás contando? ¿Qué es lo que *no* me has dicho?

Se me cerró la garganta.

—¡Nada! Te lo juro. Te lo prometo. Solo estoy diciendo tonterías, ¿vale? Así que deja de mirarme como si me pasara algo.

—No te estoy mirando así, corazón. —Frunció el ceño mientras observaba mi rostro.

Quería saber lo que se le estaba pasando por la mente, porque estaba convencida de que me estaba mintiendo. Había tenido un lapsus, y ahora me encontraba desesperada por fingir que no pasaba nada. Podía mentirle y contarle que una vez me había emborrachado mucho y había hecho cosas de las que ahora me sentía avergonzada. Parecía bastante creíble, pero estaba visto que no controlaba lo que salía de mi boca.

Entonces Cam hizo una cosa que provocó que se me borrara todo de la cabeza.

Me atrajo hacia él y me rodeó con los brazos. Me quedé congelada unos instantes y terminé abrazándolo yo también. Cerré los ojos y posé mi cabeza en su pecho.

Respiré su aroma, empapándome de él.

—Te he echado de menos.

Me pasó la mano por la espalda y se sumergió en mi melena azotada por el viento.

—Te he echado de menos, corazón. —Se echó hacía atrás y me levantó unos cuantos centímetros del suelo, y después me volvió a bajar. Se rio mientras me acariciaba las mejillas—. Estás tan fría como un cubito de hielo.

—Tengo calor. —Y era verdad. Tenía la piel insensible, pero había notado su abrazo y sus manos recorriéndome. Alcé los ojos y nuestras miradas se encontraron—. Tienes unos ojos muy bonitos, ¿lo sabías?

—Creo que es el tequila el que está hablando —me contestó, con una sonrisa—. Venga, vamos dentro antes de que te congeles.

Cam dio un paso hacia atrás y apartó sus manos de mis hombros. Mi equilibrio era un poco precario y, cuando me cogió de la mano y enlazó sus dedos con los míos, me salió del alma una sonrisa amplia y estúpida. Era como si no me hubiese pedido que me fuera de su apartamento y yo no hubiera estado fuera, en la calle, a saber cuánto tiempo, como una fracasada.

Puede que fuese el efecto del tequila y de la cerveza, pero quería dar saltitos por la calle, como una loca.

Por suerte no intenté hacerlo, puesto que las escaleras ya fueron un desafío suficiente. Estoy convencida de que la altura de los escalones iba cambiando a cada paso. De vuelta en mi piso, que en contraste me parecía caluroso, Cam cerró la puerta tras él. Todavía sujetaba mi mano con fuerza mientras se daba la vuelta para mirarme. No dijo nada, pero la expectación se abrió paso en mi interior.

—Te estás perdiendo la pelea —volví a decir.

—Pues sí. —Me llevó hacia el sofá y nos sentamos, uno al lado del otro. Solo entonces me soltó la mano—. ¿Cómo estás?

—Bien. —Me pasé las palmas húmedas por los vaqueros—. Tus amigos se estarán preguntando dónde estás.

Cam se arrellanó y pasó la mano por el respaldo del sofá.

—No me importa.

—Ah, ¿no?

—No.

Me incliné hacia delante y lo miré por el rabillo del ojo. Parecía estar esperando algo. Sin poderme estar quieta, me levanté y me tropecé con la mesita. Me habría ido al suelo si Cam no me hubiese cogido del brazo.

—A lo mejor deberías quedarte sentada, Avery.

—Estoy bien. —Me libré de su mano y rodeé la mesa con cuidado, por si acaso decidía moverse en ese mismo instante. La energía nerviosa que proporcionaba el alcohol me estaba recorriendo el cuerpo. Sentía calor y empecé a dar tirones al jersey que llevaba puesto—. Bueno…, ¿y qué quieres hacer? Puedo poner la televisión o alguna película, pero no tengo ninguna. Supongo que puedo pedir…

—Avery, siéntate un poco.

En vez de hacerle caso, recogí un cojín que se había caído al suelo y lo coloqué en el sofá. Me resultaba difícil estar recta, así que me dejé caer en el sillón.

—¿No crees que hace un poco de calor aquí?

Sus ojos brillaron de diversión.

—Pero ¿cuánto has bebido?

—Bueno… —Tuve que hacer memoria—. No mucho. Unos dos o tres chupitos de tequila… ¿y unas dos cervezas o así? Creo.

—Vaya. —Cam se inclinó hacia mí, con una sonrisa en los labios—. ¿Cuándo fue la última vez que bebiste antes de esto?

—La noche de Halloween —se me escapó.

Se extrañó.

—No te vi beber en Halloween.

—No fue este Halloween. —Me levanté, bajándome las mangas del jersey, y mis dedos acariciaron el brazalete—. Fue… el de hace cinco años.

—Vaya. Hace mucho tiempo. —Él también se levantó—. ¿Tienes agua?

—En la cocina —le contesté, pasándome la lengua por los labios.

Se fue y volvió a aparecer rápidamente, tendiéndome una botella.

—Deberías beberte esto.

La cogí, pero no tenía sed.

—Entonces, ¿qué edad tenías? ¿Catorce? ¿Quince? —Se sentó en el sofá.

—Catorce —susurré, con la mirada fija en sus manos, que había dejado descansar entre las rodillas.

—Muy joven como para andar bebiendo.

La frente se me empezó a perlar de sudor. Dejé la botella en el suelo y cogí una goma del pelo de la mesita, recogiéndome la melena en un moño descuidado.

—Sí, claro, como que tú no bebías cuando tenías catorce.

Una sonrisilla.

—Una o dos cervezas sí que cayeron, pero pensaba que tus padres eran muy estrictos con esas cosas.

Di un resoplido mientras me dejaba caer en el sillón.

—No quiero hablar de ellos, ni de beber, ni de Halloween.

—Vale.

Tenía tanto calor que me empecé a quitar el jersey. Se me quedó enganchado en la cabeza un momento pero por fin conseguí librarme de él. Mientras me apartaba de la cara los mechones de pelo que se me habían soltado del moño, miré a Cam. Por la manera en la que me estaba observando, cualquiera diría que no llevaba una camiseta debajo del jersey, pero era algo más que todo eso.

Me puse en pie otra vez mientras deseaba no tener esa conversación, porque Cam me estaba contemplando como si viera más allá de lo que le estaba mostrando. Pensé en sus ojos cuando descubrió la cicatriz de mi muñeca y también en la cara que había puesto en la calle, unos minutos antes.

Era la misma mirada.

Como si estuviera resolviendo un rompecabezas y mis piezas empezaran a encajar. A través del caos de mis pensamientos, pensé en Teresa por alguna razón y en cómo se había comportado cuando había descubierto que se veía con un chico. Se había comportado como un guardaespaldas más que como un hermano mayor. ¿Acaso ella…?

Meneé la cabeza y lo aparté de mi mente, porque lo único en lo que podía pensar era el hecho de que nadie había estado ahí para protegerme.

Pero no quería que me mirara así. No necesitaba que me cuidara, que se preocupara por lo que estaba haciendo o por lo que me podría suceder. Necesitaba que…

Me mirara como lo había hecho la primera noche que me besó, y cuando estábamos en la cama, en la casa de sus padres. Quería que me mirara así.

—¿Qué estás haciendo?

Me había detenido entre la cocina y el recibidor. Me estaba agarrando la camiseta con las manos y percibía un interés diferente en su mirada, una cautela ansiosa. El corazón me latía muy rápido y los pensamientos se me amontonaban. Me gustaba Cam, muchísimo. Incluso aunque no tuviera sentido y estuviera condenado al fracaso. Ya tenía el corazón roto, igualmente. Y lo había echado de menos y él me había echado de menos a mí, y estaba aquí cuando podía haberse quedado con sus amigos o con Steph.

Hubo una parte de mí que dejó de pensar. La otra me aconsejó que hiciera lo que se esperaba de mí, lo que alguien como Cam quería y necesitaba, porque, si no, ¿para qué estaba aquí? Porque no íbamos a hablar, y yo quería ser la chica de antes.

Me quité la camiseta antes de pararme a pensarlo. Fue extraño porque no me resultó nada difícil. El aire frío me acarició la piel, haciendo que se me erizara. Lo peor fue alzar la mirada oí a Cam coger aire.

—*Avery.*

El corazón me latía a mil por hora y me retumbaba por todo el cuerpo. La sangre se me arremolinó en la cara, pero igualmente alcé la vista.

Me estaba mirando, el recelo que se mostraba en el contorno de su mandíbula tensa se veía eclipsado por el hecho de que su pecho se alzaba como si estuviera respirando tan rápido como lo estaba haciendo yo.

Un poco mareada, me apoyé en la pared, dejando que los brazos cayeran a mis lados. Cam se quedó de pie a cierta distancia de mí, aunque no lo había visto levantarse del sofá. No es solo que me estuviera mirando. Oh, no, era mucho, mucho más que eso. Sentía como si me devorara, como me había sentido cuando me había besado, como si estuviera grabando cada detalle en su memoria. El calor me bajó por la garganta, me atravesó el pecho y llegó hasta el borde de mi sujetador negro de encaje. Entreabrió los labios y yo me mordí los míos. Cuando subió la mirada con esfuerzo, el estómago se me llenó de mariposas. Había fuego en sus ojos, oscureciendo su matiz azulado.

Sentí una punzada de inseguridad en el pecho, bajo esa deliciosa tensión, y se me secó la garganta. No era eso lo que quería sentir. Solo ansiaba el calor y la sensación de quedarme sin aliento.

—¿Cam?

Negó con la cabeza, los puños apretados.

—No lo hagas.

—¿Que no haga qué? —le pregunté.

Cerró los ojos.

—Esto. No hagas esto, corazón.

—¿Acaso no es lo que quieres? —Tragué saliva.

Los ojos de Cam se abrieron de repente.

—No es lo que esperaba, Avery.

Mi confianza en mí misma se tambaleó como un árbol en una tormenta y terminó desmoronándose. Cogí aire, pero se me quedó atrapado en la garganta.

—No me deseas.

Cam se plantó delante de mí en un instante, tan rápido que ni siquiera lo había visto moverse. Tenía las manos apoyadas en la pared, a mis lados, con la cara a escasa distancia de la mía. La tensión le manaba del cuerpo en oleadas. Me quedé sin aliento y totalmente quieta.

—Joder, Avery. ¿Crees que no te deseo? —dijo en voz baja, casi como un gruñido—. No hay una sola parte de ti que *no* desee, ¿lo entiendes? Quiero estar encima de ti y *dentro* de ti. Te deseo contra la pared, en el sofá, en tu cama, en *mi* cama, y en cada puñetero lugar que se me pase por la mente, y confía en mí, tengo una imaginación muy vívida en lo que se refiere a estas cosas. Ni se te ocurra dudar de que te desee. Pero no es de esto de lo que se trata.

Abrí mucho los ojos, sorprendida, mientras la confusión me recorría por entero, haciendo que mis pensamientos se embrollaran todavía más, algo que en ese momento parecía imposible.

Se inclinó hacia mí, tocando mi frente con la suya. El roce hizo que mi corazón se disparara.

—Pero así no. Así no. Estás borracha, Avery, y cuando estemos juntos, porque lo *estaremos*, quiero que seas muy consciente de todo lo que hagamos.

Me costó un poco, pero al final lo que estaba diciendo atravesó la niebla de alcohol y desconcierto, y todo tuvo sentido.

Cerré los ojos y apoyé la cabeza en él, notando su piel contra la mía.

—Eres un buen hombre, Cam.

—No, no lo soy. —Dejó escapar el aire y su aliento me resultó cálido—. Solo soy bueno contigo.

25

Lo que Cam había estado esperando sucedió después de que me quitara la camiseta y le enseñara el sujetador. Había hecho que me sentara y me había puesto una manta por los hombros para taparme. Estábamos viendo una película espantosa de ciencia ficción cuando todo el alcohol que me había tomado decidió que ya no quería seguir dentro de mí.

Quitándome la manta de encima, me derrumbé sobre el regazo de Cam.

—Ay, Dios…

—¿Qué? Vas a vomitar. —Cam se levantó.

Me apresuré a ir al baño y cerrar la puerta tras de mí. Me arrodillé, levanté la tapa y empecé a vomitar. Todo mi cuerpo me acompañaba en las arcadas. Las lágrimas se deslizaban por mi rostro mientras temblaba. Me parecía horrible estar así después de haber pasado la gripe.

Con todo el ruido que estaba haciendo, no oí a Cam entrar en el baño, pero ahí estaba, de rodillas, junto a mí. Me acariciaba la espalda con la mano, un roce continuo y relajante mientras me recogía con la otra el pelo que se me había escapado del moño para que no se me manchara. Se quedó conmigo, murmurándome cosas que no entendía pero que me hacían sentir mejor, incluso cuando ya solo me quedaba bilis por echar.

Cuando todo hubo acabado, me ayudó a apoyarme contra la bañera mientras cogía una toalla y la empapaba de agua. Se arrodilló, pasándomela por la cara, al igual que había hecho la noche de Halloween y cuando había estado enferma.

—¿Te encuentras mejor? —me preguntó.

—Un poco —susurré, mientras cerraba los ojos ante la intensidad de la luz—. Ay, Dios, qué vergüenza.

Se rio.

—No es nada, corazón.

—Por eso te has quedado, ¿verdad? —me quejé, sintiéndome como una idiota—. Sabías que me iba a encontrar mal, y sin embargo ahí estaba yo, quitándome la ropa.

—Calla —me dijo, poniéndome el pelo detrás de las orejas—. Aunque haya sido muy bonito verte vomitar hasta el desayuno, no ha sido la razón por la que me he quedado aquí, y lo sabes.

Cerré los ojos otra vez, sintiéndome flotar.

—Es porque me deseas, pero no cuando estoy borracha y vomitando, ¿no?

Cam estalló en carcajadas.

—Sí, tienes razón, es algo así.

—Solo era para asegurarme de que estábamos hablando de lo mismo —murmuré. Me di cuenta de que todavía estaba en vaqueros y sujetador, pero la verdad es que no me importaba. Ya me preocuparía al día siguiente.

—Pues no.

Abrí un ojo.

—¡Ja!

—Pensé que te haría gracia. —Me pasó el paño húmedo y frío por la barbilla.

—Esto se te da… muy bien.

—Mucha práctica. —Cam apartó la toalla, cogió otra y repitió el proceso—. Me ha ocurrido lo mismo que a ti unas cuantas veces. —Pasó la toalla por mi cuello, por los tirantes de mi sujetador y por los brazos—. ¿Quieres ir a la cama?

Abrí el otro ojo.

Negó con la cabeza y le apareció un hoyuelo en la mejilla.

—Deja de pensar en cosas sucias.

—Vaya.

—Sí, vaya —me contestó y se puso de pie. Me dio la espalda, abrió el grifo del lavabo y volvió a girarse hacia mí, con un cepillo de dientes con dentífrico encima—. Pensé que no te apetecería quedarte con ese sabor en la boca.

Intenté cogerlo.

—Eres maravilloso.

—Ya lo sé. —Me lo pasó y después cogió uno de esos vasitos de papel que yo nunca usaba. Cuando acabé, se volvió a arrodillar y se sentó sobre los talones. Se bajó la cremallera de la sudadera y se la quitó—. He estado intentando conseguir que admitieras que soy maravilloso desde que chocamos en el pasillo. Si llego a saber que todo lo que hacía falta era pasarte un cepillo de dientes, lo habría hecho hace mucho. Culpa mía.

—No. Ha sido… —me intenté incorporar mientras miraba cómo se quitaba también la camiseta— culpa mía. ¿Qué estás haciendo?

—No sé dónde guardas la ropa.

—Vale. —Mis ojos descendieron y volví a necesitar el frío húmedo de la toalla.

—Y supongo que querrás quitarte lo que llevas puesto.

A la luz del baño, pude contemplar los intrincados detalles del sol que llevaba tatuado. Debía de haber unos mil adornos dentro, lo cual les aportaba realismo a las llamas.

—Sí…

—Así que lo más fácil es que te pongas mi camiseta.

Seguí bajando la mirada, fijándome en sus pezones y en las marcas de los músculos de su torso.

—De acuerdo.

—Así estarás más cómoda.

Un delicado rastro de vello oscuro viajaba desde su ombligo hasta desaparecer en la cinturilla de sus vaqueros. Parecía como si alguien le hubiera tallado las caderas con los pulgares, dejándole un surco a cada lado.

—Como veas —murmuré.

¿Cómo conseguía tener músculos ahí? ¿A qué clase de ejercicios abdominales se debería someter alguien para obtenerlos?

—No has escuchado nada de lo que te he dicho.

Alcé la vista.

—Para nada.

El hoyuelo apareció otra vez y me agarró de las caderas para incorporarme, sentándome en el borde de la bañera.

—Vale, no levantes los brazos todavía.

Me quedé muy quieta, agarrándome al borde de la bañera con las manos, mientras me pasaba el cuello de la camiseta por la cabeza.

—No levantes los brazos. —Soltó la camiseta y me rodeó con los brazos. Un segundo después, sus agiles dedos me desabrocharon el sujetador.

—¿Qué haces? —El estómago me dio un vuelco, y después de lo que acababa de padecer no era lo que más me apetecía.

Se rio mientras me deslizaba los tirantes por los brazos, haciéndome sentir escalofríos.

—Como ya te he dicho antes, tienes la mente muy sucia. Tu honra está a salvo conmigo.

—¿Mi honra? —No estaba muy segura de que quisiera que estuviera a salvo.

Me echó un vistazo.

—Por ahora.

—¿Por ahora? —susurré.

Cam asintió.

—Y ahora mete los brazos.

Hice lo que me indicaba y se tomó su tiempo en doblar las mangas antes de deslizar la mano por mi brazo izquierdo, deteniéndose en el brazalete.

—No… —Sentí un torrente de pánico cuando me lo desabrochó. Intenté liberar el brazo, pero Cam me miró y lo sujetó con fuerza.

—Ya lo he visto, Avery.

Sentía una opresión en el pecho.

—Por favor, no. Me da mucha vergüenza y no puedo evitar que ya lo hayas visto. Ojalá, pero no puedo.

Con las dos manos, envolvió la muñeca y el brazalete y me sostuvo la mirada con la suya, serena.

—Fue por esto, ¿verdad? ¿Es por lo que te asustaste? ¿Por lo que me dejaste de hablar? ¿Por lo que abandonaste la clase?

Se me formó tan rápido un nudo en la garganta que no pude hablar.

—Ay, corazón. —La dulzura se notaba en su voz y en sus ojos—. Todos hemos hecho cosas de las que no estamos orgullosos. Si tú supieras… —Meneó la cabeza—. No sé por qué hiciste esto, pero lo importante es que, fuera cual fuera la razón, sea algo que ya no te atormente. Esto no implica que te aprecie menos. En absoluto.

—Pero parecías tan… —Mi voz estaba ronca.

El brazalete se desprendió, pero él mantuvo la mano en mi muñeca mientras lo colocaba en la repisa del lavabo.

—Me sorprendió, y después me preocupé. No sabía cuándo te lo habías hecho, y no te lo voy a preguntar. Ahora no tenemos por qué hablar de ello, tranquila. Solo quiero que sepas que no tienes por qué escondérmelo. ¿Vale?

Todo lo que pude hacer fue asentir, porque me había pasado la mitad de mi vida intentando ocultarlo.

Cam le dio la vuelta a mi mano, dejándola palma arriba. Posó sus labios contra la cicatriz y me quedé sin respiración. Aparté la vista y cerré los ojos con fuerza. Algo se resquebrajó dentro de mí, uno de los muros imaginarios que había construido.

—Acababa de cumplir dieciséis años —le dije, con la voz ronca mientras me forzaba a decir las palabras antes de perder el coraje—. Cuando me lo hice. No sé si realmente quería hacerlo o solo quería que alguien… —Meneé la cabeza—. Es algo de lo que me arrepiento todos los días.

—¿Dieciséis? —No había rastro en su voz de que me estuviera juzgando.

Asentí.

—No lo volvería a hacer. Te lo juro. No soy la misma persona que antes.

—Ya lo sé. —Pasaron unos instantes y entonces dejó que mi mano me descansara en la pierna—. Y ahora, quítate los pantalones.

El brusco cambio de tema provocó que me riera.

—Qué bien.

Cuando me ayudó a ponerme en pie, la camiseta me llegaba casi a las rodillas y mi sujetador estaba en el suelo, triste y solitario. Fue a desabrocharme los vaqueros y le aparté la mano.

—Creo que puedo yo sola.

—¿Estás segura? —Alzó una ceja—. Porque estoy a tu servicio y creo que quitarte los vaqueros es algo que se me daría muy bien.

—Seguro que sí. Ahora vuélvete a poner la sudadera.

Dio un paso hacia atrás y se apoyó en el lavado dejando todo ese cuerpo masculino al alcance de mi vista.

—Me gusta cuando me miras.

—Lo recuerdo —gruñí, y me di la vuelta.

Era como si no me hubiera quitado el brazalete, pero me sentía más desnuda sin él que si no llevara ropa. Me quité los pantalones con un pequeño contoneo. Cuando lo miré, todavía estaba medio desnudo.

Cam recogió su sudadera del suelo y me cogió de la mano.

—¿Crees que vas a estar bien si nos alejamos del baño?

—Espero que sí.

Volvimos al salón y pensé que se iba a marchar, puesto que ya eran más de las dos de la mañana, pero encontró unas aspirinas para mí, me hizo beber una botella de agua y después se sentó en el sofá. Me tiró del brazo.

—Siéntate conmigo.

Empecé a rodear sus piernas, pero me detuvo.

—No. Siéntate conmigo.

Sin tener ni idea de a dónde quería ir a parar, meneé la cabeza. Cam se echó hacia atrás y me tiró del brazo otra vez, con un poco más de fuerza. Me dejé hacer y terminé sentándome en su regazo. Estaba de lado, con las piernas estiradas sobre el sofá. Me las cubrió con una manta y, una vez que estuve sentada a su gusto, me rodeó la cintura con los brazos.

—Deberías intentar dormir un poco —me dijo, su voz ligeramente más audible que el murmullo de la televisión—. Te sentirás mejor por la mañana.

Me relajé al apoyarme en él, más rápido de lo que habría creído posible. Me acomodé y dejé descansar mi cabeza contra su pecho.

—¿No te vas a ir?

—No.

—¿Seguro? —Cerré los ojos.

Me acarició la cabeza con la barbilla y rozó mi frente con los labios. Se me escapó un suspiro.

—No me voy a ir a ningún sitio —me dijo—. Estaré aquí cuando te despiertes, corazón. Te lo prometo.

Me costó un poco darme cuenta de que la luz cegadora que me había despertado venía de las ventanas del salón, y de que todavía estaba en el regazo de Cam. Mi cabeza estaba contra su hombro; él descansaba su barbilla sobre ella. Sus brazos me rodeaban como si pensara que iba a despertarme y escapar de allí.

El corazón me empezó a latir un poco más rápido.

Lo que recordaba de la noche anterior era más bien disperso, pero, cuando empecé a encajar las piezas, mi estado de ánimo alternó entre estar emocionada, avergonzada, estupefacta y emocionada otra vez.

Cam todavía estaba allí y hacía unas horas me había dicho que me deseaba y que íbamos a estar juntos, aun cuando sabía lo que me había hecho a mí misma y a pesar de que me había portado como una zorra con él.

Casi no me lo podía creer. A lo mejor estaba soñando, porque no pensaba que me mereciera nada de esto.

Le puse la mano en el pecho y sentí el latido de su corazón, fuerte y rítmico. Su piel era cálida y real. Necesitaba ver su cara para confirmar que todo era verdad. Me moví.

Cam dejó escapar un gruñido ronco y profundo.

Me quedé quieta por el asombro. Joder, notaba contra mi cadera lo dura que la tenía. Me agarró con más fuerza de la cintura y oí que su corazón iba al mismo ritmo que el mío.

—Lo siento —me dijo con la voz ronca—. Es por la mañana y estás sentada encima de mí. Esa es una combinación que derrotaría a cualquier hombre.

El rubor me invadió las mejillas, pero una ola de calor me recorrió las venas al recordar cómo me había sentido al notarlo contra mí la última vez. No era lo más adecuado para pensar en aquel momento. Me soltó y apoyó la mano en mi cadera. Me estremecí a través de la tela de la camiseta (*su* camiseta).

Vale. Pues a lo mejor sí que era lo más adecuado.

—¿Quieres que me levante? —le pregunté.

—Ni de coña. —Con la otra mano recorrió mi espalda, sus dedos entrelazándose con mi pelo—. Ni se te ocurra.

Se me escapó una sonrisa.

—Vale.

—Bueno, creo que por fin estamos de acuerdo en algo.

Me eché hacia atrás para poder verlo. Aun recién despierto, despeinado y con un rastro de vello en la cara, estaba absolutamente impresionante.

—¿Lo de ayer fue de verdad?

Las comisuras de sus labios se curvaron y sentí una opresión en el pecho. Había echado mucho de menos esa sonrisa.

—Depende de lo que creas que pasó.

—¿Me quité la camiseta delante de ti?

Su mirada se hizo más profunda.

—Sí. Un momento precioso.

—¿Y me rechazaste?

La mano que estaba en mi cadera comenzó a descender.

—Solo porque nuestra primera vez juntos no va a pasar cuando estés borracha.

—¿Nuestra primera vez juntos?

—Ajá.

Los músculos de mi estómago se contrajeron.

—Pareces bastante seguro de que vamos a tener una primera vez.

—Pues sí. —Se arrellanó en el sofá.

Necesitaba concentrarme.

—Estuvimos hablando, ¿verdad? —Mis ojos fueron hacia mi muñeca izquierda—. ¿Y te conté cuándo me lo hice?

—Sí.

Lo miré por el rabillo del ojo.

—¿Y no crees que soy una zorra desquiciada?

—Bueno…

Ladeé la cabeza y le dirigí una mirada.

La sonrisa de Cam se hizo más amplia a medida que subía la mano por mi espalda, llegando hasta la nuca.

—¿Quieres saber lo que realmente creo?

—Depende.

Acercó mi cabeza hasta que nuestras bocas estuvieron a escasos centímetros.

—Creo que tenemos que hablar.

—Pues sí. —Asentí, aunque la idea me ponía nerviosa, pero mi recelo se había sustituido por determinación.

Súbitamente Cam me agarró de las caderas y me levantó, dejándome sentada en el sofá, a su lado. Eché de menos su calor casi de inmediato. Cuando se puso en pie, me sentí un poco confusa.

—Pensaba que íbamos a hablar —dije.

—Y lo vamos a hacer. Ahora vuelvo.

No tenía ni idea de lo que se proponía.

—Quédate aquí, ¿vale? —me dijo, yéndose hacia la puerta—. No te muevas. No pienses en nada. Solo quédate aquí y ahora vuelvo.

Lo observé con curiosidad.

—Vale.

Me dedicó una sonrisilla.

—Te lo digo en serio: no pienses en nada. Ni en los últimos minutos ni en la pasada noche. Ni en el mes anterior. O en el mes que viene. Solo quédate aquí.

—Vale —susurré—. Te lo prometo.

Me sostuvo la mirada un instante más y después se fue, y por supuesto que en esos cinco minutos pensé acerca de todo lo que había pasado. Para cuando regresó, casi me había convencido a mí misma de que no iba a volver.

Pero volvió.

Me di la vuelta para mirar por encima del respaldo del sofá y sonreí cuando vi lo que llevaba en las manos.

—Huevos. Has traído huevos.

—Y mi sartén. —Cerró la puerta con un movimiento de cadera—. Y me he lavado los dientes.

—Veo que no te has puesto otra camiseta.

Me lanzó una mirada sugestiva mientras se dirigía a la cocina.

—No te iba a impedir que me contemplaras en todo mi esplendor.

Mientras desaparecía por la puerta, dejé caer mi cabeza en un cojín y se me escapó un gemido que esperaba que fuera inaudible.

—Avery, ¿qué coño estás haciendo?

Alcé la cabeza.

—Nada.

—Entonces trae tu culo aquí.

Sonriendo, me levanté del sofá y me dirigí a mi habitación.

—Y ni se te ocurra cambiarte de ropa.

Me detuve e hice una mueca.

—Porque me encanta verte con mi ropa puesta —añadió.

—Bueno, si me lo vendes así… —Me di la vuelta y me fui a la cocina. Recostada contra el marco de la puerta, contemplé cómo cocinaba, algo que ya le había visto hacer una docena de veces.

Me miró de reojo.

—¿Qué pasa? ¿Has echado tanto de menos mis desayunos?

Parpadeé para que no se me cayeran las lágrimas.

—No pensé que te fuera a volver a ver en mi cocina.

Los músculos de sus hombros se tensaron, y no pude evitar fijarme en lo sensual que era la curva que describían. Se le marcaron profundamente mientras se inclinaba para ajustar los mandos de la cocina.

—¿Tanto me has echado de menos?

Por una vez, ni lo dudé.

—Sí.

Cam se dio la vuelta.

—Yo también te he echado de menos.

Respiré hondo.

—Quería decirte que lo siento por cómo actué cuando tú…, bueno, cuando viste la cicatriz. Nunca he dejado que nadie la viera. —Me mordí el labio inferior y di un paso hacia él—. Sé que no es una gran excusa, porque me porté fatal, pero…

—Aceptaré tus disculpas con una condición. —Se cruzó de brazos.

—Lo que sea.

—Que confíes en mí.

Ladeé la cabeza.

—Confío en ti, Cam.

—No, no es cierto. —Fue hasta la mesa de la cocina y agarró una silla—. Siéntate.

Me senté y me intenté tapar las piernas con el borde de la camiseta mientras él colocaba la sartén en el fuego.

—Si confiaras en mí, no habrías reaccionado como lo hiciste —se limitó a decir, cascando un huevo al mismo tiempo—. Y no es que te esté juzgando ni nada por el estilo. Tienes que confiar en que no me voy a portar como un imbécil o me voy a asustar por ese tipo de cosas. Tienes que creer que me voy a preocupar por ti.

Me quedé sin aliento.

Se dio la vuelta, su mirada nítida como el cristal.

—Hay muchas cosas que no sé de ti, y espero que podamos arreglarlo. No te voy a presionar, pero no me puedes echar de tu vida. ¿Vale? Tienes que confiar en mí.

Había muchas cosas que él desconocía, y yo ya no quería que esas cosas se interpusieran entre nosotros. Ni en ese momento ni nunca.

—Confío en ti. Confiaré en ti.

Cam me sostuvo la mirada.

—Acepto tus disculpas.

Se dio la vuelta y siguió revolviendo los huevos. Después hizo el zumo de naranja. En realidad no dijimos nada hasta que se sentó delante de mí, con sus cuatro huevos cocidos.

—Así que ¿hacia dónde vamos? —me preguntó—. Dime qué es lo que quieres.

Me quedé quieta, con el tenedor en alto. Alcé la mirada y él sostenía en la mano uno de los huevos cocidos.

—¿Qué es lo que quiero de qué?

—De mí. —Le dio un mordisco y empezó a masticar—. ¿Qué es lo que quieres de mí?

Dejé mi tenedor en el plato y le observé. De repente se me ocurrió que me iba a hacer decirlo en voz alta… y lo cierto era que yo necesitaba decirlo. Pensé en Molly y en lo que ella habría tenido que repetir un millar de veces. En comparación, esto era muy fácil.

—A ti.

—¿A mí?

—Te quiero a ti. —Las mejillas se me estaban poniendo rojas pero seguí adelante—. Está claro que nunca he tenido una relación, y ni siquiera sé si es eso lo que tú quieres. A lo mejor no…

—Sí. —Se terminó el huevo.

El corazón se me encogió.

—¿Sí?

Se rio.

—Pareces sorprendida, como si no te lo pudieras creer. —Cogió otro huevo—. Es adorable. Continúa, por favor.

—¿Que continúe, por favor? —Meneé la cabeza, aturullada—. Quiero estar contigo.

Cam se terminó otro huevo.

—Esa es la segunda cosa en la que nos ponemos de acuerdo hoy.

—¿Quieres estar conmigo?

—He querido estar contigo desde la primera vez que me rechazaste. Simplemente, he estado esperando a que te hicieras a la idea. —Sus labios se curvaron—. Bueno, pues si vamos a seguir con esto, habrá que establecer algunas reglas.

¿Me había estado esperando?

—¿Reglas?

Asintió mientras empezaba a pelar el tercer huevo.

—No es que haya tantas. No me ignores. Seremos tú y yo y nadie más. —Hizo una pausa, y el corazón me latía como loco—. Y para acabar, sigue estando igual de sexy con mis camisetas puestas.

Se me escapó la risa.

—Creo que seré capaz de cumplirlas.

—Bien.

Lo contemplé mientras terminaba de comer y aunque me sentía muy feliz, los nervios me jugaron una mala pasada.

—Nunca he hecho nada así antes, Cam. Y no es que sea una persona con la que sea cómodo convivir, o por lo menos no todo el rato. De eso estoy segura. No puedo prometerte que vaya a ser fácil.

—Nada divertido en la vida es fácil. —Se terminó el vaso de leche y después se puso de pie y se me acercó. Me cogió de la mano y me hizo levantarme. Me rodeó la cintura e inclinó la cabeza, y, cuando habló, su boca me acarició la mejilla—. Voy muy en serio contigo, Avery. Si de verdad quieres estar conmigo, aquí me tienes.

Cerré los ojos y llevé las manos a su pecho.

—Quiero estar contigo, de verdad.

—Está bien saberlo —me murmuró, moviendo la cara hasta que sus labios rozaron los míos. La emoción me subió por el cuerpo como una burbuja—. Porque si no, lo que voy a hacer quedaría un poco raro.

Me empecé a reír, pero su boca encontró la mía y me hizo callar. El beso fue delicado al principio. Exploró mis labios con delicadeza, pero había pasado demasiado tiempo desde la última vez que me había besado. Y había pasado demasiado tiempo desde que yo me había sentido así. Quería más.

Recorrí su pecho con las manos y las subí, pasando por sus mejillas ásperas, hasta hundirle los dedos en el pelo, suave y ondulado. Ese fue todo el estímulo que Cam necesitó. El beso se volvió más profundo y abrí los labios mientras él introducía la lengua en mi boca. Bajó las manos hasta mis caderas y volvieron a subir hasta mi cintura. Me apretó contra él, y el beso pasó de ser dulce y casto a totalmente sexy en cuestión de segundos.

Cam me levantó del suelo, haciéndome soltar un jadeo que se perdió rápidamente en el interior de su boca. Me dejé llevar por la intuición y lo rodeé con las piernas. Con una zancada poderosa, me colocó contra la pared, su torso contra mi pecho. Me derretí, y la zona entre mis muslos se humedeció al sentirlo duro entre mis piernas, evidencia de lo mucho que me deseaba. Cada centímetro de mi cuerpo se puso en tensión mientras su calor me desbordaba.

Por primera vez, no percibí ni una pizca de pánico. Solo una emoción maravillosa que me hacía sentir viva, y por una vez sentía que tenía el control. Era una libertad que nunca antes había experimentado y me entregué por completo a aquel beso. Cam dejó escapar uno de esos gemidos deliciosos que retumbó en su pecho y que yo noté en el mío.

Pasó una eternidad antes de que apartara la boca.

—Tengo que irme.

Dejé escapar un jadeo.

—¿Te vas a ir ahora?

—No soy un santo, corazón —gruñó—. Así que, si no me voy ahora, puede que no me vaya en mucho tiempo.

El latido de mi corazón viajó desde mis pechos hasta mi mismo núcleo.

—¿Y si no quiero que te vayas?

—Joder —me dijo, pasándome las manos por los muslos—. Me estás poniendo muy difícil ser tan buen chico como me dijiste ayer que era.

—No estoy borracha.

Apoyó su frente en la mía y se rio en voz baja.

—Sí, ya lo veo, y aunque la idea de poseerte ahora mismo contra esta pared está a punto de hacerme perder el control, quiero que sepas que voy en serio. No eres un rollo. No eres una amiga con derecho a roce. Eres más que eso para mí.

Cerré los ojos y respiré hondo.

—Bueno, eso ha sido... bastante perfecto.

—Soy bastante perfecto —replicó, desenredando mis piernas de su cuerpo. Me posó en el suelo y me habría caído si él no me hubiera seguido sujetando—. Lo sabe todo el mundo. A ti te ha costado un poco más comprenderlo.

Me reí.

—¿Qué vas a hacer?

—Darme una ducha fría.

—¿De verdad?

—Sí.

Me volví a reír.

—¿Vas a volver?

—Claro —dijo, y me dio un beso rápido.

—Vale. —Abrí los ojos y sonreí—. Te esperaré.

26

La suma de tantos pequeños cambios en mi vida, en un periodo tan breve, había desembocado en algo grandioso, por lo menos para mí. Cam se pasó todo el domingo conmigo y a la mañana siguiente me despertó con un mensaje de texto deseándome los buenos días.

Antes de que pudiera contarle a Brit y a Jacob todo lo que había pasado entre Cam y yo, lo vieron de primera mano mientras esperábamos a que Brit terminara de fumar antes de entrar en clase el lunes.

Cam salió de la nada, deslizándose detrás de mí y pasándome las manos por la cintura. Me quedé rígida un segundo, antes de obligarme a relajarme. Me dio un beso en la mejilla, y el escalofrío que me recorrió no tenía nada que ver con el frío que hacía.

—Hola.

A Brit se le cayó el cigarrillo de la boca.

Jacob parpadeó una vez, otra, y una tercera.

—Pero ¿qué...?

Me agarré del brazo de Cam mientras él me rozaba la oreja con los labios, dejando un rastro ardiente en mi piel.

—Creo que el zapato de Brittany se va a quemar.

Mis ojos se dirigieron hacia donde me señalaba y le solté el brazo.

—¡Ay, Dios mío, Brit, tu zapato!

Miró hacia abajo y dio un grito. Saltó y apartó el cigarrillo encendido de su zapato.

—Casi me quemo entera. ¡Por tu culpa!

—¿Por mi culpa?

—Sí. Porque no me habías contado nada. —Gesticuló hacia Cam, que estaba sonriendo—. ¡Nada de esto!

—¿Estáis los dos, ya sabes…? —Jacob nos señaló—. *¿Juntos?* ¿Juntos?

No me dio tiempo a responder. Cam me agarró y me besó junto allí, en medio de los dos edificios. No fue un besito inocente. Cuando nuestras lenguas se encontraron, la bandolera se me resbaló y cayó al suelo escarchado.

—Joder —masculló Jacob—. Creo que se van a poner a hacer bebés ahora mismo.

Con la cara roja, me aparté de Cam. Él no parecía estar sintiendo nada de vergüenza, y me dio un beso en la frente. Por encima de su hombro pude ver a Steph y a su amiga, contemplándonos boquiabiertas. Quedaba claro que ella tampoco se había enterado de la novedad.

—Tengo que ir a hablar con el profesor antes de que empiece la clase —me dijo Cam antes de irse—. ¿Te veo después?

—Sí. —Sentía un hormigueo en los labios, al igual que en otras partes de mi cuerpo—. Nos vemos.

Cuando me giré hacia donde estaban mis amigos, me los encontré mirándome como si me hubiera levantado la camiseta y les hubiera enseñado todo. Me agaché y recogí mi mochila.

—Bueno, antes de que me empecéis a gritar, que sepáis que pasó ayer, como quien dice, y no me ha dado tiempo a contaros nada.

Brit se cruzó de brazos.

—¿No has tenido ni un rato para llamarnos, o no sé, para mandarnos un mensaje?

—La verdad es que ayer pasamos todo el día juntos, nos fuimos a cenar y después…

—¿Lo habéis hecho ya? —Jacob me cogió de los hombros y me sacudió ligeramente—. Ay, Dios mío, chica, detalles, necesito los detalles. ¿De qué tamaño tiene la…?

—No lo hemos hecho. —Me libré de sus manos—. Oye, que empezamos a salir ayer. Danos algo de tiempo.

—Yo me lo habría estado follando desde agosto —replicó Jacob.

Le lancé una mirada aburrida.

Me estuvieron sonsacando lo que había ocurrido mientras entrábamos en el pabellón y empezábamos la clase. Para cuando me fui a esperar a Cam, ya había pagado con creces el error de no haberlos avisado antes.

Me quedé en los soportales, apoyada contra una columna. Era probable que tuviera un aspecto un poco extraño debido a la amplia sonrisa que me cruzaba la cara, pero lo cierto era que no había dejado de sonreír desde el día anterior.

Mi sonrisa se aminoró una pizca cuando vi que Cam salía por la puerta y llevaba a Steph pegada al lado. Lo único que me impidió saltar como una leona y atacarla fue el hecho de que Cam no parecía especialmente emocionado.

Steph se colocó la brillante melena a un lado mientras se acercaban a mí.

—Hola —dijo con lo que a mí me pareció una tonelada de falsa cordialidad.

—Hola —le contesté, sosteniéndole la mirada.

Cam se puso a mi lado y entrelazó sus dedos con los míos.

—Tu clase ha acabado antes.

Asentí.

—Hace unos minutos.

Steph observaba con odio nuestras manos.

—¿Vas a ir a la fiesta de Jase el sábado, Cam?

¿Había una fiesta? Por muy estúpido que pareciera, no me gustaba la idea de que Cam fuera a una fiesta a la que Steph también iba a ir. Qué mal. No tenía sentido. Pero me sentía fatal cada vez que me imaginaba a esos dos enrollándose, aunque fuera en el pasado.

—Todavía no lo sé. —Cam me agarró con fuerza la mano—. Dependerá de si Avery quiere ir.

Se quedó atónita, su perfecta boca abierta de par en par, y en ese momento quise a Cam más que nunca.

—¿Si Avery quiere…? Como veas. —Se largó, uniéndose a la chica con la que había ido a la fiesta de Halloween.

Miré a Cam.

—No parece estar muy contenta.

Él se encogió de hombros.

Habíamos empezado a subir la cuesta hacia el otro edificio.

—Pero ¿erais algo más que amigos con derecho a roce?

Cam me miró de reojo.

—Nos hemos enrollado de vez en cuando, pero, como ya te he dicho, no he estado con nadie desde que te conocí.

—Ya lo sé. Es que da la sensación de que ella quería algo más.

—¿A ti no te pasaría lo mismo?

—Vaya, vamos a tener que revisar esa autoestima.

Cam se rio mientras hacía que me arrimara a él. Nos protegimos del viento que soplaba en la cuesta acurrucándonos en un abrazo.

—Se me ocurren unas cuantas cosas más que podemos revisar.

—Pervertido —mascullé, aunque la verdad es que estaba pensando exactamente lo mismo.

Me rozó la cabeza con los labios.

—Me declaro culpable, corazón.

Cam no fue a la fiesta del sábado, al final. Ni siquiera sacó el tema y no sabía si mencionarlo yo. Me sentía un poco culpable de que no fuera a asistir, porque no quería entrometerme entre él y sus amigos, pero no parecía estar especialmente preocupado ante la perspectiva de perderse una tarde legendaria de juegos, bebida y *beer-pong*.

Fuimos a cenar a un pueblo cercano y después volvimos a mi casa. Si hubiera tenido alguna duda acerca de que nuestra relación iba en serio, me habría desaparecido aquella tarde.

Cam trajo a Raphael a mi apartamento.

Nada iba más en serio que dejar que una tortuga se arrastrara por el suelo de tu cocina.

—Necesita hacer algo de ejercicio —me dijo Cam, sentado frente a la nevera, con las piernas abiertas—. Si no, engordará y se volverá un perezoso, ahí metido en su concha.

—Pobre Raphael. —Le cogí del suelo y le di la vuelta, de manera que se dirigiese hacia donde estaba Cam—. Tiene que ser muy aburrido estar en un acuario.

—Es un terrario —me corrigió Cam—. Y tiene un terrario muy chulo. Se lo compré por su cumpleaños.

—¿Sabes cuándo es su cumpleaños?

—Sí. El 26 de julio—. Hizo una pausa y me miró—. ¿Cuándo es tu cumpleaños?

Crucé las piernas.

—Bueno, todavía queda tiempo para que te empieces a preocupar por eso. ¿Cuándo es el tuyo?

—El 15 de junio. ¿Cuándo es tu cumpleaños, Avery?

Esto iba a ser un poco raro.

—Fue el 2 de enero.

Cam se inclinó hacia mí y alzó las cejas. Se quedó mirándome varios segundos.

—Me he perdido tu cumpleaños.

—Tampoco es para tanto —dije, quitándole importancia—. Fui al Smithsonian y después me puse enferma, así que mejor que no estuvieras cerca.

La expresión de su cara se endureció.

—Ah, por eso dijiste que querías ir allí ese día. ¿Y fuiste sola? Mierda. Me siento…

—No. —Hice un gesto con la mano—. No hace falta que te sientas mal. No hiciste nada malo.

Cam me observó un poco más, guardándose sus pensamientos para sí.

—Bueno, siempre nos queda el año que viene —dijo al final.

Sonreí al oírlo. El año siguiente. Vaya. Pensar en tan largo plazo era emocionante y aterrador al mismo tiempo.

Después de un rato, Cam recogió la tortuga y se puso de pie.

—Ahora vuelvo.

Mientras Cam llevaba a su mascota de vuelta a su casa, me apresuré a meterme en el baño y cepillarme los dientes. Acabé justo antes de que él volviera. Se quitó el jersey de lana y lo dejó en el respaldo del sofá. La camiseta gris que llevaba debajo se tensaba sobre su torso y cuando Cam se estiró antes de sentarse se le levantó, dejando ver una franja de piel tersa.

El pulso se me aceleró al observarlo desde el recibidor. Cam y yo nos besábamos, y mucho, y a él le gustaba darme mimos, así que en una semana me había acostumbrado a que sus brazos me rodearan y a tener su boca en la mía, pero no habíamos llegado a hacer nada parecido a lo que había pasado la noche de Acción de Gracias, aunque suponía que él lo estaba deseando. Así que había muchas noches que me iba a la cama pensando en él, y, aunque podía aliviarme un poco de ese dolor sordo y constante, no era suficiente.

Él me deseaba.

Yo lo deseaba.

Estábamos juntos.

Y confiaba en él.

Me mordí el labio y jugueteé con el dobladillo del vestido sudadera que llevaba. Me había quitado las botas y las medias cuando habíamos vuelto a casa, y ahora tenía la piel de las piernas erizada.

¿Estaba esperando a que yo diera el primer paso? Parecía ser… tan cuidadoso conmigo, como si estuviera preocupado de que me fuera a escapar. Y yo lo único que quería era *quedarme* con él. Cam me miró de reojo y enarcó las cejas. La habitación estaba a oscuras, a excepción del resplandor de la televisión.

—¿Vas a venir o te vas a quedar mirándome el resto de la noche?

Mis mejillas enrojecieron mientras entraba en el salón. Podía hacerlo. No necesitaba esperar a que lo iniciara él.

Reuní todo mi valor y me acerqué a Cam. Me miró con esos ojos tan extraordinarios mientras alzaba una mano. Se la cogí, pero, en vez de sentarme a su lado, me coloqué en su regazo, a horcajadas.

Cam se enderezó inmediatamente, sus manos agarrándome de las caderas.

—Eh, corazón.

—Hola —respondí, con el pulso latiéndome tan rápido que era probable que fuera a sufrir un infarto.

Agachó la mirada, sus espesas pestañas bordeándole los ojos.

—¿Tanto me has echado de menos? Si solo me he ido unos minutos.

—Quizá. —Le coloqué las manos en los hombros mientras seguía descendiendo. Le sujeté con más fuerza al sentir su excitación presionando mi parte más vulnerable.

Sus manos subieron por mis costados lentamente, tan lentas que pensé que me iba a morir para cuando me acarició la cara.

—¿Qué estás haciendo?

Me humedecí los labios y sus pestañas se alzaron, dejando ver un destello de azul intenso.

—¿Qué crees que hago?

—Se me ocurren unas cuantas cosas. —Me empezó a acariciar las mejillas con los pulgares, formando círculos—. Todas ellas me tienen muy intrigado.

—¿Intrigado? —Respiraba entrecortadamente—. Eso está bien.

Entonces, como parecía que estaba dejando que fuera yo quien estuviera al mando, bajé mi cabeza hasta la suya. Rocé mis labios contra los suyos una vez, dos veces, y los apreté con más fuerza contra él. Cam siguió mi ritmo, los besos haciéndose cada vez más profundos, más lentos y más infinitos, mientras su lengua torturaba a la mía de tal manera que hacía que me estremeciera y deseara más, cada vez más..

Sus manos descendieron a un ritmo lento, casi lánguido, causando que mi espalda se arqueara a su paso. Aunque mi única experiencia anterior había sido la noche de Acción de Gracias, parecía que mi cuerpo ya sabía lo que tenía que hacer. Moví las caderas y él se aferró a mi cintura. Un escalofrío le recorrió el cuerpo, y me asustó un poco, pero me excitó mucho más.

Asió con una mano el borde de mi vestido y me lo subió por los muslos. La otra emprendió un viaje hacia arriba, terminando en mi pecho. Me lo acarició, su pulgar frotándome el pezón, haciendo que se me endureciera a través de la ropa. Se me escapó un gemido que me atravesó todo el cuerpo, y Cam pareció excitarse al oírlo.

—¿Te ha gustado? —me preguntó, sus labios rozando los míos.

¿De verdad necesitaba que se lo confirmara?

—Sí.

Su pulgar siguió describiendo un círculo lentamente, torturándome. Intenté recuperar la respiración mientras sus labios se apartaban de mí. Me empezó a mordisquear el cuello. Mi espalda se arqueó todavía más, haciendo que su mano me abarcara todo el pecho mientras mis caderas seguían moviéndose. Emitió el gruñido más sexy del mundo al apoyarse en el sofá y mirarme a los ojos.

—Dime qué es lo que quieres, corazón. —Su mano se dirigió a mi otro pecho—. Lo que sea. Y lo haré.

Necesitaba una sola cosa de él.

—Tócame.

Cam volvió a temblar, y su reacción me puso cachonda.

—¿Puedo?

Asentí, sin tener mucha idea de a qué me estaba comprometiendo, pero confiaba en él. Sus manos se dirigieron a mis hombros y se deslizaron por dentro del amplio escote de mi vestido. Me quedé quieta mientras dejaba mi sujetador a la vista. Siguió bajándome el vestido hasta que pude sacar los brazos, y la tela se quedó arrugada alrededor de mi cintura.

—Precioso —murmuró, pasando los dedos por el borde de encaje de mi sujetador—. Mira qué ruborizada estás. Jodidamente precioso.

Se perdió mi reacción cuando bajó la cabeza y cerró los labios en torno a mi pezón. A través de la delicada seda de mi ropa interior, su boca se esmeró mientras me sujetaba las caderas, atrayéndome con más fuerza hacia él. Me sentía abrumada por completo con cada arremetida de su boca y al sentir su presión contra mi núcleo. Agarré su cabeza con las manos mientras echaba la mía hacia atrás. Él se dirigió al otro pezón y uno de sus mordisqueos hizo que gritara de placer.

Me sentía completamente consumida por él, rendida a las emociones que estaba provocando en mí. Ya estaba al borde del abismo y cuando sus manos descendieron hasta mis muslos, pasando por debajo del vestido, una maravillosa tensión me recorrió todo el cuerpo.

Sus labios dejaron un rastro candente en mi cuello y subieron hasta mi boca.

—Dime una cosa, corazón. —Dirigió la mano a la parte interior de mi muslo, dibujando pequeños círculos que casi llegaban a tocar mi mismo centro—. ¿Te has corrido alguna vez?

Sentí cómo me sonrojaba por todas partes, y, cuando no contesté, su mano se alejó de mi muslo, justo en la dirección contraria a lo que yo deseaba. Mierda.

—Sí —le susurré.

—¿Tú sola? —me preguntó, volviendo a subir por mi muslo.

Me contoneé para acercarme más, y él jadeó. Apoyé mi frente en la suya y cerré los ojos.

—Sí.

Como premio por responderle, deslizó un dedo por el centro de mis bragas y todo mi cuerpo se estremeció. Se me hizo un nudo en el estómago mientras su dedo repetía el movimiento una y otra vez, con un roce tan delicado que me estaba volviendo loca.

El deseo me estaba nublando la mente, pero sabía que quería hacerle sentir lo mismo que yo estaba experimentando. Tampoco era tan inocente como para no tener cierta idea de cómo conseguirlo. Deslicé la manos sobre su pecho y bajé hasta su vientre plano. Dudé un poco al llegar a la cinturilla de sus pantalones vaqueros.

Cam se quedó muy quieto y me mordisqueó el labio.

—¿Qué es lo que quieres, Avery?

—Quiero… Quiero tocarte —admití, sorprendiéndome a mí misma—. Pero no sé qué es lo que te gusta.

Volvió a emitir ese sonido que me hacía estremecer mientras posaba su mano sobre la mía.

—Corazón, cualquier cosa que hagas me va a gustar.

—¿De verdad?

—Joder, claro que sí —dijo, moviéndose para que quedara espacio entre nosotros—. Lo que sea que me quieras hacer me va a encantar. No te tienes que preocupar por eso.

Envalentonada por sus palabras, le desabroché el botón de los vaqueros y le bajé la cremallera. Joder. Jadeé ante la visión de su carne, rosada y dura. No llevaba calzoncillos. No llevaba nada. Cam iba por la vida en plan comando.

Cam se rio ante mi descubrimiento.

—Así es más fácil. —Y entonces se liberó.

No pude evitar quedarme mirando, aunque me sentía un poco tonta al hacerlo, pero había algo muy sexy en que estuviera así, sabiendo que me deseaba, y que yo también lo deseaba a él. Dudé porque, aunque había dicho que le iba a encantar todo lo que le hiciera, yo no estaban tan segura de ello, y quería darle placer. Quería hacerle sentir bien.

Observé cómo se rodeaba así mismo con la mano y la movía hacia arriba.

—Pensaba en ti —le susurré.

Su mano se detuvo.

—¿Qué?

—Cuando me… tocaba, pensaba en ti.

—Joder —gruñó Cam—. Eso es lo más cachondo que he escuchado nunca.

En ese momento, Cam me besó con más fuerza que antes. No me asusté, sino que me excitó todavía más. Me guio y rodeé su grueso miembro con los dedos. Se estremeció ante el contacto e inspiró profundamente.

Murmuró algo que no pude entender contra mi boca y después hizo que subiera mi mano por toda su longitud, y volvió a bajarla, estableciendo un ritmo que seguí después de que soltara mi muñeca. Ahora que tenía la mano libre, me agarró de la nuca mientras la otra volvía a subir entre mis muslos. Los dos estábamos jadeando para cuando me acarició por debajo de las bragas. Su palma presionaba el manojo de nervios que tenía justo ahí, mientras sus dedos se introducían en el ardor que me estaba consumiendo, y me perdí por completo. Mientras él me besaba y yo lo seguía acariciando, cabalgué sobre su mano. Él empujaba contra la mía, con movimientos leves pero enérgicos. Su cuerpo se agitó mientras yo sentía una tensión familiar en mi interior. El nudo se deshizo y caí en espiral. Me corrí con fuerza, susurrando su nombre con aspereza. Su mano permaneció allí, acariciándome lentamente por encima de las bragas mientras los temblores recorrían mi cuerpo. Y él fue el siguiente, su cuerpo sacudiéndose con espasmos.

Pareció pasar una infinidad antes de que Cam me apartara la mano con suavidad. Estaba saciada y sin fuerzas y él me abrazó contra su pecho, su corazón latiendo al mismo ritmo que el mío. Me dio besos en los párpados y después en mis labios entreabiertos. No hablamos después de eso y aprendí que algunas veces las palabras no eran necesarias.

Pero mi mente sabía que había algo que necesitaba decir. Una verdad que tenía que salir antes de que fuéramos más lejos. Algo a lo que tenía que enfrentarme.

—Oye —me dijo Cam, en voz baja. Me había puesto tensa sin darme cuenta—. ¿Estás bien? No me he...

—Ha sido perfecto. —Le besé el contorno de la mandíbula, deseando poder apagar mi cerebro—. Esto es perfecto.

Solo esperaba que me durase.

27

La clase de Economía se volvió infinitamente más interesante cuando empleé el tiempo en recordar lo que Cam y yo habíamos hecho la noche anterior después de que sus amigos se fueran y de que Ollie se metiera en la cama.

Me había llevado a su dormitorio y había cerrado la puerta con suavidad tras él. Los nervios habían anidado en mi estómago a medida que él se acercaba a mí y me rodeaba la cara con las manos. Desde la noche en la que habíamos estado en mi sofá, nos habíamos besado y acariciado mucho, pero era diferente hacerlo en su habitación, más íntimo, con más posibilidades.

Intenté no pensar en el sexo en sí, porque no estaba segura de poder llevarlo a cabo. No sabía si me sentiría bien o me recordaría todo aquello por lo que había pasado. Tenía claro que me iba a doler, porque seguía siendo virgen, pero ¿se convertiría el dolor en algo más intenso?

Él no había querido hacer nada más esa noche y me pregunté si lo sabría, de algún modo.

Cam me había quitado el jersey, pero me había dejado los vaqueros y el sujetador puestos. Su camisa se había unido a mi ropa tirada por el suelo, y cuando me había besado sus manos me habían agarrado del pelo. Nos habíamos caído encima de su cama y había metido su pierna entre las mías. Mientras sus besos bajaban por mi garganta y se concentraban en mis pechos cubiertos de encaje, me había colocado las manos en las caderas, alentándome a que me restregara contra él. Había puesto la boca sobre mi pezón endurecido mientras yo me contoneaba, con la cabeza hacia atrás y apretando los labios para no hacer ruido. Me había llevado hasta el orgasmo así, sin utilizar las manos, a través de la ropa. Y cuando metí los dedos en sus pantalones de pijama, apropiándome de su miembro rígido e hinchado, se precipitó hacia mi mano, tal como me imaginaba que haría si estuviese dentro de mí.

Me había quedado un rato más, acurrucada junto a él. Habíamos estado hablando de todo un poco, bien entrada la noche. Me había ido cuando se había empezado a adormilar, pero estaba lo suficientemente despierto como para intentar convencerme de que me metiera en la cama. Al final se había levantado y me había acompañado hasta la puerta de mi casa. Cam me había dado un beso de buenas noches de lo más dulce.

Era muy posible que me estuviera enamorando.

Bueno. Lo más probable era que eso ya hubiera sucedido hacía unos meses, pero ahora parecía más real, estaba a mi alcance, y (ay, Dios) ahora ya sabía lo que era el amor: unas burbujas cálidas en mi interior. Cuando estaba a su lado, o pensaba en él, me imaginaba que me sentía como las burbujas del champán, flotando hacia lo alto. ¿De verdad se me acababa de ocurrir eso?

Se me formó una sonrisa de lo más tonta en la cara.

Brit me miró e hizo una mueca.

Me sonrojé y decidí que debería prestar atención en los últimos diez minutos de la clase. El profesor estaba hablando de las colas que se formaban en las gasolineras a principios de los años ochenta. Algo acerca de la oferta y la demanda. Estaba claro que iba a tener que leerme ese capítulo.

—Vaya, sí que te ha dado fuerte —me dijo Brit después de clase, mientras salíamos del pabellón—. Se te nota en la cara.

Sonreí.

—Es verdad.

Brit enlazó su brazo con el mío mientras salíamos a la calle. Caía una nevada ligera y las nubes se arremolinaban en el cielo.

—Me alegro de que lo hayáis conseguido arreglar. Sois tan adorables cuando estáis juntos que casi da asco.

—Él es… —No conseguí encontrar las palabras—. Tengo mucha suerte.

—Él es el afortunado —me corrigió, dándome un codazo mientras subíamos la cuesta—. ¿Y qué le vas a comprar para el día de San Valentín?

—¿San Valentín? —Me detuve en seco. Las personas que iban detrás de nosotras se quejaron un poco por tener que rodearnos—. Mierda, es la semana que viene. —Miré a Brit, los ojos abiertos como platos—. No tengo ni idea.

Brit se rio mientras me agarraba del brazo otra vez. Nos pusimos en marcha de nuevo.

—Deberías verte la cara —me dijo—. Es como si te acabaras de dar cuenta de que el mundo se va a acabar el próximo fin de semana, en vez de que se acerca una fiesta estúpida, inventada por los centros comerciales.

La ignoré.

—No tengo ni idea de qué comprarle.

—¿Qué les solías regalar a tus anteriores novios?

—Nada —contesté, demasiado preocupada como para darme cuenta de lo que estaba admitiendo—. Nunca antes había tenido novio.

Y entonces fue el turno de Brit de pararse en medio de la calle y molestar a la gente que iba andando.

—¿Qué? ¿Nunca? Joder, ya sabía que habías estado un poco..., bueno, recluida, pero ¡venga ya! Hasta los niños amish han tenido más vivencias que tú.

Le eché una mirada de cabreo.

—No me estás ayudando nada y me estoy poniendo un poco histérica con todo esto.

—Vale. Vale. Ya me reiré de ti más tarde. Lo pillo. —Arrugó la nariz—. Nos iremos de compras después de clase.

Esa misma tarde, la nieve seguía cayendo, pero las carreteras estaban despejadas para conducir hasta Martinsburg. Completamente desconcertada, me quedé mirando los corazoncitos rojos que adornaban el techo del centro comercial.

Brit escogió un par de calzoncillos negros de seda, estampados con corazones rojos.

—Eh...

—No —dije. Aparte de que era lo más cursi que había visto en mucho tiempo, Cam no siempre llevaba ropa interior.

Frunció los labios.

—Bueno, siempre nos quedan los típicos regalos. Le puedes comprar una colonia, una cartera, una corbata o una camisa.

—Eso es muy cutre.

—No he dicho que fueran buenas ideas.

Puse mala cara mientras nos dirigíamos a otra tienda. Ir de compras fue una pérdida de tiempo, aunque no para Brit, que se probó todas las cremas disponibles. Para cuando nos fuimos de allí, olía como si trabajara en una perfumería.

De vuelta en mi apartamento, busqué por internet un buen regalo. Quería que fuese especial, porque con Cam era como si me estuviese despertando. Veía las cosas diferentes, más nítidas. No estaba segura de si era por él, o por cómo me sentía cuando estaba con él, o porque yo por fin estaba cambiando. En cualquier caso, Cam desempeñaba un papel muy importante en todo eso, y quería comprarle un regalo que lo reflejara.

Después de una hora, decidí que comprar un regalo para un chico era lo peor.

Me devané los sesos. Si hubiese podido comprarle un suministro vitalicio de huevos para el desayuno, hubiera sido perfecto.

Gruñendo de la frustración, me levanté y miré por la ventana. La nieve caía abundantemente, posándose sobre las calles y los coches. Los informativos habían dicho que iba a cuajar, pero dudaba que la universidad fuera a cerrar por eso.

Me recogí el pelo en una coleta y me dirigía a la cocina cuando de repente recordé algo que Cam había mencionado unas cuantas veces.

Había hablado de querer ir a ver un partido de fútbol del D. C. United.

Con un suspiro de satisfacción, corrí hacia el portátil y me apresuré a entrar en su página web. Abrí el calendario y compré dos entradas para un partido a principios de abril, pensando que para entonces ya haría mejor tiempo.

Apagué el ordenador, sintiéndome feliz por mi hallazgo. Me podía llevar a mí o a alguno de sus amigos, si lo prefería. Me parecía bien, siempre que le gustara lo que le había comprado.

Menos de una hora después, Cam se presentó en casa, empapado por la nieve que estaba cayendo.

—¿Noche de pizza?

—Me parece bien. —Lo besé en la mejilla mientras cogía la caja que llevaba en las manos—. ¿Cómo está la carretera?

—Fatal. —Sacó un par de refrescos de la nevera—. Lo que me ha sugerido una brillante idea.

Sonreí.

—Tus ideas a veces dan un poco de miedo.

—Mis ideas no dan miedo, y son geniales.

—Bueno…

—Dime una —me retó.

No tuve que pensar mucho.

—¿Qué me dices de cuando ataste a Raphael con una cuerda y dijiste que era su correa?

—¡Eso fue una idea innovadora!

—El pobrecito se quedó allí quieto y metió la cabeza en su caparazón.

Cam resopló.

—Tampoco es que actuara de manera diferente al resto del tiempo.

Me reí.

—Es verdad.

—No, pero esta idea es alucinante. —Me guiñó un ojo y repartió la pizza en dos platos desechables—. Están diciendo que va a seguir nevando sin parar hasta mañana por la mañana.

No sabía si eso me hacía ilusión o me parecía un incordio. La nieve estaba muy bien. Caminar por la universidad con nieve y placas de hielo, no tanto.

—Y dudo bastante de que vayan a cancelar las clases mañana —siguió explicando mientras nos dirigíamos hacia el salón—. Pero mucha gente no irá, y los profesores ya cuentan con ello.

—Vale. —Me senté en el sofá y le hice sitio.

—Así que estaba pensando que deberíamos saltarnos las clases, quedarnos aquí todo el día y ver una maratón de películas malas.

Mi primer impulso fue decirle que no podía faltar un día entero a clase, pero, al ver la mirada traviesa de Cam, pensé que daba lo mismo.

—Es una idea fabulosa.

—¿Verdad? —Se señaló la cabeza—. Estoy lleno de sugerencias perfectas como esa.

—Sí, muy lleno…

—¡Ja!

Me seguí riendo mientras le daba un bocado al delicioso queso. Cam se comió la mitad de la pizza y, cuando Ollie se pasó por allí, se terminó lo que quedaba. Me asombraba que los dos chicos pudieran comer tanto y, aun así, estuvieran tan en forma. Si yo me comía dos porciones de pizza, me crecía el culo.

Sentada entre los dos, me quedé dormida mientras ellos veían varios capítulos seguidos de un *reality* sobre gente que fabricaba su propio alcohol. Cuando me desperté, Ollie ya se había ido y, aunque estaba recostada encima de Cam, su cuerpo estaba extrañamente tenso.

Me senté y bostecé mientras me retiraba el pelo de la cara.

—Lo siento. No pretendía dormirme encima de ti.

Me miró y no pude descifrar la expresión de su cara. La inquietud se despertó en mi estómago como si fuera un nido de serpientes. Tenía la mandíbula tan tensa que pensé que se iba a destrozar las muelas.

—¿Va todo bien? —le pregunté.

Cam dejó escapar el aliento mientras dirigía la mirada a la mesita del salón.

—Mientras estabas durmiendo, te ha llegado un mensaje.

Mis ojos siguieron a los suyos y se detuvieron en mi teléfono. Al principio no me di cuenta de por qué era tan importante, pero entonces mi ansiedad se desplegó como si fuera una tormenta repentina. Completamente despierta, agarré mi móvil. Al pulsar en la pantalla, el corazón me dio un vuelco.

Eres una puta mentirosa. ¿Cómo puedes seguir viviendo así?

Intenté respirar, pero no lo conseguí. Me quedé mirando el mensaje, deseando no solo borrarlo, sino que nunca hubiera existido.

—Lo vi en la pantalla cuando te llegó —dijo.

Con las manos temblorosas, borré el mensaje y dejé el teléfono a un lado. Me embargó una oleada de dolor e ira irracional. Esas dos emociones eran mucha mejor opción que el pánico que amenazaba con engullirme.

—¿Y lo has leído?

—No es que lo haya hecho a propósito. —Se inclinó hacia mí, con las manos colocadas en las rodillas—. Estaba ahí mismo, brillando en la pantalla.

—Pero ¡no tenías por qué mirar! —lo acusé, y me levanté del sofá.

Cam entrecerró los ojos.

—Avery, no estaba curioseando tus cosas. Te ha llegado un puñetero mensaje. Lo he visto sin darme cuenta. Al parecer, no he hecho lo correcto.

—¡Claro que no!

—Vale. Me he equivocado. Lo siento. —Respiró hondo—. Pero eso no cambia el hecho de que he visto ese mensaje.

Me quedé quieta, de pie en medio de mi salón. Esto se acercaba mucho a mi peor pesadilla hecha realidad. Que él averiguara lo que me había ocurrido seguía ocupando el primer puesto, pero esto se estaba acercando rápidamente al segundo y era igual de horroroso.

—Avery —me dijo en voz baja, cuidadoso. En ese momento, me di cuenta de que no estaba enfadado conmigo. Ni lo más mínimo, ni siquiera después de que le hubiera gritado por haber ojeado el puñetero mensaje. De algún modo, me sentí peor que si se hubiera cabreado—. ¿Por qué te lo han mandado?

El corazón me golpeó con fuerza en las costillas.

—No lo sé.

Una expresión de duda atravesó su rostro.

—No lo sé —volví a decir, agarrándome a esa mentira con todas mis fuerzas—. De vez en cuando recibo cosas parecidas, pero no sé por qué. Supongo que se equivocan de número.

Cam me miró fijamente.

—¿No sabes quién te lo manda?

—No. —Y era verdad—. Pone Número Desconocido. Ya lo has visto.

Sus hombros se pusieron en tensión, al igual que sus rodillas. Pasaron unos segundos mientras la sangre se me agolpaba en las venas.

—Siento haber reaccionado así —añadí rápidamente—. Es que me ha sorprendido. Estaba dormida, y me he despertado, y sabía que algo iba mal. Entonces pensé… No sé lo que pensé, pero lo siento mucho.

—Deja de disculparte, Avery. —Se sentó en el borde del sofá—. No necesito oír que lo sientes. Lo que quiero es que me digas la verdad, corazón. Eso es todo lo que quiero. Si estás recibiendo este tipo de mensajes, necesito saberlo.

—¿Por qué?

Frunció su oscuro ceño.

—¡Porque soy tu novio y me preocupo si alguien te llama puta!

Di un respingo.

Cam miró hacia otra parte, alterado.

—¿La verdad? Me cabrea mucho, aunque haya sido por una equivocación. Nadie debería estar mandándote cosas así. —Sus ojos se volvieron a posar en mí. Una eternidad nos separaba—. Sabes que me puedes contar cualquier cosa, ¿verdad? No te voy a juzgar y no me voy a enfadar contigo.

—Lo sé. —Mi voz sonaba débil, incluso a mis propios oídos, y me odié por ello. Repetí con más fuerza—: Lo sé.

Su mirada se encontró con la mía.

—Y confías en mí, ¿verdad?

—Sí. Por supuesto que sí. —No lo dudé ni un segundo.

Otra vez se produjo una pausa preñada de silencio que me hizo pensar en lo peor.

—Mierda —gruñó, y el corazón me dio un vuelco. ¿Lo sabía? ¿En qué estaba pensando? Tenía la verdad, toda ella, en la punta de la lengua, y entonces él cerró los ojos—. No he sido del todo honesto contigo.

—¿Qué? —Eso era lo último que esperaba oír.

Se pasó la mano por el mentón.

—Te estoy diciendo que deberías confiar en mí y que me puedes contar lo que sea, pero yo no estoy haciendo lo mismo contigo. Y vas a averiguarlo en cualquier momento.

Vaya. Olvidado quedó el mensaje de texto. Olvidado quedó el decir la verdad. ¿Qué coño estaba pasando? Casi paralizada por la sorpresa, rodeé la mesita y me senté en el sofá, en el extremo opuesto a Cam.

—¿De qué me estás hablando, Cam?

Alzó la cabeza y su mirada reflejaba tal dolor que me atravesó el pecho.

—¿Te acuerdas de que te dije que todos teníamos cosas en nuestro pasado de las que no nos sentíamos especialmente orgullosos?

—Sí.

—Te lo puedo asegurar por experiencia propia. Solo unas pocas personas saben esto —me dijo, y de repente pensé en el día que se había enfadado con Ollie, y en cómo había ido tras ese chico en la fiesta. Parecía que Jase le había dicho algo sin pronunciarlo realmente en voz alta—. Y es la última cosa en el mundo que quiero contarte.

—Puedes decírmelo —lo animé, y sí, me sentí una cobarde teniendo en cuenta todo lo que yo no le estaba contando. Aparté esos pensamientos de mi mente y me concentré en Cam—. De verdad, puedes hablar conmigo. Por favor.

Dudó un momento.

—Debería terminar la universidad este año, igual que Ollie, pero no lo voy a hacer.

—Recuerdo que me dijiste que pasaste un tiempo sin ir a clase.

Cam asintió.

—Fue el segundo año. No había estado mucho en casa ese verano porque era entrenador en un campamento de fútbol en Maryland, pero cuando iba a casa, mi hermana... estaba diferente.

No sabía exactamente lo que le ocurría, pero estaba muy nerviosa y se encerraba en su habitación. Y según mis padres, apenas pasaba tiempo en casa.

Se me hizo un nudo en el estómago, y crucé las piernas. Esperaba estar equivocada y no intuir por dónde iba a ir todo esto.

—Mi hermana siempre ha sido una buenaza, ya sabes. Recogiendo animales abandonados y haciendo caso a la gente, especialmente a los marginados. Incluso cuando era pequeña, siempre se hacía amiga del menos popular de la clase. —Las comisuras de sus labios se curvaron—. Conoció a un chico. Era mayor que ella, un año o dos, y supongo que su relación iba en serio, tan en serio como puede ir a los dieciséis años. Lo conocí. No me gustó. Y no tenía nada que ver con el hecho de que estuviera saliendo con mi hermana menor. Había algo en él que no me gustaba nada.

Cam se pasó las manos por el rostro y las dejó caer entre las rodillas.

—Estaba en casa para las vacaciones de Acción de Gracias y me encontraba en la cocina. Teresa también, y estábamos haciendo el tonto. Me empujó y yo le devolví el empujón, dándole un golpe en el brazo. Tampoco fue tan fuerte, pero gritó como si realmente le hubiera hecho daño. Al principio pensé que estaba de broma, pero había lágrimas en sus ojos. Dijo que no era nada y terminé pasándolo por alto, pero la mañana del día de Acción de Gracias mi madre entró en el baño y la vio antes de que se tapara con la toalla.

Contuve la respiración.

—Mi hermana… estaba cubierta de moratones. Los brazos, las piernas. —Apretó las manos hasta formar dos puños—. Dijo que era de bailar, pero todos sabíamos que bailar no te provoca ese tipo de hematomas. Nos costó toda la mañana conseguir que nos dijera la verdad.

—¿Había sido su novio? —Recordé la conversación que habían tenido en la mesa y entendí el interés que se había tomado Cam por saber con quién estaba hablando su hermana.

Asintió, con la mandíbula tensa.

—El muy cabrón le había estado pegando. Había sido muy listo, escogiendo sitios que no fueran muy visibles. Ella siguió con él. Al principio yo no entendía por qué. Resultó que le tenía demasiado miedo como para pensar en romper con él.

Cam se puso de pie y lo seguí con la mirada. Se fue hacia la ventana y apartó un poco las cortinas.

—Quién sabe cuánto tiempo habría continuado haciéndolo si mi madre no hubiera entrado en el baño cuando lo hizo. ¿Teresa habría terminado contándoselo a alguien? ¿O ese hijo de puta habría seguido pegándola hasta matarla?

La angustia me atenazó la garganta mientras me mordía el labio inferior.

—Dios, estaba tan cabreado, Avery. Quería matar a ese cabrón. Estaba pegando a mi hermana y mi padre quería llamar a la policía, pero ¿qué iban a hacer? Los dos eran menores de edad. Le darían un toque de atención y le pondrían un psicólogo, ese tipo de cosas. Y eso era una gilipollez. No me parecía bien. La noche de Acción de Gracias, me fui de mi casa y lo encontré. No me costó mucho, es un pueblo pequeño y todo eso. Llamé a su puerta y salió. Le dije que no se acercara a mi hermana nunca más. ¿Sabes lo que hizo ese sinvergüenza?

—¿Qué? —susurré.

—Se me puso chulo, hinchando el pecho como un gallito. Me dijo que haría lo que le diera la puta gana. —Cam dejó escapar una risa amarga que sonó como un ladrido—. Se me fue la cabeza. Enfadado no es la palabra que lo describe. Estaba *furioso*. Le pegué y no me detuve. —Se dio la vuelta, pero sus ojos no me estaban viendo—. No dejé de pegarle. Ni siquiera cuando salieron sus padres, o cuando su madre comenzó a gritar. Hicieron falta dos policías para que yo lo soltara.

Ay, Dios mío, no sabía qué decir. Mientras lo observaba derrumbarse en el sillón, era incapaz de imaginarle pegando a alguien sin poder detenerse. Ni siquiera después de haber visto lo mucho que se había cabreado con el tío que me sobó en la fiesta de Jase.

Cam se volvió a frotar la cara.

—Yo terminé en la cárcel y él terminó en coma.

Me quedé boquiabierta antes de poder evitarlo.

Miró hacia otro lado, bajando la cabeza.

—Ya me había peleado antes, lo normal. Pero nada como esto. Me abrí los nudillos y ni siquiera me di cuenta. —Meneó la cabeza—. Mi padre… hizo magia. Aunque deberían haberme encerrado durante más tiempo, no lo hicieron. Supongo que ayudó el hecho de que el chico se despertara unos días después.

Cada segundo que pasaba, mis músculos se iban poniendo en tensión, uno tras otro.

—Me salió barato, no pasé ni una noche en la cárcel. —Cam sonrió, pero no había alegría en su rostro—. Pero no pude salir de casa durante meses, mientras todo se solucionaba. Terminé teniendo que hacer un año de servicios sociales a la comunidad en un campamento para niños y otro año en un curso de control de la ira. Ahí es donde voy todos los viernes. Acabaré este otoño. Mi familia tuvo que pagar una indemnización y no tienes ni idea de lo caro que fue. Tuve que dejar de jugar al fútbol por lo de los servicios comunitarios, pero… como ya te he dicho, me salió barato.

Le había salido barato.

Igual que Blaine, al que también le había salido barato.

No. Detuve el curso de mis pensamientos ahí mismo. Eran dos situaciones muy diferentes: Blaine era un violador y Cam le había dado una paliza al tipo que había pegado a su hermana. Lo que Cam había hecho estaba mal. La violencia nunca era una buena respuesta, pero este tío había hecho daño a su hermana.

—Lo entiendo —dije, y me di cuenta de que, aunque los dos hechos se asemejaban de alguna manera, eran totalmente distintos. Y eso me sorprendió. Mi antigua yo únicamente habría pensado que los dos se habían librado por ser quiénes eran, su familia y su dinero. Pero yo ya no era esa chica. Y algunas veces la gente buena hacía las cosas mal.

Giró la cabeza hacia mí.

—¿Qué?

—Que entiendo por qué lo hiciste.

Cam se puso de pie.

—Avery...

—No sé qué dice esto acerca de mí, pero estabas defendiendo a tu hermana, y pegar a alguien no es la respuesta correcta, pero ella es tu hermana, y... —¿Y si yo hubiera tenido un hermano que hubiera reaccionado así después de lo que me ocurrió? Bueno, se habría convertido en mi héroe, por muy terrible que pareciera—. Hay gente que se merece que le den una paliza.

Se quedó mirándome.

Descrucé las piernas.

—Y probablemente hay gente que no se merece ni respirar. Es de locos y es muy triste tener que decirlo, pero es verdad. Ese tío podría haber matado a tu hermana. Qué coño, podría haber matado a otra chica.

Cam siguió mirándome fijamente, como si me hubiese crecido otra nariz.

—Avery, merezco estar en la cárcel. Casi lo mato.

—Pero no lo hiciste.

No dijo nada.

—Déjame que te pregunte una cosa. ¿Volverías a hacerlo?

Pasaron unos segundos y después contestó:

—Todavía me pasaría por su casa a pegarle. A lo mejor no con tanta fuerza, pero, la verdad, no creo que cambiara nada. Ese hijo de puta maltrataba a mi hermana.

Respiré hondo.

—No te culpo.

—Eres...

Me encogí de hombros.

—¿Un poco retorcida?

—No. —Una sonrisa de verdad alivió la tensión de su cara—. Eres increíble.

—Yo no diría tanto.

—De verdad —me dijo, acercándose al sofá. Se sentó a mi lado—. Pensé que te enfadarías o te daría asco cuando lo supieras.

Negué con la cabeza.

Cam posó su frente contra la mía y me rodeó la cara con las manos. Su mirada buscó la mía.

—Me siento muy bien habiéndome sacado esto de encima. No quiero que haya secretos entre nosotros.

Sonreí mientras él se aproximaba a mí, besándome las comisuras de los labios, pero apenas sentí su roce. Cam se arrellanó en el sofá y me arrastró con él. Me acomodé en su pecho, pero todavía sentía el frío en mi interior. Él había compartido su secreto conmigo, a pesar de que temía mi reacción, y yo me había callado, guardándome los míos. No era justo, y no podía sacarme de la cabeza la idea de que todo esto volvería para atormentarme.

«Cómo puedes seguir viviendo así».

Cam me besó la coronilla, y me quedé sin aliento.

No tenía ni idea de cómo seguía viviendo así.

28

No me había dado cuenta hasta entonces, pero Cam había estado sometido a mucha presión, cargando con el peso de un secreto que creía que iba a estropear una relación que le importaba. No tenía ni idea de cómo no lo había reconocido hasta ese momento.

Pero ahora todo iba bien... la mayor parte del tiempo.

En el fondo sospechaba que una de las razones por las que finalmente me lo había contado era porque no se había creído lo que yo le había dicho acerca del mensaje de texto. Que quizá esperaba que, al abrirse conmigo, yo haría lo mismo.

Deseaba poder hacerlo, pero estaba segura de que mi secreto destrozaría lo que más me importaba en este mundo.

Nosotros.

No obstante, dado que era el día de San Valentín, me negué a pensar en ello. Estaba teniendo un día de lo más perfecto y no iba a estropearlo.

Cam se había presentado en mi puerta esa misma mañana con una rosa roja en la mano y me había traído otra cada vez que se terminaba una de mis clases. Para cuando llegó la tarde, ya tenía media docena, que se convirtieron en dos docenas para cuando vino a mi casa esa noche. No sabía muy bien cuál iba a ser el plan, así que me alegré de verlo en vaqueros y jersey, no especialmente arreglado. Ya era tarde, más de las nueve de la noche, porque el día de San Valentín había caído en viernes, y ni siquiera sabía si íbamos a salir.

Le di las gracias por las rosas, las llevé a la cocina y las añadí a las que ya estaban en el jarrón. Él se quedó en la puerta.

—¿Qué estás haciendo? —le pregunté.

Tenía una sonrisa maliciosa.

—Quédate donde estás y cierra los ojos.

—¿Tengo que cerrar los ojos?

—Sí.

Arqueé una ceja mientras intentaba ocultar la emoción que crecía dentro de mí.

—¿Es una sorpresa?

—Por supuesto que sí. Así que cierra los ojos.

Mis labios temblaron.

—Tus sorpresas me dan tanto miedo como tus ideas.

—Mis ideas y mis sorpresas son geniales.

—¿Te acuerdas de cuando creíste que sería una buena idea…?

—Cierra los ojos, Avery.

Sonreí y cerré los ojos, obedeciéndole. Escuché cómo se iba y, unos segundos más tarde, volvía a entrar en mi apartamento.

—No mires.

Decirme que no mirara era como ponerme un trozo de tarta delante y darme un tenedor, y, aun así, prohibirme que me la comiera. Cambié el peso de mi cuerpo a la otra pierna.

—Cam…

—Dame un par de segundos —dijo, y escuché cómo empujaba algo bastante pesado dentro de mi apartamento.

¿Qué era? Era más que curiosidad, estaba haciendo un auténtico esfuerzo para no abrir los ojos. De verdad que no tenía ni idea de lo que estaba haciendo, y, con Cam, todo era posible.

Me cogió de la mano.

335

—Mantén los ojos cerrados, ¿vale?

—Los tengo cerrados. —Dejé que me guiara hasta el salón.

Cam me soltó la mano y me rodeó la cintura por detrás, apoyando su mejilla contra la mía. Unos meses antes habría odiado que cualquiera se me acercara por la espalda, pero me encantaba cuando lo hacía él: sentir sus brazos estrechándome, su fuerza, la intimidad que denotaba ese gesto.

—Ya puedes abrirlos. —Me rozó la mejilla con los labios y me hizo sentir escalofríos—. O te puedes quedar ahí con los ojos cerrados. Eso también me gusta.

Me reí mientras colocaba las manos encima de las suyas, que envolvían mi cuerpo, y abrí los ojos. Me quedé boquiabierta.

—Ay, Dios mío, Cam...

Ante mí se encontraba una plataforma con un terrario completamente equipado, con arena y rocas, con una enramada cubierta de hojas y sitios donde esconderse, y allí había una tortuga del tamaño de mi mano.

Se rio.

—¿Te gusta?

—¿Que si me gusta? —Anonada, asentí mientras me soltaba y me acercaba al terrario, colocando las manos sobre el cristal. El animalito metió la cabeza en la concha—. Me... Me encanta.

—Bien. —Se quedó de pie a mi lado—. Pensé que a Raphael le vendría bien tener un amigo.

Me volví a reír e intenté contener las lágrimas.

—No deberías haber hecho todo esto, Cam. Esto es... demasiado.

—Tampoco es para tanto y todo el mundo necesita una tortuga de mascota. —Inclinó la cabeza y me besó en la mejilla—. Feliz día de San Valentín.

Me di la vuelta, lo rodeé con los brazos y lo besé como si no hubiera un mañana. Cuando por fin me aparté, sus ojos azules refulgían.

—Gracias.

Me volvió a besar, suave y delicadamente.

—De nada.

Le pasé las manos por la cintura y dejé descansar la cabeza contra su pecho.

—¿Es macho o hembra?

—Pues la verdad es que no lo sé. Se supone que lo averiguas por la forma de su caparazón, pero no tengo ni idea.

Sonreí.

—Bueno, sea chico o sea chica, le voy a llamar Michelangelo.

Cam echó la cabeza hacia atrás y se rio.

—Perfecto.

—Ahora necesitamos otras dos más.

—Es verdad.

Me liberé de su abrazo y le sonreí.

—Ahora vuelvo. —Fui al dormitorio y cogí el sobre y la tarjeta donde había metido las entradas. Cuando volví al salón, Cam estaba ajustando la lámpara del terrario. Se dio la vuelta y me dedicó una sonrisa—. Feliz día de San Valentín —dije, y le puse el sobre en las manos. Me ruboricé—. No es tan guay como tu regalo, pero espero que te guste.

—Seguro que sí.

Con la sonrisa todavía en los labios, abrió el sobre con cuidado y sacó la tarjeta. No había escrito mucho, porque no se me ocurría qué poner. Me había decidido por un breve texto y mi nombre.

Contuve el aliento mientras abría la tarjeta. Su sonrisa se hizo más amplia al sostener las dos entradas en la mano. Me miró.

—Es un regalo alucinante, corazón.

—¿De verdad? —Di una palmada, satisfecha—. Esperaba que te gustara. Quiero decir, ya sé que no jugar al fútbol es una mierda y espero que no te ponga triste ir a un partido, y no tienes por qué llevarme a mí…

Cam se apoderó de mi boca como si estuviera hambriento. No hubo nada lento en ese beso; era un nivel totalmente diferente de seducción.

—Por supuesto que te voy a llevar. Este regalo es perfecto —me dijo, mordisqueándome el labio inferior de tal manera que el calor me inundó, y me dejó necesitándole todavía más—. Tú eres perfecta.

Una vocecilla traicionera se abrió paso. *Si supiera cuán lejos estoy de ser perfecta.* Aparté ese pensamiento de mí y me dejé llevar por el beso. No fue difícil. No cuando él me estaba bebiendo como si le hubieran negado agua durante mucho tiempo.

Sus manos bajaron hasta mis caderas y me empujaron contra él. Lo sentí excitarse contra mi vientre. Cam era… muy sexual, así que no me asombraba que se le hubiera puesto dura tan pronto, pero siempre me sorprendía que, a pesar de lo mucho que me deseaba, nunca me presionara para hacer lo que yo sabía que habría dado cualquier cosa por hacer.

Cuando su abrazo se hizo más fuerte, le pasé las manos por el cuello. Parecía que habíamos llegado a alguna especie de acuerdo sin palabras, porque inmediatamente me levantó en el aire y le rodeé el cuerpo con las piernas. Gemí mientras sentía su cuerpo contra mí y su lengua bailaba con la mía.

Empezó a caminar y la sangre se me agolpó en las venas. Sabía adónde se dirigía y la emoción y los nervios batallaban dentro de mí. Me dejó sobre la cama y me incliné hacia atrás, ocupándola. Se detuvo el tiempo suficiente como para sacarse el jersey por la cabeza, y después me rodeó la cara con las manos. La fuerza que tenía en los brazos, en su cuerpo, era abrumadora, pero no me asustaba.

Me alcé un poco y, con el dedo, recorrí las llamas que rodeaban al sol que tenía dibujado en el pecho.

—Me encanta este tatuaje —admití—. ¿Por qué te lo hiciste?

Una sonrisilla.

—¿De verdad quieres saberlo?

—Claro.

—Es una historia un poco tonta.

Seguí el contorno del sol.

—Bueno, ya seré yo quien juzgue eso.

—Me lo hice después de la pelea. —Cam se colocó de tal manera que sus rodillas rodeaban mis muslos y metió las manos por debajo de mi camiseta. Me alcé para ayudarle a que me la quitara. No supe dónde terminó. Simplemente la tiró detrás de él—. Estuve hecho un lío una buena temporada. No podía volver a clase, estaba encerrado en casa, y era culpa mía. Me preocupaba pensar que había algo malo en mí, y que por eso me había comportado como lo había hecho.

Dejé caer los brazos a los lados mientras me acariciaba el estómago. Sus dedos llegaban a rozarme el borde del sujetador y su cierre frontal.

—Estaba deprimido —admitió. El pelo le caía sobre la frente mientras se inclinaba hacia delante y colocaba su otra mano al lado de mi cara—. Estaba enfadado conmigo mismo y con el mundo, y toda esa mierda. —Se detuvo y me empezó a acariciar el estómago otra vez, haciéndome cosquillas. Volvió a sonreír ligeramente—. Creo que me bebí todas las botellas de alcohol que tenían en la despensa en unas dos semanas. Sabía que estaban preocupados por mí, pero…

Cam dejó de hablar y agachó la cabeza, besando el espacio entre mis pechos. Contuve el aliento y lo volvió a hacer.

—Jase venía a visitarme a menudo. Ollie también. Si no hubiera sido por eso, probablemente habría perdido la puta cabeza. ¿Puedo? —Me miró, sus ojos con un propósito claro, sus dedos en el cierre de mi sujetador.

El corazón me dio un vuelco. Sería la primera vez que me lo quitara. Con la boca totalmente seca, asentí.

—Gracias —me dijo, y pensé que era algo extraño por lo que estar agradecido. Su mirada volvió a descender, y otra vez me quedé sin aliento. Abrió el cierre con delicadeza, pero no me lo quitó del todo—. Fue algo que Jase me dijo mientras yo estaba borracho. No sé por qué, pero se me quedó grabado.

Respiré con dificultad mientras él me acariciaba entre los pechos.

—¿Qué…, qué dijo?

Cam me miró a través de esas pestañas tan espesas.

—Dijo algo así como que las cosas no podían estar tan mal si el sol seguía brillando. Y, como te he dicho, se me quedó grabado. A lo mejor porque es la verdad. Mientras el sol siga saliendo, las cosas no pueden ser tan malas. Y por eso me hice un tatuaje del sol. Como recordatorio.

—No es una historia tonta —le dije.

—Mmm…

Me apartó una de las copas del sujetador y después la otra, con cuidado. El aire fresco estremeció mis pezones, que ya estaban duros. Estaba completamente desnuda de cintura para arriba.

—Dios, eres preciosa, Avery.

Creo que se lo agradecí, pero no estoy muy segura de si mi frase llegó a tener algún sentido. Pasó las manos por mis pechos, y mi espalda se arqueó al contacto de su piel contra la mía. Dijo algo en una voz demasiado baja como para que lo entendiera mientras me acariciaba el pezón con el pulgar. Vi cómo flexionaba el brazo al lado de mi cabeza.

Cam me miró y sostuvo mi mirada mientras ponía la mano sobre el botón de mis vaqueros. La pregunta estaba en sus ojos, y yo asentí, queriendo saber lo que iba a hacer a continuación, sin hacer caso de mis miedos.

Me quitó los pantalones y después los calcetines. Comentó algo sobre las calaveras que había dibujadas, pero el anhelo de mi cuerpo no me dejaba hacer caso a sus palabras. Después me quitó el sujetador, y, cuando ya solo me quedaban las bragas puestas, me recorrió con los ojos lentamente, haciéndome sentir como si estuviera expuesta al sol de Texas en agosto.

Nuestros labios se encontraron mientras él se tumbaba de lado. Los besos eran tiernos y lentos al mismo tiempo que me acariciaba los pechos. Se movía con seguridad, provocándome con sus besos mientras recorría con los labios mi barbilla, mi garganta. Me quedé rígida en el momento preciso en que su boca ardiente se cerró sobre el contorno de mi pecho. Ya había hecho esto antes con el sujetador puesto, pero no se podía comparar a la sensación de cuando no había nada que nos separara. La sangre se me convirtió en lava y mis caderas se empezaron a mover en pequeños círculos. Mientras su boca seguía ocupada, su mano se deslizó hacia abajo, rozándome la piel y metiéndose en mis bragas.

Curvé los dedos de los pies cuando encontró mi clítoris. Unas emociones totalmente nuevas me recorrieron todo el cuerpo. Eché la cabeza hacia atrás mientras la boca de Cam descendía por mi cuerpo, sus dedos recorriendo mi contorno.

Alzó la cabeza, sus ojos taladrándome mientras empezaba a meter un dedo dentro de mí. Me quedé sin aliento y le clavé las uñas en los brazos.

—¿Estás bien? —me preguntó, con su voz profunda y dulce como un whisky añejo.

Respirando con dificultad, volví a asentir.

—Sí.

Una sonrisa ligera e íntima afloró a sus labios mientras empujaba un poco más. Mi cuerpo estaba en llamas para cuando empezó a seguir un ritmo, sus ojos fijos en los míos. Estaba temblando por completo. El nudo que se me formaba dentro cada vez que me tocaba era mucho más intenso.

—Qué apretado está. —murmuró, y su beso me consumió por entero.

Mis caderas se movían cada vez más rápido, y giró la mano, presionando mi punto más sensible. La sensación de su torso desnudo contra el mío, su mano en mis bragas, su dedo dentro de mí..., era demasiado. Me contraje contra su mano, apretando los muslos, y rompí el beso, gritando su nombre mientras un fuerte orgasmo se abría paso dentro de mí.

Cam profirió un gruñido profundo mientras me besaba el cuello.

—Me encanta cómo dices mi nombre.

Apenas podía respirar, y mucho menos hablar, mientras él continuaba moviéndose dentro de mí, prolongando cada espasmo. Cuando los temblores llegaron a su fin, retiró la mano. Me sentía ruborizada, embriagada. Quería darle más de lo que le había dado hasta entonces. Nerviosa y emocionada, lo empujé ligeramente para que se tumbara de espaldas. Respiré hondo y me monté encima de él; antes de que perdiera el valor, le desabroché los botones de los vaqueros y se los bajé.

Cam se contrajo en el momento en el que le rodeé con los dedos y mi aliento cálido rozó su miembro. Sus manos agarraron con fuerza la colcha de mi cama.

—Joder —gruñó.

Sonreí ante la tortura que se apreciaba en su voz y cerré la boca alrededor de él. Todo su cuerpo se convulsionó en un espasmo y arqueó la espalda. Lo cierto es que no tenía ni idea de cómo hacerlo, pero supuse que no sería muy difícil.

Y no lo fue.

Cam posó una mano sobre la mía mientras le seguía tocando, y colocó la otra en mi nuca para guiar sutilmente mis nada practicados movimientos. No me sentía avergonzada o preocupada por estar haciéndolo mal. Si su cuerpo y sus gemidos me daban alguna pista, era que lo estaba haciendo lo suficientemente bien como para que lo disfrutara.

Me apartó de él antes de que el orgasmo le hiciera estremecerse y me besó, irguiéndose, al tiempo que se corría. Me encantó la manera en la que su cuerpo se sacudió, pero, sobre todo, me encantó sentirme lo suficientemente a salvo y segura como para estar haciendo esto. Cansada, me aparté un poco, tumbándome sobre la espalda, y él hizo lo mismo, su pecho subiendo y bajando rápidamente.

—Este ha sido el puto mejor día de San Valentín.

Se me escapó una profunda carcajada.

—Estoy de acuerdo.

Su mano encontró la mía y le dio un apretón.

—¿Tienes hambre?

—No. —Sofoqué un bostezo—. ¿Y tú?

—Todavía no —contestó.

No tenía ni idea de la hora que era, pero me sentía hecha polvo y habría hecho falta un milagro para sacarme de esa cama. O un poco de chocolate. Algo que sí sabía era que no quería que se fuera. Reuní el coraje que me hacía falta para decírselo.

—¿Te quedas conmigo? ¿A pasar la noche?

Cam me acarició el hombro desnudo con la mano.

—No va a hacer falta que me lo pidas dos veces. —Me besó el hombro—. Ahora mismo vuelvo.

Me di la vuelta en cuanto se fue, tapándome con la colcha. Oí que abría el grifo del baño y después ahí estaba otra vez, tumbándose a mi espalda. Con sus brazos rodeándome la cintura y su cuerpo contra el mío, sonreí soñolienta y pensé en el sol.

Todo era perfecto.

29

El sol brilló durante todo febrero y a lo largo de marzo. La mitad de las vacaciones de primavera las pasé en mi apartamento con Cam y Ollie, y la otra mitad en casa de los padres de Cam, y hasta nos dio tiempo a quedar con Brit mientras estaba con su familia.

Me parecía raro que Brit no supiera lo que había ocurrido con Cam y el exnovio de su hermana, pero no saqué el tema a relucir. Lo que Cam me había contado era un asunto muy personal y no importaba mi curiosidad por lo que Brit sabía o dejaba de saber, no iba a traicionar la confianza que él había depositado en mí.

Especialmente cuando había tenido tantas oportunidades para abrirme a él. Sin importar cuántas veces me dijera a mí misma que lo iba a hacer, me resultaba imposible decir las palabras en voz alta. La idea de sincerarme con Cam me aterrorizaba. No sería nada fácil y no sabía por dónde empezar.

En vez de eso, llegaba a extremos insospechados para asegurarme de que nunca dejaba mi teléfono a solas con Cam. Todavía seguía recibiendo mensajes y llamadas, por lo menos dos veces a la semana, y casi no miraba el correo electrónico. Muchas veces, a lo largo de esos dos meses, estuve *a punto* de contestar a los mensajes. O a *muy poco* de abrir mi mail y contestar a uno de los correos.

Pero, al igual que con Cam, prefería fingir que no estaba sucediendo antes que afrontarlo. Odiaba esa parte de mí, la despreciaba realmente, porque todavía seguía escapando en vez de enfrentarme a ello.

Mientras el invierno abandonaba nuestra región y la tierra comenzaba a florecer, Cam todavía se estaba decidiendo entre aprovechar el puente de abril para ir a casa de sus padres o quedarse y hacer el vago. Mientras, Jacob se pasó la hora de la comida intentando convencer a Brit de que le acompañara en una especie de voluntariado para plantar un jardín.

Brit bañó una patata en mayonesa. Ollie la observaba con una expresión entre asco y admiración. Ella ni se dio cuenta.

—No voy a desperdiciar mis últimos días libres del semestre plantando margaritas.

—No son margaritas —suspiró Jacob—. Es un jardín botánico, lleno de maravillas y de amor.

Cam estaba sentado a mi lado y me miraba. Escondió la cara en mi cuello para poder reírse. Yo opté por el antiguo método de taparme la boca con la mano.

—Eso es una estupidez. —Brit se metió la patata cubierta de mayonesa en la boca y Ollie gruñó de disgusto—. Voy a pasarme esos cuatro días vegetando.

—¿De verdad vas a preferir convertirte en un vegetal a hacer que tu alma sea feliz?

Los hombros de Cam empezaron a sacudirse.

—Prefiero ser un brócoli —contestó Brit.

Al otro lado de la mesa, Ollie finalmente apartó su mirada de Brit y miró a Jacob.

—¿Lo dices en serio?

—¡Sí! —Jacob golpeó la mesa con fuerza—. ¿Por qué no llenar el mundo de preciosas flores, todas de distintos colores?

Le sostuve la mirada.

—¿Te has drogado?

Jacob pareció ofenderse... unos dos segundos.

—Quizá un poco.

Riéndome, eché un vistazo a Brit.

—Deberías ayudarle a construir ese jardín feliz.

Resopló.

—También puedes ayudarle tú.

—Ah, no. —Cam alzó la cabeza mientras se acercaba a mí y me colocaba una mano en la rodilla—. Este fin de semana es toda mía. Nada de jardines del amor.

—¿A no ser que vaya a plantar en *tu* jardín del amor? —preguntó Jacob.

Puse los ojos en blanco.

—Qué mono.

—Parecía que estaba plantando algo anoche. —Ollie alejó la mayonesa del alcance de Brit—. Por lo menos, a juzgar por los sonidos que se oían desde tu cuarto.

Me quedé atónita.

—¡Pero bueno!

—¿Qué pasa, que tenías la oreja pegada? —La mano de Cam subió por mi muslo, y me encontré sonrojándome por una razón completamente diferente.

Ollie se encogió de hombros.

—¿Y qué más se supone que puedo hacer?

—Pervertido —le respondió Cam.

Los tres empezaron a discutir sobre verduras, dejándonos a Cam y a mí fuera de esa conversación tan extraña, lo que por mí estaba bien. No era una gran aficionada a las verduras.

—He tenido otra gran idea. —Cam apoyó la barbilla en mi hombro y habló en voz baja.

Giré levemente mi cabeza hacia él.

—Ay, madre mía…

—Te va a encantar.

Una sensación cálida me llenó por dentro y tuve el impulso de decirle que lo quería, pero sentados en la cafetería de la universidad no era el mejor momento para soltarlo, no mientras nuestros amigos estaban discutiendo las ventajas y desventajas de los espárragos. Así que me conformé con un:

—¿Cuál es tu idea?

—Tómate el resto del día libre y pásalo conmigo.

Me parecía una idea excelente.

—Tengo clase.

—Es Arte. No cuenta como una clase de verdad.

—Ah, ¿y eso?

Alzó la cabeza y sus labios rozaron mi oreja.

—Tú misma me dijiste que casi te quedas dormida el lunes.

—Casi —puntualicé.

Cam me besó la oreja y sentí un escalofrío.

—Confía en mí. Lo que tengo preparado es mucho mejor que una clase de Arte.

Mi mente se fue directa a una cosa. Sexo. Sexo de verdad, con penetración.

Oh, Dios mío, no podía creerme que de verdad hubiera pensado eso. ¿Había otro tipo de sexo del que yo no hubiera oído hablar? Bueno, la verdad es que sí. Habíamos hecho todo tipo de cosas, excepto eso. Nos habíamos tocado, nos habíamos restregado, él me había recorrido con la lengua y yo había hecho lo mismo con él, pero ¿sexo de verdad? No había habido nada de eso, aunque la última vez, la vez que Ollie estaba diciendo que había escuchado, había parecido que sí lo íbamos a hacer. Estaba claro que nos encaminábamos a ello.

Pero me había entrado el pánico y me había puesto a prestarle atención oral a Cam. Él no había tenido quejas al respecto, pero no podía seguir haciendo eso para siempre. Teníamos que llevar nuestra relación al siguiente nivel. Además, probablemente era la única chica de veinte años que quedaba virgen en la universidad. Y ¿cuánto tiempo iba a esperar Cam a que yo estuviera preparada? Ya llevábamos juntos cuatro meses, y para un chico el tiempo pasaba como para los perros, así que eran cuatro años.

La expectación me recorrió el cuerpo, pero, debajo de toda esa emoción, la angustia se cristalizó en una bola de hielo en mi pecho.

Cam me rodeó la cintura con los brazos y me alzó hasta sentarme en su regazo. Los de nuestra mesa nos ignoraron, pero el resto de la gente comenzó a mirarnos.

A él le daba igual toda la atención que estábamos despertando en los demás mientras me sonreía.

—¿Qué me dices?

—Sois tan pegajosos que es hasta bonito —nos interrumpió Jacob. Lo miramos—. Si no te saltas la clase y te escapas con él, te voy a dar una patada en el culo.

—Bueno, entonces no me puedo negar.

Solo esperaba que cuando llegara el momento pudiera decir que sí.

Lo cierto era que Cam era extraordinario.

Y no sabía cómo conseguía seguir sorprendiéndome constantemente con su atención a los detalles, o cómo era posible que fuera tan maravilloso. O por qué me había costado tanto darme cuenta de todo eso.

Después de salir del campus, quedamos en mi coche y él empezó a tirar de mí hacia su camioneta.

—¿Qué vamos a hacer?

—Ya lo verás.

Esa sonrisilla llena de secretos me ponía de los nervios. No fue hasta que estuvimos en la autopista y vi los carteles que empecé a sospechar a dónde íbamos. Me giré para mirarlo y, con la emoción, casi me estrangulo con el cinturón de seguridad.

Cam se rio.

—¿Vamos a Washington? —le pregunté, casi saltando en mi asiento.

Me miró de reojo.

—Quizá.

—¿Y vamos a ir al Smithsonian?

—Puede que sí.

Me acomodé en el asiento y junté las manos.

—¿Por qué? —se me escapó—. Bueno, sé que la historia no te gusta mucho, así que ¿por qué?

—¿Que por qué? —Se rio mientras se colocaba la gorra que llevaba puesta—. Te dije que iría al Smithsonian contigo y no pude llevarte por tu cumpleaños, así que pensé que por qué no hoy mismo.

«Por qué no hoy». Ese era uno de los rasgos que más me gustaban de Cam. Su habilidad para hacer las cosas en el momento que le apeteciera, sin tener un plan o pensárselo dos veces. Vivía la vida plenamente y nada lo retenía, ni siquiera los problemas que había tenido, porque ya los había superado.

Sobre todo porque aceptaba lo que había hecho y las consecuencias de sus acciones. Podía haberle costado unas cuantas semanas de su vida, pero lo había asumido.

Admiraba eso de él.

Nos pasamos el resto de la tarde yendo de exposición en exposición. Cam parecía más interesado en abrazarme y en robarme besos que en lo que estábamos viendo, y me parecía bien. Pensé en las parejas que había observado la última vez que había estado allí, y me di cuenta de que me había convertido en parte de una de ellas. Era todo tan normal, tan perfecto. No había nada que los diferenciara a ellos de nosotros y me deleité en ello.

Ya era tarde cuando volvimos a casa y, como los jueves no dábamos clase, teníamos la noche entera para nosotros. Animada por nuestro viaje sorpresa, puse un poco de comida para tortugas en un cuenco y lo metí en el terrario de Michelangelo.

Mientras volvía a colocar la tapa, Cam se me acercó por detrás y me puso las manos en las caderas. Me dio la vuelta y me puse de puntillas para darle un beso en los labios.

—Gracias por lo de hoy —dije, pasándole las manos por el cuello—. Me lo he pasado muy bien.

—Te dije que era una gran idea.

—Normalmente lo son.

—¡Ostras! —Abrió mucho los ojos, exagerando la mueca de sorpresa—. ¿Acabas de admitirlo en voz alta?

Sonreí.

—A lo mejor.

—Mmm, ya sabes que mis ideas siempre son de diez.

—En una escala de uno a cien, sí.

—Ja, ja. —Subió las manos hasta rodear mi torso—. ¿Sabes qué? Tengo otra idea.

—¿Incluye huevos?

Se le escapó una carcajada y después juntó sus caderas contra las mías.

—Los huevos no hacen falta.

Ya me imaginaba lo que iba a hacer falta. El estómago me dio un vuelco.

—¿Seguro que no?

Negó con la cabeza.

—Pero es algo que también es apetitoso.

Me sonrojé y aparté la mirada.

Sus labios siguieron el contorno de mi mejilla.

—Lo que se necesita es a ti y a mí, una cama, y muy poca ropa, o mejor ninguna.

Un escalofrío me recorrió la espalda.

—Ah, ¿sí?

—Sí. —Cam deslizó la mano hacia abajo y la metió por dentro de la cinturilla de mis vaqueros, así que sus dedos descansaban en la curva de mis lumbares. Me rozó las cejas con los labios—. ¿Qué piensas?

No estaba pensando. Eché la cabeza hacia atrás y Cam aceptó mi silenciosa invitación. Sus labios eran míos y sus manos estaban por debajo de mi camiseta. Se apartó un momento, lo suficiente para quitármela, y después se arrancó la suya. Con las bocas fusionadas, empezamos a caminar, nos dimos contra el sofá y él perdió el equilibrio. Se cayó de espaldas, mitad en el sofá, mitad en el suelo. Nos empezamos a reír mientras nos besábamos y las risas se acallaron en cuanto nuestras manos estuvieron un poco más ocupadas. Con una habilidad suprema, Cam consiguió quitarme los vaqueros mientras yo estaba encima de él, y después empezó a mostrarme otra serie de talentos.

Sus manos viajaron al norte, recorriéndome los pechos, encontrando los pezones recubiertos de seda. Arqueé la espalda al sentir su contacto, reprimiendo un gemido mientras Cam hacía ese ruido tan sexy y sus caderas presionaban contra las mías. Una oleada de calor me inundó mientras su tacto abandonaba mis pechos y se adentraba en la curva de mi vientre. Metió la mano por dentro de mis bragas. Me abarcó por entero, frotando con su pulgar en el sitio exacto, haciéndome gritar. El deseo, la necesidad de perderme por entero en esa sensación, aunque solo fuera por unos momentos, se apoderó de mí. Mi piel estaba en llamas para cuando me arrodillé y empecé a bajarle la bragueta.

—Avery —gimió Cam, frotándose contra mi mano.

Al escuchar mi nombre en sus labios, la tensión empezó a acumulárseme dentro. Nuestros cuerpos se movían al compás, pero todavía estaban separados. Esa tensión se convirtió en una espiral, en un tornado, arrasándolo todo a su paso. Eché la cabeza hacia atrás y me mordí los labios. La euforia me inundó por completo.

Cam se movió y lo siguiente de lo que me di cuenta era de que se había puesto de pie y yo seguía abrazada a él, como un pequeño mono. Todavía estaba temblando cuando me depositó en la cama. Aún aturdida, lo vi desnudarse. Por entero.

Dios mío, era guapísimo.

Enganchó mis bragas con los dedos y alcé las caderas para que me las pudiera quitar. No era la primera vez que me las quitaba, pero sí era la primera vez que estábamos los dos tan desnudos. Los últimos cuatro meses habíamos pasado por diferentes fases de desnudez. Aquella era la etapa final. El estómago se me llenó de mariposas.

Cam se colocó encima de mí, sus labios trazando el contorno de mi cuerpo. Enredé los dedos en su pelo cuando volvió a ascender, reclamando mi boca. Se dejó caer y sentí su miembro duro contra mi muslo.

El corazón se me detuvo, y luego aceleró.

Un escalofrío le recorrió el cuerpo, o a lo mejor era el mío el causante, porque creo que estaba temblando. No sabía si era de excitación o por otra cosa. Mis manos encontraron su pecho y se extendieron sobre él.

—¿Quieres esto? —me preguntó, su voz tensa mientras se contenía.

—Sí —contesté, y me dije a mí misma que sí era lo que quería. Lo deseaba. Quería cruzar la línea de meta con Cam.

Sus ojos se encontraron con los míos durante un segundo y después agachó la cabeza, besándome mientras su cuerpo descendía por el mío. Lo sentí allí mismo, la punta de su miembro introduciéndose en mi humedad, y no sé qué pasó. A lo mejor fue notar su peso encima de mí o sentirlo entre mis muslos. Durante un momento horrible, ya no estaba en mi habitación o debajo de Cam. Estaba de vuelta en aquel sofá, mi cara enterrada en la tela áspera. El frío recorría la desnuda mitad inferior de mi cuerpo, seguido por una mano apremiante y tosca. Intenté expulsar el recuerdo de mi cabeza y concentrarme en lo que estaba sucediendo en la realidad, pero, una vez me asaltó el recuerdo, ya no pude borrarlo.

Noté cómo ponía en tensión cada músculo del cuerpo y el nudo de inquietud que había sentido antes, en la universidad, volvió a instalarse en mi pecho más fuerte que nunca. Fue como si un frío ártico se apoderara de mí. Me sentía congelada por fuera y por dentro. El pánico se abrió paso con sus garras afiladas.

Moví la cabeza a un lado, rompiendo nuestro beso mientras lo empujaba.

—No. Para. Para, por favor.

Cam se detuvo, su pecho subiendo y bajando con cada respiración.

—¿Avery? Pero ¿qué...?

—Quita. —Sentía un hormigueo en la piel y la presión me atenazaba el pecho—. Quita. *Por favor.* Quítate de encima.

Lo hizo inmediatamente y me levanté de la cama, agarrando la colcha y tapándome con ella. Me alejé tan rápido que me tropecé con la cómoda. Todos los botes de cremas que había se tambalearon. El sonido que hicieron al caerse me sacó del trance. El corazón me latía tan deprisa que pensé que me iba a marear.

—Ay, Dios —murmuré. Estaba muy cerca de vomitar el pretzel que habíamos compartido antes.

La luz del pasillo iluminaba de manera extraña la mitad de la cara de Cam. Tenía los ojos muy abiertos. Se me quedó mirando, las cejas arqueadas con preocupación.

—¿Te he hecho daño? No quería...

—No. ¡No! —Cerré los ojos—. No me has hecho daño. Si no siquiera has... No lo sé. Lo siento... —Me quedé callada, sin saber qué decir.

Cam respiró hondo varias veces y apoyó las manos en la cama.

—Habla conmigo, Avery. ¿Qué acaba de suceder?

—Nada. —Mi voz se rompió—. No ha sucedido nada. Solo que pensé…

—¿Qué pensaste?

Negué con la cabeza.

—No lo sé. No es para tanto…

—¿Que no es para tanto? —Frunció el ceño—. Avery, me acabas de acojonar vivo. Has reaccionado como si te estuviera haciendo daño…, o como si te estuviera forzando.

Horrorizada, sentí que el estómago me daba un vuelco.

—No me estabas forzando, Cam. Me gustaba lo que estabas haciendo.

Pasaron unos instantes y entonces dijo:

—Sabes que nunca te haría daño, ¿verdad?

—Sí. —Las lágrimas se agolpaban en mi garganta.

—Y que nunca te obligaría a hacer nada que tú no quisieras. —Hablaba lentamente, pronunciando con cuidado cada palabra—. Lo entiendes, ¿verdad? Si no estás preparada, me parece bien, pero tienes que decírmelo. Tienes que hacérmelo saber antes de que te afecte hasta este punto.

Asentí mientras seguía agarrando la colcha con fuerza.

Hubo otro minuto de silencio mientras me miraba fijamente. Una cierta comprensión de lo que estaba pasando se reflejó en su rostro, y yo me mordí los labios. Por un lado, quería saber lo que estaba pensando, y, por el otro, no me apetecía nada averiguarlo.

—¿Qué es lo que no me estás contando? —me preguntó, lo mismo que me había dicho la noche del aparcamiento.

No pude contestar.

Apretó la mandíbula.

—¿Qué te pasó?

—¡Nada! —Esa palabra surgió con la fuerza de un disparo—. No hay nada de lo que hablar, joder. Así que déjalo de una puta vez.

—Estás mintiendo.

Ahí estaba. Lo había dicho. Me lo había dicho a la cara.

Cam respiró hondo, calmado.

—Me estás mintiendo. Te ha sucedido algo, porque ¿sabes qué? —Señaló hacia donde habíamos estado abrazados un momento antes—. Esto no es porque no estuvieras lista. Esto es por otra cosa, porque tú sabes, *lo sabes,* que te esperaría el tiempo que hiciera falta, Avery. Te juro que es cierto, pero tienes que decirme qué es lo que está pasando.

Me dolía el pecho solo de escuchar sus palabras, pero no podía decir nada.

—Te lo ruego, Avery. Tienes que decirme la verdad y ser honesta conmigo. Dijiste que confiabas en mí. Tienes que demostrármelo, porque sé que hay más detrás de todo esto. No soy estúpido y no estoy ciego. Recuerdo cómo reaccionaste cuando nos conocimos y, desde luego, recuerdo lo que me dijiste aquella noche que estabas borracha.

Ay, Dios. Me daba la impresión de que el suelo se movía bajo mis pies.

Él seguía.

—¿Y ese mensaje de texto? ¿Me estás diciendo que no tiene nada que ver con todo esto? Si confiaras en mí, me contarías qué coño está pasando.

—Confío en ti. —Las lágrimas me inundaron los ojos, haciendo que lo viera borroso.

Cam me observó durante un instante y después se levantó y cogió sus vaqueros del suelo. Se los puso y se subió la cremallera. Se dio la vuelta para mirarme, su expresión tensa.

—No sé qué más hacer contigo, Avery. Te he contado cosas de las que no estoy orgulloso. Cosas que no sabe casi nadie, y, a pesar de eso, tú me ocultas tu mierda. Me lo ocultas *todo.* No te fías de mí.

—¡No! Sí que lo hago. —Empecé a acercarme, pero me detuve cuando vi su cara—. Te confiaría mi vida.

—Pero ¿no me dirías la verdad? Qué gilipollez, Avery. No confías en mí. —Me rodeó y se dirigió al salón.

Lo seguí, las manos temblorosas.

—Cam...

—Déjalo. —Recogió su jersey del suelo y se me encaró—. No sé qué más hacer, y puede que no lo sepa todo, pero sí sé que las relaciones normales no son así.

El miedo me golpeó el pecho.

—¿Qué estás diciendo?

—¿Qué crees que estoy diciendo, Avery? Que tienes unos problemas bastante obvios, y no, no me mires como si le acabara de dar una patada a un perrito. ¿Crees que rompería contigo por algo que te sucedió en el pasado? Igual que pensaste que te iba a juzgar cuando viera la cicatriz de tu muñeca. Sé que piensas eso, y es una mierda. —La pena y la furia teñían su voz—. ¿Cómo podemos tener un futuro juntos si no eres capaz de ser honesta conmigo? Si no puedes fiarte de que lo que siento por ti es lo suficientemente fuerte, entonces no tenemos nada. Esta mierda es por la que se terminan las relaciones de pareja. No por el pasado, Avery, sino por el *presente*.

Me quedé sin aliento.

—Cam, por favor...

—Ya no, Avery. Ya te lo he dicho antes. Todo lo que te pedía era que confiaras en mí y que no me apartaras. —Se dirigió hacia la puerta—. Y está claro que no te fías y me estás dejando fuera otra vez.

Y entonces se fue, la puerta cerrándose tras él. Llegué al sofá antes de que las piernas me fallaran. Me hice un ovillo. Sentía una grieta en mi pecho, en mi corazón, y el dolor era muy real.

Abrí la boca, pero no se oyó nada.

Ni un sonido salió de mi boca.

30

Me quedé en la cama y dormí todo el jueves y el viernes. Una sensación de agobio me cubría por entero, como si fuese una manta demasiado pesada. Lo había estropeado todo. De una manera brutal. Eso era lo que me repetía a mí misma una y otra vez. Era la verdad y era todo en lo que podía pensar.

No era como había planeado pasar ese puente de abril.

Enterré la cabeza en la almohada y me mantuve alejada del teléfono, porque, si lo miraba y Cam no me había llamado, me iba a sentir peor. Lo que no tenía sentido, porque sabía que no me iba a llamar.

Y no tenía duda alguna de que estaba enamorada de él. Había una diferencia entre querer a alguien y estar enamorada, y a mí se me había escapado la oportunidad entre los dedos.

Cam ya había tenido bastante.

Había confiado en mí, y, de algún modo, yo me había burlado de su confianza. Si él hubiera sabido lo que me había pasado, a lo mejor las cosas podrían haber sido diferentes para nosotros el miércoles por la noche. Pero me había quedado callada, al igual que todos esos años.

En algún momento del sábado, la intensa pena que sentía por mí misma se transformó en otra cosa. Aparté las mantas y me quedé de pie en medio de mi habitación, respirando con dificultad. Me di la vuelta, cogí un bote de crema para el cuerpo y lo arrojé al otro lado de la habitación. El bote golpeó la puerta del armario y cayó al suelo.

Todavía no estaba satisfecha, así que cogí otro bote y lo tiré con más fuerza. Este golpeó la pared y dejó una marca. Adiós, fianza de la casa.

Me daba igual.

La furia se despertó dentro de mí como un remolino de viento. Me giré y arranqué las mantas y las sábanas de la cama.

Después ataqué el armario.

Odiaba esos jerséis aburridos, esos cuellos altos, las chaquetas y las camisas que me sentaban tan mal. Odiaba todo, pero, sobre todo, me odiaba a mí misma por estar haciéndome esto. Llorando, lo saqué todo. Las perchas se cayeron al suelo. Las lágrimas me nublaban los ojos mientras me daba la vuelta, buscando algo más que destrozar, pero no había nada. No había fotos enmarcadas que tirar al suelo. No había cuadros que arrancar de las paredes. No había nada. Estaba tan cabreada…, cabreada conmigo misma.

Fui al pasillo y me apoyé en la pared, cerrando los ojos. Respirando con dificultad, eché la cabeza hacia atrás y ahogué un grito.

Este silencio me estaba matando.

Y eso era todo lo que había. Silencio. Era todo lo que sabía hacer: quedarme callada, fingir que no había pasado nada, que nada iba mal. Y mira lo bien que me había salido todo.

Me dejé caer y abrí los ojos. Estaban tan secos como yo me sentía por dentro, quebradiza.

¿A quién iba a culpar por esto? ¿A Blaine? ¿A sus padres? ¿A los míos? ¿Acaso importaba? Ni una sola vez me había enfrentado a mis padres y les había dicho lo que pensaba. Solo había callado y había aguantado…, aguantado hasta que me pude escapar.

El problema era que escapar ya no me valía. En primer lugar, no había funcionado. ¿Y cuánto tiempo me había costado darme cuenta? ¿Cinco años, casi seis? ¿Y cuántos kilómetros? ¿Miles?

Y entonces, como un puñetero reloj de cuco, oí que mi teléfono sonaba desde el salón.

Me puse de pie y me dirigí hacia él, sintiendo un hormigueo en la nuca cuando vi NÚMERO DESCONOCIDO en la pantalla. Cogí el móvil y le di a Contestar.

—¿Qué? —dije, con la voz temblorosa.

Nada. El puto silencio.

—¿Qué coño quieres de mí? —pregunté—. ¿Qué? ¿No tienes nada que decir? ¿Para eso me has estado llamando nueve meses? Parecía que tenías mucha mierda que soltar.

Hubo otro momento de silencio y después:

—No me puedo creer que por fin me hayas contestado.

Me quedé boquiabierta. Joder, la voz era la de una chica. La persona que me estaba llamando y probablemente mandándome correos electrónicos era una chica.

Una chica.

No tenía ni idea de quién había esperado que fuera, pero desde luego no me esperaba que fuese una *chica*.

Solo puede decir una cosa:

—¿Por qué?

—¿Por qué? —A la chica se le escapó una risa amarga—. No tienes ni idea de con quién estás hablando, ¿verdad? ¿No has leído ni siquiera uno de los correos que te he mandado? ¿Ni uno?

¿Me estaba pidiendo explicaciones?

—Bueno, en cuanto vi el contenido de un par de ellos, decidí no torturarme a mí misma.

—Te he estado escribiendo desde *junio,* intentando hablar contigo. No había nada malo en los primeros correos que te mandé. Lo sabrías si hubieras abierto alguno. Pero claro, por qué iba a creer que no los has mirado, con el historial de mentiras que tienes.

Me dejé caer en el sofá y fruncí el ceño.

—¿Quién eres?

—Dios, esto es jodidamente increíble. Me llamo Molly Simmons.

Abrí los ojos por la sorpresa.

—¿Molly?

—Parece que reconoces mi nombre. Así que supongo que sí has leído los correos.

—No, mi primo me habló de ti. —Me volví a levantar y empecé a pasear por la habitación—. No he leído tus correos. No te estoy mintiendo.

—Bueno, pues si ese es el caso, será la primera vez que digas la verdad —dijo, y oí un portazo.

No tenía ni idea de qué decir. Estaba completamente estupefacta, atónita.

—No lo sé… Dios, siento mucho por lo que has…

—Ni se te ocurra disculparte —me cortó, su voz afilada como una cuchilla—. Tus «lo siento» no significan absolutamente nada para mí.

Me quedé boquiabierta mientras negaba con la cabeza, lo que no tenía sentido, porque ella no podía verme.

—Eres una puta mentirosa. Por tu culpa…

—¡Eh! Oye. ¿Me estás llamando puta? Tú deberías saber mejor que nadie lo equivocada que estás. —Agarré el teléfono con más fuerza—. Lo cierto es que todos los mensajes que me has dejado son de muy mal gusto. Y ni siquiera sé por qué lo estás haciendo.

—¿Que por qué? —Su voz sonaba furiosa—. ¿Me lo preguntas en serio?

—¡Sí!

Se escuchaba su respiración.

—Dime una cosa. ¿Cuál es la verdad? ¿Lo que le contaste a la policía o lo que Blaine le dijo a todo el mundo?

Contuve el aliento.

—¿Qué historia es la buena, Avery? Porque si pasó de verdad, ¿por qué retiraste los cargos contra él, sabiendo de lo que era capaz? Porque tenías que saber que era una mala persona, y que lo haría otra vez.

Dejé caer los hombros y susurré:

—No lo entiendes.

—Oh, claro que lo entiendo. En cualquier caso, eres una mentirosa. —Molly comenzó a jadear—. ¿Sabes por qué quería ponerme en contacto contigo? Porque necesitaba hablar con alguien que hubiera pasado por lo mismo que yo y pensé… —La voz de Molly se quebró—. No importa lo que pensara o por qué lo hice. Ni siquiera te tomaste la molestia de leer un solo jodido correo. Lo menos que puedes hacer es decirme la verdad.

Cerré los ojos y apoyé la cabeza en la mano. Todavía estaba confusa por lo que había sucedido con Cam y esto hacía que me diera vueltas la cabeza. Había recibido muchos correos de cuentas desconocidas. Muchos que llevaban en el Asunto mi nombre o el de Blaine. Y no los había abierto porque no quería enfrentarme a ellos, pero nunca pensé que fueran de ella.

Pero igualmente, ¿acaso habría cambiado algo? Si los hubiera leído, ¿me habría puesto en contacto con ella? Dejando aparte los términos legales del acuerdo que había firmado, ¿lo habría hecho?

Estaría mintiendo si dijera que creía que sí.

—¿Sigues ahí? —me preguntó Molly.

—Sí. —Me aclaré la garganta y alcé la cabeza. El nudo de mi pecho se empezó a desenredar—. Dije la verdad.

—¿Así que era cierto? —Su voz cada vez sonaba más cerca—. Pero retiraste los cargos.

Mi cuerpo se puso en tensión.

—Sí, pero es que…

—¿Por qué hiciste algo así? —Estaba furiosa—. ¿Cómo pudiste? ¿Cómo pudiste callarte todo este tiempo?

—Yo...

—¡Eres una cobarde! ¡Te quedaste callada porque eres una cobarde! ¡Todavía eres una niñita asustada de catorce años, fingiendo que no ha pasado incluso años después! —me gritó, y el eco resonó en mis oídos—. Lo que me ha sucedido fue porque no dijiste la verdad. Te puedes contar todas las mentiras que quieras, pero es cierto. Y las dos lo sabemos.

Molly me colgó el teléfono.

Me quedé allí, mirando mi móvil. La ira todavía bullía en mi interior, pero lo que me había dicho había penetrado a través de la niebla y tenía todo el sentido del mundo.

«¡Te quedaste callada porque eres una cobarde! ¡Todavía eres una niñita asustada de catorce años, fingiendo que no ha pasado incluso años después!».

Tenía razón.

Dios, tenía razón. Habían pasado todos esos años y no había pronunciado ni una palabra desde aquella noche. Tenía demasiado miedo como para contárselo a nadie, ni siquiera a Cam. Y por eso era por lo que se había ido, porque él también estaba en lo cierto. No había superado parte de mi pasado, y no había un futuro claro a no ser que lo hiciera. Todo lo que había estado haciendo este tiempo era fingir: fingir que estaba bien, que era feliz, que era una superviviente.

Y no lo era. Durante mucho tiempo, solo había sido otra víctima más en la carretera.

Molly no sabía la historia completa. Probablemente no cambiaría nada si la conociera, pero *sobrevivir* y ser una *superviviente* eran dos cosas diferentes. Eso era lo que había estado haciendo todo este tiempo. Sobrevivir, esperando el día en que lo que Blaine me había hecho no estropeara todo lo bueno que tenía en la vida.

Dejé caer la cabeza entre las manos. Las lágrimas se me agolparon en los ojos.

Había muchas cosas que podría haber hecho de una manera muy diferente. No podía cambiar lo que me había sucedido, pero sí habría podido cambiar el modo en que había reaccionado, especialmente ahora, cuando estaba tan lejos de todos los que habían saboteado cualquier intento de que lo superara. Pero, para ser honestos, había algo más. Había sido algo más aparte de Blaine. Habían sido mis padres…, había sido yo.

El único modo de superar aquello era afrontar lo que me había pasado, y hacer algo por lo que se me había castigado en primer lugar.

No era el pasado lo que se interponía entre nosotros.

Era el presente.

Cam tenía razón.

De repente, me puse de pie. Estaba en movimiento antes de darme cuenta de lo que estaba haciendo. Solo cuando me encontré frente a la puerta de Cam se puso mi corazón a latir como un loco. Probablemente era demasiado tarde para nosotros, pero si se lo contaba (si se lo explicaba), sería un comienzo. De cualquier manera, se lo debía a Cam.

Me lo debía a mí misma.

Llamé a la puerta y oí unos pasos. La puerta se abrió y allí estaba Cam. Inmediatamente cerró los ojos y abrió la boca, y supe que me iba a pedir que me fuera.

—¿Podemos hablar? —pregunté, aunque la voz se me quebró a media frase—. Por favor, Cam. No te voy a quitar mucho tiempo. Solo…

Cam abrió los ojos y me miró, frunciendo el ceño.

—¿Estás bien, Avery?

—Sí. No. No lo sé. —Había una parte de mí que quería darse la vuelta y escapar a mi apartamento, pero me negué a huir. Nunca más—. Solo necesito hablar contigo.

Respiró hondo y me dejó entrar.

—Ollie no está aquí.

Aliviada ante el hecho de que no me hubiera cerrado la puerta en las narices, lo seguí hasta el salón. Cam cogió el mando de la tele y la puso en silencio mientras se sentaba en el sofá.

—¿Qué pasa, Avery? —me preguntó, y su voz sugería que no esperaba que le dijese la verdad, y eso me dolió.

Me dolió porque él no tenía razón alguna para esperar que yo fuese honesta con él.

Me senté en el sillón, sin saber por dónde empezar.

—Todo. —Y eso fue lo único que pude decir al principio—. Todo.

Cam se acercó a mí, colocándose la gorra del revés. Era de sus adorables costumbres y quería decir que estaba prestando atención.

—Avery, ¿qué sucede?

—No he sido honesta del todo contigo y lo siento. —Los labios me empezaron a temblar y supe que estaba a punto de derrumbarme—. Lo siento muchísimo, y probablemente no tienes tiempo para…

—Tengo tiempo para ti, Avery. —Me sostuvo la mirada con la suya, serena—. Si quieres hablar conmigo, estoy aquí. He estado aquí todo este tiempo. Y te escucho.

Mientras me miraba, el instinto de supervivencia me abrumó. *Escapa. Huye. No te enfrentes a él.* Pero Cam seguía observándome y algo se abrió dentro de mí. No era fácil, pero las palabras se iban ordenando. No iba a escapar.

La tranquilidad se abrió paso y, cuando tomé aliento, lo hice lentamente.

—Cuando tenía catorce años, fui a una fiesta de Halloween —me oí a mí misma decir, como si estuviera en un túnel—. Estaba allí con mis amigos. Todos estábamos disfrazados y… Estaba este chico. Era su casa y… tenía tres años más que nosotros, al igual que mi primo.

Respiré hondo otra vez y me miré las manos.

—Era muy popular. También lo era yo. —Me salió una risa ronca—. Puede que esto no parezca importante, pero lo era. Nunca pensé que alguien como él pudiera hacer…, pudiera ser como resultó ser. A lo mejor fue estúpido por mi parte, un defecto horrible que tengo o algo así. No lo sé. —Meneé la cabeza mientras alzaba la vista—. Estaba hablando con él y estaba bebiendo, pero no estaba borracha. Te lo juro, no estaba borracha.

—Te creo, Avery. —Cam cerró los ojos durante un segundo mientras apoyaba la barbilla en los nudillos—. ¿Qué ocurrió?

—Estábamos tonteando y era muy divertido. Ya sabes, no le di mayor importancia. Era un buen chico y un tío guapo. En un momento dado, me senté en su regazo y alguien nos sacó una foto. Nos lo estábamos pasando bien. —Me volví a reír amargamente—. Cuando se levantó y me llevó a una de las habitaciones de invitados, tampoco me preocupé. Nos sentamos en un sofá y hablamos un rato. Entonces me rodeó con los brazos. —No paraba de retorcerme las manos, deseando deshacer los nudos de angustia que se me estaban formando en el estómago—. Al principio tampoco me importó, pero después empezó a hacer cosas que yo no quería que hiciera. Le dije que parara y se rio de mí. Empecé a llorar e intenté escaparme, pero él era más fuerte que yo, y cuando consiguió tumbarme boca abajo, la verdad es que no pude hacer nada excepto decirle que parara.

Cam se había quedado muy quieto. El único modo de saber que seguía respirando era por la tensión en su mandíbula.

—¿Paró?

—No —dije en voz baja—. No paró, sin importar lo que yo hiciera.

Una pausa corta, y Cam se enderezó. Parecía que se quería poner de pie, pero terminó cambiando de idea.

—¿Te violó?

Cerré los ojos y asentí. Al contarlo, era casi como si pudiese sentir las manos de Blaine sobre mí.

—Todavía soy virgen. —Me obligué a abrir los ojos—. No me tocó ahí. No es por ahí por donde... me violó.

Cam se me quedó mirando, y pude ver el momento en el que lo entendió todo. Sus ojos relampaguearon al comprenderlo. Sus manos se convirtieron en puños. Apretó la mandíbula con más fuerza.

—Hijo de puta —dijo, con la boca en tensión—. ¿Tenías *catorce* años y te hizo *eso*?

—Sí. —Los nudos de mi estómago me dolían cada vez más.

Otra pausa y Cam se pasó la mano por el pelo.

—Joder. Avery. Sospechaba algo así. Suponía que te había pasado algo parecido.

Me abracé a mí misma.

—¿De verdad?

Asintió.

—Por la manera en la que actuabas a veces y por lo nerviosa que podías llegar a estar, pero esperaba que no hubiera llegado tan lejos. Y cuando me dijiste que todavía eras virgen, pensé que ese había sido el caso.

Era comprensible que hubiese creído eso.

—Avery, lo siento mucho, muchísimo. No deberías haber pasado por nada parecido, y menos a esa edad... —Volvió a apretar los dientes e hizo ademán de levantarse, pero se contuvo—. Dime que ese hijo de puta está en la cárcel por haberte hecho eso.

—Ahora sí está en la cárcel. —Miré a la televisión sin sonido—. Es una historia muy larga.

—Tengo tiempo. —Cuando no dije nada, volvió a hablar y su voz sonaba ahogada—. ¿Qué más, Avery? Por favor, dímelo, porque estoy a punto de comprar un vuelo a Texas y matar a ese hijo de puta.

Me recosté en el sillón, llevándome las rodillas al pecho. Sabiendo que se lo debía, volví a coger aliento.

—Cuando acabó, de verdad creo que él no tenía ni idea de que lo que había hecho estaba mal. Me dejó allí tirada en el sofá y, para cuando me pude levantar, sabía que tenía que contárselo a alguien. Sabía que tenía que ir a un hospital. Me dolía tanto... —Cerré los ojos mientras un escalofrío me recorría el cuerpo. Los minutos que habían pasado después de que Blaine me abandonara habían sido tan horrorosos como el ataque en sí—. No pude encontrar a mis amigos, pero sí mi bolso, y salí de esa casa y me puse a andar, y seguí andando hasta que recordé que llevaba encima mi teléfono. Llamé a emergencias.

Ya no podía estar sentada más rato, así que me levanté y me puse a andar por el salón.

—Me llevaron al hospital y me examinaron. La policía se presentó allí y les conté lo que había pasado, porque era la verdad.

—Por supuesto que era la verdad —me dijo, siguiéndome con la mirada.

—Para cuando la policía se fue del hospital, la fiesta ya se había acabado, pero Blaine todavía estaba en casa. Lo arrestaron y se lo llevaron a la comisaría. Me fui a casa y falté a clase los dos días siguientes, pero todo el mundo se enteró de que lo habían arrestado. —Me detuve enfrente de la televisión—. Y entonces sus padres se presentaron en mi casa.

—¿A qué te refieres?

Volví a ponerme en movimiento.

—Sus padres y los míos eran..., son compañeros del club de campo. A mis padres y los suyos..., todo lo que les preocupa es su reputación. Mi madre y mi padre tienen más dinero del que necesitan, pero... —La garganta se me llenó de una cosa grumosa y mi visión se me nubló—. Los Fitzgerald ofrecieron un trato a mis padres. Si retiraba los cargos y no decía nada, nos pagarían una cantidad de dinero escandalosa.

Cam estaba furioso.

—Y tus padres les dijeron que se fueran a la mierda, ¿no?

Me reí, pero me salió un sollozo.

—Enseñaron a mis padres la foto que nos habían sacado a Blaine y a mí en la fiesta, y dijeron que, si íbamos a juicio, nadie iba a creer a «la chica con un disfraz de putilla que estaba sentada en su regazo». Y mis padres lo último que querían era un escándalo. Preferían taparlo todo, así que aceptaron el trato.

—Joder —susurró Cam, con la voz ronca.

—Sucedió todo tan rápido. No me podía creer lo que mis padres me estaban pidiendo que hiciera. La verdad es que no habíamos hablado de eso antes, pero… habían estado tan preocupados por lo que la gente pudiera pensar si todo esto se sabía, por las fotos y por el hecho de que había estado bebiendo. Estaba tan asustada y confundida, y, ya sabes, ni siquiera estaba segura de que me fueran a creer. —Me remetí el pelo por detrás de las orejas, odiando lo que estaba a punto de decir—. Así que firmé los papeles.

Cam no dijo nada.

—Accedí a cobrar el dinero, la mitad del cual fue a mi cuenta, así que cuando cumpliera dieciocho años podría disponer de él; y consentí en retirar los cargos y no volver a sacar el tema nunca más. —Dejé caer los brazos a los lados—. Eso me convierte en una persona horrible, ¿verdad?

—¿Qué? —Cam alzó las cejas—. No eres una persona horrible, Avery. Por el amor de Dios, tenías catorce años y tus padres deberían haberles dicho que se fueran a la mierda. Si hay alguien que tiene la culpa, aparte del hijo de la grandísima puta que te hizo eso, son ellos. Tú no tienes la culpa de nada.

Asentí con lentitud mientras me sentaba en el sillón.

—En cuestión de días, todo el mundo en el instituto se puso en mi contra. Al parecer, no había nada escrito acerca de que Blaine también mantuviera la boca cerrada. Le dijo a la gente que yo había mentido. Que había hecho todas esas cosas con él por mi propia voluntad y que después le había acusado. Todo el mundo lo creyó. ¿Y por qué no iban a hacerlo? Yo había retirado los cargos. No decía nada. El instituto fue… espantoso después de eso. Perdí a todos mis amigos.

Cam se pasó una mano por la cara.

—¿Por eso dejaste de bailar?

—Sí —susurré—. No podía soportar que la gente me mirara y se pusiera a hablar de lo que había oído acerca de mí, ya fuera a la cara o a mis espaldas. Y entonces hice esto… —Levanté el brazo izquierdo—. Mi madre se enfadó mucho.

Se me quedó mirando, como si no pudiera comprender lo último que había dicho.

—Se cabreó porque tú… —Dejó de hablar y meneó la cabeza—. No es de extrañar que no vayas nunca a verlos.

—Por eso escogí este lugar, ¿sabes? Lo suficientemente lejos como para distanciarme. Pensé que eso era lo único que necesitaba hacer, alejarme.

—¿Y el mensaje que vi? ¿Era de alguien que sabía lo que había ocurrido?

Volví a asentir.

—El que dijera que no puedes escapar de tu pasado realmente sabía de lo que estaba hablando.

La mandíbula de Cam cada vez estaba más tensa.

—¿Y qué más ha pasado, Avery? ¿Dices que este *Blaine* —escupió el nombre— está en la cárcel? Pero, entonces, ¿quién te ha estado mandando los mensajes?

Dejé caer la cabeza en las manos. El pelo me tapaba la cara.

—He estado recibiendo estos mensajes desde agosto. Pensaba que era algún gilipollas, así que directamente los ignoré. Y mi primo había estado intentando ponerse en contacto conmigo, pero también pasé de él por…, bueno, por razones obvias. Finalmente terminé hablando con él en las vacaciones de invierno, la noche en la que me presenté en tu casa.

—¿La noche del combate de lucha libre?

—Sí —dije—. Había estado intentando localizarme para decirme que Blaine había sido arrestado por hacerle lo mismo a otra chica a principios del verano. Lo cierto es que se disculpó. Eso significó mucho para mí, pero… no sabía que esta chica también había estado intentando ponerse en contacto conmigo todo este tiempo. —Tomé aliento y le conté todo lo que había pasado con Molly.

Cuando acabé, Cam estaba meneando la cabeza con incredulidad.

—Lo que le ha ocurrido a esa chica es horrible y me alegro de que ese hijo de puta termine en la cárcel. Mejor, deberían castrarlo, pero lo que le sucedió a ella no es tu culpa, corazón. Tú no hiciste nada para que os pasara eso, a ella o a ti.

—Pero que yo no dijera nada le permitió volver a hacerlo.

—No. —Cam se puso en pie, sus ojos llameantes—. No digas eso. Nadie sabe lo que habría pasado si no hubieras retirado los cargos. Tenías catorce años, Avery. Lo hiciste lo mejor que pudiste, dada la situación. *Sobreviviste.*

Levanté mi cabeza al oírle.

—Pero eso fue lo único que hice, ¿no? Todo lo que he estado haciendo es sobrevivir. No he vivido. Mira lo que he hecho con nosotros. ¡Y sí, lo he hecho! Te he vuelto a sacar de mi vida *otra vez.*

Su expresión se suavizó.

—Pero me lo estás contando ahora.

—¡He dejado que me afectara algo que sucedió hace cinco años! ¿Te acuerdas cuando estábamos a punto de hacerlo? No tenía miedo de ti o de que me fuera a doler. Tenía miedo de que, una vez que hubiéramos empezado, lo que Blaine me había hecho me lo estropeara, o que yo encontrara alguna manera de estropearlo. Soy una cobarde. *Era* una cobarde. —Me puse de pie y me crucé de brazos—. Pero ya es demasiado tarde, ¿verdad? Debería haberte contado la verdad hace meses para que supieras en lo que te estabas metiendo, y siento muchísimo no haber podido hacerlo.

—Avery…

La garganta me picaba mucho y los ojos se me llenaron de lágrimas.

—Lo siento mucho, Cam. Sé que contártelo ahora no cambia nada, pero necesitaba decirte que tú no has hecho nada malo. Eres perfecto, *perfecto* para mí, y te quiero. —Me quedé sin voz—. Y sé que no vas a poder volver a mirarme del mismo modo. Lo entiendo.

Cam había dejado caer los brazos. Parecía asombrado.

—Avery… —empezó a decirme en voz baja, y de repente estaba delante de mí, rodeándome el rostro con las manos—. ¿Qué has dicho?

—¿Que no me vas a poder mirar igual?

—No. Antes.

Me sorbí los mocos.

—¿Que te quiero?

—¿Me quieres? —Sus ojos se clavaron en los míos.

—Sí, pero…

—Para. —Sacudió la cabeza—. ¿Crees que te miro de manera diferente? Ya te dije que sospechaba que te había pasado algo…

—¡Pero que esperabas que no fuera así! —Intenté librarme de él, pero las manos de Cam bajaron de mi cara a mis brazos y no me dejaron ir—. Antes me mirabas con *esperanza* y ahora ya no la tienes.

—¿De verdad es lo que piensas? ¿Por eso es por lo que no me lo has contado en todo este tiempo?

—Todo el mundo me mira de manera diferente una vez que lo sabe.

—¡Yo no soy todo el mundo, Avery! Ni contigo, ni para ti. —Nuestras miradas se encontraron—. ¿De verdad crees que no tengo esperanza? ¿La esperanza de que puedas superar esto? ¿De que no te siga persiguiendo cinco años más a partir de ahora?

No sabía qué decir, pero mis latidos se desbocaron mientras él me cogía de las manos. Las colocó en su pecho, encima de su corazón.

—Tengo esperanza —me dijo, sin dejar de mirarme a los ojos—. Tengo esperanza porque te quiero. Estoy enamorado de ti, Avery. Probablemente lo he estado desde antes de darme cuenta.

—¿Me querías?

Cam rozó mi frente con la suya y sentí que su pecho se henchía bajo mis manos.

—Te quiero.

Se me paró el corazón.

—¿Me quieres?

—Sí, corazón.

Había fuerza en esas palabras, y la verdad era poderosa. Algo se abrió paso dentro de mí, como una grieta en unos gruesos cimientos que, finalmente, cedían bajo el peso de todo lo que sostenían. Un vendaval de emociones se arremolinaba en mi interior, buscando una salida. No podía detenerlo. Ni siquiera lo intenté. Las lágrimas bajaban libremente por mi cara, tantas que ya no podía ver a Cam.

Emitió un sonido ronco con la garganta y me abrazó contra su pecho, rodeándome con fuerza. Me sostuvo así, susurrándome palabras sin sentido para tranquilizarme. En algún momento, me cogió y me llevó al dormitorio. Me tumbó en la cama y se colocó a mi lado, abrazándome. Una vez que empecé a llorar, ya no paré. Eran sollozos hondos, de los que no te dejan hablar ni casi respirar. También había algo de regenerador en esas lágrimas, como si al caer simbolizaran que, de alguna manera, me había liberado.

Lloré por Molly y por todo lo que había tenido que pasar. Lloré por Cam y por todo lo que le había hecho pasar. Lloré porque, a pesar de todo, todavía me quería. Pero, sobre todo, lloré por todo lo que había perdido y por todo lo que sabía que podía ganar.

31

Tumbado en mi cama, a mi lado, Cam empezó a juguetear con mi pelo. Enredó un mechón entre sus dedos y después me dio en la nariz con él.

—Bueno, ¿y qué se siente al ser por fin una estudiante de segundo año?

Le cogí la mano y desenredé el mechón de pelo, sonriendo.

—Todavía no soy oficialmente una estudiante de segundo año. Por lo menos no hasta el otoño, cuando las clases empiecen otra vez.

—Pues yo te digo que ya lo eres. —Volvió a juguetear con mi pelo, acariciándome la mejilla—. Y lo que yo digo es ley.

—Entonces dime qué se siente al ser un estudiante de último año. Porque terminas el próximo.

—Es genial —me contestó, trazando el contorno de mis labios con el mechón de pelo—. Te sientes genial.

Me acerqué a él y recorrí el cuello de su camiseta con los dedos.

—La verdad es que estar en segundo es una gozada.

—Y sería mucho mejor si no te hubieses apuntado a las clases de verano.

—Es verdad.

Me había matriculado en biología para sacármela de encima. Pero nos las apañaríamos. Cam iba a ser entrenador en un campamento de fútbol para niños, así que estaría por aquí la mayor parte del tiempo. Aunque iba a echar de menos a Brit y a Jacob. Ya se habían marchado a sus casas.

Sonreí y me acurruqué todavía más. Cam abrió los brazos y acomodé mi cabeza en el hueco de su hombro, pasándole una pierna por encima.

—¿Ya estás lo bastante cerca? —me preguntó.

—No.

Se rio mientras me rozaba la espalda. Mi cuerpo se relajó ante sus caricias. Me besó en la frente y sonreí.

Las cosas eran diferentes entre nosotros desde que le había contado la verdad. Justo después de decírselo, las cosas habían sido un poco incómodas. Cam jamás lo admitiría, pero no había estado seguro de cómo seguir adelante con nuestra relación. Lo que tenía que hacer, lo que tenía que decir…; no fue como si hubiera ocurrido un milagro de la noche a la mañana. Habían transcurrido tres semanas antes de que nada sexual pasara entre nosotros. No porque él no quisiera, pero yo sabía que evitaba presionarme. Hizo falta que yo tomara las riendas y que prácticamente me abalanzara sobre él para que pillara el mensaje. Y, aunque esa vez tampoco hubo sexo, sí que nos empleamos a fondo para llegar al mismo punto en el que nos habíamos quedado.

Lo cierto es que sí me miraba de manera diferente, pero no como yo me había temido. Conocía toda la historia y eso nos cambió.

A mejor.

Yo estaba más a gusto conmigo misma, me parecía más a la que era *antes*. Incluso había ido a una fiesta que Jase celebró en su casa la semana anterior. Había tenido momentos de angustia, pero

Cam había estado allí para ayudarme, en vez de tener que apañármelas yo sola. Habíamos bailado juntos.

Le había encantado que hiciéramos eso.

Ya no había secretos entre nosotros y disponíamos de todo el verano para terminar de descubrirnos, pero había temas en las que debía pensar. Resolver los problemas que tenía con Cam había sido importante y muy necesario, pero todavía había temas que necesitaba afrontar, de los que tenía que ocuparme, y no eran precisamente pequeños.

Me puse encima de Cam y le agarré de las caderas.

—Hola.

Sus ojos me lanzaron una mirada sensual mientras colocaba sus manos en mi cintura.

—Hola a ti también.

—He estado pensando.

—Ay, Dios.

—Cállate. —Me reí y después agaché la cabeza para besarle en los labios—. La verdad es que he estado pensando mucho. Hay algo que quiero hacer.

—¿Qué? —Sus manos se deslizaron por mis pantalones cortos y terminaron en mis muslos.

Me mordí el labio.

—Quiero ir a casa.

Cam enarcó las cejas.

—¿A Texas?

—Sí.

—¿Cuánto tiempo?

Le puse las manos en el estómago y me incorporé. Una pizca de tensión se le reflejó en la cara mientras hacía presión sobre él. Parte de eso era a propósito.

—No te vas a librar de mí tan fácilmente. Uno o dos días.

Me agarró con más fuerza.

—Vaya. A la mierda mis planes de pasarme el verano en plan soltero salido.

Puse los ojos en blanco.

—¿Qué quieres hacer cuando vayas? —me preguntó, pasándome las manos por los muslos.

—Quiero ver a mis padres —admití—. Tengo que hablar con ellos.

—¿Por lo que ocurrió?

—Nunca he hablado con ellos de lo que sucedió, o por lo menos no desde aquella noche. —Tamborileé con mis dedos en su pecho—. Necesito hablar con ellos. Sé que puede parecer victimismo, pero necesito decirles que lo que hicieron estuvo mal.

Cam dejó mis muslos en paz y colocó sus manos sobre las mías.

—No suena para nada a victimismo, pero ¿crees que es lo adecuado? Quiero decir, ¿crees que te va a ayudar en vez de…?

—¿Hacerme daño? —Le sonreí—. No creo que haya nada que mis padres puedan hacer para herirme todavía más, pero siento que necesito enfrentarme a ellos. ¿Eso me hace ser mala persona?

—No.

—Necesito hacerlo. —Respiré hondo—. También necesito hablar con Molly.

—¿Qué?

—Necesito hablar con ella e intentar explicarle por qué hice lo que hice. Sé que tiene sus riesgos, y si las consecuencias son que se declare nulo el acuerdo, lo aceptaré, pero si puedo hacer que lo entienda, aunque solo sea un poco, a lo mejor le sirve de ayuda y deja de llamarme. —Y la verdad era que eso estaría muy bien. Había seguido mandándome mensajes incluso después de que hubiéramos hablado. Muy de vez en cuando, así que suponía una mejora, pero quería que se acabaran.

Quería superarlo.

La mirada de Cam se encontró con la mía.

—No sé. Esa chica no parece ser la persona más estable del mundo.

—No está loca. Solo enfadada, y tiene razones para estarlo.

—Y tú no eres la razón de que le sucediera nada. Lo sabes, ¿verdad? No eres la responsable.

No dije nada, porque no estaba segura de que esa fuera la verdad. Si no hubiera retirado los cargos, Blaine no habría podido librarse y a lo mejor eso habría sido suficiente para que no lo volviera a hacer. O quizá no. Nunca lo sabríamos.

—Necesito hacer esto por Molly, pero también por mí —terminé diciendo. No iba a ser agradable—. No quiero seguir huyendo, Cam. Y sé que no voy a poder dejar esto atrás. Lo que sucedió…, bueno, siempre va a ser una parte de mí, pero no voy a permitir que me defina. Ya no.

Cam se quedó en silencio un momento.

—¿Sabes lo que pienso?

—¿Que soy genial?

—Aparte de eso.

—¿Qué?

—Creo que ya has llegado a ese punto, Avery. Creo que ya has aceptado que es parte de ti, pero que no te define. Solo que todavía no te has dado cuenta. —Volvió a colocar las manos en mis caderas—. Pero si quieres hacer esto, entonces lo harás y yo estaré a tu lado.

—¿Quieres venir con…? —Me interrumpí con un grito cuando Cam me agarró de repente, poniéndose él sobre mí.

—No vas a hacer esto tú sola. Pero ni de coña —me dijo, apoyando el peso en los brazos—. Voy contigo. Y no me vas a convencer de lo contrario. ¿Cuándo quieres ir?

—¿Tienes planes este fin de semana?

Sacudió los hombros, riéndose.

—Joder.

—Necesito hacerlo.

Me besó la punta de la nariz.

—Yo creo que no, corazón, pero, si tú piensas que sí, entonces eso es todo lo que importa.

Me encantaba que creyera en mí. Era muy bonito.

—¿De verdad quieres venir conmigo?

—Es una pregunta estúpida, Avery. Y sí, hay preguntas estúpidas. Esta ha sido una. Por supuesto que voy a ir contigo.

Curvé los labios en una sonrisa.

—Te quiero.

—Ya lo sé.

—Creído.

—Seguro de mí mismo —contestó, bajando la cabeza hasta la mía. Me besó con suavidad, pero todo mi cuerpo reaccionó al contacto—. Te quiero, corazón.

Empecé a rodearlo con los brazos, pero se libró de mí y me cogió de la mano.

—¡Eh! Vuelve.

—No. Tenemos cosas que hacer. —Me sacó de la cama—. Y si empiezas a tocarme, no vamos a terminar haciendo nada.

—¿Nada de qué?

Se agachó de repente, me cargó al hombro y se dirigió hacia la puerta.

—Tenemos que comprar los billetes.

Parecía de locos que estuviéramos en Texas dos días después, pero allí estábamos, alojándonos en un hotel no demasiado lejos de la casa de mi familia. Sin querer dejarlo hasta el día siguiente, nos pusimos en camino después de dejar las maletas. No les había dicho a mis padres que iba a venir a Texas, así que no tenía ni idea de si iban a estar en casa.

Cam dejó escapar un silbido mientras entrábamos por el camino privado que rodeaba la casa, dejándola a la vista.

—Joder, eso sí que es una casa.

—Lo cierto es que no —dije mientras mi mirada se posaba en el inmaculado césped y la mansión de ladrillos—. Tus padres tienen un *hogar*. Esto es solo una concha vacía y muy grande.

Aparcó el coche de alquiler cerca de la fuente de mármol que burbujeaba. Al verla, sonrió.

—No creo haber visto una casa con fuente propia en el jardín en toda mi vida.

Respiré hondo, nerviosa pero decidida.

—Puedo hacer esto.

—Claro que sí. —Me apretó la rodilla con cariño—. ¿Estás segura de que no quieres que entre?

—Sí. —Lo miré y sonreí. Por supuesto que quería tenerlo a mi lado—. Necesito hacer esto yo sola.

Se arrellanó en el asiento.

—Si cambias de idea, mándame un mensaje y estaré allí mismo.

Me acerqué a él y lo besé.

—Eres maravilloso.

Sus labios presionaron contra los míos.

—Tú también.

Lo besé una vez más, y después abrí la puerta y salí del coche. Si me hubiera quedado un momento más, habría cambiado de idea. Mientras cerraba, Cam me llamó.

—Recuerda que, digan lo que digan, no cambiará el hecho de que eres una mujer hermosa y fuerte, y que nada de lo que ocurrió fue culpa tuya.

Se me llenaron los ojos de lágrimas y una renovada decisión se abrió paso en mí.

—Gracias.

Cam me guiñó un ojo.

—Y ahora, a hacer cosas buenas.

Le dediqué una sonrisa lacrimosa, me di la vuelta y me encaminé hacia las escaleras que subían hasta el porche. El ventilador del techo removía el aire caliente y me alborotó el pelo. Fui a llamar a la puerta, pero me detuve. Metí la mano en el bolsillo y saqué una llave. No necesitaba usar el timbre.

Abrí y, echando una última mirada hacia donde estaba Cam, entré en la casa de mis padres.

Nada había cambiado. Esa fue mi primera impresión mientras cerraba la puerta tras de mí. Todo estaba limpio y reluciente. No había ruidos, ni olores. Nada que te diera la bienvenida en aquel frío recibidor.

Me acerqué a donde estaba el candelabro de techo dorado y entré en lo que antes era el salón.

—¿Papá? ¿Mamá?

Silencio.

Suspiré mientras rodeaba los sofás blancos en los que nadie se sentaba por miedo a que a mi madre le diera un ataque. Miré en el comedor y en la otra salita. Después de asomarme al despacho y a la cocina, subí a la planta de arriba.

Mis pasos no hacían el más mínimo ruido.

Ya en el segundo piso, recorrí todo el pasillo, llegué hasta la última puerta y la abrí.

Era mi habitación; y subrayo el «era», en pasado.

—Joder —susurré.

No quedaba nada de mí: mis libros, mi mesa, los pósters de las paredes y todo lo que había dejado allí. No me importaban aquellas cosas, pero, joder, no había nada en esa habitación que indicara que alguien había vivido allí alguna vez.

—Hemos guardado todas tus cosas en cajas.

Me sobresalté y me di la vuelta. Ella estaba en el marco de la puerta de lo que antes había sido mi habitación, vestida en tonos beis, con unos pantalones chinos y una camisa blanca remetida por dentro. Tenía el pelo rubio perfectamente peinado y su piel no presentaba ninguna arruga o imperfección.

—Mamá.

Arqueó una delicada ceja.

—Tus cosas están en el desván si es lo que has venido a buscar. Hicimos que el servicio lo subiera todo después de que habláramos el otoño pasado.

—Os olvidasteis de mi cumpleaños —se me escapó.

Ladeó la cabeza con un elegante movimiento.

—Ah, ¿sí?

Me quedé mirándola un momento y todo en lo que pude pensar fue en que era una zorra. La ira se abrió paso, pero me tranquilicé. La furia no te llevaba a ninguna parte con la señora Morgansten. Tenías que vencerla con sus propias armas, manteniéndote serena, imperturbable.

—No he venido para recoger mis cosas.

—¿Has vuelto para quedarte? —me preguntó, y no parecía estar contenta. No parecía nada. Me pregunté si también se habría hecho cirugía plástica en la voz. Era tan expresiva como su cara.

—No. —Casi resoplé de la risa—. He venido para hablar contigo y con papá. ¿Está en casa?

Tardó en contestarme.

—Está en la veranda.

La mayoría de la gente lo habría llamado «el porche cubierto», pero no mi madre.

—Bueno, pues vamos.

Sin esperar una respuesta, pasé por su lado y me dirigí a las escaleras. Me siguió, y podía sentir sus ojos taladrándome la nuca. Empecé a contar. Llegué hasta el número cinco y al último escalón para cuando abrió la boca.

—¿Te has cortado el pelo?

—No.

Un ligero bufido.

—Ya se ve.

Suspiré.

—Entonces, ¿para qué preguntas?

Mi madre no me contestó hasta que llegamos a la puerta que daba a la galería.

—Por cierto, ¿qué llevas puesto?

—Lo compré en una tienda de segunda mano —le contesté, aunque no era verdad.

Hizo un ruido de desaprobación.

—Muy bonito, Avery.

Puse los ojos en blanco mientras abría la puerta, tentada de entrar de nuevo en la casa y ponerme a saltar con los zapatos puestos en sus preciosos e inmaculados sofás. Mi padre estaba sentado en una de las tumbonas, leyendo un periódico. Antes de que pudiera decir nada, mi madre habló.

—Mira quién ha decidido venir a hacernos una visita.

Mi padre alzó la vista y bajó el periódico. La sorpresa se mostró en su rostro.

—Avery.

—Hola, papá.

Se incorporó, dobló el periódico y lo dejó a un lado.

—No te esperábamos.

No un «¿Qué tal estás?» o «Qué alegría verte». Me senté en una de las tumbonas.

—Ya lo sé. Tampoco me voy a quedar mucho tiempo.

—Quiere hablar con nosotros. —Mi madre permaneció de pie—. No tengo ni idea de lo que puede ser, pero hay un coche de alquiler aparcado en la entrada y hay un chico dentro de él.

Ignoré su comentario.

—Esto no tiene nada que ver con el coche de alquiler o con quién esté dentro.

—Ya supongo que no has venido hasta aquí para hablar de eso —me contestó.

Respiré hondo.

—He hablado con David. —Mi padre se quedó petrificado, y mi madre permaneció sorprendentemente callada. Buena señal—.

Me contó lo de Molly Simmons y Blaine Fitzgerald y lo que ocurrió el verano pasado. Y lo que va a suceder este verano.

—Avery…

—No —dije, cortando a mi madre antes de que pudiera decir algo que seguramente me iba a cabrear todavía más—. No he roto el acuerdo. Me he mantenido callada todos estos años. He hecho exactamente lo que vosotros dos me dijisteis que hiciera.

Mi madre se recompuso.

—David no tenía derecho a llamarte…

—¿Por qué no? —quise saber—. ¿Va contra la ley contarme que Blaine ha violado a otra chica, igual que me violó a mí?

Mi padre resopló bruscamente, pero mi madre se quedó todavía más pálida de lo que habría creído posible.

—No hay razón para que hables de esa forma tan desagradable —me dijo, cruzándose de brazos—. Ya sabemos lo que dijiste…

—Lo que os conté esa noche en el hospital fue lo mismo que le dije a la policía: que Blaine me había violado. Fuisteis vosotros dos los que decidisteis que debía retirar los cargos, y por eso todo el mundo pensó que había mentido.

—Avery… —empezó a decir mi padre.

No dejé que siguiera.

—La razón por la que he venido aquí es porque necesito superar lo que me ocurrió y la única manera de conseguirlo es deciros ahora lo que debería haberos dicho entonces. —Tomé aliento, aunque ya no lo necesitaba—. Estabais equivocados. Os equivocasteis mucho cuando decidisteis por mí.

Mi madre dio un paso hacia delante.

—¿Perdón?

—Ya me habéis oído. —Me puse en pie, las manos apretadas hasta formar puños—. Les deberíais haber dicho a sus padres que se fueran a la mierda. Les deberíais haber dicho que salieran de vuestra casa. Deberíais haber ido a la policía y haberles contado lo que estaban intentando hacer, que era *sobornar* a vuestra hija para que se callara. ¿Y todo para qué? ¿Para no tener que ir a juicio? ¿Para que nadie preguntara? ¿Para que pudierais seguir yendo al club y que no os resultara raro? Y mientras tanto, que a mí me llamara puta todo el mundo. Y que Blaine quedara libre para volver a hacerlo. ¿Qué parte responsabilidad nuestra? ¡Deberíais haberme apoyado y deberíais haberme creído! Deberíais haberme buscado ayuda. Soy vuestra hija. Deberíais haber pensado en mí.

Mi padre miró hacia otra parte, y pude entender por qué. A lo mejor siempre había sospechado la verdad. Yo también habría estado avergonzada.

—Las cosas no te han ido tan mal, Avery. —Mi madre dejó escapar un suspiro—. Después de todo, mira lo que has conseguido hacer con ese dinero. Ir a la universidad. Amueblar tu propio apartamento. —Frunció los labios—. Tal como lo cuentas, parece que no hicimos nada por ti.

—Nancy —dijo mi padre, alzando la cabeza.

—¿Qué? —Ella levantó la barbilla en respuesta—. Ni una sola vez ha pensado que aquello también fue difícil para nosotros.

Me quedé mirando a mi madre, pero no estaba sorprendida. Había una parte de mí que deseaba estarlo, la misma que quería que sus palabras no me hubieran hecho daño.

—¿Sabes, mamá? Ese es el problema. Solamente te preocupas por lo difícil que es todo para ti. —Sacudí la cabeza mientras miraba a mi padre—. Estoy mejor. Por si os interesa. Me va bien en la universidad. Tengo amigos y he conocido a un hombre maravilloso que sabe lo que me ha sucedido. Así que por eso puedo decir que no me va mal. Espero que algún día pueda decir lo mismo de nosotros.

Mi padre se llevó las manos a la boca y se quedó mirando al jardín. Le miré una vez más y me giré hacia mi madre. Me sostuvo la mirada, pero pude ver unas finas líneas alrededor de sus labios. No importaba que no pareciera afectada, yo sabía que la había perturbado.

—No he venido aquí a haceros sentir mal —dije, tragando saliva—. No va de eso la cosa. Necesitaba decirlo, de una vez por todas. Y necesito que sepáis que os perdono, pero que no esperéis nunca más decirme qué es lo que tengo que hacer con mi vida.

Me miró un segundo más y después apartó los ojos, la mandíbula apretada. Les di unos instantes por si querían decir algo, pero el silencio lo invadió todo. Pues que así fuera.

Caminé hacia la puerta, con la espalda recta y la cabeza erguida. No tuve que fingir. Era real. Otro peso del que me liberaba, dejándome solo con una cosa que hacer en la lista. Pero eso ya sería mañana, ¿y hoy? Hoy era un buen día.

Sonriendo, atravesé el salón. Al pasar por allí, cogí un cojín que probablemente costaba un mes de alquiler y lo tiré al suelo. ¿Infantil? Sí. ¿Me hizo sentir bien? Claro que sí.

Cuando salí al porche, vi que Cam estaba fuera del coche, con la gorra de béisbol puesta oscureciéndole la cara, inspeccionando la fuente. Mi sonrisa se hizo más amplia cuando lo vi meter la mano en el agua que corría.

Se dio la vuelta y, cuando me vio, se acercó a mí.

—¿Cómo te ha ido?

—Bueno… —Me estiré y ladeé la cabeza para no chocarme contra su gorra. Lo besé—. Tal como esperaba.

Puso las manos inmediatamente en mis caderas, una señal clara de que el beso le había gustado, a pesar de estar delante de la casa de mis padres.

—¿Quieres contármelo?

—Mientras cenamos. —Di un paso hacia atrás y me cogió de la mano—. Te voy a llevar a…

—¿Avery?

Cam se puso en tensión y me agarró la mano con más fuerza mientras yo me volvía al escuchar la voz de mi padre. Estaba en el porche y venía hacia nosotros.

—Si dice alguna estupidez, no te puedo prometer que no vaya a noquearlo aquí mismo de un golpe —me avisó Cam, en voz baja.

Le apreté la mano.

—Con suerte, eso no será un problema.

—Solo te aviso —masculló.

Esperamos a que mi padre nos alcanzara. Se fijó en Cam y en que teníamos las manos entrelazadas.

—Este es Cameron Hamilton —les presenté, porque me parecía de mala educación no hacerlo—. Cam, este es mi padre.

Cam extendió la mano que tenía libre, pero estaba apretando la mandíbula y sus ojos eran de un azul gélido.

—Hola.

Mi padre le devolvió el apretón de manos.

—Encantado de conocerte.

Cam no dijo nada.

—¿Qué pasa, papá? —le pregunté.

Sus ojos se encontraron con los míos durante un segundo y después los apartó. De cerca, a la cegadora luz del sol de Texas, pude ver lo mucho que había envejecido mi padre. En ese momento, me di cuenta de que lo que había sucedido también le había pasado factura a él. A diferencia de mi madre, no lo había ocultado con cirugías y maquillaje.

Mi padre respiró hondo y dijo:

—¿Sabes lo que más he echado de menos? Volver a verte bailar.

32

Mientras cenábamos, le resumí a Cam la conversación que había tenido con mis padres. Pensé que iba a lanzar el cuchillo de la carne contra la pared cuando le conté la actitud que había mostrado mi madre.

—De verdad —dije—. No me sorprende. Siempre ha sido un poco… fría, y ha empeorado con los años.

Cam apretó la mandíbula.

—Eres mejor persona que yo.

Me encogí de hombros. No pensaría eso si fuera capaz de oír mis monólogos internos.

—Me alegro de haber hablado con ellos. ¿Y papá? Todo eso del baile era para mostrarme que se arrepentía, de algún modo. Por lo menos comprendió de qué estaba hablando, ¿sabes?

Asintió.

—¿Y cómo te sientes ahora?

Buena pregunta. Me arrellané en el asiento.

—La verdad es que no siento nada. Quiero decir, ya te digo que estoy contenta por haberlo hecho, al fin. Es como ir al dentista. No quieres hacerlo, pero sabes que tienes que hacerlo. Y después, te alegras de haber ido.

Se inclinó sobre la mesa y cubrió mi mano con la suya.

—¿Todavía quieres ir a ver a Molly mañana?

—Sí. —Había revisado mi correo electrónico después de haber comprado los billetes y había encontrado uno de ella. No había sido difícil. Tenía muchos. Le había mandado un breve texto diciéndole que iba a estar en la ciudad y que quería verla. Me había sorprendido un poco cuando me había respondido en menos de una hora diciéndome que sí—. Todavía quiero hablar con ella.

Cam miró hacia otro lado, la mandíbula tensa. No le parecía una buena idea, pero me apoyaba a pesar de todo. En momentos como aquel, me daba cuenta de lo afortunada que había sido al chocarme con él yendo a clase de Astronomía. Necesitaba recordármelo más a menudo.

Y lo necesitaba a él, de verdad que lo *necesitaba*.

No quería seguir hablando de mis padres o de mi próxima visita a Molly. Quería enseñarle a Cam lo mucho que lo deseaba. No porque pensara que era lo que se esperaba de mí, sino porque era lo que yo quería.

—¿Listo para volver? —le pregunté, con el corazón acelerado.

Pagamos la cuenta y volvimos al hotel. Todavía era pronto y nos encontrábamos muy cerca de Houston, había un montón de cosas que enseñarle a Cam, pero quería aprovechar mi tiempo con él. No quería compartirlo.

Cam se sentó en el borde de la cama y poniéndose la gorra del revés mientras trasteaba con los botones del mando a distancia. Habían corrido las cortinas del ventanal y solo entraban unos débiles rayos de sol.

—Voy a darme una ducha rápida. —Cogí mis cosas de aseo y me dirigí al baño.

Me miró fijamente, abrió la boca y después asintió. Una luz extraña brillaba en sus ojos y me hizo temblar con anticipación. Sonreí y me metí en el baño. Cerré la puerta y dejé el neceser en el lavabo. No había cogido ropa para cambiarme y me pregunté si Cam se habría fijado en eso.

Y si se había fijado, ¿en qué estaría pensando?

¿En lo mismo que yo?

Me di una ducha rápida, para quitarme el inevitable olor del avión. Utilicé ese tiempo para borrar de mi mente la conversación que había tenido con mis padres. No me costó mucho. Tenía el pulso desbocado y todo mi ser estaba concentrado en Cam.

Salí de la ducha, me enrollé una toalla alrededor del cuerpo y me desenredé el cabello. Mi estómago se seguía comportando como si estuviera en una montaña rusa. Me lavé los dientes y ya no había nada más con lo que entretenerme.

Abrí la puerta y me encontré a Cam exactamente donde lo había dejado, excepto que estaba tumbado, con las piernas balanceándose al borde de la cama. La gorra descansaba a su lado, y tenía el mando de la televisión apoyado en sus abdominales.

Me quedé quieta en el marco de la puerta.

Cam giró la cabeza y al verme, se sentó inmediatamente. Los oscuros rizos le caían por la frente, rozándole las cejas. A través de las espesas pestañas, sus ojos eran de un azul brillante.

Con un hormigueo recorriéndome la piel, me acerqué hacia donde estaba sentado. Echó la cabeza hacia atrás cuando me detuve enfrente de él, mis dedos sobre el nudo que sujetaba la toalla.

Bajó los ojos y abrió la boca.

—Avery.

Le puse una mano en el hombro y subí a la cama, mis piernas a cada lado de sus muslos. Me puso las manos sobre las caderas, cubiertas todavía por la toalla.

—¿Cam?

Empezó a curvar los labios en una sonrisa, y el hoyuelo apareció.

—¿Qué te propones hacer?

—Nada —dije, sintiendo que a mi voz le faltaba el aliento—. Todo.

—Esas son dos cosas opuestas.

—Ya lo sé. —Me acomodé en su regazo, sintiendo su excitación a través de los vaqueros, presionando contra mi ardor—. ¿Me besas?

No esperé a que me respondiera. Agaché la cabeza y rocé mis labios con los suyos una vez, dos y, otra más, rozando con la punta de mi lengua su labio inferior, y después me adentré en él. Sus manos me agarraron con más fuerza de las caderas, pero yo tenía el control. Abrí sus labios con los míos, haciendo el beso cada vez más profundo. Su boca se movía contra la mía, siguiéndome el ritmo. Estaba segura de que me iba a derretir ahí mismo, en la cama.

—Tócame. —Mis labios acariciaron los suyos—. Por favor.

Cam me obedeció.

Deslizó sus manos por debajo de la toalla. Se quedaron en mis muslos, paseando arriba y abajo, lentamente. Con cada pasada acercaba más los dedos a donde yo quería desesperadamente que estuvieran. Una mano se quedó quieta mientras la otra se aproximaba, seductora, a mi núcleo.

—Ahora —dije, alzando la cabeza.

Cam se rio mientras hacía que sus dedos siguieran subiendo. Sus nudillos alcanzaron a rozar mi humedad y después la abandonaron. Se me escapó un gemido de frustración.

—¿Qué quieres? —me preguntó, con esas pestañas que escondían sus ojos.

—Quiero que me toques.

Volvió a rozarme con los nudillos, una vez más, y después su mano descendió por mi pierna.

—Ya te estoy tocando, corazón.

—Sabes de lo que te estoy hablando.

—No sé nada.

—Por favor. —Apoyé la frente contra la suya—. Por favor, Cam, tócame.

Él volvió a levantar la cabeza, tocando mi nariz con la suya. Me besó.

—Bueno, si me lo dices así, creo que ya sé a lo que te refieres.

—Por fin —gemí.

Se volvió a reír y me mordisqueó la barbilla mientras su mano se adentraba por el interior de mi muslo. Me sobresalté cuando me cubrió por completo.

—¿Así?

—Sí.

Sus labios presionaron contra mi garganta mientras deslizaba un dedo dentro de mí.

—¿Y esto?

—Mmm. —Cerré los ojos y arqueé la espalda.

Cam movió la mano y presionó con el pulgar la maraña de nervios ahí abajo. Contuve el aliento mientras me introducía otro dedo y sentí cómo su cuerpo se tensaba bajo el mío.

—¿Qué me dices de esto?

Eché las caderas hacia delante, gimiendo mientras ardía.

—Ah, sí. Definitivamente, sí.

—Definitivamente, sí —murmuró mientras sus dedos seguían moviéndose.

Se me escapó otro gemido, pero quería más. Quería sentirlo dentro de mí, *necesitaba* sentirlo dentro de mí. Era un deseo salvaje, nacido de la lujuria y de algo mucho más fuerte que todo eso. Abrí los ojos y mi mirada se encontró con la suya. Lentamente, deshice el nudo de la toalla y dejé que se me resbalara hasta caer en el suelo.

La mano de Cam se quedó quieta y su respiración se aceleró. Agarró mi pecho con la otra mano.

—Joder, Avery…

Coloqué mi mano encima de la suya, con el corazón a punto de salírseme del pecho.

—No pares.

Acarició mi pezón endurecido con el pulgar y gruñó:

—No pensaba hacerlo.

—No me refería a eso —susurré. Dirigí la mano a la cremallera de sus vaqueros—. Quiero tenerte, Cam.

—Me tienes —gimió—. Me tienes por completo.

Se le escapó una sonrisa cuando le agarré de la muñeca. Con un nivel de control que no sabía hasta entonces que tuviera, saqué su mano de entre mis muslos.

—De verdad que quiero tenerte. —Desabroché el botón de sus vaqueros y le bajé la bragueta. Pasé los dedos por encima de su duro miembro y él contuvo un escalofrío—. ¿Tú no quieres tenerme?

—Más de lo que puedas llegar a saber —me dijo, bajando los ojos mientras mi mano lo recorría por entero. Gimió—. Avery…

Lo solté lo suficiente como para quitarle la camisa y dejarla caer. Era todo piel dorada y músculos tersos.

—Quiero esto, Cam.

Me cogió de las caderas, su pecho hinchándose con cada respiración.

—¿Estás segura, Avery? Porque si no lo estás, no tenemos que…

Lo silencié con un beso y le pasé las manos por el pecho.

—Estoy segura.

Me agarró con más fuerza y, con un rápido movimiento, me dio la vuelta y se puso encima de mí, sus ojos brillando con intensidad. Descendió, reclamando mis labios en un beso febril, lleno de poder y pasión. Después se puso en pie, dirigiéndome una mirada abrasadora mientras se quitaba los pantalones. Mis ojos viajaron por su pecho, su tatuaje, sus magníficos abdominales, y más abajo. Cam era bastante grande y una parte muy ingenua de mí se preguntó cómo nos las íbamos a arreglar.

La mirada incandescente de Cam paseó por mi piel desnuda. El corazón me latía a trompicones, mi vientre estaba lleno de anticipación.

—Podría estar mirándote toda una vida. No me cansaría nunca.

—¿Ni cuando envejezca?

—Ni entonces.

Después se agachó y me empezó a besar las piernas y el estómago. Llegó a mis pechos y me los lamió y mordisqueó hasta que los sentí pesados e hinchados. Cam se tomó su tiempo, moviéndose lentamente encima de mí, pasándome la lengua por cada centímetro de la piel como si fuera a aprenderse de memoria mi cuerpo o se estuviera apoderando de él. No me importaba. Por mí, podía seguir haciéndolo durante toda la eternidad. Un calor intenso descendió de mi estómago hasta más abajo, volviéndose un dolor glorioso. Por primera vez, no tenía miedo ni me sentía insegura ante mi creciente deseo. Quería explorarlo. Quería que Cam lo explorara.

Arqueé el cuerpo, tenso y anhelante, contra el suyo mientras no dejaba de arrancarme suspiros y gemidos. El deseo, pleno y poderoso, se abrió paso en mi interior. Nunca antes me había sentido así.

Cam volvió a traer sus labios contra los míos, apoyándose en el brazo, y continuó apoderándose de mi boca mientras me metía un dedo, después dos. Muy pronto me tenía retorciéndome debajo de él. Entonces levantó la cabeza y vi algo embriagador en su mirada, algo salvaje. Reflejaba exactamente lo que yo sentía en mi interior. Me llevó hasta el límite y después empezó a retirar los dedos con cuidado.

Gemí.

—Cam.

Se rio mientras se deslizaba por mi cuerpo y de repente tenía su boca allí, su lengua moviéndose hasta que la cabeza me dio vueltas, mis caderas balanceándose por puro instinto. Me sentía desconcentrada, medio muerta de deseo, y, cuando sus dedos pasaron por mi núcleo, me corrí gritando su nombre.

Cam se incorporó rápidamente, con la mirada fija en la mía mientras todo el cuerpo me dejaba de temblar. Me separó los muslos y sentí una pizca de angustia, de frío y oscuridad, pero la aparté de mi mente. Estaba preparada. Noté su erección contra mí, y la introdujo despacio, como un centímetro.

—Te quiero —me dijo Cam en voz baja, una mano acariciándome la mejilla—. Te quiero muchísimo.

Pasé mi brazo por debajo del suyo.

—Te quiero.

Me besó profundamente mientras bajaba una mano hasta mi trasero, y entonces movió las caderas en una embestida. Un dolor agudo me recorrió. Lágrimas de sorpresa afloraron en mis ojos y me quedé quieta ante la increíble sensación de plenitud.

—¿Estás bien? —jadeó, conteniéndose.

Asentí y después dije:

—Sí.

Los ojos de Cam buscaron los míos mientras sus brazos temblaba. Se quedó quieto, enterrado en mí mientras su boca descendía. Me besó lenta y tiernamente, tanto que un nuevo tipo de lágrimas se me agolparon en los ojos. Sentía el pecho henchido de amor, y, finalmente, el dolor desapareció, y la presión que sentía dentro empezó a ser placentera. Intenté levantar las caderas.

Gruñó.

—Av...

Lo hice otra vez, chocándome contra él. Me agarró de las caderas y empujó, arrancándome un grito de placer. Me sujeté de sus hombros mientras enlazaba mis piernas en su cintura, haciendo que cada vez fuera más profundo. Se movía sobre mí, en mí, y la intensidad fue en aumento hasta convertirse en un ritmo febril. Mi cabeza daba vueltas con la felicidad que estaba sintiendo. Se movía cada vez más rápido y me tocaba por todas partes, su boca en mis pechos, atravesándome. Empujando las caderas, Cam deslizó una mano entre nosotros, y fue demasiado. Eché la cabeza hacia atrás, y empecé a temblar con él todavía dentro. Fue un momento increíble. Los espasmos me hacían mecerme en oleadas.

—Avery —gruñó mi nombre y enterró su cabeza en el hueco de mi hombro. Dos empujones rápidos y se corrió, al mismo tiempo que los últimos escalofríos me recorrían.

Nuestros corazones latían al compás, nuestra piel cubierta de sudor. Pasaron minutos, quizá horas. No lo sé. Cuando salió de mí, lenta y cuidadosamente, me besó de un modo en el que no creo que me hubiera besado antes.

—Ha sido… No tengo palabras. —Sacudió la cabeza, los ojos brillantes—. ¿Estás bien?

—Perfecta —le dije, acariciándole la cara con las manos—. Has estado perfecto.

Cam acercó su boca a la mía.

—Solo porque estaba contigo.

33

Al meterme en la ducha a la mañana siguiente, el agua caliente cayó sobre mis músculos deliciosamente resentidos. Me volví hacia la alcachofa de la ducha, haciendo que el agua me resbalara por la cara. La noche anterior había sido... Toda la noche. Una gran sonrisa adornó mis labios. Había sido genial. No solo el sexo (y el sexo había sido maravillosamente genial) sino todo lo que había venido después. Nos sentíamos más cerca el uno del otro de lo que habíamos estado antes y lo que nos había juntado no era el hecho de hacerlo.

Era el poder confiar completamente el uno en el otro.

Oí que se corría la mampara de la ducha, abrí los ojos y vi que Cam se metía a mi lado. Completamente desnudo. Bajé la mirada. Y duro.

Las mejillas se me enrojecieron mientras cruzaba los brazos por encima de los pechos, tímida. Sí, nos sentíamos más unidos, pero eso no significaba que estar desnuda a la fría y resplandeciente luz del baño no me intimidara.

—Eres preciosa. —Cam sonrió ligeramente mientras me apartaba los brazos—. ¿Quieres esconderte?

—No todos hemos sido bendecidos con tu autoestima.

—Vaya. —Me rozó el pezón, duro como una piedra, con el pulgar, y me besó en la comisura de los labios mientras sus manos ascendían por mis brazos. El agua me bajaba por la espalda—. Me sentía muy solo. He pensado que podía acompañarte.

—¿Te sentías solo? —Me acerqué a él.

—Sí. —Cam dejó que sus brazos me rodearan la cintura. Salvó la distancia que nos separaba. Nuestra piel resbaladiza se encontró y ciertas partes de mi cuerpo se sintieron muy felices por ello.

—He pedido el desayuno. Tenemos unos veinte minutos.

—¿Veinte minutos para ducharnos?

—Para eso solo necesitamos un par.

—¿Y qué pasa con el resto?

Cam no me dijo cómo quería pasar el resto del tiempo. Me lo mostró… con detalle. Me besó una vez más antes de que su boca se apoderara de mi pecho. Un río de lava empezó a descender desde mi estómago mientras él me ponía de lado, el agua cayendo sobre nosotros. Mareada, mis manos se dirigieron a su cabello mojado. Se me escurrió entre los dedos como si fuese seda. Él deslizó la mano entre mis muslos mientras su boca reclamaba la mía. Sabía exactamente cómo tocarme, cómo hacerme llegar al límite.

—Sujétate —me ordenó.

Le pasé los brazos por el cuello y se me escapó un jadeo mientras me levantaba en el aire, con la espalda contra los azulejos mientras se abría paso entre mis piernas. Nos unimos con un ritmo lento que me estaba abrasando. Mis gemidos llenaron el baño mientras sus caderas se movían. El corazón me iba a mil por hora, se me iba a desbocar.

De algún modo terminamos fuera de la ducha, mi espalda contra el frío suelo y Cam encima de mí, su cuerpo moviéndose contra el mío, mis muslos apretándole mientras el agua de la ducha seguía cayendo. Una mano me agarraba el pecho, la otra estaba enterrada en mi pelo empapado. Su boca estaba ardiendo y era exigente.

—¡Cam! —grité, mi espalda arqueada mientras el éxtasis me inundaba, arrasando todo a su paso. Me rodeó con los brazos y me sentó en su regazo. Mis rodillas se resbalaban en el suelo cubierto de agua. Por las venas me recorrían relámpagos. Su cuerpo se sacudió mientras me sujetaba con fuerza, empujando una vez más, agarrando mis caderas mientras se corría.

Por un instante, lo único que se oyó fue nuestra respiración entrecortada. Estábamos exhaustos el uno en los brazos del otro, mi cabeza en sus hombros, mi mano en su pecho, justo encima de su corazón palpitante.

—Tú...

—Estoy bien —me adelanté a contestarle, riéndome—. No me voy a romper.

—Eso no lo sé. —Me apartó el pelo de la cara—. Tú...
—Llamaron a la puerta de la habitación y le interrumpieron—. Mierda. El desayuno ya está aquí.

Me aparté y él se levantó, resbalándose en los charcos de agua que había en el suelo y casi cayéndose. Llegó a la puerta sano y salvo.

—¡Cam!

—¿Qué? —Me miró por encima del hombro.

Le lancé una toalla y me reí.

—Vas a abrir la puerta y se te va a ver todo.

—Bien visto. —Se enrolló la toalla en las caderas y me dedicó una sonrisilla malvada—. Aunque el gran público querría ver mi poderío.

Me reí mientras me volvía a meter bajo la ducha. Su poderío era impresionante.

La casa de Molly estaba en una parte bastante buena de la ciudad. Era un buen barrio de clase media, limpio. Nos detuvimos enfrente de un edificio de estilo ranchero y comprobé el número en mi teléfono para ver si era el que estábamos buscando.

—Es esta.

Cam aparcó el coche y frunció ligeramente el ceño.

—¿Estás segura de que necesitas hacer esto?

—Sí. Se lo debo.

Apagó el motor.

—No le debes nada.

Lo miré.

—Claro que sí. No es que me culpe por lo que le sucedió, pero, si no hablo con ella, nunca va a entender por qué no dije nada. Y necesito que lo haga. —Porque lo cierto era que me apetecía pasarme una semana sin recibir algún mensaje odioso de su parte.

Cam respiró hondo y apartó las manos del volante.

—¿Y seguro que prefieres que no entre?

Asentí.

Suspiró.

—Esto no me gusta nada.

Me acerqué y le besé en la mejilla.

—Pero yo sí que te gusto.

—Te quiero. —Me miró. Me pasó la mano por la nuca y acercó su boca a la mía—. Lo que no significa que me guste sentarme aquí fuera mientras tú entras en la casa de una desconocida que probablemente esté loca.

—No está loca.

—Eso lo dices tú.

—Eso lo digo yo.

Curvó los labios ligeramente.

—Si no estás fuera en cinco minutos, entraré empuñando un arma.

—No tienes un arma.

—Pero ella no lo sabe.

Me reí.

—Necesitaré más de cinco minutos.

—Seis.

—Más —le contesté.

—No necesitas hacer esto, corazón. —Cuando me quedé callada, gruñó—: Siete.

—Estás siendo un poco tonto. Me irá bien.

Cam volvió a suspirar.

—Vale. Ten cuidado.

—Lo tendré.

Antes de que pudiera escaparme de su abrazo, volvió a besarme. Empezó suavemente, pero se hizo más intenso a medida que su lengua se adentraba, recordándome lo que habíamos hecho la noche anterior y esa misma mañana. Gemí durante el beso y, cuando él se apartó, estaba jadeando.

Una chispa de malicia brilló en sus ojos azules.

—Cuanto antes salgas, antes podrás disfrutar de esto.

—Qué malo eres. —Me separé de él, pero estaba sonriendo.

—Te quiero.

No me iba a cansar de oírlo nunca.

—Yo también te quiero.

Parecía imposible salir del coche, pero lo hice. Mis sandalias golpearon la acera agrietada mientras me dirigía a la casa. Solo había estado al sol unos segundos, pero el sudor ya se me empezaba a acumular en la frente.

Levanté la mano para llamar a la puerta, pero se abrió de repente, dejando ver a una chica bajita y delgada con los ojos grises y suspicaces. Miró por encima de mi hombro. Era guapa, pero parecía derrotada y hecha polvo.

—¿Quién es ese? —quiso saber.

Reconocí su voz inmediatamente.

—Es Cam. Mi novio.

Su cara se arrugó como si hubiese comido algo ácido.

—No puede entrar aquí.

—Lo sé —me apresuré a decir—. Por eso se está quedando en el coche.

La expresión de Molly se convirtió en un ceño fruncido, pero se hizo a un lado. La seguí hasta el salón, que estaba a oscuras.

—¿Es la casa de tus padres? —Recorrí con la mirada todas las fotos que colgaban de las paredes y los muebles, a los que se les había dado buen uso.

—Sí. —Se adentró en el salón y cogió un mando a distancia. Apagó la televisión y arrojó el mando a uno de los sofás—. Están en el trabajo.

—Es bonita.

Sonrió con suficiencia.

—Dice la chica de Red Hill.

No se me pasó por alto la pulla respecto al lugar donde vivían mis padres. Me senté en una silla y crucé los tobillos.

—Bueno. Me alegro de que quisieras verme.

Molly no se sentó, pero se quedó cerca de mí.

—¿De verdad?

—Sí.

Se rio con amargura.

—Lo dudo bastante, teniendo en cuenta nuestra última conversación y el hecho de que te hayas pasado nueve meses ignorándome.

Vale. Esto no iba a ser fácil.

—Dejé de leer correos de gente desconocida después de que se me bombardeara con mensajes de odio durante todo el instituto. Y también está el hecho de que los que me mandabas no eran precisamente agradables.

Cruzó los brazos y alzó la barbilla.

—Ya sabes por qué te mandé esos mensajes.

—Porque no te respondí al principio de todo y porque me echas la culpa. —Cuando se quedó callada, me incliné hacia ella—. No te mentía cuando te dije que no supe quién eras hasta que no hablé con mi primo el enero pasado. No miré los primeros correos. Esa es la verdad.

Frunció los labios.

—¿Así que todavía te aferras a la versión de «no soy una puta mentirosa»?

Respiré lentamente mientras la miraba. La furia corría por mis venas, pero mantuve la calma, igual que con mi madre la tarde anterior.

—Como ya te dije por teléfono, no le mentí a la policía.

—¿Entonces por qué retiraste los cargos? —quiso saber.

—Es una larga historia.

Abrió los brazos.

—Está visto que tengo tiempo. Cuéntamela.

El tono exigente de su voz me estaba poniendo muy difícil el no contestarle de mala manera. Manteniendo la voz baja, le conté a Molly lo que había sucedido esa noche de Halloween y los días posteriores. Durante la mayor parte del relato mantuvo una expresión tan imperturbable como la de un policía veterano. La única grieta en su exterior se notó cuando le conté lo que me había hecho Blaine. No tenía que preguntarle para saber que a ella le había hecho lo mismo. Cuando terminé, se dio la vuelta, los hombros inclinados pero la espalda recta.

—No se me permite contarle esto a nadie, pero necesitaba contártelo a ti.

—¿Se lo has contado a tu novio?

—Sí.

Se mantuvo de espaldas a mí, callada.

—Ojalá mis padres no hubiesen accedido a ese acuerdo y ojalá yo tampoco lo hubiese hecho. Ojalá hubiera sido tan fuerte como lo eres tú y…

—No sabes nada de mí. —Se dio la vuelta y sus ojos parecían dos piedras grises.

Levanté las manos.

—Pero sé que eres fuerte, más fuerte que yo. Tú has hecho lo correcto y sé que no ha sido fácil.

—No lo ha sido.

—Lo sé. —Creo que la chica solo quería llevarme la contraria.

Alzó la barbilla.

—Nada de todo esto fue fácil: hablar con la policía, los detectives y después los abogados. ¿Tener que repetir otra vez cada puta cosa que me hizo? ¡Y en detalle! No fue fácil. ¡Y no habría tenido que pasar por nada de todo esto si tú hubieras dicho la verdad!

—Lo siento.

Se movió tan rápido y yo me lo esperaba tan poco que simplemente me quedé allí sentada.

Molly me pegó una bofetada en la cara. Me brotaron lágrimas de dolor y de sorpresa.

Me había pegado en toda la cara.

No me lo podía creer. La mitad del rostro me ardía y me picaba. Mierda. Para ser tan delgada la verdad es que podía dar una buena hostia.

La ira reemplazó a la sorpresa y las manos me hormigueaban, deseando devolvérsela. Pero entendía el enfado de Molly. Su dolor todavía era demasiado reciente y profundo. Yo había estado en su lugar y de hecho volvía a él de vez en cuando. La ira nunca te abandonaba. A lo mejor no lo haría nunca. Así que entendía por qué estaba tan furiosa.

Esa era una de las razones por las que no le estaba presentando mis puños a su cara.

—Te lo merecías —dijo, con la voz temblorosa.

La mejilla me ardía mientras me ponía de pie.

—A lo mejor sí. Pero no me merecía lo que Blaine me hizo y no me merezco toda la mierda que me estás echando encima por algo que pasó cuando yo tenía catorce años y en lo que pude influir muy poco.

—Tus padres no te pusieron una pistola en la cabeza para que firmaras esos papeles, ¿verdad?

Sacudí la cabeza.

—¿Qué habrías hecho si tuvieras catorce años y tus padres te hubieran obligado?

Se quedó boquiabierta.

—Ni siquiera me contestes, porque no importa. Lo siento; aunque, si me vuelves a pegar, te devolveré el golpe. Siento que te haya ocurrido esto. Y siento que tengas que ir a juicio y todo lo demás. Y créeme, lo que más siento es haber firmado esos putos papeles. Pero no puedo cambiar nada de eso. Todo lo que puedo hacer es superarlo.

—Bueno, pues que te lo pases muy bien superándolo.

Allí de pie, mirando a la chica con la que compartía unas circunstancias espantosas, me sentí… vacía. No había ni ángeles descendiendo del cielo con un mensaje ni luz dorada. Sentí lo mismo que al salir de la casa de mis padres: nada. De repente, comprendí que Cam tenía razón. No necesitaba hacer esto para seguir con mi vida. Ni siquiera necesitaba haberme enfrentado a mis padres. Aunque la verdad era que me había sentado bien.

Había empezado a superarlo en el momento en el que le había contado a Cam la verdad.

Solo que no había sucedido de la noche a la mañana. Había sido un proceso del que había terminado dándome cuenta gracias a un bofetón.

No tenía por qué estar ahí.

Necesitaba estar de vuelta con Cam, y en mi casa, con mis amigos. Necesitaba que todo esto siguiera quedando atrás.

Me dirigí a la puerta.

—¿Dónde vas? —Sus dedos huesudos se me hincaron en el brazo, deteniéndome—. ¿Avery?

Quité su mano de mi brazo y seguí con la voz tranquila.

—Me voy, Molly. Me voy con un hombre que me quiere sin importar lo que me sucediera en el pasado o las decisiones tan estúpidas que tomé. Me voy a mi casa, que no es la que está en Red Hill, y me voy a ver a mis amigos. Ahí es donde me voy.

Molly tragó saliva, pero se quedó callada mientras yo me dirigía a la puerta. Me detuve y me giré hacia ella.

—Mira, si quieres llamarme para hablar o algo, está claro que tienes mi teléfono. Llámame cuando quieras, pero he aprendido de mis errores. Si me vuelves a mandar un mensaje que me pueda cabrear, llamaré a la policía y te pondré una denuncia.

Cerró la boca y dio un paso hacia atrás.

—Te deseo lo mejor. De verdad. Adiós, Molly.

No me detuvo mientras salía y no me siguió como había hecho mi padre. Me metí en el coche y dejé escapar el aliento.

—¿Qué tal? ¿Por qué tienes la cara tan roja? —Cam me cogió de la barbilla y, con cuidado, me giró la cara hacia él—. ¿Te ha pegado?

—Sí. —Hice una mueca cuando oí el insulto que le salió de la boca—. Pero creo ha hecho que se sienta mejor sacarse toda esa mierda de dentro.

Entrecerró los ojos.

—Sigue sin estar bien.

—Lo sé. —Puse mi mano sobre la suya y llevé ambas a mi mejilla enrojecida—. Pero ya se ha acabado. Ya le he dicho lo que necesitaba y no creo que volvamos a saber nada más de ella.

Cam abrió la mano y me acarició levemente.

—Avery…

—Tenías razón. Lo cierto es que no lo necesitaba, pero estoy contenta de haberlo hecho. Me siento bien. —Cerré los ojos y le besé la palma de la mano—. Llévame a casa, Cam. Ahí es donde necesito estar.

34

El problema de los veranos cuando te haces mayor es que se acaban antes de que te des cuenta de que han empezado. O a lo mejor esta vez tuvo algo que ver con asistir a clases, lo que le había quitado toda la chispa.

Me obligué a mí misma a abrir los ojos y gruñí. Lo primero que vi fue mi brazalete. No era el antiguo de plata. Cam lo había reemplazado por uno formado por varias tiras de cuerda enganchadas a un símbolo de infinito. Entonces vi la hora que era. ¿Por qué había puesto el despertador tan pronto? No tenía clase hasta las nueve.

La cama se movió.

Y Cam no tenía clase hasta las diez. Iba a ser un semestre con muy pocas clases para él, puesto que ya estaba acabando la carrera.

Una sonrisa soñolienta me apareció en los labios cuando me di la vuelta y me estiré en la cama. Las sábanas se resbalaron por mi piel y acabaron en el suelo. O el fantasma de un pervertido rondaba por mi cuarto o Cam estaba despierto.

Me besó con la boca entre los omoplatos mientras me posaba una mano en el final de mi espalda. Sus dedos fueron subiendo, haciendo que la piel se me erizara.

—Buenos días, corazón. —La voz de Cam estaba llena de sueño.

Ah, por eso había puesto yo la alarma tan temprano, lo que suponía una gran diferencia con respecto al año pasado. Entonces estaba preocupada por llegar tarde, tanto que resultaba de hecho enfermizo. Ahora ponía la alarma una hora antes para tener un poco de tiempo íntimo para nosotros dos.

—Buenos días —murmuré, cerrando los ojos mientras su mano subía y bajaba, parándose en la curva de mi trasero y volviendo a ascender hasta mi nuca.

Me besó la espalda y después el borde de la cadera. Su aliento me cubrió las lumbares y después me besó el culo.

Me reí, sacudiéndome.

—¿Sabes lo que se dice por ahí de un chico que le besa el culo a una chica? ¿Literalmente?

—¿Que sabe cuál es su lugar?

—Ja, ja. —Me apartó el pelo de la nuca y me besó—. Que está enamorado de esa chica.

—Ah, ¿sí?

—Sí —murmuró, y me agarró las caderas.

—¿Dónde has aprendido eso?

—En internet.

—¡Cuánta clase!

—¿Sabes qué más he aprendido? —Me levantó y pasó su brazo por debajo de mí—. Que los pechos de una mujer están más firmes por la mañana.

—¿Qué? —Me reí.

—Sí —contestó, cubriéndome el pecho con la mano—. Tengo que comprobar esa teoría. —Lo apretó ligeramente y mi pezón se endureció. Cogió mi otro pecho e hizo lo mismo—. Creo que lo que he leído es correcto. Tus pechos están excepcionalmente firmes esta mañana.

Rompí a reír y le aparté las manos, pero mi risa desapareció rápidamente cuando sus manos volvieron, esta vez con un propósito muy claro. Sus dedos obraron magia en mis pezones y no pasó mucho tiempo antes de que mis caderas se estuvieran moviendo en círculos.

—Me encanta cómo funciona tu mente —dijo Cam, moviéndose detrás de mí.

Lo miré por encima del hombro.

—¿Qué?

Señaló al despertador.

—Poner la alarma pronto. Usted, señorita, es brillante.

—Lo sé. —Sonreí y apoyé la cabeza en la almohada. Ya tenía el corazón acelerado, el cuerpo listo. Estaba preparada—. ¿Y vas a hacer algo con el tiempo extra o solo me vas a asombrar con tus conocimientos de internet?

—Qué mandona. —Me acarició el hombro con los labios y sus manos se dirigieron a mis caderas—. Y voy a hacer que grites con mi conocimiento de internet.

—Bueno es saberlo.

Cam me volvió a alzar.

—¿Puedo?

Siempre dudaba y siempre preguntaba antes de hacerlo por detrás. Me parecía muy tierno el hecho de que pensara en ello y fuera consciente de que todavía había momentos en los que me quedaba bloqueada en lo relativo a nuestra intimidad, o que a veces no quería que me tocaran. Esos momentos eran pocos y sucedían muy de vez en cuando, pero todavía existían, y él estaba preparado para ellos y se adaptaba.

Los dos nos habíamos adaptado.

Durante el verano, había empezado a citarme con uno de los psicólogos de la universidad una vez por semana. Continuaría haciéndolo hasta que ya no hiciera falta, y a lo mejor algún día podría ayudar a alguien con mi historia y mis experiencias.

—Sí —dije, y como gesto extra, no fuera a ser que estuviera confuso, empujé mi trasero hacia él. Cam gruñó de placer. Mi sonrisa se hizo más amplia.

Se acomodó entre mis piernas y yo puse los brazos a la altura de los hombros, para sostener su peso. Giré la cabeza y sus labios encontraron inmediatamente a los míos. Me encantaba la manera en la que me besaba, era como si se estuviera bebiendo mi esencia. Un beso suyo y me derretía en sus manos. Así de buenos eran.

Cam interrumpió el beso y empujó sus caderas, deslizándose dentro de mí. Llevaba un ritmo lento y sin prisas, y aun así cada empujón me deshacía. Dejé caer la frente en la almohada, mi respiración entrecortada mientras me balanceaba con él. Me cogió de las manos y entrelazó sus dedos con los míos mientras aceleraba el ritmo.

—Te quiero. —Su voz fue un susurro ronco en mi oreja que me llevó al límite. El éxtasis se apoderó de nosotros con unos segundos de diferencia.

Y fue mi susurro en su oreja lo que nos hizo corrernos cuando lo hicimos en la ducha después.

Acabé llegando cuatro minutos tarde a clase, pero entré igualmente, le dirigí al profesor una sonrisa de disculpa y me senté.

Hacía buen tiempo y el calor no era agobiante, así que nuestro grupo decidió comer fuera, sentados a la sombra de uno de los robles gigantes cerca de la biblioteca.

Jacob se recolocó el sombrero, el mismo que se había puesto para la fiesta de Halloween del año pasado, mientras fruncía el ceño ante la docena de vasos de plástico que tenía enfrente de él. Estaba construyendo una pirámide. No pregunté más.

Metí la pajita en el vaso mientras me quitaba las chanclas. Brit fue a hacerme cosquillas y le lancé una mirada de advertencia.

—Si me tocas los pies, te mato.

—Va en serio. —Cam me dio un codazo—. Una vez casi le rozo el meñique y estuvo a punto de cortarme un dedo.

—No es lo único que estuve a punto de cortarte.

—Oh, parece muy serio. —Brit miró su bote de mayonesa y sus patatas fritas. Suspiró—. Echo de menos a Ollie. Me encantaba darle asco cuando me comía las patatas.

—Bueno, nos puedes dar asco a todos nosotros. —Jacob frunció los labios—. Que es exactamente lo que estás haciendo.

—No es lo mismo. —Hizo un mohín—. Ollie estaba bueno.

—¿Perdona? —Jacob estuvo a punto de tirar su pirámide—. Yo estoy muy bueno.

Cam frunció el ceño.

—Yo también.

Le di un codazo en el estómago.

—Bueno, está visto que tengo que explicar lo obvio. —Brit bañó la patata con mayonesa—. Jacob, a ti no te gustan las chicas. Cam, tú estás irremediablemente enamorado de Avery, así que solo quedaba Ollie.

Sonreí.

Jacob miró a lo lejos y se le formó una sonrisilla.

—Bueno, ahí te queda uno más.

Me giré para seguir su mirada. Jase estaba cruzando la carretera, viniendo hacia nosotros.

Brit suspiró.

—Ya, pero no es para mí.

—¿Por qué no? —pregunté, mirando al amigo de Cam.

Hizo un gesto evasivo.

—Por lo que he oído, no le van mucho las relaciones.

—¿Y tú quieres una relación? —le pregunté.

—No. —Se rio y se comió otra patata—. Pero tengo la sensación de que, con alguien como él, si pruebas una vez siempre vas a querer un poco más.

—¿Como la heroína? —sugirió Jacob.

—O como las bolitas de queso —añadió Brit.

Cam hizo una mueca mientras me robaba mis patatas fritas. Le lancé una mirada de amenaza que quedó invalidada cuando le di un beso en la mejilla.

Jase se dejó caer entre nosotros, estirando sus largas piernas. Parecía un poco mareado, y estaba hasta pálido.

—Vale. ¿Estoy alucinando o acabo de ver a tu hermana entrando en el pabellón Knutti?

—No estás alucinando —contestó Cam—. Es a ella a quien has visto. Ha entrado en la universidad un poco más tarde.

—Oh. —Jase entrecerró los ojos mientras miraba a otra parte—. Eso…, eso está bien.

Capté la mirada de Cam y se encogió de hombros. Con la mirada fija en algo que no veía nadie más, Jase cogió un puñado de mis patatas.

—Pero ¿qué pasa? —exclamé.

Cam se rio.

—Tus patatas no están a salvo.

—Está claro —masculló, mirándolos a los dos.

Jase me guiñó un ojo y estaba tan guapo como Cam cuando lo hacía.

—¿Vais a venir a la fiesta hawaiana este fin de semana?

Asentí, y me volvió a sorprender la diferencia con respecto al año pasado. Ni siquiera habría considerado unirme a la fiesta, y menos una que daba una fraternidad. Sonreí para mis adentros mientras me terminaba las patatas antes de que los chicos se las zamparan todas.

—¿Vais a asar un cerdo de verdad? —preguntó Brit—. Porque el año pasado no fue un cerdo. Fue un pavo y estaba asqueroso.

Jase se rio.

—Este año sí tendremos un cerdo.

El bolsillo lateral de mi bandolera vibró. Con curiosidad por saber quién era, puesto que todo el mundo que conocía estaba sentado conmigo, saqué el teléfono del bolso.

Era un mensaje (con un número de teléfono). El prefijo era el de Texas.

Soy Molly. ¿Podemos hablar cuando te venga bien? Por favor.

Me temblaron un poco las manos cuando leí el mensaje. Molly no se había puesto en contacto conmigo desde que abandoné Texas. Los mensajes que me mandaba antes no eran tan amistosos, aunque esto tampoco sonaba a que fuéramos las mejores amigas del mundo.

Contesté enseguida.

Sí. Te llamo esta tarde.

Me quedé mirando el teléfono un rato. Molly me había contestado inmediatamente para confirmarlo, y todavía estaba atónita.

—¿Todo va bien? —me preguntó Cam, su mano en mi espalda. Sus cejas reflejaban la preocupación que sentía.

—Sí. —Dejé otra vez el teléfono en el bolso.

Todo iba bien. A lo mejor no era perfecto, pero no se suponía que la vida fuera perfecta. Era caótica, y a veces un desastre, pero había belleza en su desorden y podía haber paz en la catástrofe.

No tenía ni idea de cómo habría sido mi vida si no hubiera decidido mudarme y empezar de cero. Sabía que no sería igual. Y también sabía que si no hubiera conocido a Cam, no estaría allí sentada. A lo mejor lo habría terminado superando por mi cuenta, pero me conocía lo suficiente como para saber que habría necesitado ayuda.

Y me conocía lo suficiente como para, cada vez que alzaba la vista al cielo nocturno y veía la Corona Boreal (o algo que se le pareciera), dar las gracias.

Me recliné sobre el pecho de Cam y eché la cabeza hacia atrás mientras le acariciaba la cara. Acerqué su boca a la mía y lo besé con delicadeza.

—Gracias.

Las comisuras de sus labios se curvaron.

—¿Por qué?

—Por esperarme.

AGRADECIMIENTOS

Escribir la lista de agradecimientos nunca es fácil, sin que importe cuántas has escrito ya. Lo primero de todo, quiero agradecerle a Molly McAdams y a Cora Carmack su entusiasmo y la propaganda que me han hecho. Sarah: tus diseños son asombrosos y me enamoré de la cubierta de la edición americana original la primera vez que la vi. A mi representante, Kevan Lyon, muchas gracias por ser el más comprensivo de toda la industria editorial. Gracias a Marie Romero por hacer su magia y corregir mis errores tipográficos, y a Valerie por estar siempre dispuesta a organizarme una gira literaria en el último minuto, y por hacer un trabajo genial. Nada de todo esto habría sido posible sin vosotros, los lectores. No puedo agradeceros lo suficiente que leáis mis libros. Hoy por hoy, me sigue pareciendo increíble que alguien lo haga. Y por último, pero no por ello menos importante, muchas gracias a Stacey Morgan. Ella fue la primera persona a la que conté la trama de *Te esperaré* (una idea que se me ocurrió mientras me duchaba) y estuvo a mi lado desde el primer día. GRACIAS.